KATIE FFORDE
Sommerfest der Liebe

Weitere Titel der Autorin

Zum Teufel mit David
Im Garten meiner Liebe
Wilde Rosen
Wellentänze
Eine ungewöhnliche Begegnung
Glücksboten
Eine Liebe in den Highlands
Geschenke aus dem Paradies
Sommernachtsgeflüster
Festtagsstimmung
Eine kostbare Affäre
Cottage mit Aussicht
Glücklich gestrandet
Sommerküsse voller Sehnsucht
Botschaften des Herzens
Das Glück über den Wolken
Sommer der Liebe
Fünf Sterne für die Liebe
Eine unerwartete Affäre
Eine perfekte Partie
Rendezvous zum Weihnachtsfest
Sommerhochzeit auf dem Land
Eine Liebe am Meer
Begegnung im Mondscheingarten
Weihnachtszauber im Cottage
Das Paradies hinter den Hügeln
Rosenblütensommer
Wo die Liebe Urlaub macht

Über die Autorin

Katie Fforde wurde in Wimbledon geboren, wo sie ihre Kindheit verbrachte. Heute lebt sie als freie Autorin mit ihrer Familie in einem idyllisch gelegenen Landhaus in Gloucestershire. Mit ihren heiteren, herzerwärmenden Romanen erobert sie regelmäßig die britischen Bestsellerlisten. Darüber hinaus ist Katie Fforde als Drehbuchautorin erfolgreich, und ihre romantischen Beziehungsgeschichten begeistern auch in der ZDF-Serie HERZKINO ein Millionenpublikum.

Katie Fforde

Sommerfest der Liebe

Roman

Übersetzung aus dem Englischen
von Gabi Reichart-Schmitz

lübbe

Die Bastei Lübbe AG verfolgt eine nachhaltige Buchproduktion.
Wir verwenden Papiere aus nachhaltiger Forstwirtschaft und verzichten
darauf, Bücher einzeln in Folie zu verpacken. Wir stellen unsere Bücher
in Deutschland und Europa (EU) her und arbeiten mit den Druckereien
kontinuierlich an einer positiven Ökobilanz.

Vollständige Taschenbuchausgabe

Deutsche Erstausgabe

Für die Originalausgabe:
Copyright © 2021 by Katie Fforde Ltd
Titel der englischen Originalausgabe: »A Wedding in the Country«
Originalverlag: Century/The Random House Group Limited, London
Für die deutschsprachige Ausgabe:
Copyright © 2023 by
Bastei Lübbe AG, Schanzenstraße 6-20, 51063 Köln
Umschlaggestaltung: Kirstin Osenau
Umschlagmotiv: © Flora Press/flora production; © Molly Shannon/Shutterstock
Satz: GGP Media GmbH, Pößneck
Gesetzt aus der Goudy Old Style
Druck und Verarbeitung: GGP Media GmbH, Pößneck
Printed in Germany
ISBN 978-3-404-18951-9

4 2 1 3 5

Sie finden uns im Internet unter luebbe.de
Bitte beachten Sie auch: lesejury.de

Für all die wunderbaren Schriftsteller und Schriftstellerinnen, mit denen ich befreundet bin. Die Gemeinschaft der Schriftsteller ist so großzügig und hilfsbereit. Dieses Buch ist für euch, herzlichen Dank. Ohne euch hätte ich es nicht geschafft. Eigentlich betrifft das alle meine Bücher – ich bin nur bisher noch nie dazu gekommen, euch allen zu danken.

Teil 1

1. Kapitel

London, Frühling 1963

»Der Knoblauch sollte die gleiche Größe haben wie eine 'aselnuss in ihrer Schale«, sagte Madame Wilson mit ihrem ausgeprägten französischen Akzent. Sie musterte die Ansammlung von blassen, rundlichen Gebilden auf dem Teller vor ihr, die ihrem Aussehen und Madame Wilsons angewidertem Gesichtsausdruck nach zu urteilen, auch abgeschnittene Zehennägel hätten sein können.

Lizzie betrachtete die kritisierten Knoblauchzehen. Sie hatte keine Erfahrung mit Knoblauch. Er gehörte zu den Dingen, die ihr Vater als »ausländisches Zeug« bezeichnete und die daher keinen Platz in der Küche ihrer Familie fanden. Und dennoch war Lizzie gerade sehr dankbar für die Vorliebe ihres Vaters für die »gutbürgerliche Küche«, denn ansonsten hätte man sie nicht nach London geschickt, um diesen Kochkurs zu absolvieren.

Hier war sie nun also im ziemlich beengten Untergeschoss eines Gebäudes in Pimlico und wurde zusammen mit neun anderen Mädchen von einer Französin unterrichtet, die ziemlich Furcht einflößend war, zumindest wenn man dem ersten Eindruck glauben wollte. Fast alle Mädchen trugen weiße, geknöpfte Arbeitskleidung unter einer weißen Latzschürze, wie im Prospekt gefordert.

Madame Wilson war zum Thema »Olivenöl« und zu der empörenden Tatsache übergegangen, dass man es in England in

Drogerien kaufen musste. Lizzie schloss daraus, dass Olivenöl nicht nur zur Heilung von Ohrenschmerzen verwendet werden konnte. Madame Wilson hatte offensichtlich für die meisten in England erhältlichen Zutaten nur Verachtung übrig. Lizzie fragte sich unwillkürlich, wie die Kochlehrerin es ertragen konnte, hier zu leben – in einer kulinarischen Wüste.

Verstohlen musterte sie ihre Mitschülerinnen und hoffte, dass sich wenigstens eine von ihnen als nett herausstellen würde, denn ansonsten könnte ihre Zeit in London recht einsam werden.

Die meisten von ihnen wirkten sehr vornehm, hatten eine glatte weiße Haut und trugen ihr glänzendes Haar in eleganten Nackenknoten, dicken Pferdeschwänzen oder dezent auftoupiert, sodass es sich sanft über ihren Stirnen erhob und in perfekten Außenwellen endete – ein Stil, den Lizzie selbst nie hinbekommen hatte. Unter der Arbeitskleidung, die fast alles verdeckte, blitzten Kaschmir und Seide hervor. Die Mädchen trugen Perlen um den Hals und in den Ohrläppchen.

Lizzie besaß selbst auch eine Perlenkette, ein Geschenk ihrer Patentante, doch sie war für besondere Anlässe und nicht für den Alltag bestimmt. Sie musste ihre Mutter fragen, wenn sie die Kette tragen wollte.

Eines der Mädchen war ein bisschen anders. Sie hatte die Bitte um weiße Arbeitskleidung ignoriert und war in einer blau gestreiften Metzgerschürze über einem kragenlosen Männerhemd erschienen. Dazu trug sie eine schwarze Röhrenhose und Knöpfschuhe, die an der Spitze abgerundet waren. Ihr langes Haar (glänzend wie das der anderen Mädchen) war auf dem Kopf aufgetürmt. Außerdem hatte sie einen dicken Pony, der ihr einen Hauch von Audrey Hepburn verlieh. Sie trug ebenfalls Perlen, doch ihre waren viel größer, und die Kette war wie ein Seil um ihren Hals gewunden.

Lizzie vermutete, dass es sich um falsche Perlen handelte. Sie fand diese Mitschülerin auf Anhieb sympathisch. Zwar war sie genauso gepflegt und wohlerzogen wie die anderen, wirkte jedoch nicht so hochnäsig. Sie sah sich in der Küche um, als wüsste sie nicht genau, wie sie dort gelandet war.

Eine andere Mitschülerin erregte Lizzies Aufmerksamkeit, weil sie mit zielstrebiger Sorgfalt alles mitschrieb. Manchmal stellte sie Fragen, die anscheinend – nach Madame Wilsons Antworten zu urteilen – die richtigen Fragen waren. Offensichtlich wollte sie ernsthaft kochen lernen und überbrückte nicht nur die Zeit bis zum nächsten gesellschaftlichen Ereignis. Gemäß den Gesprächsfetzen, die Lizzie aufschnappte, war es das, was die meisten anderen Mädchen taten. Als die junge Frau Lizzies Blick auffing, lächelte sie ihr schüchtern, aber freundlich zu. Lizzies Zuversicht wuchs.

»Nun, meine Damen, wissen Sie, es ist einfacher, gutes Essen zu kochen, wenn man daran gewöhnt ist, es zu essen. Allerdings weiß ich, dass viele von Ihnen keine Erfahrung in der Küche haben. Vielleicht dürfen Sie die Küche nicht einmal betreten, weil Ihr Koch oder Ihre Köchin es nicht mag, gestört zu werden.«

Lizzie schluckte. Ihre Mutter engagierte einen Koch für einen Abend, wenn sie die Geschäftskollegen von Lizzies Vater einladen mussten, doch ansonsten kochte sie selbst, häufig mit Lizzies Unterstützung.

»Jetzt zeige ich Ihnen die *batterie de cuisine*. Jede von Ihnen wird sich kurz vorstellen, und dann werde ich überprüfen, ob Sie wissen, welchen Verwendungszweck die einzelnen Utensilien haben.«

Die hochnäsigen Debütantinnen zuckten innerlich entsetzt zusammen und blickten sich um. Offenbar war ihnen bewusst, wie wenig sie über die Küchenutensilien wussten. Auch Lizzie war angespannt.

Das Kochset ihrer Mutter bestand aus einer Schöpfkelle, einem Kartoffelstampfer, einer langen Gabel und einem Konditormesser; die Utensilien hingen in einer Halterung an der Wand. Lizzie wusste, dass das Set ein Hochzeitsgeschenk gewesen war. Wenn sie zu komplizierten Gegenständen befragt würde, könnte sie durchaus scheitern und sich Madame Wilsons Missfallen zuziehen.

Allerdings ergab sich jetzt die Gelegenheit, die Namen der anderen Kursteilnehmerinnen zu erfahren, weshalb Lizzie gut aufpasste. Das Mädchen in der gestreiften Schürze hieß Alexandra, und diejenige, die sich offensichtlich in Küchendingen auskannte (sie benannte, ohne zu zögern, eine Knoblauchpresse), war Meg, wahrscheinlich die Kurzform von Margaret. Die anderen hatten Vornamen wie Saskia, Eleanor und Jemima. Lizzies Schulfreundinnen hörten auf alltäglichere Namen: Rosemary, Anne und Jane ... oder eben Elizabeth.

Lizzie dachte noch darüber nach, wie es sich wohl anfühlen musste, so zu heißen wie eine Ente aus einem Buch von Beatrix Potter, nämlich Jemima, als Madame Wilson sie aufrief. Zum Glück hielt sie eine Käsereibe in die Höhe, die Lizzie problemlos benennen konnte.

Nach dem Herumprobieren mit Schneebesen und Co. wurden die Mädchen aufgefordert, ihre Notizbücher auszupacken (was Meg schon lange getan hatte) und sich das Rezept für Sardinen-Pâté zu notieren. Danach sollten sie Steaks und Orangen mit Karamell zum Nachtisch zubereiten.

»Kommt mit!«, sagte das große Mädchen, Alexandra – die, die wie Audrey Hepburn aussah –, am Ende des Vormittagsunterrichts und eilte aus der Küche. Meg hatte das Abspülen übernommen, und Lizzie hatte sich verpflichtet gefühlt, ihr zu helfen.

Sie hatte nichts Besseres vor, und außerdem brannte sie darauf, diese junge Frau kennenzulernen, die sich nicht viel aus

Konventionen zu machen schien. Lizzie selbst hatte immer getan, was ihre Eltern von ihr erwarteten, doch jetzt hatte es den Anschein, als gäbe es Alternativen.

Alexandra kannte sich offenbar in Pimlico sehr gut aus. Nach einem kurzen Fußmarsch bogen sie links ab, gingen eine Seitenstraße entlang und erreichten ein kleines Café-Restaurant.

Die Fenster waren fast vollkommen blind vor Kondenswasser, und die Dampferzeugung einer großen Kaffeemaschine verursachte mächtig Lärm und war unangenehm. Die Maschine war fast so groß wie ein Auto und klang, als wollte sie gleich explodieren. Doch da niemand auch nur im Geringsten beunruhigt wirkte, folgte Lizzie den beiden anderen in das Restaurant.

Sobald die Mädchen eintraten, kam der Mann, der hinter der Theke Brot und Baguette mit Butter bestrich, auf sie zu. »*Bella*!«, sagte er zu Alexandra, umarmte sie und küsste sie geräuschvoll auf die Wange. »Wo bist du denn gewesen? Wir haben dich vermisst! Maria! Alessandra ist hier!«

Eine Frau, die ihr schwarzes Haar zu einem Knoten geschlungen trug und ihre Kleidung unter einer etwas schmuddeligen Schürze verborgen hatte, tauchte aus der Küche auf und begrüßte Alexandra noch herzlicher. Dann sagte sie: »Setzt euch, setzt euch doch! Sind das deine Freundinnen? Willkommen! Und jetzt gibt es Kaffee! Und etwas zu essen, ihr müsst etwas essen!«

Es dauerte ein bisschen, bis sie schließlich in einer Nische Platz genommen hatten. Kurz darauf wurden drei Tassen Kaffee mit Milchschaum gebracht. Lizzie war nicht ganz überzeugt von Kaffee. Sie bereitete ihn zu, wenn ihre Eltern eine Dinnerparty gaben, doch sie selbst mochte ihn eigentlich nicht besonders.

»Cappuccino«, erklärte Alexandra, »er schmeckt prima, aber man braucht Zucker. Jede Menge davon.« Auf den Untertassen lagen große verpackte Zuckerwürfel, und sie begann, ihren Zucker auszuwickeln.

Die beiden anderen folgten dem Beispiel ihrer neuen Freundin, gaben Zuckerwürfel in ihre Tassen und rührten sie um.

»Du meine Güte, das schmeckt wunderbar!«, rief Lizzie verblüfft aus, nachdem sie probiert hatte. »Ich habe nicht gewusst, dass Kaffee so köstlich sein kann.«

»Das ist etwas ganz anderes als das Gebräu, das ich bisher getrunken habe«, stellte Meg fest.

»Ich kenne Maria und Franco schon seit Jahren«, erklärte Alexandra. »Sie haben mir alles über Kaffee beigebracht.« Sie zögerte kurz. »Ich hatte für eine kurze Zeit mal ein italienisches Kindermädchen. Sie hat mich immer hierher mitgenommen, als ich noch klein war.«

»Tut mir leid, dass ich darauf hinweisen muss«, erwiderte Meg, »aber du kannst auch jetzt noch nicht besonders alt sein.«

Alexandra war nicht beleidigt und lachte. »Ich bin neunzehn, also mindestens zwölf Jahre älter als bei meinem ersten Besuch hier.«

»Hast du immer Kindermädchen gehabt?«, wollte Lizzie wissen.

»Ja.« Alexandra trank einen weiteren Schluck Cappuccino und seufzte vor Wohlbehagen. »Ich bin Waise. Doch ihr müsst kein Mitleid mit mir haben! Ich habe meine Eltern nie wirklich gekannt und bin gut ohne sie klargekommen.«

»Meine Güte«, sagte Meg. »Ich kann mir gar nicht vorstellen, wie das sein muss. Meine Mutter und ich haben ein sehr enges Verhältnis.«

Alexandra zuckte mit den Schultern. »Vermutlich kommt es darauf an, woran man gewöhnt ist. Ich hatte erst Kindermädchen, später war ich dann im Internat. In den Ferien, wenn ich nicht bei meinen spießigen Verwandten war, hatte ich Gouvernanten oder Gesellschafterinnen – wie auch immer sie gerne genannt werden wollten. Meine Verwandtschaft interessiert sich bloß für mein Geld.«

Lizzie musste husten und erstickte fast. Man hatte ihr beigebracht, Respekt vor ihren Verwandten zu haben, auch wenn ihre Tante Gina, die sie am Vorabend getroffen hatte, sie etwas überrascht hatte. Sie war sich nicht sicher, ob ihr Vater mit Gina einverstanden wäre!

»Ich bin ziemlich reich – beziehungsweise ich werde es sein«, erklärte Alexandra, als wäre ihr dieser Umstand ein wenig lästig, »allerdings kann ich mein Erbe erst antreten, wenn ich fünfundzwanzig bin. Das wurde so festgesetzt, um mir Mitgiftjäger vom Leib zu halten.«

»Ach du meine Güte!«, hauchte Lizzie.

»Meine Verwandten – und ich habe eine ganze Menge davon – haben ein großes persönliches Interesse an meinem Vermögen. Ich glaube, sie haben vor, mich mit einem Cousin zu verheiraten, der nicht zu eng mit mir verwandt ist. Auf die Weise bekämen wir keine seltsamen Kinder, doch durch die Heirat würde das Geld in der Familie bleiben.«

»Meine Mutter ist versessen darauf, mich zu verheiraten«, meinte Lizzie. »Deshalb besuche ich diesen Kurs – damit ich kochen und andere Hausfrauentätigkeiten lerne und meinen Wert als potenzielle Ehefrau steigere.«

»Hat deine Mutter einen bestimmten Kandidaten im Auge?«, fragte Meg, die das anscheinend ziemlich merkwürdig fand.

»Ich glaube schon«, erwiderte Lizzie. »Das heißt aber nicht, dass sie mich zwingen würde, ihn zu heiraten. Wir haben uns kennengelernt, als ich ungefähr sechs war. Seine Eltern sind mit meinen befreundet, allerdings sind sie weggezogen.«

»Und es macht dir nichts aus?«, fragten Alexandra und Meg mehr oder weniger gleichzeitig.

Lizzie zuckte mit den Schultern. »Um ehrlich zu sein, ich bin meistens mit dem einverstanden, was meine Eltern wollen, doch ich würde nie jemanden heiraten, den ich nicht liebe.«

»Aber du gehst zum selben Friseur wie deine Mutter, oder?«, wollte Alexandra wissen.

»Sieht man das?«, erwiderte Lizzie und fuhr sich mit der Hand durchs Haar.

Alexandra nickte. »Deine Frisur ist ziemlich altmodisch«, antwortete sie. »Und jetzt, wo ich sehen kann, was du unter deiner Küchenkleidung trägst, denke ich, dass deine Mutter wahrscheinlich auch deine Kleidung aussucht.«

Lizzie atmete aus. »Die Sache ist die: Ich glaube nicht, dass es sich lohnt, für Dinge zu kämpfen, die einem nicht so wichtig sind.« Bewundernd betrachtete sie Alexandras Hemd und die Hose. »Meine Mutter plant meine Hochzeit schon, seit ich ganz klein war. Ich glaube, wenn ich einen Mann heirate, den ich wirklich liebe, wäre mir die Hochzeitsfeier ziemlich egal. Ihr aber nicht. Ich bin schließlich ihr einziges Kind.«

»Ich bin auch ein Einzelkind«, sagte Meg. »Dennoch glaube ich nicht, dass meine Mum bisher auch nur einen einzigen Gedanken an meine Hochzeit verschwendet hat.« Sie hielt kurz inne. »Allerdings geht sie arbeiten, daher ist es für sie etwas anderes.«

»Deine Mutter geht arbeiten?«, fragte Lizzie neugierig und ein bisschen fasziniert.

»Na ja, sie arbeitet eigentlich zu Hause«, erklärte Meg. »Bis vor Kurzem jedenfalls. Sie war die Hauswirtschafterin eines alten Mannes. Er war ganz reizend. Wir wohnen in seiner Wohnung, und er hat immer gesagt, er würde dafür sorgen, dass wir nach seinem Tod in dieser Wohnung bleiben können. Aber irgendwie haben seine Nichten das zu verhindern gewusst. Zum Glück hatte er einen wirklich netten Rechtsanwalt, der veranlasst hat, dass wir noch drei Monate in der Wohnung bleiben können – na ja, zwei Monate sind jetzt vorbei. Deshalb besuche ich diesen Kurs. Ich möchte so bald wie möglich damit anfangen, meinen Lebensunterhalt selbst zu verdienen.«

»Ach du lieber Himmel!«, rief Alexandra aus. »Aber nach meinen Erfahrungen verhalten Verwandte sich immer so. Wenn jemand stirbt, gibt es stets einen hässlichen Streit ums Geld, selbst wenn sie selbst schon genug besitzen.«

»Und wenn ich mit diesem Kurs fertig bin und mein Zertifikat in der Hand halte, werde ich Mahlzeiten für Geschäftsleute zubereiten«, fuhr Meg fort. »Und wenn ich kann, werde ich abends einen Partyservice oder etwas Ähnliches anbieten.«

»Warum willst du zwei Jobs ausüben?«, hakte Lizzie nach.

»Ich möchte genug Geld verdienen, um eine Anzahlung für eine Wohnung für meine Mutter leisten zu können«, antwortete Meg. »Sie wird wahrscheinlich wieder eine Arbeitsstelle mit Unterkunft finden, aber eigentlich möchten wir beide etwas Eigenes haben. Wenn wir eine Wohnung kaufen, können wir sie vermieten, falls Mum nicht darin wohnen wird.«

»Meine Mutter würde Zustände kriegen, wenn ich bloß daran denken würde, auch nur *einen* Job zu haben«, meinte Lizzie. »Meine Eltern erwarten, dass ich irgendetwas tue, bis ich Mr. Right finde, aber dabei geht es nicht ums Geldverdienen.«

Als Meg mit den Schultern zuckte, hatte Lizzie Angst, sie könnte sie verletzt haben.

»Meine Mutter ist schon sehr früh Witwe geworden. Sie musste immer arbeiten«, erwiderte Meg.

»Meine Mum arbeitet ausschließlich ehrenamtlich«, erklärte Lizzie. »Und ich glaube, sie tut es nur, um Kontakte zu pflegen und ein gesellschaftliches Leben zu haben.« Sie dachte an die morgendlichen Treffen zum Kaffeetrinken und die Kuchenverkäufe, bei denen die Frauen sich trafen und über andere Frauen herzogen, bis die Betreffende erschien. Dann wechselten sie das Thema und zogen über die nächste bedauernswerte Bekannte her. Sie hatte oft genug bei diesen Veranstaltungen geholfen, um zu wissen, wie es lief.

»Lasst uns was essen«, sagte Alexandra. »Ich weiß, wir haben probiert, was wir heute gekocht haben, aber das waren nur Probierportionen, und ich habe jetzt Hunger. Heute Nachmittag steht Blumenarrangieren auf dem Programm, oder? Ich wollte eigentlich einen Kurs belegen, der sich ausschließlich auf das Kochen konzentriert, doch meine Verwandten fanden, ich solle den hier besuchen.«

Lizzie nickte. »Ich arrangiere gerne Blumen, ich habe es auch schon oft gemacht. Und ich mag Schneidern und Nähen. Aber der Gedanke an französische Konversation jagt mir Angst ein!«

»Hast du schon häufig Blumen für deine Mutter arrangiert?«, wollte Meg wissen.

Lizzie nickte wieder. Ihre Mum spannte sie immer ein, wenn die Kirche mit Blumen geschmückt werden sollte. Lizzie neigte dazu, sich darüber zu beklagen, doch im Prinzip tat sie es gern und war nach Meinung der anderen auch ziemlich gut darin.

»Aber ich kann kaum Französisch«, sagte sie, damit ihre neuen Freundinnen nicht glaubten, sie wolle behaupten, in allen Bereichen gut zu sein. »Ich war noch nie im Ausland.«

»Ich habe weder Ahnung von Französisch noch vom Blumenarrangieren«, erwiderte Meg. Sie sah Alexandra an. »Ist das Essen hier teuer?«

Alexandra schüttelte den Kopf. »Die Preise sind vernünftig, und das getoastete Käsesandwich macht richtig statt. Ich mag zwar eine Erbin sein, doch ich bin es gewohnt, jeden Penny zweimal umzudrehen.«

»Wieso?«, fragte Meg.

Alexandra zuckte mit den Schultern. »Ich erzähle es euch irgendwann mal. Es ist ziemlich langweilig.«

Lizzie gewann den Eindruck, dass es viele Dinge gab, die Alexandra ihnen noch nicht erzählen wollte.

Letztendlich durften sie weder die Käsesandwiches noch den Kaffee zahlen, und Lizzie und Meg fühlten sich genau wie Alexandra irgendwie als Teil der Cafébesitzerfamilie.

Danach spazierten sie zurück zur Kochschule, die sich im Keller eines Feinkostladens befand.

»Ich freue mich darauf, neben dem Kochen auch andere Dinge zu lernen«, meinte Lizzie. »Ich glaube nicht, dass ich jemals sehr gut kochen werde. Da stehen die Chancen in Bezug auf Blumen oder Nähen und Schneidern besser. Das ist mein Hobby.« Wenigstens war sie sich ihrer Fähigkeiten im Handarbeiten sicher.

»Ich mag Schneidern«, sagte Alexandra. »Es ist einfach, wenn man jede Menge Platz hat. Und wenn man eine Nähmaschine besitzt.«

Lizzie sehnte sich danach, eine Nähmaschine benutzen zu können; sie hatte ihre bei ihren Eltern gelassen. »Nähst du dir deine Kleidung selbst?«, fragte sie. Sie wollte gerne wissen, wie Alexandra an ihre recht ungewöhnliche Kleidung kam.

»Gewissermaßen ja. Hauptsächlich ändere ich Sachen und passe sie an.« Sie runzelte leicht die Stirn. »Mein Leben klingt wirklich sonderbar, wenn ich mit anderen Menschen darüber rede. Obwohl es für mich natürlich ganz normal ist.«

Lizzie öffnete den Mund, um eine weitere Frage zu stellen, dann schloss sie ihn wieder. Wie konnte es sein, dass diese schillernde Persönlichkeit, dieses Mädchen, das ihnen erzählt hatte, dass sie reich war, aufs Geld schauen musste? Lizzie zuckte mit den Schultern und ging weiter. Sie war sicher, dass sie es bald erfahren würde.

2. Kapitel

Lizzie saß im Bus und fuhr zum Haus ihrer Tante Gina. Zuvor hatte sie den Fahrer gebeten, ihr Bescheid zu geben, wenn sie aussteigen musste. Müde, jedoch sehr glücklich ließ sie den Tag in Gedanken Revue passieren.

Zunächst einmal hatte sie in Alexandra und Meg potenzielle Freundinnen gefunden, was sehr wichtig war. Ihre beste Schulfreundin Sarah war weggezogen, um eine Ausbildung zur Krankenschwester zu beginnen. Lizzie vermisste sie.

Zudem hatte sie das Gefühl, im Gegensatz zu manchen der anderen Mädchen, die sich offenbar noch nie in eine Küche verirrt hatten, ein bisschen mehr über Kochen zu wissen. Obwohl Madame Wilson Furcht einflößend war, würde sie, Lizzie, daher hoffentlich nicht zum Ziel ihrer sarkastischen Bemerkungen werden.

Während der Bus durch die Straßen rollte, entdeckte sie verschiedene Wahrzeichen der Stadt. Sie sah das Warenhaus Harrods (in dem sie schon mit ihrer Mutter gewesen war) und das Victoria-and-Albert-Museum (das sie bisher noch nicht besucht hatte). Trotz ihrer Erschöpfung war sie aufgeregt und freute sich sehr auf ihre Zeit in London.

Nachdem sie an der richtigen Haltestelle ausgestiegen war, machte sie sich relativ zuversichtlich auf den Weg zu der kleinen Sackgasse, in der Tante Gina wohnte. Schon bald stieg sie die Stufen zur Haustür hinauf. Da Gina ihr keinen Schlüssel gegeben hatte, klopfte sie an.

"Schätzchen, du bist aber früh zurück!", rief ihre Tante.

Da sich die Mädchen nach der französischen Konversation und dem Blumenarrangieren noch eine ganze Weile unterhalten hatten, war es nun halb fünf. Einige der jungen Frauen waren davongeeilt, um an Teegesellschaften teilzunehmen, die Teil ihrer Debütantinnensaison waren. Lizzie fand es daher nicht früh.

»Ich hoffe, ich komme nicht ungelegen.«

»Mach dir keine Gedanken!« Gina lächelte, obwohl sie offensichtlich ein wenig verstimmt war. »Komm rein. Ich habe einen Freund zum Tee hier. Ich bin sicher, es wird nicht mehr lange dauern, bis du kleine französische Köstlichkeiten zubereiten und dich nützlich machen kannst!«

Ihre Eltern hatten sie am Vorabend nach London gefahren, sodass sie sich in der Wohnung auskannte, die ihre Tante vor Kurzem bezogen hatte. Gina war zwar die jüngere Schwester ihrer Mutter, doch die beiden hatten sehr wenig gemeinsam, weshalb es nur sporadische Familienbesuche gab.

Jetzt brachte Lizzie ihre Jacke in ihr Schlafzimmer und ging dann in das kleine Wohnzimmer an der Vorderseite des Hauses. Gina saß mit einem Mann auf dem Sofa. Auf dem Tischchen vor ihnen standen Teetassen, und Lizzie bemerkte, dass eine der Tassen umgefallen war.

»Darf ich vorstellen«, sagte Gina, während sie und der Mann sich erhoben. »Barry, das ist Lizzie ... oder Elizabeth, wie ihre Mutter sie lieber nennt. Lizzie, das ist Barry.«

Ginas Besucher nahm Lizzies Hand und drückte einen Kuss darauf. »Und welchen Namen ziehen Sie vor?«

»Lizzie«, antwortete sie, während sie vergeblich versuchte, ihre Hand zurückzuziehen.

»Setz dich«, sagte Gina brüsk und verstärkte damit Lizzies Gefühl, etwas sehr Privates zu stören. »Erzähl uns von deinem Kurs.« Sie tätschelte Barrys Knie. »Lizzie lernt kochen – unter anderem. So amüsant! Was hast du denn heute gelernt, Schätzchen?«

Lizzie gewann den Eindruck, dass Gina das nur fragte, um Konversation zu machen, und nicht, weil es sie interessierte. »Wir haben jede Menge über Knoblauch und Olivenöl gelernt, außerdem, wie man Karamell herstellt. Man darf nie in der Pfanne rühren, sondern nur daran rütteln.« Lizzie lächelte und überlegte gleichzeitig, wie bald sie den Raum wieder verlassen konnte, ohne allzu unhöflich zu erscheinen. »Soll ich noch mehr Tee aufgießen, Tante ...« Zu spät fiel ihr ein, dass Gina ihr am Vorabend erklärt hatte, sie fühle sich alt, wenn sie »Tante« genannt wurde. »Ähm ... Gina, oder soll ich die Sachen einfach nur raustragen?«

»Oh, trag sie raus, danke!«

Nach ihrer erfolgreichen Flucht kehrte Lizzie nicht mehr ins Wohnzimmer zurück. Sie spülte das Teegeschirr, trocknete es ab und räumte es in den Schrank.

Irgendwann, als die kleine Küche makellos aufgeräumt war, hörte sie, wie Barry sich verabschiedete. Es schien ziemlich lange zu dauern.

»Oh, Schätzchen, du hast aufgeräumt. Wie nett! Meine Putzfrau kommt morgen, Mrs. Spriggs. Sie ist das Salz der Erde, allerdings ziemlich kurzsichtig. Übrigens, deine Mutter hat angerufen. Kannst du sie zurückrufen? Sie möchte wissen, wie dein Kurs heute gelaufen ist.« Gina lächelte. »Es ist sicher nicht einfach für sie, ihr kleines Mädchen allein nach London ziehen zu lassen.«

»Ich bin nicht allein«, protestierte Lizzie. »Ich habe doch dich, Gina!«

Lizzie saß im Flur neben Ginas Telefontischchen. »Mummy?«, sagte sie, als ihre Mutter abhob. »Ich bin's!«

»Elizabeth!«, antwortete ihre Mutter. »Rühr dich nicht vom Fleck, ich rufe dich zurück. Wir wollen doch Ginas Telefonrechnung nicht belasten.«

Einige Sekunden später war ihre Mutter wieder in der Leitung. »Also, wie ist es gelaufen? Sind die anderen Mädchen sympathisch?«

»Ja. Ein paar von ihnen finde ich richtig nett. Die anderen sind ziemlich – na ja, hochnäsig. Das sind diejenigen, die in die Gesellschaft eingeführt werden.«

Ihre Mutter seufzte. Wenn ihre Träume wahr geworden wären, würde Lizzie jetzt ebenfalls ihre ersten Bälle, Teegesellschaften und Sportereignisse besuchen – alles mit dem Ziel, geeignete junge Männer kennenzulernen: Männer, die gute Ehemänner abgaben, indem sie für eine Ehefrau und eine Familie sorgen und ihnen allen ein angemessenes Oberschichtleben bieten konnten. Lizzie war sich dessen bewusst. Doch da sie nicht vorhatte, sich in eine Gruppe von jungen Frauen zu drängen, von denen sie keine kannte, wusste sie nicht, was sie antworten sollte, um ihre Mutter zufriedenzustellen.

»Eines der netteren Mädchen scheint aber ziemlich vornehm zu sein«, sagte sie schließlich in der Hoffnung, dass dies ihre Mutter wenigstens ein bisschen aufmuntern würde.

»Wirklich, Liebes? Wie heißt sie denn?«

»Alexandra.«

»Du musst sie so bald wie möglich mal mitbringen. Vielleicht nächstes Wochenende?«

Auch wenn Lizzie die gehorsamste und nachgiebigste Tochter war, die man sich nur vorstellen konnte, hatte sie ihre Mutter dennoch bis zu einem gewissen Grad durchaus im Griff. »In einer Woche werde ich sie noch lange nicht gut genug kennen, um sie über Nacht zu uns einzuladen, Mummy. Außerdem möchte Gina am Wochenende etwas mit mir unternehmen.« Das war geflunkert, und obwohl Lizzie sich selbst als ehrlichen Menschen betrachtete, ließen sich kleine Notlügen manchmal nicht vermeiden. Lizzie glaubte nicht, dass sie nach nur einer Woche schon bereit war, nach Hause zu fahren. Sie hatte das Gefühl, erst seit fünf Minuten in London zu sein – sie wollte ein bisschen mehr Zeit haben, um ihre Flügel auszubreiten.

Ihre Mutter, die Lizzie mit Nachdruck darauf hingewiesen hatte, wie wichtig es war, Gina bei Laune zu halten – Lizzie musste nur sehr wenig Miete zahlen –, hielt nicht dagegen. »Wahrscheinlich möchte sie, dass du ihr Silberbesteck putzt. Es hatte es gestern jedenfalls nötig. Obwohl ich nur fünf Minuten im Haus war, ist mir das aufgefallen.«

Lizzie wies ihre Mutter nicht darauf hin, dass sie nicht einmal fünf Minuten gebraucht hatte, um Ginas mangelnde Fähigkeiten beim Führen ihres kleinen Haushalts zu entdecken. »Ich glaube, ich lege jetzt besser auf, Mummy. Gina kann sicher Unterstützung bei den Essensvorbereitungen brauchen.«

»Gut, Liebes. Sag mir Bescheid, ob du am Wochenende nach Hause kommen kannst. Und finde mehr über diese Alexandra heraus. Es hört sich an, als wäre sie ein sehr nettes Mädchen.«

Lizzie wusste, dass Alexandra nett war, doch wie ihre Mutter aufgrund von so wenigen Informationen zu diesem Schluss kommen konnte, war ihr ein Rätsel. Aber eigentlich war es klar. Es lag daran, dass Lizzie sie als »vornehm« bezeichnet hatte.

Sie ging hinunter in die kleine Küche, wo sie Gina vorfand. »Kann ich etwas helfen?«

»Du kannst die jungen Kartoffeln schrubben. Aber es wird ein sehr einfaches Abendessen. Anders als du, Schätzchen, werde ich nie in der Lage sein, allzu komplizierte Gerichte zu kochen.«

Lizzie war dankbar. Am Abend zuvor hatte sie Bekanntschaft mit einer Avocado gemacht – einer Frucht, die ihr vollkommen neu war. Sie war so wachsartig und cremig, dass sie einen Moment gebraucht hatte, um zu entscheiden, ob sie sie mochte oder nicht.

»Vielleicht kann ich öfter mal für dich kochen, wenn ich ein bisschen mehr gelernt habe«, schlug sie vor.

Gina lächelte und nickte, doch die Aussicht, von ihrer Nichte bekocht zu werden, schien sie nicht sonderlich zu begeistern.

Lizzie dachte an den Rat ihrer Mutter, sich nützlich zu machen, und fuhr fort: »Ich kann auch sehr gut nähen. Wenn du Sachen hast, die ausgebessert werden müssen, kannst du sie mir gern geben. Ich werde das im Nu erledigen.«

»Wirklich? Hast du das in der Schule gelernt?«

Lizzie nickte. »Zum Teil, aber Mum hat mir auch beigebracht, wie man Batist mit feiner Spitze säumt, um Taschentücher daraus zu machen. Sie verkaufen sich sehr gut bei den Wohltätigkeitsbasaren, die sie organsiert. Meine Säume sind übrigens unsichtbar, doch das habe ich in der Schule gelernt.«

»Oh. Nun ja, nach dem Essen gebe ich dir meinen Nähkorb – du kannst ja mal sehen, was du damit anfangen kannst.«

Während des Essens war Gina geistesabwesend und schenkte Lizzie – anscheinend ohne nachzudenken – aus der Weinflasche nach. Lizzies Eltern tranken zu den Mahlzeiten normalerweise keinen Wein, doch Gina war, wie ihr Vater es ausgedrückt hatte, sehr »modern«. Lizzies Vater hielt eindeutig nichts von einer modernen Einstellung.

Nachdem Lizzie den Abwasch trotz Ginas Proteste erledigt hatte, kümmerte sie sich um die Flickwäsche ihrer Tante.

Die Sachen steckten in einem Beutel, und es gab eine ganze Menge davon. Lizzie fand heraus, dass Gina kurzerhand Dinge in den Beutel schob und ihnen dann nie wieder einen Blick gönnte. Sie kaufte einfach Ersatz. Daher gab es eine ganze Reihe

Kleider, die gesäumt, ein paar Knöpfe, die angenäht, und zerrissene Laken, die geflickt werden mussten.

»Mach dir keine Gedanken wegen der Laken, Schätzchen«, sagte Gina sichtlich verlegen. »Ich lasse sie in der Wäscherei flicken.«

»Sind sie dort zerrissen worden?«, fragte Lizzie.

»Nein«, antwortete Gina knapp. »Nun, hast du alles, was du brauchst?«

3. Kapitel

Am Freitag nach dem Unterricht zog Gina Lizzie ins Wohnzimmer, kaum dass sie ihren Mantel ausgezogen hatte. »Hör mal, ich weiß, es ist noch nicht ganz so weit, aber welche Pläne hast du fürs Wochenende?«

Lizzie wurde klar, dass es sich um mehr als eine beiläufige Frage handelte. »Na ja, Mum möchte, dass ich nach Hause komme, aber ich habe gesagt, ich würde lieber ein bisschen London erkunden. Doch wenn dir das ungelegen kommt ...«

»Nein, nein! Auf jeden Fall solltest du London kennenlernen. Ich gebe dir einen Stadtplan mit einem Straßenverzeichnis; du kannst am Samstag in London herumlaufen, und am Abend wird Barry uns ins Theater einladen.«

Das hörte sich prima an. Nach dem Abendessen, als sie den Abwasch erledigt und die Küche in einem Zustand hinterlassen hatte, der sogar ihre Mutter zufriedengestellt hätte, ging Lizzie zu Bett. Sie freute sich darauf, am nächsten Tag frei und ungebunden ihre neue Umgebung zu erkunden.

Am Samstagmorgen führte sie ein Telefonat mit ihrer Mutter, die ein wenig verstimmt war, weil sie wollte, dass Lizzie wenigstens am Sonntag nach Hause kam. Angela Spencer war immer schon gut darin gewesen, ihrer Tochter ein schlechtes Gewissen zu machen. Bewaffnet mit dem Stadtplan, den Gina ihr gegeben hatte, brach Lizzie schließlich auf. Sie war nicht daran gewöhnt, etwas allein zu unternehmen, doch es dauerte nicht lange, bis sie das Alleinsein zu genießen begann.

Sie konnte stehen bleiben und Schaufenster betrachten,

oder eben nicht – je nach Lust und Laune. Sie konnte sich die Menschen ansehen, die in der King's Road wohnten – sie waren ganz anders als die Leute in der Marktgemeinde, in der sie selbst aufgewachsen war. Es gab Obdachlose mit langen Bärten – Lizzie kannte nur einen einzigen Mann mit Bart. Er leitete den Naturkostladen in ihrem Heimatort und lief das ganze Jahr über in Sandalen herum. Doch hier trugen einige Männer Bärte und längeres Haar. Sie entdeckte eine Frau in einem Hängerchen, ein Kleidungsstil, den sie bisher nur in Zeitschriften gesehen hatte.

Sie plante, die King's Road in Richtung Sloane Square zu erkunden und von dort aus nach Knightsbridge zu Harrods zu spazieren. Ihre Mutter und sie waren regelmäßig in das große Warenhaus gegangen, wenn sie bei Daniel Neal eine neue Schuluniform gekauft hatten. Sobald sie die Schulkleidung für ein weiteres Jahr erstanden hatten, waren sie in ein Taxi gestiegen. Wenn Angela Spencer in großzügiger Stimmung gewesen war, hatten sie etwas bei Harrods gekauft – zum Beispiel ein Paar Handschuhe oder eine Haarspange –, damit sie eine kleine grüne Tüte mit goldener Aufschrift bekamen.

Lizzie befand sich noch in der King's Road, als sie ein Geschäft entdeckte, in dessen Schaufenster ein einziges Kleid ausgestellt war. Es war scharlachrot, sehr schlicht und kurz, hatte einen tiefen runden Ausschnitt und war ärmellos. Im Laden hatte man das Kleid über einem schwarzen Rollkragenpullover dekoriert. Das Ganze war den Hemdblusenkleidern mit weitem Rock, in denen ihre Mutter sie gern sah, so unähnlich wie nur möglich.

Nachdenklich betrachtete Lizzie das Kleid. Sie hatte ein bisschen Geld, doch wenn sie das rote Kleid kaufte, hätte sie nichts mehr übrig, bis sie ihr Taschengeld für den kommenden Monat bekam. Und musste sie es wirklich kaufen? Könnte sie nicht einfach ein Schnittmuster erstehen und das Kleid selbst nähen? Voller Sehnsucht dachte sie an die Nähmaschine zu Hause, während sie zum Friseursalon nebenan weiterschlenderte.

Das Friseurgeschäft war ebenfalls ganz anders. Zu Hause saßen reihenweise Frauen unter Trockenhauben, die wie riesige Eier aussahen, und blätterten in Zeitschriften. Dieser Salon war klein, es gab offensichtlich keine Trockenhauben, und draußen im Fenster waren Bilder von Frauen zu sehen, deren Frisuren sich sehr von den ordentlichen Locken unterschieden, die von der Generation ihrer Mutter bevorzugt wurden.

Lizzie versuchte gerade, sich vorzustellen, wie sie mit kurzem Haar aussehen würde, als ein junger Mann aus dem Laden trat.

»Entschuldigen Sie bitte! Miss!«

Er brauchte mehrere Versuche, bevor Lizzie begriff, dass er sie meinte. »Oh! Hallo!«

»Ich habe mich gefragt, ob Sie Lust haben, sich das Haar schneiden zu lassen. Wissen Sie, ich bin gerade auf der Suche nach einem Modell. Ich habe eine neue Friseurin; sie ist gut, hat aber noch wenig Erfahrung mit den Schnitten, die die Leute heutzutage haben möchten.«

»Ähm ...«

»Der Haarschnitt wäre kostenlos.« Er zögerte. »Könnten Sie kurz mit hineinkommen? Ihr Haar ist in einem wunderbaren Zustand. Ich würde sehr gerne ...«

Ohne seinen Satz zu beenden, bugsierte er Lizzie irgendwie in den Salon und platzierte sie vor einem Spiegel.

Ein Umhang wurde ihr um die Schultern gelegt.

»Komm mal her!«, sagte der Mann zu jemandem, der sich im Hintergrund aufhielt. »Sieh dir diese Haare an! Nicht dauergewellt, nicht gebleicht, in einem wirklich exzellenten Zustand.«

Eine nervös wirkende junge Frau erschien im Spiegel und sah zu, wie der Mann mit den Fingern durch Lizzies Haare fuhr.

»Und hier!«, fuhr er fort. »Siehst du? Ein perfekter Haaransatz. Also ... äh, Miss – wie heißen Sie eigentlich? Ich kann Sie nicht weiter Miss nennen.«

»Lizzie!«, antwortete sie fasziniert und gleichzeitig verunsichert.

»Und ich bin Terry. Das ist Susan; sie ist mein Lehrling. Sie ist wirklich gut, hat jedoch noch keine richtig geometrischen Schnitte durchgeführt. Ich bezahle Sie dafür, wenn Sie sich von ihr die Haare schneiden lassen.«

»Ich weiß nicht recht ...«

»Zehn Pfund! Fairer geht's nicht!«

Zehn Pfund waren mehr als ihr monatliches Taschengeld. Für Lizzie war es ein riesiger Betrag.

»Wirklich? Sie wollen mir zehn Pfund zahlen, wenn ich mir die Haare schneiden lasse?« Das klang fast zu schön, um wahr zu sein. Ihr Vater pflegte zu sagen, wenn etwas zu schön klang, um wahr zu sein, dann war es wahrscheinlich auch so. »Aber wenn es nachher schrecklich aussieht?«

»Das wird es nicht«, erwiderte Terry, der immer noch mit ihren Haaren spielte, als wären sie aus feinstem Garn. »Ich werde jeden einzelnen Schritt überwachen. Sie können sich die Frisur sogar aussuchen. Wir sind nicht wie einer dieser Salons, in denen wir entscheiden, welche Frisur die Modelle bekommen. Ich bilde nur eine Friseurin aus, die ohnehin schon gut ist, nicht Dutzende. Kommen Sie zum Waschbecken, wir schneiden Ihr Haar in nassem Zustand.«

Lizzie war lange im Salon, doch sie saß nicht vor einem Spiegel. Man brachte ihr mehrmals Kaffee und Kekse und dann sogar ein Sandwich. Jeder Schnitt mit der Schere wurde abgesprochen und überwacht. Doch sie selbst konnte nicht beobachten, was Terry und Susan mit ihr veranstalteten.

»Sieht es gut aus?«, fragte sie einmal, nachdem ihr eine große Locke in den Schoß gefallen war.

»Toll! Ganz toll!«, antwortete Terry. »Sie haben etwas Besonderes, wunderbare Wangenknochen und natürlich eine perfekte Haut. Sie haben solches Glück! Ich hatte eine schlimme Akne, als ich in Ihrem Alter war.«

»Sie sehen wirklich entzückend aus«, sagte Susan schüchtern. »Fast wie ein Mannequin.«

»Nicht ganz wie ein Mannequin?« Das »fast« stellte Lizzie nicht zufrieden.

Susan schüttelte den Kopf. »Ihre Kleidung ist nicht richtig, und Sie brauchen ein bisschen Make-up.«

Lizzies Mutter trug manchmal ein wenig »Augenblau«, wie sie es bezeichnete, außerdem Lippenstift und Puder. Und natürlich zog sie sich die Augenbrauen nach. Doch all das musste sehr dezent sein, denn Lizzies Vater stand Frauen, die sich das Gesicht »anmalten«, wie er es nannte, ablehnend gegenüber. Er hätte Zustände bekommen, wenn Lizzie sich geschminkt hätte. Sie dachte an die zehn Pfund, die sie erhalten würde. Einen Teil davon würde sie definitiv in Make-up investieren.

Als Lizzie schließlich in den Spiegel sehen durfte, erkannte sie sich selbst fast nicht wieder. Ihre Augen wirkten riesig, ihr Gesicht elfenhaft und zart, und der schräge Pony und die geometrischen Konturen der Haare auf ihren Wangen ließen sie sehr modern aussehen.

»Ach du meine Güte!«, stieß sie hervor. »So kann ich nie wieder nach Hause gehen! Mein Vater wird verrückt.«

»Ich mache noch schnell ein paar Fotos«, sagte Terry.

Als er fertig war, holte er zwei Zehn-Pfund-Noten hervor. »Ich weiß, ich habe Ihnen zehn versprochen, aber es hat so gut funktioniert ...« Er reichte Lizzie das Geld. »Darf ich Ihnen noch einen Rat geben? Gehen Sie auf direktem Weg nach nebenan und kaufen Sie dieses Kleid aus dem Schaufenster. Sie werden es nicht bereuen.«

Lizzie befolgte seinen Rat. Sie erstand das Kleid, das ihr so gut gefallen hatte, und auch den schwarzen Rollkragenpullover. Damit sie ihr neues Outfit sofort tragen konnte, ließ sie ihr eigenes Kleid in eine Tragetasche packen. Dann marschierte sie zu Peter Jones und fand einen Rest Gabardine-Stoff in einem dezenten Dunkelgrün. Ein Schnittmuster brauchte sie nicht – sie würde einfach das Kleid kopieren, das sie nun besaß.

Auf dem Rückweg zu Ginas Haus hüpfte Lizzie praktisch die King's Road entlang. Sie summte einen Popsong, schwang ihre Tasche und fühlte sich wie in einem Film. Jetzt war sie eine richtig moderne Londonerin, nicht mehr das langweilige Mädchen vom Land wie noch bei ihrer Ankunft. Sie sprang die Stufen zu Ginas Haustür hinauf und klingelte. Hoffentlich gab ihre Tante ihr bald einen Hausschlüssel! Sie lebte in London, sie hatte tolle Freunde hier gefunden, und auch ihr Äußeres passte zu ihrem neuen Leben.

Als Gina ihr die Tür öffnete, starrte sie sie ein paar Sekunden lang verblüfft an. »O Gott! Ich habe dich kaum erkannt!«, rief sie. »Du hast dir das Haar schneiden lassen.« Dann runzelte sie die Stirn. »Tut mir leid, wie dumm von mir! Du weißt das natürlich. Komm rein.«

»Was denkst du?«, fragte Lizzie. »War es ein schrecklicher Fehler? Ich habe mir ein Schaufenster angesehen, und da kam dieser Friseur heraus und hat mich gebeten, mich als Frisurenmodell zur Verfügung zu stellen.«

»Dein Vater wird deine neue Frisur hassen«, antwortete Gina, »aber wahrscheinlich heißt das, dass du genau das Richtige getan hast. Komm, trink eine Tasse Tee. Barry wird uns bald abholen, um ins Theater zu gehen. Ich frage mich, was er von dir halten wird – mit dem kurzen Kleid, das deine Knie frei lässt, und mit dieser modernen Frisur.«

Barry war beeindruckt. Er machte so viel Aufhebens um Ginas »kleine Nichte«, dass Lizzie sich ziemlich unwohl fühlte. Er reichte ihr ein großes Glas Sherry – nicht nur einen Fingerhut voll, wie Lizzies Vater es für das schönere Geschlecht für angemessen hielt. Dann dachte er laut darüber nach, ob sie nicht nach dem Theater noch zu dritt in einen Nachtclub gehen wollten. Ins *Ad Lib*, sagte er; er kannte da angeblich jemanden, der dafür sorgen würde, dass sie eingelassen wurden.

Gina war nicht gerade begeistert von der Idee, und obwohl Lizzie irgendwann einmal einen Club besuchen wollte, hatte sie keine Lust, zusammen mit Barry und einer schlecht gelaunten Gina hinzugehen.

Das Vergnügen des Theaterbesuchs wurde etwas getrübt durch Barrys übertriebene Aufmerksamkeit und die Tatsache, dass auch andere Leute – fremde Leute – ihr Beachtung schenkten. Es gefiel Lizzie nicht wirklich, im Mittelpunkt des Interesses zu stehen. Im Waschraum der Toilette bewunderte eine Frau ihre Frisur und wollte wissen, wo sie sich das Haar hatte schneiden lassen. Bereitwillig gab Lizzie Auskunft. Sie hatte nur wenige andere Frauen mit einem ähnlichen Kurzhaarschnitt gesehen, und alle wirkten sie dennoch sehr modisch und elegant.

Am Sonntagnachmittag war Gina gereizt und angespannt. Als Lizzie von ihrem Spaziergang im Park zurückkehrte, toastete sie Brot zum Tee und trug das Tablett ins Wohnzimmer, wo Gina neben dem gasbetriebenen Kaminofen saß. Sie lächelte flüchtig und machte Platz für das Tablett, indem sie die Sonntagszeitung vom Tisch auf den Fußboden beförderte.

»Ich werde diese kleinen Aufmerksamkeiten vermissen«, sagte sie. »Ich muss zugeben, dass du ein gutes Mädchen bist.«

Lizzie war beunruhigt. Ihre Tante neigte nicht zu Gefühlsduseleien. Sie schenkte eine Tasse Tee ein und reichte sie Gina. Dann bot sie ihr den Teller mit dem gebutterten Toast an.

»Wie würden deine Eltern reagieren, wenn du ihnen eröffnest, dass du nicht mehr bei mir wohnen möchtest?« Gina wischte sich die buttrigen Finger an einem Taschentuch ab.

Lizzie wurde erst heiß, dann kalt. »Ich ... ich weiß nicht, ich kann es mir nicht vorstellen.« Dann dachte sie scharf nach. »Sie würden von mir verlangen, nach Hause zu kommen. Sie würden mich nicht in London bleiben lassen.«

»Okay, dann werden wir ihnen das nicht erzählen. Aber, Schätzchen, du kannst nicht hierbleiben. Ich habe einen Fehler gemacht. Du musst dir mit anderen Mädchen eine Wohnung teilen. Das machen viele so, es ist in Ordnung. Ich helfe dir. Ich unterstütze dich auch bei der Miete.«

»Aber warum kann ich denn nicht hierbleiben?«

»Du bist viel zu hübsch! Ich bin davon ausgegangen, dass du wie deine Mutter aussiehst, doch du bist viel hübscher, als sie jemals war.«

Lizzie wurde rot, schwieg jedoch.

»Die Sache ist die, Barry meint es zwar gut, aber falls er dir Avancen machen würde, müsste ich ihm den Laufpass geben. Allerdings unterstützt er mich großzügig bei der Zahlung von Rechnungen und so weiter.«

Lizzie war ein bisschen schockiert, doch sie verstand, was Gina ihr sagen wolle. Es war sehr schade, dass ihre Tante es offensichtlich einfacher fand, ihre Nichte vor die Tür zu setzen, als Barry unter Kontrolle zu halten.

»Wann soll ich ausziehen?« Ihre Stimme war kaum mehr als ein Flüstern. Der Gedanke, Ginas gemütliches Häuschen in einer der besten Gegenden Londons verlassen zu müssen, war niederschmetternd. Und wie würde sie damit zurechtkommen, mit Mädchen zusammenzuwohnen, die sie nicht kannte?

Doch dann holte sie tief Luft und erinnerte sich an die neuen Erfahrungen der vergangenen Tage – war sie wirklich erst eine Woche hier? Sie sah anders aus, und sie war anders, als sie je zuvor in ihrem Leben gewesen war. Alles wird gut, sagte sie sich. *Natürlich* würde sie das hinbekommen.

Zum Glück bemerkte Gina nichts von der Mischung aus Begeisterung und Angst, die in Lizzie miteinander rangen.

»Nun, ich werde dich nicht einfach so vor die Tür setzen! Ich gebe dir mindestens zwei Wochen.« Gina lächelte und war ganz offensichtlich froh, diese schwierige Unterhaltung hinter sich gebracht zu haben. »Ich habe noch die Abendzeitung von letzter Woche. Wir finden eine schöne Unterkunft für dich. Es wird viel lustiger sein, als mit deiner alten Tante zusammenzuwohnen.«

»Du bist überhaupt nicht alt!«, widersprach Lizzie.

»Ich bin älter als du, Süße, und das ist der Grund, warum du nicht bei mir wohnen kannst.«

4. Kapitel

Lizzies neue Frisur und das kurze Kleid erregten jede Menge Aufmerksamkeit, als sie am Montagmorgen die Kochküche betrat. Nicht alle Reaktionen ihrer Mitschülerinnen waren positiv.

»Wie willst du dein Haar hochstecken, wenn du ein Diadem trägst?«, fragte ein Mädchen namens Saskia, deren lange, kastanienbraune Locken im Augenblick zu einem Knoten aufgesteckt waren. Sie war eine der Hochnäsigsten hier, und Lizzie fühlte sich geschmeichelt, dass sie überhaupt mit ihr sprach, obwohl ihr Kommentar negativ war. Saskia erwähnte Lizzies kurzes Kleid nicht.

»Ich glaube nicht, dass ich je ein Diadem tragen muss«, antwortete Lizzie. Allerdings hatte sie das Gefühl, ihre Mutter würde wahrscheinlich sehr ähnliche Einwände erheben wie Saskia.

Das Mädchen fuhr fort: »Ich meine, ich lasse bald Fotos anfertigen, und der Fotograf hat explizit gesagt, ich solle mir davor das Haar nicht schneiden lassen. Ich hoffe, die Aufnahmen werden in *Country Life* veröffentlicht. Es ist der Fotograf von *Girls in Pearls*. Ich habe allerdings Diamanten.«

»Diamanten sind nicht angemessen für eine sehr junge Frau«, schaltete sich Madame Wilson in die Unterhaltung ein. »Und können wir jetzt bitte zur Ruhe kommen? Es ist Zeit für den Unterrichtsbeginn.«

»Du siehst ganz toll aus!«, flüsterte Meg Lizzie zu, als alle zu ihren Plätzen gegangen waren. »Der neueste Chic.«

»Nicht ein bisschen zu modisch?«, fragte Lizzie.

»Natürlich nicht«, verkündete Alexandra. »Du bist sehr modern!«

Madame Wilson war weniger beeindruckt. Sie sah Lizzie bloß an und schlug vor, sie solle rasch ihre Arbeitskleidung anziehen, um ihre Knie zu bedecken.

»Ich kann leider nicht länger dort bleiben«, erklärte Lizzie, als sie am Ende des Tages auf der Straße standen. »Ich muss mir eine Wohnung ansehen. Meine Tante Gina will, dass ich ausziehe.«

»Wirklich?«, fragte Meg. »Warum denn?«

Lizzie zögerte kurz, bevor sie antwortete. Sie wollte nicht den Eindruck erwecken, Gina wäre nicht nett oder sie selbst wolle ihrer Verwandten den Mann ausspannen. »Weil meine Tante einen Freund hat und glaubt, dieser Mann könnte sich zu sehr für mich interessieren.« Lizzie biss sich auf die Lippe. Sie fand es vollkommen unwahrscheinlich, dass Barry sie – jung und naiv, wie sie war – ihrer flotten Tante Gina vorziehen könnte. Doch bei dem Theaterbesuch hatte er tatsächlich versucht, mit Lizzie zu flirten, daher war es wohl möglich.

»Wie unangenehm«, meinte Meg. »Und deshalb willst du dir jetzt eine Wohnung ansehen?«

Lizzie nickte. »Gina scheint ganz scharf darauf zu sein, mich aus dem Weg zu haben, obwohl ich mich bei ihr richtig nützlich gemacht und sogar ihre Flickarbeiten übernommen habe!«

Alexandra lachte. »Wie undankbar von ihr!«

Lizzie stimmte in das Lachen ein. »Ich weiß! Unerhört!«

»Wo ist die Wohnung?«, wollte Alexandra wissen.

»In Tufnell Park. Bist du schon mal da gewesen?«

Alexandra schüttelte den Kopf. »Leider nein. Es liegt ziemlich weit außerhalb.«

»Ich komme mit dir zur U-Bahn«, entschied Meg. »Die Haltestelle ist ganz in der Nähe.«

Doch die Wohnung lag schrecklich weit von der U-Bahn-Station entfernt, an der sie aussteigen musste, wie Lizzie bereits nach einem Blick in den Stadtplan feststellte.

Die Umgebung war deprimierend. Die großen viktorianischen Häuser wirkten ungepflegt und heruntergekommen. Dieser Teil von London unterschied sich sehr von Chelsea. Und wie lange würde sie brauchen, um von hier aus zur Kochschule zu gelangen? Vermutlich mehr als eine Stunde. Eine Stunde entfernt von Gina und ihrem gemütlichen kleinen Haus … und von ihren neuen Freundinnen. Und eine halbe Weltreise von ihrem Zuhause in Surrey entfernt.

Lizzie war zwar naiv, jedoch nicht dumm. Sie verstand, warum Gina nicht wollte, dass ihre hübsche junge Nichte bei ihr wohnte. Sie akzeptierte auch, dass Gina es sich nicht leisten konnte, Barry den Laufpass zu geben – er war zu wohlhabend und zu großzügig. Dennoch wünschte Lizzie sich, dass ihre Tante sich nur noch ein bisschen länger mit ihrer Anwesenheit abgefunden hätte. Der Kochkurs dauerte bloß ein paar Wochen, und danach würde sie ohnehin nach Hause zurückkehren.

Allerdings reifte in Lizzie der Gedanke, dass sie sich – entgegen ihren ursprünglichen Plänen – vielleicht lieber eine Arbeit in London suchen und hierbleiben wollte. Meg würde nach dem Kurs arbeiten. Warum sollte sie das nicht auch tun? Sie war als Köchin natürlich nicht so talentiert wie ihre neue Freundin, doch auch sie kochte ganz passabel – besser als die Debütantinnen, die anscheinend nie aufpassten und nur über die nächste Party, über Wochenenden auf dem Land oder gesellschaftliche Veranstaltungen reden wollten, während sie sich danach verzehrten, ein Foto von sich im *Tatler* zu entdecken.

Die Straße war sehr lang, doch endlich näherte Lizzie sich der Hausnummer, die sie sich auf einem Zettel notiert hatte. Noch zwei Häuser, und sie war am Ziel.

Die Haustür war nicht eben verheißungsvoll. Sie war ausgesprochen schmutzig, und über einer zerbrochenen Glasscheibe hatte jemand ein Stück Pappe befestigt. Als Lizzie klingelte, hoffte sie, dass niemand öffnen würde. Dann könnte sie nach Hause fahren und Gina berichten, dass sie es versucht hatte. Bevor sie einen neuen Versuch unternahm, würde sie sehr sorgfältig die Lage der Wohnung überprüfen. Allerdings wurde ihr jetzt klar, dass die sehr moderate Miete wahrscheinlich ein Indiz dafür war, wie abgelegen und auch heruntergekommen die Wohngegend war.

Eine junge Frau öffnete die Tür. Das lange Haar hatte sie sich wie Vorhänge hinter die Ohren gestrichen, und ihre Haut war fettig. Sie lächelte nicht. »Du bist wegen dem Zimmer hier? Komm rein, doch ich warne dich: Jede Menge Leute sind scharf drauf.«

Lizzie hatte das Gefühl, es wäre unhöflich, sich wieder zu verabschieden, bevor sie überhaupt einen Fuß über die Schwelle gesetzt hatte. Daher folgte sie der Aufforderung.

Ein undefinierbarer, aber sehr starker Geruch stieg ihr in die Nase: eine Kombination aus altem Bratfett, Kohl und Abwasser war alles, was sie identifizieren konnte. Vielleicht auch noch Schweißgeruch, doch der konnte auch von der jungen Frau stammen.

»Es ist oben, komm mit«, sagte die Frau. »Ich bin übrigens Monica.« Sie öffnete eine Tür auf dem ersten Treppenabsatz. »Hier.«

Monica hatte recht gehabt mit ihrer Bemerkung, dass sich noch weitere Personen für das Zimmer in der Wohnung interessierten. Lizzie fand sich in einem winzigen Flur wieder, von dem mehrere Türen abgingen, und stieß beinahe mit einem anderen Mietinteressenten zusammen.

»Es tut mir leid!«, meinte ein sehr großer, adrett gekleideter junger Mann. »Bin ich Ihnen auf den Fuß getreten?«

»Nein, alles in Ordnung, sind Sie nicht.« Hätten sein ansprechendes Äußeres und sein gut geschnittener Anzug nicht noch ihre natürliche Schüchternheit verstärkt, hätte sie ihn angelächelt. Seine Sprechweise klang sehr nach Oberschicht.

»Das Wohnzimmer ist da drüben«, erklärte Monica, die sich jetzt an Lizzie vorbeischob.

Der Mann ging voraus, und Lizzie folgte ihm.

Es gab ein Erkerfenster mit vergilbten Gardinen, ein großes schwarzes Sofa mit Plastiküberzug, in dem ein Riss klaffte, zwei Sessel und einen kleinen zerkratzten Sofatisch. Im Kamin brannte ein elektrisches Feuer. Ihre Mutter, die einen untrüglichen Sinn für solche Dinge besaß, hätte sicherlich gesagt, die Wohnung sei feucht – und ja, die Tapete löste sich tatsächlich von der Wand, und hinter der Tür entdeckte Lizzie Schimmel.

»Es gibt einen Stromzähler«, bemerkte Monica. »Das Schlafzimmer ist hier.«

Lizzies Zimmer bei Gina war nicht groß, doch neben dieser kleinen Rumpelkammer wirkte es regelrecht geräumig. Es gab keine Fenster und – abgesehen von dem Bett – keine weiteren Möbelstücke.

»Es ist ein Einzelzimmer«, sagte Monica und sprach damit das Offensichtliche aus, »deshalb ist es ein bisschen teurer. An der Tür sind Haken für Kleidung.«

»Und die Küche?«, fragte der Mann.

Ein schmutziger Gasherd, eine Spüle und ein Tisch mit Resopalplatte sowie zwei Stühle bildeten die Einrichtung, doch zumindest verfügte der Raum über ein Fenster.

»Die Milch kann man aufs Fensterbrett stellen und die Flasche beschriften«, erklärte Monica.

»Und das Badezimmer?«, erkundigte sich Lizzie. Sie wusste, dass sie das Zimmer nicht nehmen würde – lieber würde sie wieder nach Hause ziehen und die tägliche Fahrt nach London auf sich nehmen, als hier zu wohnen. Dennoch wäre sie sich unhöflich vorgekommen, wenn sie nicht die ganze Wohnung besichtigt hätte.

»Das Bad teilen wir uns mit den Mietern über uns. Es gibt einen Nutzungsplan.« Als es an der Tür läutete, verließ Monica den Raum.

»Wollen Sie das Zimmer haben?«, fragte der Mann.

Lizzie schüttelte den Kopf. »Es gehört Ihnen.«

»Es ist fürchterlich, nicht wahr? Aber günstig.«

Lizzie fand, er sah aus wie jemand, der sich eine viel hübschere Unterkunft leisten könnte. Er wirkte wohlhabend und kultiviert – eigentlich war er genau der Typ Mann, der ihren Eltern gefallen würde. Ihr selbst gefiel er auch, er war durchaus attraktiv.

»Und wie war die Wohnung?«, wollte Alexandra am folgenden Morgen wissen, während sie ihre Jacken und Mäntel aufhängten.

»Grässlich«, antwortete Lizzie. »Es wäre angenehmer, zu Hause zu wohnen und täglich nach London zu pendeln.«

»Willst du das denn machen?«, hakte Alexandra nach.

»Nein«, sagte Lizzie. »Bestimmt nicht. Ich meine, meine Eltern sind sehr nett, aber ich möchte in London bleiben! Wenigstens so lange, wie der Kurs dauert.«

»Ich habe eine Idee«, meinte Alexandra. »Ich erzähle dir in der Mittagspause davon.«

Obwohl Lizzie ziemlich mit ihren eigenen Problemen beschäftigt war, fiel ihr dennoch auf, dass Meg an diesem Vormittag ein bisschen unaufmerksam war – nicht so konzentriert wie sonst. Madame Wilson musste sie zweimal auffordern, das Rezept für Mürbeteig wiederzugeben. Sie reagierte erst beim zweiten Mal, bekam es aber dann hin.

»Mein Rat, meine Damen«, sagte Madame Wilson, »lautet, dieses Rezept für alle Gerichte zu verwenden, die nach einem mürben Teig verlangen. Das Eigelb sorgt dafür, dass der Teig leicht zu verarbeiten ist.«

»Lasst uns ins Café gehen«, sagte Alexandra, nachdem alle drei Mädchen Quicheböden zubereitet und blindgebacken hatten – ein für Lizzie neues Verfahren.

»Ich habe mir gedacht«, fuhr Alexandra fort, als jede einen Cappuccino vor sich stehen hatte und die Zuckerwürfel darin versenkte, »warum kommst du nicht zu mir und wohnst in meinem Haus? Es ist albern, dass ich fast allein darin lebe, während du wieder zurück zu deinen Eltern oder in eine schreckliche Wohngemeinschaft ziehen musst.«

»Ach du meine Güte! Das wäre ja fantastisch!«, rief Lizzie aus. »Aber was würden deine ... deine Vormunde davon halten?«

»Sie würden es nicht erfahren, und überhaupt, warum sollten sie Einwände haben? Dass ich mit einem netten Mädchen vom Lande zusammenwohne, wäre genau das, was sie sich für mich wünschen würden, wenn sie sich je Gedanken darüber gemacht hätten.«

»Das wäre perfekt!« Lizzie dachte an die Reaktion ihrer Mutter, wenn sie ihr erzählen würde, dass sie bei einer vornehmen jungen Frau in einem repräsentablen Haus in der allerbesten Gegend Londons wohnen würde. Sie wäre so begeistert, dass sie ihrer Tochter wahrscheinlich sogar den geometrischen Haarschnitt verzeihen würde.

»Hervorragend!« Alexandra klatschte in die Hände.

Meg räusperte sich. »Ist in deinem Haus vielleicht noch Platz für eine weitere Person?«

»Natürlich«, antwortete Alexandra. »Es ist riesig. Warum?«

»Ich brauche jetzt auch eine neue Unterkunft. Dringend.«

»Aber weshalb?«

»Meine Mutter hat eine neue Stelle gefunden, was an und für sich großartig ist, und sie kann auch dort wohnen, was ebenfalls großartig ist, doch ich werde dadurch praktisch obdachlos«, erklärte Meg.

»Dann zieh auch zu mir! Wir können alle zusammenwohnen, das wäre so schön! Es ist ziemlich einsam, mehr oder weniger allein in diesem Riesenhaus zu wohnen.«

»Es gibt nur ein Problem«, meinte Meg, die, wie Lizzie fand, nicht angemessen entzückt von der Aussicht wirkte, ihr Wohnungsproblem so schnell und glücklich lösen zu können.

»Und das wäre?«, fragte Alexandra.

»Da ist noch Clover.«

»Wer ist Clover?«, sagten Alexandra und Lizzie gleichzeitig.

»Meine Hündin. Na ja, eigentlich ist sie nicht meine Hündin. Sie hat dem alten Mann gehört, um den meine Mutter sich gekümmert hat – der, bei dem wir in den letzten fünf Jahren gelebt haben.«

»Und er hat dir den Hund in seinem Testament hinterlassen?«, hakte Lizzie nach.

Meg reagierte ein bisschen emotional. »Die Sache ist die, die Familie des alten Mannes – entfernte Verwandtschaft – kam ihn nie besuchen. Sie wollten, dass der Hund eingeschläfert wird. Clover ist nicht mehr jung, sieben Jahre, aber das ist auch nicht wirklich alt!«

»Oh, wie schrecklich!«, rief Alexandra. »Natürlich kann sie auch bei uns wohnen.« Sie zögerte kurz. »Es gibt da allerdings noch eine Sache.«

Lizzie und Meg sahen Alexandra beunruhigt an. Würde sich die Lösung für ihre Probleme so bald schon wieder zerschlagen?

»Ich habe euch gesagt, dass ich mehr oder weniger allein wohne ... na ja, das ist streng genommen eine Lüge. Ich habe mir angewöhnt, Menschen anzulügen – aus Selbstschutz –, allerdings ist es eine scheußliche Angewohnheit.« Sie holte tief Luft. »Ich wohne mit David zusammen. Er ist der liebste, netteste Mensch, den man sich nur vorstellen kann, und er hat sich immer um mich gekümmert – na ja, jedenfalls in den letzten drei Jahren. Er ist Antiquitätenhändler und Schauspieler.«

»Warum sollte das ein Problem sein?«, wollte Meg wissen.

Alexandra ließ sich mit ihrer Antwort einen Moment Zeit. Dann sagte sie: »Er ist homosexuell.«

Lizzie und Meg schluckten.

Alexandra fuhr fort: »Wie ihr wisst, verstößt es gegen das Gesetz, schwul zu sein. Falls ihr glaubt, ihr könntet ein Problem damit haben, das Haus mit einem Homosexuellen zu teilen, oder falls ihr es den Behörden mitteilen wollt, könnt ihr nicht bei mir einziehen.« Wieder machte sie eine Pause. »Und ich weiß auch nicht, ob ich in dem Fall mit euch befreundet sein kann.«

»Für mich ist das kein Problem«, erklärte Meg. »Es wurde zwar nie ausgesprochen, aber ich bin sicher, dass William, der alte Mann, um den meine Mutter sich zuletzt gekümmert hat und bei dem wir gewohnt haben, ebenfalls homosexuell war. Er war auch ein unglaublich lieber, netter Mensch.« Sie lächelte schüchtern.

»Es tut mir leid, dass ich so dumm bin«, sagte Lizzie. »Doch ich weiß gar nicht richtig, was ›homosexuell‹ bedeutet.« Sie wurde rot, weil sie so unwissend und naiv war. »Ich bin sehr behütet aufgewachsen«, fügte sie als Entschuldigung hinzu.

»Es ist, wenn Männer nicht auf Frauen stehen, sondern andere Männer mögen«, erklärte Meg. »Ich weiß nicht, warum das gegen das Gesetz verstößt.«

»Okay«, meinte Lizzie. »Ich glaube nicht, dass ich schon mal einem Schwulen begegnet bin.«

»Wahrscheinlich schon«, erwiderte Alexandra. »Du hast es nur nicht gewusst. Kommt mit, ich zeige euch das Haus. Wir können zu Fuß gehen, wenn ihr nichts dagegen habt«, fügte sie etwas nervös hinzu. »Vielleicht hasst ihr mein Zuhause ja auch!«

»Aber dann würden wir den Polsterkurs versäumen«, wandte Lizzie leicht schockiert ein.

»Ich glaube nicht, dass das schlimm wäre«, entgegnete Meg. »Die Debütantinnen verpassen ziemlich häufig den Nachmittagsunterricht. Die Stunden am Nachmittag sind nur zum Füllen da, damit der Kurs sein Geld wert ist.«

»Sie hat recht«, sagte Alexandra. »Doch wir könnten auch erst nach dem Polsterkurs zu mir gehen, wenn dir das lieber wäre, Lizzie.«

»Lasst es uns so machen«, meinte Meg, die sie beobachtet hatte und vermutlich erriet, dass Lizzie sich mit dieser Lösung wohler fühlen würde.

Als der Arbeitsraum am Ende des Tages sauber und ordentlich aufgeräumt war und die jungen Frauen gehen konnten, verloren sie keine Zeit. Alexandra wies ihnen den Weg. Plötzlich zeigte sich London von seiner besten Seite: Die Kirschbäume entlang der Straße standen in voller Blüte, Blumenkästen voller Narzissen, Tulpen und Hyazinthen schmückten die hübscheren Häuser. Erst säumten kleine Läden ihren Weg, später, als sie Victoria erreichten, größere, dann folgten wieder Wohnstraßen.

Lizzie war so begeistert, dass sie ununterbrochen vor sich hin lächelte. London schien so voller Möglichkeiten und Verheißungen zu sein. In dieser Gegend zu leben wäre wunderbar und ganz anders als die schreckliche Wohnung in Tufnell Park und noch besser als Chelsea.

Alexandra führte sie zu einer Reihe von im Halbkreis angeordneten, großen, hochherrschaftlichen Häusern mit mindestens vier Stockwerken. Vor einem Haus mit Vorgarten, der von einem Drahtzaun umgeben war, blieb sie stehen. Lizzie vermutete, dass es wahrscheinlich vormals einen schmiedeeisernen Zaun gegeben hatte, der während des Krieges entfernt worden war. Der Garten stand voller alter Bäume, und durch den Zaun konnte man Blumen, Pfade, Sitzgelegenheiten und eine kleine Hütte sehen.

»Ist das der einzige Garten?«, fragte Meg sorgenvoll. Sicher dachte sie an Clover.

»Nein, nein, es gibt noch einen kleinen hinter dem Haus. Lasst uns reingehen. Ich muss euch allerdings vorwarnen – das Haus ist seit Jahren nicht mehr ordentlich renoviert worden.«

In der Eingangshalle war es düster, und irgendwie wurde es noch düsterer, als Alexandra auf einen Schalter drückte. In dem Kronleuchter brannte nur eine einzige Glühbirne, die Schatten in alle Richtungen warf. Das Licht war zwar nur schwach, reichte jedoch aus, um verblasste Pracht zu enthüllen – ein Haus, das einmal vornehm und elegant gewesen war, nun jedoch dringend eine gründliche Reinigung und Renovierung benötigte.

Eine Treppe führte nach oben, doch Alexandra sagte: »Lasst uns runter in die Küche gehen. Da ist es ein bisschen wohnlicher.«

Unten war es tatsächlich gemütlicher, aber immer noch sehr groß. Lizzie gewann den Eindruck, dass mehrere kleinere Zimmer miteinander verbunden worden waren, um einen riesigen Raum zu schaffen, der sich von der Vorderseite des Hauses bis zur Rückseite erstreckte. An beiden Seiten gab es Fenster. Doch da der Raum sich unter der Erde befand, war er nicht besonders hell. Lizzie erkannte, dass er im Prinzip aus drei Bereichen bestand.

Direkt in der Nähe der Tür stand ein großer Tisch. Er war eindeutig eher zum Arbeiten und nicht zum Daran-Sitzen gedacht, denn es gab keine Stühle. Lizzie entdeckte darauf eine Anzahl von Kisten voller Porzellan und einen zerbrochenen Kerzenleuchter. Ein Stück weiter standen zwei Sofas und ein paar Sessel, die um einen Gasofen gruppiert waren – eine Art Wohnzimmer. An der Wand zwischen dem Sitzbereich und dem Küchenbereich am anderen Ende des Raumes sah Lizzie ein Klavier.

Im Küchenbereich gab es zwei Anrichten an der Wand, auf denen sich ein paar große Vorratsbehälter aus Steingut befanden – gefüllt mit Arbeitsgeräten und Holzlöffeln. Ein blau emaillierter Gasherd hatte seinen Platz neben dem großen Abtropfbrett aus Holz, und darüber war ein breites Geschirrregal mit zwei Böden an der Wand befestigt.

Gegenüber der Spüle stand ein Holztisch, und in der Ecke sah Lizzie ein Topfregal mit Kochtöpfen und Bratpfannen in verschiedenen Größen. Ein Messerhalter an der Wand enthielt jede Menge Messer. Beeindruckt stellte Lizzie fest, dass es dort solche gab wie die in Madame Wilsons Kochschule. Nicht Messer mit kleinen Klingen im Wellenschliff und mit Holzgriffen, mit denen Lizzies Mutter sich herumplagte. Nichts passte hier zusammen, doch alles schien einer logischen Ordnung zu folgen.

»Einer der Bewohner kocht viel«, kommentierte Meg und trat weiter in den Raum hinein.

»Das ist David. Er hätte mir Kochen beibringen können, und fairerweise muss ich sagen, dass er es auch versucht hat. Aber ich besuche den Kurs, weil meine Vormunde dachten, ich würde dort nette Mädchen kennenlernen«, erläuterte Alexandra. »Und natürlich hat es funktioniert!« Sie deutete mit einer Handbewegung auf Lizzie und Meg.

»Spielt David auch Klavier, oder bist du das?«, wollte Lizzie wissen.

»Ich kann ein bisschen spielen, doch du hast recht – es ist eigentlich David«, antwortete Alexandra. »Wir lieben es, gemeinsam zu singen! Er kann großartig vom Blatt spielen, und ich bin inzwischen auch ziemlich gut.«

»Ich kann überhaupt keine Noten lesen«, meinte Meg, die sich wahrscheinlich minderwertig fühlte.

»Oh, das musst du auch nicht! Die meisten Lieder wirst du ohnehin kennen. Und warte erst mal, bis David kommt. Er sagt, jeder kann singen. Aber jetzt setzt euch. Ich mache den Ofen an, und dann koche ich uns einen schönen Tee.«

Nach einer Menge Knallen und kleineren Explosionen brannte endlich der Gasofen, und Alexandra ging zur Spüle, um den Wasserkessel zu füllen.

»Wie oft siehst du deine Vormunde denn?«, fragte Lizzie, die die offensichtliche Freiheit, über die Alexandra verfügte, erstaunlich fand.

»Fast nie. Ich schreibe ihnen jede Menge Briefe mit Neuigkeiten, erzähle ihnen aber nie alles und beschreibe die Dinge in den Briefen an die unterschiedlichen Personen jeweils ein bisschen anders. Ich weiß, was jeden Einzelnen umtreibt, versteht ihr. Auf die Weise halte ich alle bei Laune.« Sie sah sich um. »Natürlich werden sie eines Tages aus der Schweiz nach London kommen und feststellen, dass ich aus diesen ganzen kleinen Räumen einen großen gemacht habe – ihr wisst schon: Waschküche, Speisekammer, das Zimmer, in dem das Porzellan aufbewahrt wurde. Das dicke Ende wird noch kommen, doch darum kümmere ich mich, wenn es so weit ist.«

Lizzie fand, dass sie ein wenig wehmütig wirkte.

»Angeblich ist es einfacher, um Vergebung als um Erlaubnis zu bitten. Zumindest hat mir das mal jemand gesagt.« Alexandras Miene hellte sich auf. »Aber bis dahin ist es hier unten doch richtig gemütlich, findet ihr nicht?«

»Hattest du keine Angst, die Decke könnte runterkommen, als du die Zwischenwände entfernt hast?«, fragte Meg.

Alexandra setzte den Wasserkessel auf und machte eine wegwerfende Handbewegung. »Oh, das war schon in Ordnung. Ein paar Bauarbeiter, mit denen David befreundet ist, haben sich darum gekümmert. Sie haben sich vergewissert, dass es sicher ist.«

Alexandra öffnete und schloss Schranktüren – offensichtlich suchte sie etwas. Schließlich fand sie eine wunderschöne Porzellanteekanne mit einer angeschlagenen Ausgusstülle. »Ich finde, wir sollten das beste Porzellan benutzen, nicht die alte Metallkanne. Nur dieses eine Mal.«

»Ich möchte unbedingt hier wohnen«, sagte Lizzie. Sie hatte eine Nähmaschine in dem Durcheinander auf dem Tisch am anderen Ende des Raumes entdeckt.

»Ihr habt die Schlafzimmer noch gar nicht gesehen«, bemerkte Alexandra, die sich offensichtlich auf die Suche nach dem Rest des Teeservices gemacht hatte.

»Die Schlafzimmer sind bestimmt schön«, erwiderte Lizzie. Zumindest waren sie sicherlich geräumig.

»Mir sind die Schlafräume egal«, warf Meg ein. »Ich möchte in dieser tollen Küche kochen. Hier ist so viel Platz! Unsere letzte Küche war ziemlich klein. Aber kann ich rasch einen Blick in den Garten werfen? Um zu sehen, ob er für Clover in Ordnung ist?«

»Du kannst da drüben durch die Tür gehen«, antwortete Alexandra, die endlich Tassen und Unterteller gefunden hatte. »Auf dem Regal neben der Hintertür liegt der Schlüssel. Der Garten besteht nur aus einem bisschen Rasen mit einem Baum in der Mitte.«

Kurz darauf kehrte Meg zurück. Offensichtlich hatte sie sich davon überzeugt, dass der Garten für Clover geeignet war. »Man könnte Kräuter, Petersilie und so weiter ziehen«, meinte sie. »Meine Mutter ist auf dem Land aufgewachsen, und ihre Mum hat alles Mögliche angepflanzt. Wir haben immer ganz viele Sachen in Töpfen gezogen, wo auch immer wir gerade gewohnt haben. Bei William hatten wir allerdings ein Gartenbeet.«

»Braucht Clover viel Bewegung?«, wollte Alexandra wissen und goss den Tee auf, nachdem das Wasser gekocht hatte. »Wir haben einen Schlüssel für den Park im Wohnviertel, aber dort sind Hunde nicht erlaubt. Auch keine unbeaufsichtigten Kinder. Und man darf nicht mit dem Ball spielen. Nicht wirklich amüsant, doch die Blumen sind hübsch.«

»Gehst du oft hin?«, erkundigte sich Lizzie, die von dem ihr fremden Lebensstil fasziniert war.

»Im Sommer ja. Ich habe den Verdacht, dass eine der Nachbarinnen für meine Verwandten spioniert, deshalb sorge ich dafür, dass sie mich mindestens einmal im Jahr sieht, gesund und munter. Ich lasse mich immer von einer Freundin begleiten. Nicht dass ich viele Freundinnen hätte, aber David besorgt mir jedes Mal eine nette junge Schauspielerin, die mit mir die Wege entlangflaniert. Ach! Wenn man vom Teufel spricht!«

David war älter als die jungen Frauen, wahrscheinlich Mitte dreißig, und sah sehr gut aus; und er wirkte nett, wie Lizzie fand.

»David!« Alexandra ging auf ihn zu, nahm ihn am Arm und führte ihn zum Ofen. »Das ist Lizzie, die ich fragen wollte, ob sie bei uns wohnen möchte, und das ist Meg. Sie will jetzt auch hier einziehen. Wir haben ja jede Menge Platz.«

Meg lächelte. »Allerdings habe ich einen Hund, vielleicht willst du mich gar nicht als Mitbewohnerin.« Sie zögerte. »Auch wenn es keine Wohnung ist, sondern ein großes Haus.«

»Ein Hund? Wo ist er denn?« David sah sich erwartungsvoll um.

»Es ist eine Hündin. Ich habe sie nicht mitgebracht«, antwortete Meg lachend. »Würde es dich stören?«

»Schätzchen, ich liebe Hunde! Nichts wäre mir lieber, als

einen im Haus zu haben. Kann ich mit der Hündin spazieren gehen? Was für eine Rasse ist es denn?«

»Ein kleiner Spaniel«, antwortete Meg, die sich sichtlich entspannte. »Und natürlich kannst du mit ihr spazieren gehen. Ich weiß nur nicht, wohin. Momentan führen wir sie in Wimbledon Common aus.«

»Hier ganz in der Nähe gibt es zwei kleine Parks, und wenn du nichts dagegen hast, könnte ich sie ins Auto setzen und mit ihr zu einem größeren Park fahren«, meinte David.

Meg strahlte. »Das würde ihr sehr gefallen.«

Nachdem sie eine zweite Tasse Tee getrunken hatten, schlug Alexandra vor: »Kommt, ich zeige euch das obere Stockwerk.«

Sie durchquerten die etwas heruntergekommene Eingangshalle und stiegen die Treppe hinauf.

»Diese Räume sind abgesperrt«, erklärte Alexandra, noch im Erdgeschoss. »Mir nach!« Im ersten Stock öffnete Alexandra eine Tür und führte die Freundinnen in den Salon. »Er hat eine Flügeltür zum Nachbarzimmer. Wenn man also eine richtig große Party gibt, kann man den ganzen Raum nutzen.«

»Er kommt mir auch so schon groß genug vor«, meinte Lizzie und betrachtete voller Ehrfurcht die hohe Decke, die beiden bodentiefen Fenster, vor denen sich Balkone befanden, und den prächtigen Marmorkamin.

»Ich mag diesen Raum lieber.« Alexandra öffnete die Tür zum kleineren Nachbarzimmer. Darin gab es ein verstaubtes, großes Klavier sowie ein Sofa und Sessel. »David spielt manchmal auf dem Klavier, aber eigentlich zieht er das in der Küche vor. Im Winter ist es hier oben zu kalt.«

Lizzie fand, dass es auch jetzt, im April, noch ziemlich kühl war.

»Nun versteht ihr, warum wir lieber unten sind«, sagte Alexandra.

»Würde es dir etwas ausmachen, wenn Clover bei mir schläft?«, fragte Meg. »Sie ist an eine Wohnung gewöhnt, und ich weiß nicht, ob ich mich wohlfühlen würde, wenn sie unten im Keller wäre – so weit weg von mir.«

Alexandra nickte. »Und ihr werdet noch weiter oben unterkommen, im zweiten Stock. Kommt mit. Mir ist egal, wo Clover schläft.«

»David bewohnt das ehemalige Kinderzimmer ganz oben. Es hat ein eigenes Bad, mitsamt Plastikenten!«, fuhr Alexandra fort, während sie die Tür zu einem großen Schlafzimmer öffnete. »Das ist mein Zimmer, es geht nach vorne raus. Daneben gibt es einen weiteren Raum und noch einen kleinen nach hinten raus. Das Badezimmer ist hier.« Sie betraten ein geräumiges Zimmer, in dem eine große Badewanne auf Klauenfüßen stand. Eine kompliziert aussehende Konstruktion aus Kupferrohren stellte eine Art Duschvorrichtung dar.

»Lasst uns einen Blick auf die Zimmer werfen, in denen wir schlafen werden«, schlug Meg vor.

»Ich würde gerne sagen, dass ich das Beste bis zuletzt aufgespart habe«, antwortete Alexandra, »aber leider ist es nicht so. Hier, das ist das Zimmer neben meinem.«

Das Schlafzimmer, das Alexandra ihnen nun zeigte, war sehr groß, doch die ehemals hübsche Blumentapete löste sich von den Wänden, und an der Decke prangte ein feuchter Fleck. Das Mobiliar bestand aus zwei Einzelbetten, einer Frisierkommode, Schränken und einem Waschbecken.

»Wir könnten uns den Raum teilen«, meinte Lizzie. »Er ist riesengroß!«

»Aber was wäre dann mit Clover?«, fragte Meg schüchtern. »Könntest du dir vorstellen, mit einem Hund in einem Zimmer zu wohnen?«

»Jault Clover nachts?«, wollte Lizzie wissen.

»Nein, sie schläft auf meinem Bett und schnarcht nur ein bisschen«, erklärte Meg. »Aber das kann schon mal laut sein.«

»Das macht mir bestimmt nichts aus«, sagte Lizzie. Wenn sie früher bei ihrer Freundin übernachtet hatte, hatte es ihr immer gefallen, jemanden in der Dunkelheit atmen zu hören. Sie neigte ein wenig zu Albträumen und mochte den Gedanken, Gesellschaft zu haben, zumindest bis sie sich daran gewöhnt hatte, in diesem etwas unheimlichen Haus zu wohnen.

»Wie hoch ist die Miete?«, wollte sie wissen und hoffte inständig, dass sie sie aufbringen konnte.

»Ja«, hakte auch Meg nach. »Das müssen wir wissen. Ich kann mir wahrscheinlich nicht leisten, was diese Unterkunft hier wert ist.«

Alexandra verzog das Gesicht. Zwar hatte sie sich Gedanken über das Thema gemacht, war jedoch zu keinem Ergebnis gekommen. »Na ja, um ehrlich zu sein ... Da ich nie vorhatte, Zimmer zu vermieten, wäre es für mich in Ordnung, wenn wir uns einfach die Kosten für die Haushaltsführung teilen. Ich betrachte mich nicht als Vermieterin, so eine, die eine Schürze über ihrem enormen Busen trägt!«

»Aber wir müssen dafür bezahlen!«, widersprach Lizzie. »Sonst wären wir Schmarotzer.« Ihr Vater hatte eine sehr eindeutige Meinung über Schmarotzer. Obwohl Lizzie seine Ansichten in Bezug auf viele Bereiche des Lebens ablehnte, hatte seine Einstellung zu Menschen, die Dinge umsonst haben wollten, auf sie abgefärbt.

»Okay.« Alexandra nannte einen lächerlich geringen Betrag. »Und wir legen zusammen, um Lebensmittel zu kaufen und Haushaltsrechnungen zu bezahlen, was haltet ihr davon?«

»Und wäre es in Ordnung für dich, wenn wir dieses Zimmer ein bisschen renovieren würden?«, warf Meg ein. »Wir könnten zum Beispiel die Tapeten wieder festkleben.«

»Na klar! Nur zu. Ich glaube, es gibt sogar noch Tapete auf dem Dachboden, die man verwenden könnte«, erwiderte Alexandra, offensichtlich begeistert von diesem Plan.

»Wie sieht's mit Bettzeug aus?«, fragte Lizzie. »Laken, Bettbezüge, Decken, Federbetten, Kopfkissen?«

»Es gibt einen riesigen Wäscheschrank voll davon. Zerbrecht euch nicht den Kopf darüber. Es wird so viel Spaß machen! Kommt, gehen wir wieder nach unten und machen Toast.«

Nachdem sie in der Küche noch mehr Tee getrunken – diesmal aus Bechern – und Toast gegessen hatten, stand Lizzie auf.

»Ich muss Gina Bescheid geben, dass ich eine ganz entzückende Unterkunft gefunden habe.« Sie hielt kurz inne. »Meine Mutter wird auch hocherfreut sein. Ich meine, natürlich wird sie sich Sorgen machen, wenn ich nicht mehr bei Gina wohne, aber wenn ich ihr erzähle, dass ich nach Belgravia ziehe ...« Fragend sah sie Alexandra an. »Gehört das hier zu Belgravia? Pimlico ist irgendwie nicht so bekannt.«

Alexandra zuckte unverbindlich mit den Schultern. »Ich bin nicht ganz sicher, doch ich glaube schon.«

»Ich sage einfach Belgravia«, beschloss Lizzie. »Sie wüsste ohnehin nicht, ob Pimlico nun ein Teil von Belgravia ist oder nicht.« Sie runzelte die Stirn. »Vermutlich sollte ich meine Eltern bald mal besuchen. Sie bekommen sicher einen Anfall, wenn sie meine neue Frisur sehen.« Nachdenklich fuhr sie sich durch die Haare.

»Und ich sorge mich, wie ich Clover herholen soll«, bemerkte Meg seufzend. »Sie ist noch nie mit der U-Bahn oder dem Bus gefahren.«

David, der im Küchenbereich etwas klein schnippelte, blickte auf. »Ich könnte euch beide mit dem Auto abholen. Du wohnst momentan in Wimbledon, oder?«

Meg drehte sich zu ihm um. »Oh ja! Das wäre wunderbar! Würdest du das wirklich tun?«

David nickte lächelnd. »Es ist nicht so weit, weißt du? Und ich könnte auch deine Sachen herbringen.« Er runzelte die Stirn. »Wäre es für deine Mutter in Ordnung, wenn du von einem fremden Mann abgeholt wirst?«

Meg lachte. »Wenn es bedeutet, dass Clover ein gutes Zuhause bekommt, wäre es ihr egal, mit wem ich durchbrenne!«

»Ich hätte nur am Freitag Zeit«, fuhr David fort. »Am Samstag bin ich in Portobello – da ist der Antiquitätenmarkt.«

»Freitag wäre perfekt. Ich werde dir zum Dank einen Kuchen backen«, erwiderte Meg. »Ich würde jetzt gern meine Mutter anrufen, wenn das in Ordnung ist. Ich bezahle den Anruf natürlich.«

Lizzie hatte einen Geistesblitz. Sie dachte an die Teeeinladungen ihrer Mutter, Kuchen, kleine Sandwiches, Scones und, was noch wichtiger war, Gäste. »Könntest du dir vorstellen, am Wochenende zu mir nach Hause zu kommen, Alexandra? Zum Tee? Meine Mutter würde nicht so viel Aufhebens um meine Frisur machen, wenn du da wärst, und sie würde sich so freuen, dich kennenzulernen – schließlich werde ich jetzt deine Mitbewohnerin.« Sie fügte nicht hinzu, dass Alexandra die Art von Selbstbewusstsein ausstrahlte, das ihre vornehmen Wurzeln verriet.

Alexandra lächelte. »Sehr gern, vor allem, wenn ich damit deinen Fluchtplan unterstützen kann. Ich verspreche, mich ganz konventionell zu kleiden. Ich bin sehr gut darin, Leuten, die dich vielleicht lieben, dich aber nicht verstehen, Sand in die Augen zu streuen.«

Lizzie legte ihre Hand auf Alexandras. »Das bringt es auf den Punkt. Danke!«

5. Kapitel

»Ich bin dir so dankbar, dass du mitgekommen bist«, sagte Lizzie ein paar Tage später. »Sie lieben dich!« Alexandra und sie befanden sich auf dem Rückweg vom Besuch bei Lizzies Eltern.

Eigentlich war es ihr sogar ein bisschen peinlich gewesen, wie sehr Alexandras zwanglos aristokratische Ausstrahlung gepaart mit perfekten Manieren und aufrichtiger Freundlichkeit ihre Eltern beeindruckt hatte.

»Sie waren süß! Sie sind einfach sehr besorgt um dich«, meinte Alexandra. »Und ich bin auch der Meinung, dass Gina dich ein bisschen länger bei sich hätte wohnen lassen sollen, bevor sie dir eröffnet, dass du ausziehen musst.«

»Immerhin hat mein Vater ihr geglaubt, als sie behauptete, dass im ganzen Haus neue Kabel verlegt werden müssen«, meinte Lizzie. »Gina hat nicht gesagt: ›Ich habe Angst, dass mein Freund Lizzie an die Wäsche gehen wird, weil er im Grunde genommen ein Lustmolch ist.‹«

Alexandra lachte, zog den Mantel aus und hängte ihn über das Geländer der eleganten Treppe. »Das wäre sicher nicht so gut angekommen! Jetzt muss ich mich umziehen. Dieser Rock ist am Bund ein bisschen eng.«

»Ich kann ihn gerne ein wenig weiter machen, wenn du möchtest«, erwiderte Lizzie. Sie war sich nicht sicher, ob der Rock zu Alexandras Lieblingskleidungsstücken gehörte. Er war wadenlang und weit geschnitten und entsprach damit nicht unbedingt der aktuellen Mode.

»Danke, aber mach dir keine Mühe. Allerdings habe ich jede

Menge andere Klamotten, für die ich dein Angebot nur zu gern annehmen würde.«

Lizzie war inzwischen mutig genug, um zu fragen, was sie schon seit dem ersten Tag in der Kochschule gerne wissen wollte. »Geben deine Vormunde dir kein Kleidergeld oder so?«

»Doch, aber natürlich hat zu ihrer Zeit alles noch einen Spottpreis gekostet, und ihre Kleidungsstücke wurden von Näherinnen instand gehalten, die für fast nichts bei Kerzenlicht arbeiteten. Außerdem gebe ich das Geld lieber für andere Dinge aus.«

Da Alexandra im Begriff war, die Treppe hinaufzusteigen, legte Lizzie ihr die Hand aufs Handgelenk. »Was für andere Dinge?«

»Eigentlich für Trödel, auch wenn ich die Sachen lieber als ›Antiquitäten‹ bezeichne.«

Bis Sonntagabend hatten sich alle drei Mädchen in dem großen Haus in Belgravia eingefunden.

Nachdem David am Freitag schon Megs Habseligkeiten und ihre Hündin hergebracht hatte, holte er nun auch Lizzie mit ihren Sachen bei ihrer Tante ab. David und Gina entdeckten, dass sie gemeinsame Freunde hatten. So kam es, dass die drei noch zusammen ein Glas Sherry tranken, bevor David Lizzie zum Haus fuhr.

Gina, die wahrscheinlich von einem schlechten Gewissen geplagt wurde, weil sie ihre Nichte so bald schon wieder vor die Tür gesetzt hatte, überreichte ihr eine Tragetasche voller Kleidung. »Das sind Kleidungsstücke, die nicht zu mir passen, was ich aber zu spät herausgefunden habe. Du bist so geschickt mit Nadel und Faden, dass du vielleicht was daraus machen kannst.«

Lizzie warf einen Blick in die Tasche und entdeckte ein paar entzückende Teile aus schönen Stoffen und ein Durcheinander von interessanten Gürteln und Tüchern.

»Ach du meine Güte! Das sieht aus, als wären ein paar richtig schöne Stücke darunter.«

Gina zuckte mit den Schultern. »Einige sind nur aus La Boutique Saint-Michel, doch es sind auch ein oder zwei bessere Teile dabei. Ich weiß, dass du sie ändern kannst, um sie etwas moderner zu gestalten.«

»La Boutique Saint-Michel?«, hakte Lizzie irritiert nach.

David lachte. »Oh, der gute alte Marks & Spencer? Von jetzt an werde ich das Kaufhaus nie wieder anders als ›La Boutique Saint-Michel‹ nennen.«

Jetzt fiel auch bei Lizzy der Groschen. »Das gefällt mir, Gina«, sagte sie.

»Und wir dürfen auch Charles et Antoine nicht vergessen«, meinte Gina.

David runzelte kurz die Stirn. »C&A! Das ist köstlich!«

Als David Lizzies Koffer im Wagen verstaute, sagte Gina zu ihr: »Er ist ein sehr netter Mann. Er wird auf dich aufpassen.«

»Weißt du, er ist ...« Lizzie zögerte.

»Homosexuell? Ja«, erwiderte Gina bestimmt. »Das spielt keine Rolle. Nachdem ich weiß, dass jemand wie er mit im Haus wohnt, fühle ich mich viel weniger schlecht, weil ich dich vor die Tür gesetzt habe.«

Lizzie war hocherfreut. Falls ihr Vater je von David erfuhr und sich sorgte, würde sie ihre Tante auf ihn ansetzen. Gina würde ihrem Vater schon beibringen, was Sache war.

Lizzie richtete sich in dem Zimmer, das sie sich mit Meg teilte, häuslich ein. Wenig später versammelte sich der gesamte Haushalt in der behaglichen Wohnküche.

Im Küchenbereich kochten Meg und David etwas fürs Abendessen. David hatte jede Menge Zutaten hervorgeholt, die Madame Wilson beeindruckt und Lizzies Mutter verblüfft hätten. Offensichtlich kaufte er viel in Soho ein, wie Meg ihr erzählte. Der Markt auf der Berwick Street bot alle Arten von exotischen Produkten, aber auch ganz normale Dinge an. Als Meg entdeckt hatte, was er mit nach Hause gebracht hatte, war sie begeistert. David und sie liebten Lebensmittel auf eine Art und Weise, die Lizzie und Alexandra bewunderten, jedoch nicht teilten.

In der Mitte des Raumes lag Alexandra auf einem der Sofas vor dem Gasofen. Der Spaniel Clover hatte es sich auf ihrem Bauch bequem gemacht. Alexandra lehnte ihr Buch an die Hündin und war in *Angélique und der Sultan* vertieft. Clover hatte sich in den Haushalt eingefügt, als wäre sie immer schon da gewesen. Auch wenn alle drei Mädchen viel Aufhebens um sie machten, war es David gewesen, der sie am Morgen ausgeführt hatte. Clover betete ihn an.

Am anderen Ende des Raumes versuchte Lizzie, ein Schnittmuster von ihrem neuen Kleid anzufertigen, ohne das Kleid aufzutrennen. Ihr standen ein Bügelbrett, ein großer Tisch, eine verstellbare Gelenkklampe und eine Nähmaschine zur Verfügung. Sie fühlte sich wie im Himmel. Ginas Kleidung, lauter entzückende Teile, die angepasst werden mussten, waren wieder in der Tasche verstaut worden.

»Ich weiß, wir sind gerade erst eingezogen, aber ich liebe es, mit euch zusammenzuwohnen«, sagte Lizzie.

Alexandra hob den Blick von ihrem Buch. »Ich auch! Ich hoffe, du stimmst uns ebenfalls zu, David!«

»Es ist traumhaft, jemanden zu haben, der Essen und Kochen so sehr mag wie ich«, antwortete er. »Meg hat sogar schon von Elizabeth David gehört. Ich liebe ihre Kochbücher!«

Meg lachte. »Ja, ich auch. Ich bin so glücklich, dass ich so einen entzückenden Ort und außerdem ein Zuhause für Clover gefunden habe.«

»Sie ist so gut zu haben«, meinte Alexandra und kraulte die kleine Hündin hinter den Ohren. »Allerdings bin ich mir nicht so sicher, ob ich das Haus als ›entzückend‹ bezeichnen würde. Es ist sehr schäbig.«

»Aber es liegt in Belgravia, Liebes«, erwiderte Lizzie und ahmte den Tonfall ihrer Mutter nach, »und das ist alles, was zählt.«

Ein paar Tage nachdem Alexandras großes Haus zu einem gemütlichen Zuhause für die jungen Frauen geworden war, stand in der Kochschule Schneidern auf dem Stundenplan. Vanessa, eine der anderen Schülerinnen, kämpfte damit, die einzelnen Teile ihres Schnittmusters auf dem ausgewählten Stoff zu platzieren. Sie war nicht die Einzige, die das schwierig fand, doch Lizzie mochte sie am liebsten. Anders als die meisten der Debütantinnen war sie recht nett und litt wahrscheinlich an einem Mangel an Selbstvertrauen.

»Man braucht einfach Übung«, sagte Lizzie und hob das Papiermuster auf, das auf den Boden gesegelt war.

»Könntest du es vielleicht für mich machen? Ich war schon im Internat nicht gut an der Nähmaschine.« Vanessa schenkte Lizzie ein schüchternes, bittendes Lächeln.

Lizzie sah, dass die Lehrerin, eine Freundin von Madame Wilson – wie alle Personen, die die Schüler in den Nachmittagsaktivitäten unterrichteten – gerade anderweitig beschäftigt war. »In Ordnung.«

Später, nach dem Unterricht, gesellte sich Vanessa zu Alexandra, Meg und Lizzie, die gerade die Einkaufstaschen für den Heimweg verteilten. »Möchtet ihr drei zu einer Dinnerparty kommen?«, fragte Vanessa unvermittelt.

Die drei jungen Frauen waren ein bisschen verblüfft. Bisher hatte es kaum Kontakt zwischen ihnen und den anderen Schülerinnen gegeben.

»Die Party ist für meinen Bruder«, fuhr Vanessa fort. »Er ist eine Weile fort gewesen und wohnt jetzt wieder zu Hause. Meine Eltern werden nicht da sein. Das wird lustig!«

»Das klingt super!«, antwortete Lizzie, die sehr gerne Vanessas Haus sehen wollte.

»Ja«, stimmte Meg zu.

Alexandra war weniger euphorisch. »In Ordnung.«

»Wann findet die Party denn statt?«, wollte Lizzie wissen. Überrascht stellte sie fest, dass Vanessa nicht sofort antwortete. Sie hatte erwartet, dass sie den Termin kannte.

»Nun ja«, sagte Vanessa schließlich bedächtig, »wann würde es euch denn passen?«

Alexandra zuckte mit den Schultern. »Wann hättest du uns gern bei dir?«

»Hm«, erwiderte Vanessa. »Irgendwann an einem Wochentag. Nächsten Donnerstag?«

Als alle dem Datum zugestimmt hatten, fragte Meg: »Und was willst du kochen?«

Vanessa sah Meg an, als wäre sie völlig übergeschnappt. »Meine Güte, ich werde doch nicht kochen! Wir beauftragen einen Partyservice. Unsere Köchin ist mit meinen Eltern auf dem Land.«

»Donnerwetter!«, stieß Lizzie hervor und wünschte sich sofort, sie hätte sich vornehmer ausgedrückt.

»Wie ist der Dresscode?«, wollte Alexandra wissen.

»Lang, denke ich«, antwortete Vanessa. »Das ist lustiger.«

Die drei Mädchen nahmen ihre Einkäufe und machten sich auf den Heimweg. Dabei redeten sie über die Dinnerparty. Lizzie war aufgeregt, versuchte jedoch, es sich nicht zu sehr anmerken zu lassen. Sie hatte noch nie eine Dinnerparty besucht, die von Gleichaltrigen veranstaltet wurde. Natürlich war sie bei den Einladungen anwesend, die ihre Eltern gaben, hatte jedoch niemals eine Veranstaltung mit Leuten ihres Alters erlebt.

»Lange Kleider. Das bedeutet, dass Vanessa eins besitzt, das sie gern tragen möchte«, überlegte Alexandra laut. »Aber haben wir alle lange Kleider?«

»Nein«, entgegnete Lizzie, »doch wir haben genug Zeit, um welche zu nähen. Oder etwas zu ändern.« Sie warf Alexandra einen Blick zu. Sie sehnte sich danach, einen Blick auf Alexandras Garderobe zu werfen.

»Oh ja!«, sagte die Freundin da. »Ich habe jede Menge alte Sachen, die Lizzie bestimmt ändern kann.«

Meg war nicht ganz so begeistert wie Alexandra und Lizzie, als sie auf dem Dachboden nach Kleidern suchten. Es war hier oben dunkel, und es gab jede Menge Spinnen. »Lasst uns die Truhe nach unten bringen«, schlug sie vor.

»Bekommen wir sie denn die Treppe runter? Sie ist schrecklich steil und schmal.« Lizzie war die Stufen sehr vorsichtig hinaufgestiegen, während Alexandra mit routinierter Leichtigkeit hinaufgelaufen war.

»Das sollte klappen«, meinte Alexandra. »Aber wir können auch warten, bis David nach Hause kommt, wenn ihr wollt.«

Zwar konnte Lizzie es kaum erwarten, Zugriff auf diese Fundgrube an Stoffen, Kleidung, Spitze, Bändern und Zubehör zu bekommen, erkannte jedoch, dass diese Vorgehensweise wahrscheinlich vernünftiger war. Glücklicherweise erschien David wenig später. Schon bald hatten Alexandra und er die Truhe (eine von mehreren) hinunter ins Untergeschoss getragen.

»Okay«, sagte Lizzie. »Wir wollen nicht aussehen, als wäre es eine Kostümparty. Wir dürfen anders wirken, aber nicht sonderbar.«

»Ich glaube, ich sehe immer ein bisschen sonderbar aus«, meinte Alexandra.

»Exzentrisch vielleicht, doch nicht sonderbar.« Genau genommen fand Lizzie, dass ihre Freundin tatsächlich bisweilen dazu neigte, ins Sonderbare abzudriften, aber irgendwie bekam sie immer noch die Kurve.

In der Wohnküche mit besserem Licht und ohne den Geruch nach Feuchte und Mottenkugeln, der auf dem Dachboden vorherrschte, fanden sie beinahe sofort einen Rock für Alexandra. Er war aus wunderbarem, dunkelgrünem Samt, und sie sagte, sie könnte ihn mit einer Spitzenbluse aus ihrem Kleiderschrank kombinieren. Als die anderen sie zwangen, das komplette Outfit anzuprobieren, wirkte sie eindeutig ein bisschen »aus der Zeit gefallen«, sah jedoch mit dem aufgesteckten Haar umwerfend aus.

David kam aus dem Küchenbereich zu ihnen herüber. In der Hand hielt er eine alte Keksdose, die wie ein Cottage auf dem Land geformt war. Er nahm eine große Kamee aus der Dose und steckte sie an den hohen Kragen von Alexandras Bluse. Die Brosche verlieh dem Ganzen den letzten Schliff.

»Du kannst sie dir ausleihen, aber nicht behalten«, sagte David. »Sie ist ziemlich wertvoll. Nun, Meg, was wirst du anziehen?«

»Nichts Ausgefallenes«, antwortete die junge Frau. »Wenn es schon lang sein muss, dann soll es ziemlich schlicht sein. Vieles von diesem Zeug hier hat eine Menge Rüschen.« Sie hob ein Kleid hoch, das nicht nur schwer war, sondern auch so üppig, dass man daraus problemlos ein Paar kleiner Vorhänge hätte fertigen können.

»Gut, wir finden etwas, was nicht so überladen ist«, sagte Lizzie. »Tut mir leid!« Sie drehte sich zu Alexandra um. »Offensichtlich habe ich deine Kleider in Besitz genommen.«

»Ich habe nichts dagegen«, erwiderte die Freundin. »Aber bitte lass mir meinen Trödel!«

»Oh, jetzt ist es also Trödel«, warf David ein. »Es dachte, es handelte sich um Antiquitäten.«

»Na ja, wie du weißt, sind viele Stücke tatsächlich Antiquitäten, allerdings sind sie stark beschädigt«, sagte Alexandra. »Was bedeutet, dass ich die Sachen nicht verkaufen muss. Mir fällt es nämlich oft schwer, mich von ihnen wieder zu trennen.«

»Wisst ihr schon, dass wir in der Kochschule auch lernen werden, wie man Porzellan klebt?«, fragte Lizzie. »Es mutet ein bisschen seltsam an, aber Madame Wilson hat eine Freundin, die sich damit auskennt. Also lernen wir es natürlich. Vermutlich ist es für den Fall, dass die Debütantinnen aus unserem Kurs eine unbezahlbare Ming-Vase zerbrechen, wenn sie ihre zukünftige Schwiegermutter besuchen.«

»Das wird richtig nützlich sein«, erwiderte Alexandra. »Ich besitze ein Paar Stücke, die ich nur bekommen habe, weil sie zerbrochen sind.«

»Du interessierst dich anscheinend viel mehr für zerbrochene Teller als für Kleidung«, stellte Lizzie amüsiert fest.

»Ach, Kleidung interessiert mich schon«, sagte Alexandra, »aber ich habe keine Lust, mich ständig umzuziehen oder viele verschiedene Kleider zu haben. Porzellan hingegen liebe ich, und es ist mir egal, wenn es geklebt ist.«

»Wie sieht es denn mit dir aus, Lizzie?«, erkundigte sich David. »Du kümmerst dich um die Kleidung der anderen, doch du hast noch nicht gesagt, was du auf der Dinnerparty tragen willst.« Er zog etwas aus der Truhe, was wahrscheinlich einmal ein Reitkleid für eine Dame gewesen war. »Also wirklich, Schätzchen«, meinte er zu Alexandra, »du solltest diese Kleider an einem geeigneteren Ort aufbewahren.«

»Ich helfe dir«, erbot sich Lizzie. »Gibt es irgendwo einen leeren Kleiderschrank?«

»Aber ja«, erklärte Alexandra mit einer lässigen Handbewegung. »Nun, Lizzie, was wirst du tragen?«

»Wenn du nichts dagegen hast und es sich nicht um ein historisches Erbstück handelt«, antwortete sie und betrachtete das Kleid, das David gerade in die Höhe hielt, »dann würde ich das gern auftrennen und ein neues Kleid daraus nähen. Der Stoff ist wirklich sehr fein, und ich liebe die kleinen Blumen.«

David nickte. »Ich glaube, das ist Dimity, ein sehr zarter Baumwollstoff.«

»Cool«, sagte Lizzie. In einem Geschäft hatte sie ein langes Kleid mit angedeuteten Puffärmeln gesehen. Vielleicht könnte sie das kopieren. Es besaß eine Schulterpasse und einen hohen Kragen, doch Letzteren würde sie weglassen. Stattdessen könnte sie ein Samtband um den Hals tragen. Sie besaß nicht viel Schmuck; ihre Perlen ruhten sicher verwahrt in einer mit Satin ausgekleideten Schatulle im Frisiertisch ihrer Mutter.

Ihre Mum wartete wahrscheinlich auf den Tag, an dem Lizzie einen netten jungen Mann kennengelernt haben würde (ausgewählt von ihr selbst) – dann würde sie ihrer Tochter die Perlen um den Hals legen, damit sie sie auf einer Studiofotografie tragen konnte, die sie stolz auf dem Klavier zur Schau stellen konnten. Nun, Lizzie brauchte die Perlen noch nicht.

6. Kapitel

»Wir riechen nicht mehr nach Mottenkugeln, oder?«, fragte Meg.

Eine Woche war vergangen, seit sie die Truhe auf der Suche nach Kleidern durchstöbert hatten. Seitdem waren die Sachen gewaschen, geändert und gebügelt worden. Jetzt standen die drei jungen Frauen fertig angezogen in der Eingangshalle, um zu Vanessas Dinnerparty aufzubrechen.

»Nein«, antwortete David. »Jetzt duftet ihr hauptsächlich nach Lizzies Parfüm.«

»*Je Reviens*«, sagte sie. »Aber das ist in Ordnung. Vanessa raucht wie ein Schlot, daher werden allesamt in kurzer Zeit nach *Balkan Sobranie* stinken.« Lizzie wollte los. Es war ihre erste Dinnerparty, und sie hatte keine Lust, zu spät zu kommen. David brachte sie mit dem Auto hin und würde sie an der Straßenecke an dem Platz absetzen, an dem Vanessa wohnte.

Als sie schließlich vor der richtigen Haustür standen, musste Lizzie kichern. »Es tut mir leid, ich bin so nervös! Das hier erinnert mich an einen Besuch zusammen mit meiner besten Freundin bei einem Jungen, den sie mochte.«

»Ich bin auch ein bisschen aufgeregt«, gab Meg zu. »Ich bin nur daran gewöhnt, mit alten Leuten zu verkehren – nicht mit Gleichaltrigen. Und ganz bestimmt nicht mit Männern in meinem Alter.«

»Ach, komm schon, das sind auch nur Menschen«, erwiderte Alexandra und drückte auf den Klingelknopf.

Lizzie war teils erleichtert, teils enttäuscht, als die Tür von einer jungen Frau geöffnet wurde, die eindeutig auch ein Gast war und kein Butler. Sie wurden in einen Salon im ersten Stock geführt und mit Wein versorgt. Vanessa war nicht zu sehen, was Lizzie ein wenig seltsam fand, doch es war ihre erste Dinnerparty; vielleicht war das ja normal.

Sie blickte sich um, um zu prüfen, wie die anderen Gäste gekleidet waren. Erleichtert stellte sie fest, dass sie sich im Hinblick auf ihre Kleidung gut einfügten, auch wenn ihr bewusst war, dass die anderen ihre Kleider wahrscheinlich bei Harrods oder Harvey Nichols gekauft oder sie von den Schneiderinnen ihrer Mütter hatten nähen lassen.

Ein junger Mann trat zu ihr. »Ich mag dein Kleid.«

Lizzie holte gerade Luft, um ihm zu erzählen, dass sie es selbst genäht hatte, als ihr auffiel, dass er in Wahrheit ihr Dekolleté betrachtete. Während sie das Kleid genäht hatte, war ihr der Ausschnitt gar nicht so tief vorgekommen. Sie hatte sich mit den beiden anderen Mädchen beraten, und sie waren ihrer Meinung gewesen. Dieser Mann gab ihr das Gefühl, dass ihr Kleid viel zu tief ausgeschnitten war. »Danke«, erwiderte sie bedrückt.

»Woher kennst du Vanessa?«, fragte er. Nachdem Lizzie Zeit gehabt hatte, ihn genauer unter die Lupe zu nehmen, ging ihr auf, dass sie sich einen Gast auf einer Dinnerparty der gehobenen Gesellschaft anders vorgestellt hatte. Statt eines Smokings trug er eine Cordjacke über einem Polohemd.

»Wir besuchen dieselbe Kochschule. Und du?«

»Ich bin ein Freund eines Freundes«, antwortete er. »Zigarette?«

Lizzie schüttelte den Kopf. Sie rauchte nicht. Sie hatte es einmal in der Garage einer Freundin ausprobiert, und ihr war schrecklich schlecht und zudem schwindelig geworden. Bei ihrer Heimkehr war ihr Vater wütend gewesen, weil sie nach Zigarettenrauch gerochen hatte. Deshalb hatte sie keinen weiteren Versuch unternommen.

Sie holte Luft, um irgendetwas zu sagen, auch wenn ihr nichts Vernünftiges einfallen wollte, als sie den Mann bemerkte, der gerade den Raum betreten hatte. Es war der, dem sie bei der Wohnungsbesichtigung in Tufnell Park begegnet war. Im ersten Moment war sie schockiert und wollte nicht, dass er sie sah, doch dann wurde ihr klar, wie lächerlich das war – sie waren Gäste auf ein und derselben Dinnerparty. Aber vielleicht erkannte er sie auch gar nicht wieder. Hoffentlich erinnerte er sich nicht an sie! Weil sie so schnell errötete, könnte er vielleicht erraten, dass sie viel an ihn gedacht hatte.

Vanessa kam in den Raum. Sie trug ein Kleid mit Spaghettiträgern, von denen ihr einer über die Schulter gerutscht war. »Tut mir leid, tut mir leid!«, sagte sie. »Ted und ich sind aufgehalten worden.« Ihr Begleiter trug eine Lederjacke über einem Hemd, das nur zur Hälfte zugeknöpft war, und das auch noch schief. Vanessa deutete mit einer Handbewegung auf den Mann, den Lizzie bei der Wohnungsbesichtigung gesehen hatte. »Das ist mein Bruder Hugo. Ich habe keine Lust, alle vorzustellen. Macht das doch einfach selbst.«

Der Mann, der bei Lizzie stand, nahm ihre Hand und blickte ihr tief in die Augen. »Ich bin Rich – das ist mein Name, nicht mein Finanzstatus.«

»Ich bin Lizzie.« Sie lächelte und war froh, einen Gesprächspartner zu haben. Sie trank noch einen Schluck Wein und entspannte sich allmählich. »Was machst du beruflich?«, fragte sie und hoffte, sie hörte sich nicht an wie eine der Freundinnen ihrer Mutter.

»Ich bin Musikjournalist«, antwortete Rich. »Magst du Musik?«

»Ja.« Niemand würde jemals etwas anderes von sich behaupten, doch gefiel ihr auch dieselbe Art von Musik wie Rich? Wahrscheinlich nicht. Er würde sich über ihren Musikgeschmack lustig machen, das sah sie ihm an.

Zu ihrer großen Erleichterung erschien in dem Moment eine Frau in einer Schürze, offensichtlich eine Angestellte des Partyservice. »Das Essen ist fertig«, sagte sie.

Anscheinend aßen sie nicht im offiziellen Speisezimmer, sondern im Untergeschoss – wahrscheinlich wegen der Nähe zur Küche. Als alle die Treppe hinunterstiegen, hob Lizzie ihr Kleid etwas an, weil es ein bisschen zu lang war. Da hörte sie eine Stimme.

»Hallo! Ich kenne Sie! Sie haben diese schreckliche Wohnung besichtigt!« Es war Hugo, Vanessas Bruder.

Lizzie lächelte. Er hatte sie wiedererkannt, was etwas peinlich war, doch zumindest war sie vorbereitet. »Oh ja!«, sagte sie. »Haben Sie das Zimmer genommen?«

»Nein. Da wohne ich doch lieber weiterhin bei meinen Eltern als in einer Wohnung, in der das Wasser die Wände runterläuft.« Er blieb stehen und ließ ein Paar vorbeigehen.

»Ich bin Hugo Lennox-Stanley.«

»Lizzie Spencer.«

»Hallo, Lizzie.« Er musterte sie mit einem etwas fragenden Blick, den sie nicht verstand. »Wollen wir uns nicht duzen?«

»Gerne.«

In dem Augenblick wurde Lizzie von hinten geschubst und geriet beinahe ins Strauchern.

»Hugo, Schatz, würde es dir etwas ausmachen, einfach weiterzugehen? Du hältst alle anderen auf.«

Als Lizzie sich umdrehte, sah sie eine sehr gepflegte junge Frau mit einem kunstvollen Chignon, die ein langes, gerade geschnittenes Kleid trug, neben dem Lizzies Kleid kindisch und verspielt wirkte, wie sie selbst fand. Obwohl die Frau sie nicht angesprochen hatte, sagte Lizzie: »Oh, tut mir leid. Möchten Sie vorbeigehen?«

Die Frau schürzte die Lippen. »Das wollen wir alle!« Sie drängte sich an Hugo und Lizzie vorbei, und alle gingen weiter.

Nachdem sie am Tisch Platz genommen hatten, fand Lizzie es einfacher, die anderen Gäste unauffällig zu mustern. Da war die Frau, die sich auf der Treppe so unhöflich benommen hatte; sie zündete sich gerade eine Zigarette an. Vanessa saß praktisch auf dem Schoß des Mannes, den sie als Ted vorgestellt hatte. Außerdem waren da ein fröhlich wirkender Mann mit kurzen dunklen Locken, der sich mit Meg unterhielt, und Hugo, der den Platz neben der unhöflichen Frau eingenommen hatte.

Alexandra sprach mit einem Mann, der ein bisschen älter wirkte. Sie schien die Unterhaltung interessant zu finden, was Lizzy freute. Alexandra konnte Dummköpfe nicht ertragen und hatte keine große Lust auf den heutigen Abend gehabt. Dann war da eine großgewachsene junge Frau mit gerötetem Gesicht und widerspenstigem Haar, der es offensichtlich gleichgültig war, welchen Eindruck sie hinterließ. Sie war in Begleitung eines Mannes im Smoking, der sie augenscheinlich ausgesprochen amüsant fand.

Rich hatte dafür gesorgt, dass er neben Lizzie saß, was sie schmeichelhaft fand, doch dann steckte er sich ärgerlicherweise eine Zigarette an. Ted und er wechselten ein paar Worte. Offenbar hatte er Rich mitgebracht. Die beiden schienen befreundet zu sein.

Der erste Gang wurde aufgetragen und den Gästen mehr oder weniger gleichzeitig serviert. Es handelte sich um ausgestochene Melonenkugeln, die von einer dunkelroten Flüssigkeit umgeben waren.

»Wunderbar, etwas zu bekommen, was nicht dick macht«, sagte die rauchende junge Frau neben Hugo. Die beiden waren offensichtlich ein Paar. Lizzie hatte aufgeschnappt, dass sie Electra hieß. Die junge Frau spießte ein Stück Melone auf, steckte es in den Mund und legte dann die Gabel ab.

»Ich mag Frauen nicht, die ständig an Diäten denken«, bemerkte der Mann links neben Lizzie – der, der so gerne lachte.

»Ich habe noch nie Diät gehalten«, erwiderte sie.

»Gut so! Ist schließlich auch nicht nötig.« Er warf einen kurzen Blick in ihren Ausschnitt. »Ich bin Anthony, ein Freund der Familie. Ich kenne Hugo und Nessa schon mein ganzes Leben lang.«

»Ich heiße Lizzie. Vanessa und ich besuchen dieselbe Kochschule. Ich bin mit zwei Freundinnen hier. Meg, die sich gerade mit dem Mann mit den Locken unterhält ...«

»Charles«, erklärte Anthony. »Netter Bursche.«

»Und Alexandra. Das ist die, die ein bisschen wie eine edwardianische Lady aussieht.«

»Aha. Sie ist bei Duncan hängen geblieben. Er ist auch nett, allerdings besessen von historischen Gemäuern und Ruinen.«

Lizzie lächelte. »Das könnte Alexandra gefallen. Sie liebt Antiquitäten.«

»Und was machst du so?«, erkundigte sich Anthony.

»Ich besuche dieselbe ...«

»Ach ja. Tut mir leid, ich war gerade unaufmerksam. Zu sehr damit beschäftigt, dir in die Augen zu sehen.« Er lachte, um zu zeigen, dass er das nur halb ernst meinte.

Lizzie fing an, sich zu amüsieren. Das Essen war köstlich – die Melone war mit Portwein getränkt –, und ihre beiden Sitznachbarn wetteiferten um ihre Aufmerksamkeit. Sie fühlte sich attraktiv und interessant. Es war ein beglückendes Gefühl.

Nachdem die letzte Zigarette in den Resten eines Windbeutels ausgedrückt worden war (Lizzie bemerkte, dass sie nicht die Einzige war, die bei diesem Anblick zusammenzuckte), führte Vanessa die Gäste die Treppe hinauf.

»Kommt, es gibt noch was zu trinken«, erklärte sie. »Ich weiß, wo meine Eltern die guten Sachen aufbewahren.«

Als Lizzie die Stufen hinaufstieg, dicht gefolgt von Rich, der sie anscheinend für den Abend für sich beanspruchte, dachte sie, dass Vanessa sich vielleicht anders verhielt, weil Ted dabei war. Sie wollte ihn offensichtlich beeindrucken. So war sie nicht, wenn sie sich mit ihren Mitschülerinnen zusammen abmühte, einen Fisch zu filetieren. Alexandra hatte vermutet, es müsse einen Grund geben, warum Lizzie, Meg und sie selbst an diesem Abend eingeladen worden waren. Lizzie hatte zwar noch nicht herausgefunden, welcher Grund das sein könnte, allerdings teilte sie Alexandras Meinung inzwischen.

Jemand hatte Musik aufgelegt, und ein paar Leute tanzten. Rich griff nach Lizzies Hand und zog sie in die Gruppe. Er stand sehr dicht bei ihr, nahm sie jedoch nicht in den Arm. Dann legte er ihr die Hand auf die Schulter. Er hatte sich gerade vorgebeugt, um sie zu küssen, als Ted ihm etwas zurief.

»Hey, Rich! Gehst du am Freitagabend in den *Earl of Sandwich*?«

Rich führte Lizzie zu Vanessa und Ted. »Ich möchte die neue Band hören, die da spielen wird«, sagte er und zögerte kurz. »Kommst du mit, Lizzie?«

»Es ist eine coole Kneipe«, meinte Vanessa. »Nicht wie ein normaler Pub. Ted und ich gehen hin. Es wäre noch lustiger, wenn du auch dabei wärst.« Sie verzog das Gesicht. »Ich bin nicht gerne das einzige Mädchen.«

»Das klingt nach einer Menge Spaß«, antwortete Lizzie vorsichtig. Sie mochte Vanessa, doch sie waren nicht so eng befreundet, dass sie sich in einem stillen Moment Geheimnisse anvertrauen würden.

Rich tippte ihr mit dem Finger ans Kinn. »Komm doch mit! Ich möchte dich wirklich wiedersehen.«

»Das könntest du, auch ohne mit ihr in den *Earl of Sandwich* zu gehen«, sagte Hugo, der sich unbemerkt zu der kleinen Gruppe gesellt hatte.

»Es ist ein toller Musikclub«, erwiderte Rich.

»An dem *Earl of Sandwich* gibt's nichts auszusetzen«, bestätigte Ted.

»Komm schon, Hugo! Sei kein Spielverderber!«, bettelte Vanessa.

Hugo hob die Hand und gab sich geschlagen. »Ich wollte nur andeuten, dass es in London noch andere Orte für eine erste Verabredung gibt.« Damit wandte er sich ab und trat zu seiner Freundin Electra, die ihn zu sich gewinkt hatte.

Als er außer Hörweite war, fragte Rich erneut: »Und?«

Lizzie nickte. »Ich komme mit.« Sie fand sich sehr mutig, weil sie seine Einladung angenommen hatte.

Er holte eine Zigarettenschachtel aus der Tasche und fand einen Stift. »Gibst du mir deine Telefonnummer?«

»Das Beste an einer Dinnerparty ist, die anderen Gäste hinterher durchzuhecheln und auseinanderzunehmen«, sagte David. »Ich will jedes Detail hören!« Er toastete gerade Brot und hatte den Wasserkessel aufgesetzt.

Es war schon lange her, seit sie das Rinderfilet Wellington und die Windbeutel gegessen hatten, und alle drei hatten Davids Angebot, etwas zu kochen, freudig angenommen. Als Alexandra sich auf das Sofa legte, kletterte Clover sofort ebenfalls hinauf und ließ sich auf ihrem Schoß nieder.

»Ich habe mich prächtig amüsiert!«, sagte Lizzie ein bisschen verträumt.

»Du warst sozusagen die Ballkönigin«, meinte Meg. Sie stand am Grill und hatte die Butter für den Toast in der Hand. »Die Männer haben sich um dich geschart.«

»Das stimmt gar nicht!«, widersprach Lizzie und versetzte ihrer Freundin im Vorübergehen einen freundschaftlichen Stoß, bevor sie sich in einen Sessel setzte. »Es war nur Rich.«

»›Rich‹ ist doch schon mal ein guter Anfang«, kommentierte David.

»Er heißt so«, erklärte Lizzie, der es nicht gefiel, im Zentrum der Aufmerksamkeit zu stehen.

»Und er hat sie um eine Verabredung gebeten«, fügte Meg hinzu, die jetzt zwei Scheiben Brot mit Butter bestrich, während zwei weitere geröstet wurden. »Offensichtlich kommt das nicht häufig vor.«

»Natürlich nicht!«, erwiderte Lizzie. »Ganz ehrlich, als ich noch zu Hause gewohnt habe, bin ich nur mit den Söhnen der Freunde meiner Eltern ausgegangen. Sie mussten mich immer zu Hause abholen. Ich hatte nie das Gefühl, dass sie mich wirklich mochten. Sie haben sich nur mit mir beschäftigt, weil unsere Eltern es wollten.«

»Wie ist dieser Rich denn so?«, wollte David wissen. Er hatte die Teekanne vorgewärmt und wartete darauf, dass das Wasser im Kessel erneut kochte.

Lizzie sah ihn an. David war richtig, richtig nett und ausgesprochen liebenswert, doch manchmal benahm er sich wie ein Erziehungsberechtigter. Was wahrscheinlich keine schlechte Sache war. »Er ist Musikjournalist.«

»Hmm«, machte David. »Sei vorsichtig.«

»Ich bin sehr vorsichtig, David«, entgegnete Lizzie. »So vorsichtig, dass es schon langweilig ist.«

»Rich sieht sehr gut aus«, sagte Alexandra, »auf die ›Bad boy‹-Art. Aber bestimmt ist er kein böser Junge!«, fügte sie eilig hinzu, bevor David sich äußern konnte.

»Ich habe die Leute vom Partyservice kennengelernt«, erzählte Meg. »Wir haben uns lange unterhalten. Sie suchen ziemlich oft nach Kellnerinnen und waren daher auf Anhieb bereit, mich auf Probe arbeiten zu lassen. Es ist ein Weg in die Branche. Sie haben mir gesagt, wenn es gut läuft, stellen sie mich ein, und wenn ich eingearbeitet bin, darf ich auch beim Kochen helfen.«

»Das ist gut«, erwiderte David. »Ich weiß, dass du dir einen Job als Barmädchen suchen wolltest, doch das ist wirklich ein bisschen riskant, vor allem in London.«

»Du bist so mütterlich!«, neckte Alexandra ihn. »Wenn du möchtest, dass die eigene Tochter stets in Sicherheit ist und für immer und ewig Jungfrau bleibt, sorge dafür, dass sie mit einem schwulen Mann zusammenwohnt!«

»Das hat nichts mit Schwulsein zu tun, Süße«, widersprach David. »Es geht um Fürsorglichkeit. Erzählt mir mehr von den anderen Gästen, damit ich bissige Bemerkungen machen kann.«

»Na ja.« Alexandra zog Clover sanft an den Ohren. »Ich habe einen sehr netten Mann kennengelernt, der alles über alte Gebäude weiß.« Sie überlegte kurz. »Ich habe immer noch nicht herausgefunden, warum Vanessa uns eingeladen hat. Sie kennt doch bestimmt jede Menge andere Mädchen. Warum lädt sie drei Mitschülerinnen ein, die sie nicht braucht?«

»Vielleicht hat es etwas mit dem Mann zu tun – ist er nicht ihr Bruder? –, der mit dieser sehr dünnen Frau da war, die die ganze Zeit geraucht hat«, überlegte Meg laut. »Er war irgendwie anders als die anderen Gäste. Ich finde es übrigens extrem unhöflich, während einer Mahlzeit zu rauchen.«

»Sie war nicht die Einzige«, warf Alexandra ein.

»Und sie hat ihre Zigarette in der Schokoladensoße ausgedrückt«, fügte Lizzie schaudernd hinzu.

»Ich glaube, du hast recht, Meg«, sagte Alexandra. »Ich denke, sie hat uns eingeladen, weil wir in keiner Verbindung zu ihren Eltern stehen. So wird ihnen die Tatsache, dass sie ein paar windige Freunde hat, nicht zugetragen werden.«

»Aber würde Hugo es ihnen nicht erzählen?«, fragte Lizzie. »Er ist schließlich ihr Bruder!« Dann fiel ihr auf, dass Meg und Alexandra sie anstarrten – sie war offenbar die Einzige von ihnen, die sich an seinen Namen erinnerte.

7. Kapitel

Lizzie konnte sich nicht entscheiden, ob sie sich auf ihre geplante Verabredung freute oder sich davor ein wenig fürchtete. Vieles daran war so romantisch – wie Rich seine Zigarettenschachtel zerrissen hatte, damit sie ihre Telefonnummer darauf notieren konnte. Wie er das Stück Pappe mit ihrer Nummer in die Brusttasche gesteckt und ihr dabei tief in die Augen geschaut hatte.

Doch andere Aspekte jagten ihr eine Heidenangst ein. Angenommen, er wollte sie im Pub treffen? Sie war noch nie allein in einen Pub gegangen, nicht einmal in die gemütlichen in ihrem Heimatort – Pubs, in die sie ihre Eltern sonntagmorgens oft begleitet hatte, wenn sie sich mit ihren Freunden trafen. Wenn sie sich mit Bekannten verabredete, warteten sie immer draußen vor der Tür aufeinander und gingen dann zusammen hinein.

Angenommen, Rich rief sie gar nicht an? Er könnte entweder die Nummer oder das Interesse verlieren. Sie überlegte, wie sie sich in dem Fall fühlen würde, und stellte fest, dass sie zwar sehr enttäuscht, jedoch auch durchaus erleichtert wäre.

Doch er rief an, und zwar am folgenden Abend, als sie sich alle in ihrem »Mehrzweckraum« im Untergeschoss aufhielten. Alexandra ging ans Telefon und rief dann: »Lizzie? Für dich.«

»Hey«, sagte Rich. Er klang ausgesprochen sexy am Telefon. »Hast du immer noch Lust, mit mir zusammen diese neue Band zu hören, von der wir bei Nessa gesprochen haben?«

Lizzie brauchte einen Moment, bis ihr klar wurde, dass er Vanessa meinte. »Oh ja. Bitte«, fügte sie hinzu, da sie ihre gute Kinderstube nicht verleugnen konnte.

»Cool. Aber du wirst den *Earl of Sandwich* allein nicht finden. Wir treffen uns vor dem Odeon am Leicester Square. Kennst du das?«

»Natürlich!«, antwortete Lizzie munter. Sie hatte schon von dem Kino gehört, was fast bedeutete, dass sie wusste, wo es lag. Außerdem würde Alexandra ihr helfen.

»Gut. Dann sehen wir uns da am Freitagabend um sieben Uhr.«

»Entzückend«, entgegnete Lizzie und hätte sich am liebsten auf die Zunge gebissen. Sie hätte »cool« oder »großartig« sagen sollen – alles, nur nicht »entzückend«.

Alle sahen sie an, als sie den Hörer auflegte. »Hast du eben eine Verabredung getroffen?«, wollte David wissen.

»Ja«, erwiderte Lizzie so beiläufig wie möglich, obwohl sie gerade vor Aufregung kaum atmen konnte. »Wir treffen uns vor dem Odeon am Leicester Square.«

»Wann?«, hakte David nach.

»Am Freitagabend.«

»Verdammt«, murmelte er, »ich kann dich nicht hinbringen. Ich muss das Auto packen. Am Samstagmorgen bin ich auf dem Markt in Portobello.«

»Und ich komme mit«, sagte Alexandra. »Ich bin schon seit einer Ewigkeit nicht mehr auf einem Markt gewesen, und ich habe einige Sachen, die ich verkaufen möchte.«

»Das ist in Ordnung!«, meinte Lizzie. »Ich bin durchaus in der Lage, mit dem Bus zu fahren.«

»Was du unbedingt tun musst«, mahnte David, der wieder in den Vatermodus geschaltet hatte, »ist, Geld in deinen Büstenhalter zu stecken, falls dir deine Handtasche abhandenkommen sollte. Dann kommst du immer irgendwie nach Hause.«

»Das klingt nach einem Ratschlag, der auch von Gina stammen könnte«, erwiderte Lizzie. »Das mache ich auf jeden Fall.«

»Es versetzt einem immer einen kleinen Schock, wenn man am nächsten Morgen aufwacht und eine Pfundnote in seinem BH entdeckt«, bemerkte Alexandra, die offensichtlich auf diesem Gebiet Erfahrung besaß. »Man fühlt sich, als wäre man unversehens ein Callgirl geworden.«

»Ich bin sicher, sogar ich würde es bemerken, wenn das passiert!«, erwiderte Lizzie mit einem Augenzwinkern. »Jetzt muss ich überlegen, was ich anziehen soll.«

»Warum nähst du nicht etwas Schickes aus dem Samtstoff, auf den wir gestoßen sind?«, schlug Alexandra vor. »Wir können ihn mit Eau de Cologne einsprühen, um den moderigen Geruch zu kaschieren.«

Lizzie dachte darüber nach. »Es müsste ein kurzes Kleid werden«, entschied sie dann. »Es gibt nicht viel von dem Stoff, und Zeit bleibt auch nicht viel.«

»Du siehst umwerfend aus«, sagte David am Freitagabend, als Lizzie im Untergeschoss erschien, um das Samtkleid vorzuführen. »Dieses Kleid ist richtig gut geworden. Du weißt, wie man mit einer Nähmaschine umgeht, kleine Lizzie.«

»Nicht zu kurz?«

David schürzte die Lippen. »Na ja ...«

»Es ist gut so!«, warf Alexandra ein. »Und ich mag deine Frisur. Sie wirkt jetzt weicher, nachdem dein Haar ein bisschen gewachsen ist.«

»Ich konnte meinen Pony nicht glatt bekommen.« Lizzie spähte in den Spiegel, der neben der Tür hing, doch da er antik und das Licht zudem schlecht war, gewann sie keinen richtigen Eindruck von ihrem Aussehen.

»Sieh bloß zu, dass du nicht in Schwierigkeiten gerätst«, meinte David. »Und wenn du ein Problem hast oder flüchten willst, ruf mich an.«

»Aber David, für den Fall habe ich doch Geld in meinen Büstenhalter gesteckt! Ich kann mir ein Taxi nehmen.« Sie lächelte ihn an und schüttelte den Kopf. »Du umsorgst uns so gut – du bist so nett.«

Er zuckte mit den Schultern. »Jemand muss sich schließlich um euch übermütige junge Dinger kümmern!«

Meg lache. »Niemand hat mich je zuvor ›übermütig‹ genannt! Jetzt komm, ich bringe dich zur Bushaltestelle. Ich muss ohnehin in die Richtung«, fügte sie eilig hinzu, als Lizzie schon widersprechen wollte. »Ich habe meine erste Schicht als Kellnerin in der Gegend. Ich möchte nicht zu spät kommen.«

Weil Meg ein bisschen früher an ihrem Ziel sein musste als sie, stand Lizzie schon zwanzig Minuten vor der mit Rich vereinbarten Zeit vor dem Kino.

Sie war dankbar, dass vor dem Odeon zahlreiche Kinoplakate hingen, die sie studieren konnte. Während sie die Plakate konzentriert betrachtete, hielt ihre verschlossene Miene gleich mehrere junge Männer nicht davon ab, sie anzusprechen. Sie war versucht, einmal um den Block zu spazieren, doch sie hatte Angst, Rich oder Vanessa mit ihrem Freund zu verpassen. Lizzie schlug den Kragen ihres Mantels hoch (eines der Kleidungsstücke von Gina – sie hatte die Gürtelschlaufen versetzt) und versuchte, so unnahbar wie möglich zu wirken.

Endlich erschien Rich. »Komme ich zu spät, Süße?« Als er sie zwanglos auf die Wange küsste, zuckte Lizzie leicht zusammen. Sie küsste ihre Verwandten auf die Wange, sonst niemanden.

»Wo sind Vanessa und Ted? Oder treffen wir sie im Pub?«, fragte sie, um zu verbergen, dass sie unangenehm berührt war.

»Oh, sie kommen nicht. Ist das wichtig?« Er legte ihr den Arm um die Schultern und drehte sie zu sich, damit er sie ansehen konnte.

Sie erwiderte den Blick. »Nein«, erwiderte sie, auch wenn es nicht ganz der Wahrheit entsprach.

Gemeinsam gingen sie weiter. Er zog sie enger an sich. Nachdem sie während der Wartezeit so schutzlos gewesen war, fühlte sie sich nun sicher und behütet.

Rich führte sie durch eine Seitenstraße und durch eine Tür, die man leicht hätte übersehen können. Sie stiegen eine steile Treppe hinauf und erreichten einen dunklen Treppenabsatz. Als Rich eine Tür aufstieß, drangen Lärm, Licht und Zigarettenrauch nach draußen.

»Es wirkt wie eine illegale Kneipe!«, schrie Lizzie Rich ins Ohr.

Er lächelte und nickte. »Möchtest du was trinken?«

»Ein kleines Lager«, antwortete sie. »Bitte.« Bei Lager wusste sie wenigstens, wo sie dran war. Ein oder zwei davon würden sie nicht betrunken machen.

Rich brachte sie zu einem Tisch, an dem es noch zwei freie Plätze gab. »Du kannst hier auf mich warten«, meinte er. Dann steuerte er auf die Theke zu.

Lizzie sah sich um. Der Pub war voll, und das Publikum war offensichtlich sehr gemischt. Auf der kleinen Bühne befand sich gerade eine Band, die Jazzmusik spielte. Gleich davor standen Männer in Cordhosen, Hemden und Krawatten, mit denen sie auch im Pub zu Hause nicht fehl am Platz gewirkt hätten. Dann waren da Männer mit Jeansjacken voller Sticker, Röhrenjeans und spitzen Schuhen. Sie entdeckte sogar ein paar Männer in Anzügen.

Bei den Frauen war die Bandbreite noch größer – von langen, raffinierten Kleidern bis hin zu Miniröcken, Netzstrümpfen und paillettenbesetzten Oberteilen war alles vertreten. Es gab sogar eine Gruppe Frauen, die Lehrerinnen an Lizzies alter Schule hätten sein können: Sie trugen wadenlange Röcke zu

Wollstrümpfen und klobigen Schuhen. Doch was Lizzie freute, war die Tatsache, dass die hübschesten Mädchen kurze Kleider trugen – genau wie sie selbst.

»Ganz allein?«, hörte sie eine Stimme, zwei Sekunden nachdem sie den Mantel ausgezogen und hinter sich auf dem Stuhl verstaut hatte. Ein junger Mann, der offenbar schon ein paar Gläser Bier intus hatte und leicht schwankte, blickte auf sie herunter.

»Nein«, erwiderte Lizzie entschieden. »Ich bin mit meinem Freund hier. Er ist da drüben.« Sie deutete in die Richtung eines hochgewachsenen Mannes in einer Fliegerjacke, die ihn stark schwitzen ließ. Er sah gefährlich aus.

Als der Betrunkene davonschlurfte, war Lizzie zufrieden mit sich, weil sie ihn so entschlossen abgewiesen hatte. Doch ihr wurde klar, dass sie härter werden musste, wenn sie in der nächsten Zeit in London wohnen würde.

Zwei weitere Männer sprachen sie an, bevor Rich mit den Getränken zurückkehrte. Sie war sehr erleichtert, ihn zu sehen.

»Es ist super hier, stimmt's?«, fragte er.

»Mmh«, machte Lizzie und gab sich Mühe, begeistert zu wirken. Doch während sie ihr Lager trank und sich etwas entspannte, stellte sie fest, dass ihr die Musik und die Verschiedenartigkeit der Gäste gefielen. Es war ganz anders als jeder Pub, in dem sie bisher gewesen war.

»Die Band, für die ich mich interessiere, tritt erst später auf«, erklärte Rich. »Komm, setzen wir uns auf das Sofa da drüben. Es ist gerade frei geworden.«

Es hatte kaum Ähnlichkeit mit einem Sofa, bot Rich jedoch die Möglichkeit, den Arm um Lizzie zu legen und sie wieder auf die Wange zu küssen. Dann drehte er ihr Kinn zu sich und küsste sie auf den Mund. Sie konnte sich nicht entscheiden, ob es ihr gefiel oder nicht, und stellte zu ihrem Entsetzen fest, dass sie eigentlich nicht viel empfand. Es war ihr nicht unangenehm, seine Zunge in ihrem Mund zu spüren, doch es fühlte sich auch nicht sexy an. Sie brach den Kuss ab und lehnte sich zurück.

Als Rich sie auf abschätzende und besitzergreifende Weise musterte, stieg die Sorge in ihr auf, er könnte mehr von ihr wollen, als sie bereit war zu geben. Doch dann lächelte er, und sie stellte fest, dass er wirklich attraktiv war und sie durchaus ein bisschen auf ihn stand. Sie konnte immer noch Nein sagen, wenn er zu weit gehen wollte.

»Möchtest du noch was trinken?«, erkundigte er sich.

Lizzie hatte ihr Lager erst zur Hälfte ausgetrunken; es schmeckte ihr nicht besonders. »Nein, ich bin noch versorgt, danke.«

»Ich muss gleich zu meinen Jungs in den Backstagebereich. Ich will nicht, dass jemand anders sich dein leeres Glas zunutze macht und dir einen Drink ausgibt.« Er lächelte verführerisch.

»Ich werde langsam trinken«, versprach sie. Sie schenkte ihm ein betont selbstbewusstes Lächeln, obwohl ihr der Gedanke, in dem Getümmel allein gelassen zu werden, überhaupt nicht behagte. Anscheinend gab es eine ganze Menge draufgängerischer Männer, die Ausschau nach Mädchen ohne Begleiter hielten.

Rich legte eine Hand auf ihr Knie und streichelte es auf eine Art und Weise, die Lizzie eher an das Einmassieren eines Einreibemittels als an eine verführerische Geste denken ließ. Sie war dankbar, als er seufzte und sagte, er müsse jetzt gehen. Seine Hand hatte sich gerade auf ihren Oberschenkel zubewegt.

In diesem Augenblick erstarb die Musik, und die Lichter gingen aus und wieder an.

»Oh, Scheiße!«, stieß Rich hervor. »Die Bullen!«

Bevor Lizzie begriff, was geschah, war er aufgesprungen und steuerte auf die Bühne zu. Als sie sich umsah, entdeckte sie, dass links und rechts der Eingangstür zwei Polizistinnen standen. Weitere Polizisten reihten sich entlang der Wände auf.

Lizzie war verwirrt. Was sollte sie tun? Auf Rich warten? Oder sich auf den Heimweg machen, wenn man ihr erlaubte zu gehen?

»Was passiert jetzt?«, fragte sie einen Mann in der Nähe.

Er glitt auf den Platz neben ihr. »Sie werden uns durchsuchen. Kein Problem, wenn du kein Gras dabeihast. Dein Freund hatte offensichtlich welches.«

Lizzie schluckte. Eine ehemalige Mitschülerin von ihr hatte einmal eine Party besucht, auf der Drogen konsumiert worden waren. Nachdem die Direktorin das irgendwie herausgefunden hatte, wurde das Mädchen der Schule verwiesen. Seitdem hatte Lizzie Angst vor allem, was mit Drogen zu tun hatte. Sie wusste, dass die Furcht irrational war, doch die schulische Karriere dieses Mädchens war offensichtlich durch diese Verbindung ruiniert worden.

Der Mann tätschelte ihr das Knie. »Keine Sorge, Kleine, ich bringe dich hier raus.« Er legte ihr den Arm um die Schultern und zog sie an sich. »Bleib einfach bei mir. Ich kümmere mich um dich.«

Lizzie versuchte aufzustehen. Die Art und Weise, wie er gesagt hatte, er wolle sich um sie kümmern, hatte definitiv zweideutig geklungen. Er zog sie zurück.

»Sie lassen dich nicht raus. Verhalte dich einfach ruhig, bis du durchsucht worden bist, dann können wir gehen. Meine Wohnung ist nicht weit weg. Ich habe noch Tequila. Hast du schon mal welchen getrunken?«

Sie hatte noch nicht einmal davon gehört. »Nein.«

»Dann hast du noch nicht gelebt, kleines Mädchen«, sagte der Mann. Er ließ seine Hand ihren Arm aufwärts wandern, bis er ihre Haut unter dem kurzen Ärmel fand.

»Bitte fassen Sie mich nicht an!«, erwiderte Lizzie schnell. »Ich mag das nicht.«

»Das liegt nur daran, dass du eine frigide kleine Jungfrau bist. Wenn ich mit dir fertig bin, wirst du dich nach meiner Berührung sehnen!«

Lizzie griff hinter sich, fand ihren Mantel und zog ihn an. »Mir ist kalt«, entgegnete sie verärgert und versuchte erneut aufzustehen, nur um wieder zurückgehalten zu werden.

»Lauf nicht weg. Wir müssen warten, bis wir an der Reihe sind.«

Noch nie hatte Lizzie sich so sehr gefreut, Polizisten zu sehen. Endlich erreichten zwei junge Polizistinnen ihren Tisch. »Können Sie bitte Ihre Tasche ausleeren, Liebes?«, bat eine von ihnen überraschend freundlich.

Bereitwillig kippte Lizzie den Inhalt ihrer Handtasche auf den Tisch. Sie war froh, dass es eine von Ginas Taschen war, die noch dementsprechend leer und aufgeräumt war. Während sie zusah, wie eine Polizistin die Handtasche nahm und das Futter absuchte, fragte Lizzie sich auf einmal, ob Gina vielleicht Gras rauchte.

Doch ihr wurde schnell klar, dass sie unnötig in Panik verfiel. Falls Gina irgendetwas Illegales rauchte, würde sie es sicher nicht in einer alten ausrangierten Handtasche aufbewahren. Lizzie versuchte, wieder ruhiger zu atmen, und hoffte, dass ihre Nervosität sie nicht verdächtig machte.

Als sie gerade überlegte, wie sie dem aufdringlichen Mann entkommen könnte, forderte die Polizistin sie auf, sich zu erheben. Lizzie erkannte, dass das ihre Chance war. Sobald die Durchsuchung beendet war, würde sie in Richtung Tür laufen. Doch dann sah sie, dass mehrere Polizisten die Eingangstür blockierten. Man würde ihr nicht erlauben, den Pub zu verlassen.

Nachdem sie durchsucht worden war (ziemlich oberflächlich, wie sie erleichtert feststellte), setzte sie sich wieder hin. Der Mann, der versucht hatte, sie anzumachen, wurde nun ebenfalls abgetastet und schmiegte sich danach an sie, als wären sie ein Paar. Nicht mit mir, dachte Lizzie.

»Ach, da bist du ja, Liebling«, erklang da eine Männerstimme. »Ich habe schon überall nach dir gesucht. Lass uns aufbrechen, sonst kommen wir zu spät.«

Als Lizzie aufsah, blickte Hugo Lennox-Stanley auf sie herunter, hielt ihr die Hand hin und lächelte aufmunternd. Sie ergriff sie und stand auf. Er legte den Arm genauso besitzergreifend um sie wie zuvor der aufdringliche Mann, den sie unbedingt loswerden wollte, doch irgendwie störte es sie nicht.

Sie ließ sich von Hugo zur Tür führen. »Tut uns leid, dass wir lästig sind«, wandte er sich an einen der Polizisten. »Wir sind beide sauber, und wir müssen noch woandershin. Würde es Ihnen etwas ausmachen, uns gehen zu lassen?«

»Oh nein, das ist in Ordnung, Sir«, antwortete der Polizist. »Es gibt keinen Grund, Sie hier festzuhalten.«

Einen Augenblick später standen Lizzie und Hugo draußen auf dem dunklen Treppenabsatz. »Wo kommst du denn so plötzlich her?«, fragte Lizzie atemlos vor Erleichterung.

»Du brauchst etwas zu trinken. Komm, hier in der Nähe gibt es einen wirklich netten Pub. Ich erkläre dir alles.«

Er ergriff ihren Arm und hielt sie fest, sobald sie auf der Straße waren. Dann führte er sie zu einem kleinen Pub, in dem keine Musik gespielt wurde; stattdessen unterhielten sich die zahlreichen Gäste angeregt miteinander. Hugo steuerte auf einen kleineren Raum an der Rückseite zu, in dem es nicht so laut war. Es war so ruhig und familiär, dass Lizzie sich allmählich entspannte.

»Möchtest du einen Brandy?«, fragte er.

Sie nickte. »Ja, bitte.«

Während Hugo zur Theke ging, zog sie ihren Mantel aus. Niemand versuchte, sie anzusprechen. Niemand starrte sie an. Sie fühlte sich sicher.

Kurz darauf kehrte Hugo mit den Getränken zurück. Lizzie sagte nichts. Sie lächelte und wartete, bis er Platz genommen hatte. Er hob sein Glas und trank einen Schluck. Immer noch keine Erklärung.

Schließlich ergriff Lizzie die Initiative. »Hugo? Du wolltest mir erzählen, warum du so plötzlich im *Earl of Sandwich* aufgetaucht bist. Ich bin dir sehr dankbar, dass du mich gerettet hast, aber es war doch ein sehr erstaunlicher Zufall.«

Er wirkte ein bisschen verlegen. »Na ja, es war eigentlich kein Zufall, sondern eher ein glückliches Zusammentreffen von Umständen.«

Lizzie nickte und nahm einen Schluck von ihrem Brandy. Sie hatte noch nie welchen getrunken und fand ihn wärmend und tröstend.

»Ich habe mitbekommen, dass Vanessa und Ted ihre Pläne geändert haben, und sie hat deinen Namen erwähnt. Dabei habe ich mich erinnert, dass du mit Rich hingehen wolltest. Ich hatte noch nie viel für ihn übrig. Da ich jemanden hier in der Gegend besuchen wollte, habe ich mir gedacht, ich schaue mal im Pub vorbei und sehe nach, ob es dir gut geht.«

Klang das Ganze ein bisschen einstudiert? Aber warum sollte Hugo lügen? Es gäbe keinen Grund dafür. Lizzie beschloss, ihn beim Wort zu nehmen. »Oh, wenn du jemanden besuchen möchtest, will ich dich nicht aufhalten.«

»Mach dir keine Gedanken«, erwiderte er lächelnd. »Ich habe abgesagt. Sollen wir irgendwo eine Kleinigkeit essen?«

Er ging mit ihr in ein kleines italienisches Restaurant in Soho, in das sie sich nie im Leben allein hineingetraut hätte, nicht einmal bei Tag. Doch mit Hugo an ihrer Seite, der Zuverlässigkeit ausstrahlte, hatte sie das Gefühl, überallhin gehen zu können.

Das Restaurant befand sich im Untergeschoss. Auf den kleinen Tischen lagen Baumwolldeckchen, und an den Wänden hingen mit Stroh ummantelte Chianti-Flaschen, Plastikzitronen und Ketten aus künstlichem Knoblauch.

»Lass dich nicht von der Dekoration abschrecken«, meinte Hugo schmunzelnd. »Das Essen ist wirklich gut.«

Lizzie schaute sich um. Es gab Bilder von Ätna und Vesuv, außerdem von entzückenden Italienerinnen, die Oliven ernteten oder auf dem Sozius von Motorrädern saßen, die von umwerfend aussehenden, dunkeläugigen Italienern gefahren wurden. »Ich mag die Dekoration, und wenn das Essen auch noch gut ist, ist alles bestens.«

Hugo nickte. »Worauf hast du Appetit? Sag Bescheid, wenn du meine Hilfe brauchst. Die Speisekarte ist auf Italienisch.«

Nachdem sie sich geeinigt hatten, dass sie beide keine Vorspeise haben wollten, entschied Lizzie sich für Lasagne, ein Gericht, das sie noch nicht kannte. »Und dazu bitte einen grünen Salat«, fügte sie hinzu.

»Ich nehme das Gleiche. Wir könnten uns Knoblauchbrot teilen.«

Nie hätte sie für möglich gehalten, dass sie einmal mit Hugo Lennox-Stanley essen gehen würde. Der bloße Gedanke war einschüchternd. Und dennoch war sie hier, teilte sich Knoblauchbrot mit ihm (das sie auch noch niemals zuvor gegessen hatte, auch wenn sie ihm das nicht verriet), lachte mit ihm und brachte sogar *ihn* zum Lachen.

Er fand ihre Erzählungen über den Kochkurs sehr amüsant. Sie gestand ihm auch, dass sie die Schneiderarbeiten für seine Schwester übernommen hatte. Er war nicht erstaunt, dass

Vanessa weder die Geduld noch den Willen hatte, nähen zu lernen. Dann erzählte sie ihm von den Kleidungsstücken aus der Truhe auf Alexandras Dachboden, von Ginas abgelegter Kleidung und wie sie daraus Kleider für sie alle genäht hatte.

»Ich finde, dass handwerkliches Arbeiten unterschätzt wird«, bemerkte Hugo. »In der Schule habe ich Schreinern geliebt, aber wenn man eine akademische Karriere einschlagen soll, darf man nicht lange mit den Händen arbeiten.«

»Du studierst?«

Er nickte. »Ja, allerdings schreinere ich hin und wieder einen Pfeifenständer oder etwas in der Richtung, wenn ich die Zeit finde. Ich stamme aus einer Anwaltsfamilie; die Juristerei hat bei uns eine lange Familientradition. Deshalb wurde ich auch in die Richtung gelenkt.« Als er wehmütig lächelte, spürte Lizzie zum ersten Mal eine gewisse Traurigkeit an ihm. Bis jetzt hatte er wie ein erfolgreicher Mann gewirkt, der sein Leben und alles, was dazugehörte, im Griff hatte. Doch offensichtlich führte das nicht zu Zufriedenheit.

»Dann haben deine Eltern dich also dazu gedrängt, Rechtswissenschaften zu studieren?«

»Ich würde nicht sagen, dass sie mich gedrängt haben. Sie haben mich dazu ermutigt, das auf jeden Fall. Doch da ich mich nicht widersetzt habe, weiß ich nicht, was sie getan hätten, wenn ich etwas anderes hätte machen wollen.«

»Gefällt es dir denn?«

»Ja, aber ein Teil von mir hätte gern einen anderen Weg eingeschlagen.«

Lizzie nickte verständnisvoll. »Ich belege diesen Kochkurs, weil meine Mutter glaubt, dass ich keinen anständigen Ehemann finde, wenn ich nicht kochen kann. Und einen anständigen Ehemann mit einem guten Auskommen zu finden, vorzugsweise mit Eltern, die sie kennen, ist sehr wichtig für sie.«

»Findest du das auch?«

»Nein! Zumindest glaube ich das nicht. Doch ich denke erst richtig darüber nach, seit ich in London wohne. Ich meine, Alexandra würde niemals annehmen, dass eine Heirat alles ist, was eine Frau vom Leben erwarten kann. Und Meg lernt Kochen, damit sie Geld verdienen kann, um ein Haus oder eine Wohnung zu kaufen. Ihre Mutter hatte immer Anstellungen mit Unterkunft, und deshalb hatte sie nie ein eigenes Heim.« Sie hielt kurz inne. »Darum lebt ihre Hündin Clover jetzt auch bei uns.«

Hugo lächelte. »Ich mag Hunde. Es heißt immer, man sollte in London keine halten, doch ich finde, es ist möglich – sofern es sich um kleine Hunde handelt, die nicht täglich jede Menge Auslauf brauchen.«

»Wir kommen zurecht. In der Nähe gibt es einen Park, und Clover braucht nicht allzu viel Bewegung. David fährt häufig mit dem Auto an Orte, wo er mit ihr spazieren gehen kann.«

»Wer ist David?«

Diese Frage ließ Lizzie innerlich zusammenzucken. Sie hatte ihren Mitbewohner eigentlich nicht erwähnen wollen. Angenommen, Hugo würde nachfragen? Lebten in London Männer und Frauen zusammen in Wohngemeinschaften? Was würde passieren, wenn sie versehentlich verriet, dass er homosexuell war?

»Er ist ein Freund von Alexandra«, antwortete sie. Ihre Stimme klang ein bisschen höher. »Sie haben sich kennengelernt, weil sie beide mit Antiquitäten handeln, Alexandra nur ein bisschen, aber David macht es in größerem Stil. Er hat einen Stand auf dem Portobello Road Market.«

»Oh, das klingt nach Spaß!«, erwidere Hugo. »Bist du je dort gewesen?«

Lizzie war erleichtert, dass Hugo sie nicht über David ausfragte, und lächelte. »Nein, doch ich möchte irgendwann mal mitgehen und den beiden an ihrem Stand helfen.«

»Ich bin häufig da. Ich stöbere gerne am Samstagvormittag auf dem Markt herum und halte Ausschau nach schönen alten Dingen.«

»Und was kaufst du so?« Lizzie stellte sich silberne Kerzenleuchter und Chippendalestühle vor ... oder vielleicht Schmuck für Electra?

»Werkzeuge«, antwortete Hugo. »Ich kaufe alte Holzbearbeitungswerkzeuge.« Er grinste. »Wie sieht's aus, kann ich dich für eine Zabaione begeistern? Falls du noch nie welche probiert hast – sie ist köstlich, aber nicht zu gehaltvoll. In Italien gibt man sie gerne auch Menschen, die krank sind und aufgepäppelt werden müssen.«

»Klingt verlockend!« Und die Zabaione schmeckte in der Tat wunderbar.

Als sie fertig waren, beglich Hugo die Rechnung und brachte Lizzie mit dem Taxi nach Hause; er ließ den Fahrer warten, während er selbst sie zur Haustür begleitete.

Danach stand sie in der Diele und versuchte, ihre Gefühle unter Kontrolle zu bekommen. Sie wusste, dass die anderen unten auf sie warten würden und alles über ihre Verabredung mit Rich hören wollten. Es würde David freuen, dass ein echter Gentleman, der genau wusste, wie man eine Lady behandelte, sie vor dem *bad boy* gerettet hatte.

8. Kapitel

»Bist du sicher, dass du morgen mit uns zum Markt kommen willst?«, fragte Alexandra später am Abend. »Wir brechen sehr früh auf.«

»Ich weiß«, antwortete Lizzie. »Aber ich möchte es gern richtig erleben, und du gehst ja auch nicht jede Woche mit auf den Markt.«

Die Freundin nickte. »Das stimmt. Dann wecke ich dich morgen früh.«

Lizzie atmete insgeheim erleichtert auf. Sie wollte nicht, dass jemand auf die Idee kam, es könnte einen Hintergedanken geben, warum sie so sehr darauf erpicht war, vor Einbruch der Morgendämmerung aufzustehen und an einem kühlen Frühlingsmorgen an einem Marktstand zu stehen. Sie wollte sich diese Gefühle ja nicht einmal selbst eingestehen. Es ergab schließlich gar keinen Sinn, denn Hugo war bereits in festen Händen. Warum sollte er ihr einen Blick gönnen, wenn er doch Electra hatte? Sie, Lizzie, war nur das Mädchen vom Land mit den selbst genähten Kleidern. Ihr trendiger Haarschnitt wuchs allmählich heraus, und der Moment, in dem sie chic und modisch gewesen war, war – ihrer düsteren Meinung nach – schon wieder vorüber.

Am folgenden Morgen fühlte sie sich völlig erschlagen.

»Ich bringe dir Tee«, sagte Alexandra. »Aber beeil dich, David ist schon mehr oder weniger startklar. Ich fahre mit dem Bus, weil im Citroën nicht genug Platz für uns beide ist. Es ist zwar ein großes Auto, doch es ist vollgepackt mit Waren.«

Lizzie trank einen Schluck von ihrem Tee. »In Ordnung.« Sie hörte selbst, wie verschlafen sie klang.

»Guten Morgen, Schlafmütze!«, rief David, als sie unten auftauchte. Sie hatte sich nur angezogen, sich rasch das Gesicht gewaschen und die Zähne geputzt, sonst nichts. »Danke, dass du nicht herumgetrödelt hast. Jetzt ab in den Wagen. Wenn wir da sind, gibt es ein Bacon-Sandwich.«

Das große französische Auto, das über Nacht woanders gestanden hatte, schien ein bisschen tiefer zu liegen als gewöhnlich, weil es so schwer beladen war. David hatte es direkt vor das Haus gefahren. Lizzie stieg ein. Sie hatte eine Stofftasche mit ein paar wesentlichen Dingen gepackt, die sie sich nun auf den Schoß legte.

»Eigentlich ist es herrlich, vor dem Rest der Welt auf den Beinen zu sein, findest du nicht?«, meinte sie, als sie durch den Hyde Park fuhren. Mit dem Tau auf den Gräsern und den in der Brise nickenden Frühlingsblumen sah der Park besonders schön aus.

David nickte. »Das Schwierige ist das Aufstehen, und das wird im Laufe der Zeit einfacher.«

»Inzwischen fühle ich mich gut.« Sie runzelte die Stirn. »Ist es für Alexandra in Ordnung, mit dem Bus zu fahren?«

»Natürlich. Ich habe ihre Waren dabei. Sie wird ein bisschen länger brauchen, doch das macht ihr nichts aus.«

Für eine Weile herrschte kameradschaftliches Schweigen.

»Nun«, sagte David nach ein paar Minuten. »Warum bist du so scharf darauf, den Portobello Road Market so früh am Morgen zu erleben?«

Lizzie blickte aus dem Fenster. David spürte offenbar, dass sie einen besonderen Beweggrund hatte – das hätte sie sich denken können. »Ich glaube einfach, es könnte Spaß machen, auf einem Markt zu arbeiten. Nicht an einem normalen Obst- und Gemüsestand, sondern auf einem Markt mit schönen Antiquitäten.« Als er nicht antwortete, fuhr sie fort: »Durch das Zusammenwohnen mit dir und Alexandra habe ich mein Interesse für alte Dinge entdeckt.«

David lachte. »Ich nehme dir deine Anspielung auf die alten Dinge nicht übel. Und ich verspreche dir, selbst wenn wir unsere Waren nicht wie Marktschreier anpreisen müssen, kann die Atmosphäre sich schon mal aufheizen, wenn zwei Interessenten gleichzeitig einen Gegenstand entdecken, den sie beide haben wollen. Zuerst erscheinen die Händler, und später mischt sich ein breites Publikum unter die Besucher.«

»Wie sind denn die Käufer so?«

»Das wirst du gleich selbst sehen. Aber sie sind sehr unterschiedlich. Da gibt es die Vornehmen, die hochgestochen reden und kein Geld haben. Dann die Käufer vom East End, die schrecklich naiv tun, doch etwas von ihrem Geschäft verstehen und erfolgreich sind. Hausfrauen, deren ›kleines Hobby‹, auf Auktionen zu gehen, aus dem Ruder gelaufen ist und sie zu Expertinnen auf dem einen oder anderen Gebiet gemacht hat. Und ein paar Leute, die glauben, mit Antiquitäten ließe sich leicht Geld verdienen.«

»Und das ist nicht so«, sagte Lizzie. So viel wusste sie bereits.

David seufzte. »Nein. Aber wenn's dich gepackt hat, liebst du es und denkst nicht mehr darüber nach, dass es dich niemals reich machen wird. Obwohl wir natürlich immer alle nach dem einen Ding Ausschau halten, mit dem wir unser Glück machen werden.«

»Dem Ding, das sonst niemand entdeckt hat und das Tausende von Pfund einbringen wird?«

David nickte. »So ist es.«

»Hast du jemals so etwas gefunden? Oder ist es unhöflich, danach zu fragen?«

Er lachte wieder. »Du bist in Ordnung, kleine Lizzie. Du kannst mich fragen, was du willst. Und ja, ich bin einmal auf etwas gestoßen, was sich als ziemlich wertvoll herausgestellt hat.«

»Und? Spann mich nicht auf die Folter«, hakte Lizzie nach, als er nicht sofort weitersprach.

»Es war ein Becher aus Delfter Porzellan. Ein bisschen angeschlagen, doch ansonsten ohne größeren Schaden. Er war cremefarben und hatte ein blaues Muster. Er stammte aus einer frühen Phase. Ich habe den Becher in einer Kiste mit anderem Geschirr entdeckt, aber nichts gesagt. Mir war klar, der Verkäufer hätte begriffen, dass das Stück etwas Besonderes war, wenn ich seine Aufmerksamkeit darauf gelenkt hätte. Also bot ich ihm ein Pfund für die ganze Kiste, und er hat das Geld gern genommen.«

»Hast du den Becher behalten? Oder verkauft?« Das war aufregend. Allzu gerne hätte sie gehört, dass David ein Vermögen damit verdient hatte – auch wenn ihr klar war, dass er wahrscheinlich nicht bei Alexandra wohnen würde, wenn es so wäre.

»Ich habe ihn versteigern lassen. Das hat immerhin genug eingebracht, um dieses Auto zu kaufen.« Er tätschelte das Lenkrad seines großen alten Kombis, der momentan bis unters Dach mit Kisten vollgepackt war. Auf dem Dach befand sich ein mit einem Seil festgezurrter Tapeziertisch. »Ich habe meine Schulden abbezahlt und neue Waren gekauft. Und das war es auch schon. Doch es war aufregend. Und man weiß nie, ob nicht noch einmal etwas Ähnliches passiert. Es ist der Gedanke, dass es so sein könnte, der uns weitermachen lässt.«

Lizzie schwieg eine ganze Weile. Sie bewunderte London vor Einbruch der Morgendämmerung. Es waren zwar ein paar Leute unterwegs, aber nicht sehr viele. Bisweilen erhaschte sie einen Blick auf Milchwagen – manche noch von Pferden gezogen –, während sie die Bayswater Road entlang nach Notting Hill fuhren. Sie sah Müllautos. Die Müllmänner, die die Mülltonnen und Mülleimer leerten, trugen Ledermützen mit Ohrenklappen. Sie entdeckte sogar einen Eiswagen, der Eis in großen Blöcken auslieferte. Lizzie ging auf, wie viel passierte, während die meisten Menschen noch schliefen.

»So«, sagte David, als sie sich der Portobello Road näherten. »Ich fahre jetzt zu meinem Platz, und wir laden das Auto aus. Du passt auf das Zeug auf, während ich den Wagen wegbringe. Dann bauen wir auf. Einverstanden?«

Die Standbetreiber links und rechts von Davids Stand waren bereits da und sahen Lizzie aus dem Wagen steigen. Offensichtlich hatten sie mit Alexandra gerechnet.

»Hast Lexi gegen ein neues Modell eingetauscht, was, Dave? Eine Hübsche«, bemerkte einer von ihnen, während Lizzie David half, den Tapeziertisch vom Dach zu heben. Dem Dialekt nach zu urteilen, war der Mann eindeutig ein gebürtiger Londoner.

»Nö.« David grinste. Offenbar war er an derartige Frotzeleien gewöhnt. »Lexi kommt mit dem Bus. Ich habe heute gleich zwei hübsche Mädchen, die mich unterstützen.« David wies mit einem Kopfnicken auf den Mann. »Das ist Terry, Lizzie. Nimm dich vor ihm in Acht. Ich bringe jetzt mal den Wagen weg.«

Lizzie war ein bisschen verlegen, weil sie so gemustert wurde. Sie hatte an diesem Morgen keine Zeit gehabt, sich zurechtzumachen, und fühlte sich nicht besonders hübsch. Sie hob eine Hand und fuhr sich durchs Haar.

»Er hat einen guten Frauengeschmack – dafür, dass er ein warmer Bruder ist«, meinte Terry und sah Lizzie zu, wie sie versuchte, den Tapeziertisch aufzubauen.

Sie lächelte ihm zu. »Könnten Sie uns hiermit bitte helfen?«, fragte sie. Sie hatte den Ausdruck »warmer Bruder« noch nie gehört, doch sie verstand, dass Terry auf Davids Homosexualität anspielte.

Trotz seiner angriffslustigen Art war Terry sehr hilfsbereit. Gemeinsam stellten sie den Tapeziertisch auf. Lizzie fand das Tischtuch und breitete es über den Tisch aus. Als David zurückkehrte, war sie dabei, die Kisten auszupacken.

»Gut gemacht«, lobte er sie und reichte ihr eine Papiertüte. »Hier ist dein Frühstück.« Terry bekam auch eine Tüte.

Darin befand sich ein bemehltes weißes Brötchen mit knusprigem Schinkenspeck. Lizzie biss hinein und fand es himmlisch. Weiches Brot und Butter verbanden sich miteinander, bis ihre Zähne auf den knusprigen Speck trafen. »Oh, das ist so gut!«, schwärmte sie. »Nichts, was ich bei Madame Wilson gelernt habe, hat auch nur halb so gut geschmeckt.«

»Ein Bacon-Sandwich und 'ne Tasse starker Tee sin' unschlagbar«, sagte ihr Standnachbar mit vollem Mund.

»Lass dich von Terry mit seinem Cockney-Akzent nicht täuschen«, meinte David. »Ich weiß zufällig, dass er das Eton-College besucht hat.«

Lizzie gab sich Mühe, einen wissenden Blick aufzusetzen. Sie wusste nicht, ob David die Wahrheit sagte oder nicht. Vielleicht war Terry tatsächlich in Eton gewesen.

»Was hättest du gern vorne auf dem Tisch?«

»Na ja, wie du siehst, handele ich hauptsächlich mit Silberzeug und Porzellan«, antwortete David, »und ein bisschen mit Schmuck. Ich platziere immer einen Teil des Silbers ganz vorne: einen Teller, Haarbürsten, Spiegel, Schmuckdosen. Aber die richtig guten Stücke sind ganz hinten, wo ich sie besser im Auge behalten kann. Warum ordnest du die Sachen nicht so an, wie es dir gefällt, und ich erkläre dir, was du alles falsch gemacht hast?«

In dem Moment tauchte Alexandra auf; sie hielt ebenfalls Papiertüten in den Händen. »Ach, ihr habt schon Frühstück.

Aber Bacon-Sandwiches schmecken ja immer. Wer hätte gern noch eins?«

»Ich, bitte«, antwortete Lizzie, die plötzlich feststellte, wie hungrig sie war.

»Der Stand sieht bereits ganz hübsch aus«, kommentierte Alexandra. »Hat David dir schon gesagt, dass du alles falsch gemacht hast?«

»Noch nicht«, erwiderte Lizzie. »Ich glaube, er will mich mein Werk erst beenden lassen, bevor er es zerpflückt.«

Alexandra lachte. »So in der Art. Und, Terry? Wie geht's dir?«

»Ich kann mich nicht beklagen, Lexi«, antwortete der Händler. »Dann hat David also heute doppelte Unterstützung? Will er nicht irgendwann mal für neue Ware sorgen? Ein paar von den Sachen sehe ich jetzt schon seit Monaten.«

»Ich halte ständig nach guten Objekten Ausschau«, entgegnete David. »Deshalb sehe ich mich auch nicht an deinem Stand um. Wenn es euch zwei Mädels nichts ausmacht, den Marktstand fertig zu dekorieren, werde ich mal einen Rundgang machen. Mal schauen, ob jemand etwas Gutes im Angebot hat.«

Lizzie, die gerade eine Reihe kleiner Figuren aufstellte, die vermutlich aus China stammten, sah ihre Freundin entsetzt an. »Aber, Alexandra! Was ist, wenn jemand etwas kaufen will? Wir wissen nicht, was die Sachen kosten!«

»David führt Buch«, erklärte die Freundin. »Wir schlagen nach, was er selbst gezahlt hat, und addieren hinzu, was wir für angemessen halten.«

»Was würde ich nicht dafür geben, einen Blick in Davids Buch zu werfen!«, meinte Terry und sah sie beide abschätzend an.

Alexandra lachte nur. »Wenn David zurückkommt, können wir die Waren auspreisen«, sagte sie. »Du hast eine ordentliche

Handschrift, Lizzie. Er liebt es, wenn die Leute die Preisschilder gleich lesen können. David liefert gern eine Erklärung dazu, doch niemand kann meine Schrift entziffern.«

Lizzie lachte. Madame Wilson hatte gesagt, Alexandras Schrift sehe aus wie etwas »Grobgestricktes«.

Es machte Lizzie Spaß, die Schildchen zu beschriften, die David mit einem Baumwollfaden an den einzelnen Stücken befestigte. *Viktorianische Teedose aus Silber, hergestellt in Chester, 1900.* Und dazu notierte sie den Preis.

Leute kamen und gingen. Zuerst waren es die Händler, die Formulierungen verwendeten wie »Wo liegt die absolute Untergrenze?«, wenn sie etwas kaufen wollen.

David setzte die Preise für andere Händler herab, wie er erklärte, als jemand mit etwas davonging, wofür er weniger als die Hälfte des auf dem Preisschild angegebenen Preises bezahlt hatte. »Die echten Kunden, die richtige Endverkaufspreise zahlen, kommen später. Du kannst weiter Preisschilder schreiben. Du hast eine hübsche, ordentliche Handschrift!«

Die Stunden vergingen wie im Flug. Sie saßen auf ihren Stühlen, Lizzie schrieb sorgfältig Preisschilder, David und Alexandra unterhielten sich mit Passanten. Hin und wieder verkauften sie etwas.

Später, nachdem sie am gleichen Stand wie schon fürs Frühstück ihr Mittagessen gekauft hatten, versuchte Lizzie ihr Glück im Verkauf.

Alexandra freute sich, als Lizzie eine ziemlich ramponierte Teedose verkaufte. »Ich bemühe mich schon seit einer Ewigkeit, dieses Ding loszuwerden. Es ist hübsch, aber in schlechtem Zustand.«

»Der Zustand ist ganz wichtig, Süße«, erklärte David. »Das habe ich dir schon oft genug gesagt.«

»Ich weiß!«, erwiderte Alexandra. »Aber jetzt musst du diese zerbeulte Dose nie wieder sehen!«

Lizzie schrieb gerade *Dänische Jugendstilknöpfe mit Blumendekor, Silber* – die sie nur zu gern selbst gekauft hätte, wären sie nicht so teuer gewesen –, als sie eine bekannte Stimme hörte.

»Das ist doch schon viel besser!«, sagte Electra und nahm die Knöpfe, obwohl Lizzie das Schildchen noch nicht fertig beschriftet hatte. »Viel reizvoller als diese langweiligen alten Werkzeuge. Vielleicht könntest du sie mir kaufen?«

Electra blickte Hugo an, der aufmerksam zuhörte. Er trug ein in braunes Papier gewickeltes Bündel unter einem Arm und mehrere Tragetaschen in der anderen Hand.

Lizzie wäre am liebsten im Erdboden versunken. Jetzt hatte sie sich solche Mühe gemacht, um Hugo wiederzusehen, doch irgendwie war ihr nicht in den Sinn gekommen, dass er in Begleitung seiner Freundin sein könnte. Und nun wusste Lizzie nicht, ob sie einfach den Kopf gesenkt halten oder aufblicken und grüßen sollte. Sie hatte gerade beschlossen, nicht auf sich aufmerksam zu machen, sondern zu hoffen, dass die beiden weitergehen würden, als Alexandra zu sprechen begann.

»Oh, hi! Electra! Wir sind uns bei Vanessa begegnet.« Lexi streckte die Hand aus, sodass Electra sich gezwungen sah, die Knöpfe abzulegen, um sie per Handschlag zu begrüßen. »Gefallen sie dir? Sie sind so stilvoll, nicht wahr? Irgendwie modern, obwohl sie natürlich alt sind.«

Lizzie war bewusst, dass sie nicht mehr so tun konnte, als wäre sie nicht da. »Hallo!«, sagte sie. »Ich schreibe gerade das Preisschild für diese Knöpfe.«

»Und was steht darauf?«, fragte Hugo. Sein Blick ließ sie erröten, auch wenn er wahrscheinlich einfach nur aufmerksam sein wollte.

»Ach, das Schildchen könnt ihr getrost ignorieren. David wird euch einen guten Preis machen, nicht wahr?«, fragte sie den Freund. Alexandra wirkte fest entschlossen, die Knöpfe zu verkaufen. Lizzie fragte sich, ob sie wohl eine Provision erhielt, weil sie sich so sehr ins Zeug legte.

David lachte, ganz der charmante Schauspieler/Antiquitätenhändler. »Ich bin sicher, dass wir da etwas tun können. Welchen Preis hast du denn notiert, Lizzie?«

Sie sagte es ihm.

»Ach du meine Güte!«, rief Electra aus. »Das ist lächerlich teuer, selbst wenn ich nicht dafür bezahlen muss!«

Lizzie fühlte sich an Davids Stelle gekränkt. »Sie sind einzigartig. Knöpfe wie diese sind selten und würden jedes Kleidungsstück zu etwas Besonderem machen.« Sie beschloss, sich ein bisschen zu entspannen, und lächelte. »Ich habe selbst ein Auge darauf geworfen – daher möchte ich gar nicht, dass du sie kaufst. Ich habe ein Kleid, zu dem sie wunderbar passen würden. Manchmal sorgen die Knöpfe für den entscheidenden Unterschied.«

Alles, was sie sagte, entsprach der Wahrheit. Sie hatte ein kurzes hellrosa Kleid, das sie aus einem von Ginas abgelegten Kleidungsstücken umgenäht hatte. Es hatte Ärmel bis zu den Ellbogen, und sie hatte Satinrüschen an den Saum genäht. Der runde Ausschnitt war recht tief, und alles in allem war Lizzie sehr zufrieden mit dem Ergebnis. Die Knöpfe allerdings würden das Kleid noch zusätzlich aufpeppen.

Nun, da Electra wusste, dass sie Konkurrenz hatte, wirkte sie deutlich engagierter. »Zu welchem Preis würdet ihr sie mir denn verkaufen?«, erkundigte sie sich.

Lizzie wiederholte den Betrag.

Electra lachte. »Niemand bezahlt, was auf dem Preisschild steht.«

»Meistens schon«, erwiderte Lizzie mit eiserner Entschlossenheit, von der sie gar nicht gewusst hatte, dass sie darüber verfügte. Sie gab sich größte Mühe, so freundlich wie möglich zu schauen.

»Na ja, da Sie eine Freundin sind«, meinte David, »könnte ich Sie Ihnen überlassen für ...« Er nannte einen mittleren Preis.

Die junge Frau legte ihre Hand mit einer, wie Lizzie fand, besitzergreifenden Geste auf Hugos Arm. »Was sagst du, Hughie?«, fragte sie. »Würdest du sie mir kaufen?«

Er wirkte etwas unentschlossen.

»Ich finde, ich habe etwas verdient, nachdem ich die ganze Zeit hinter dir hergelaufen bin, während du alte Laubsägen und solchen Kram gekauft hast.« Electras Stimme klang inzwischen nicht mehr einschmeichelnd, sondern eher fordernd.

»Vielleicht lässt sich beim Preis noch etwas machen.« David stupste Lizzie an, um ihr stumm eine Nachricht zu übermitteln. Er nannte einen neuen Betrag.

»Oh, bitte, Hughie!«, schmeichelte Electra. »Ich habe doch dieses entzückende Kleid, das ich an einem anderen Stand gekauft habe. Es ist brandneu – ich könnte nichts tragen, worin schon jemand anders geschwitzt hat –, doch ihm fehlt noch das gewisse Etwas. Hier ...« Sie griff nach den Taschen, die Hugo in der Hand hielt, und begann, darin zu wühlen.

Während Electra ihre Einkäufe durchsuchte, fragte Lizzie sich, warum sie die Knöpfe nicht einfach selbst kaufte, wenn sie sie unbedingt haben wollte.

Schließlich zog Electra ein Kleid mit modischem Gänseblümchenmuster hervor. Es wirkte modern und gefällig, doch die Knöpfe an der Vorderseite ließen tatsächlich zu wünschen übrig. Electra zeigte Lizzie das Kleid. »Das ist es!«

»Findest du nicht, dass die Knöpfe, die du haben möchtest, an einem schlichteren Kleidungsstück besser zur Geltung kämen?«, meinte Lizzie. »Die Knöpfe sehen wie Gänseblümchen aus. Es könnte zu viel sein, wenn du sie an das Kleid nähst.«

Electra riss das Kleid ruckartig zurück. Es gefiel ihr gar nicht, dass ihr Geschmack infrage gestellt wurde. »Wir nehmen die Knöpfe, und zwar zu dem Preis, der zuerst genannt wurde. Doch ich möchte, dass du ...« – sie zeigte mit einem Finger auf Lizzie – »sie für mich annähst.«

»Warte mal, Electra«, warf Hugo ein, sichtlich in Verlegenheit gebracht durch die fordernde Haltung seiner Freundin. »Wir kaufen Knöpfe und keinen Nähdienst. Lizzie hat sicher gar kein Nähzeug dabei.«

»Schon in Ordnung«, erwiderte Lizzie. »Ich gehe nie ohne ein kleines Nähset aus dem Haus.« Ganz kurz begegnete ihr Blick dem von Hugo. Es fühlte sich an, als hätte sie einen Stromschlag erhalten. Sie wusste, dass es einseitig war – er sah in ihr nur eine junge Frau, die er gerade unabsichtlich in eine unangenehme Lage gebracht hatte. Dennoch bekam sie weiche Knie.

Sie bückte sich und nahm ihre Umhängetasche auf. »Da ist es schon.« Die selbst genähte Tasche, in der sich auch ihre Nähutensilien befanden, gab ihr plötzlich das Gefühl, unbedarft wie ein Schulmädchen zu sein.

»Großartig!«, sagte Electra. »Gib dem Mann sein Geld, Hughie, und dann lass uns weitergehen.« Sie warf David einen Blick zu. »Wir treffen uns gleich mit Freunden auf einen Drink, und ich möchte mich vorher noch umziehen.« Dann wandte sie sich mit herablassender Miene an Lizzie, die schon damit begonnen hatte, die Knöpfe von dem Gänseblümchenkleid abzutrennen. »Reichen zehn Minuten?«

»Ein bisschen länger brauche ich schon«, antwortete sie.

»Wir kommen in einer halben Stunde wieder, und dann sehen wir ja, wie weit du bist«, warf Hugo ein. »Es besteht kein Grund zur Eile.«

»Und ich möchte, dass die Knöpfe ordentlich angenäht sind! Ich würde mich ärgern, wenn ich einen verliere, nachdem wir so viel dafür bezahlt haben.«

Hugo nahm sie am Arm und führte sie eilig davon.

»Das war aber eine höchst raffinierte Verkaufskunst!«, kommentierte Terry. »Und wie nützlich, gleich auch noch einen Nähdienst für Knopfkäufer anzubieten. Nicht dass ihr so viele Knöpfe verkaufen würdet.«

»Sie ist etwas schwierig«, erwiderte Lizzie taktvoll und fädelte den Faden in die Nadel ein.

»Sie ist ein Miststück«, sagte Alexandra unverblümt.

»Das ist sie«, stimmte David zu. »Und wenn du damit fertig bist, Lizzie, gebe ich dir ein paar richtig hübsche Knöpfe. Viel schönere als diese. Die, die ich im Sinn habe, sind sogar antik.« Er kramte im hinteren Bereich des Standes herum und fand schließlich eine abgenutzte Lederschatulle. »Hier.«

Lizzie schnappte nach Luft, als er den Deckel abhob. Sechs große Knöpfe funkelten auf dem Samtfutter. »Sind das Diamanten?«

»Die habe ich ja noch nie gesehen!«, rief Alexandra entrüstet und blickte Lizzie über die Schulter. »Hast du Geheimnisse vor mir?«

»Ganz sicher nicht. Ich habe sie eben erst gekauft«, erklärte David, nahm die Lupe und betrachtete die Knöpfe aus der Nähe.

»Sie sind so hübsch!«, rief Lizzie. »Was kannst du durch das Vergrößerungsglas erkennen?«

»Du meinst seine Juwelierlupe?«, fragte Alexandra.

»Ja, ja«, erwiderte Lizzie ungeduldig. Sie wollte einfach nur alles über die Knöpfe wissen.

»Nun, es sind keine Diamanten«, erklärte David. »Es sind Strasssteine, allerdings von sehr hoher Qualität. Georgianisch.«

»Wie viel hast du dafür bezahlt?«, wollte Alexandra wissen. Als David es ihr gesagt hatte, pfiff sie beeindruckt durch die Zähne. »Ist das nicht ziemlich viel für Strasssteine?«

Er schüttelte den Kopf. »Diese Knöpfe sind extrem selten. Bitte schön, Lizzie. Sie gehören dir.«

Lizzie betrachtete die Knöpfe. Sie waren riesig, fast zweieinhalb Zentimeter im Durchmesser, und die Steine waren spiralförmig angeordnet. »Sie sehen aus wie ein Feuerwerk. Atemberaubend schön. Aber ich glaube nicht, dass sie zu meinem Kleid passen. Es ist blassrosa. Permuttfarbene Knöpfe wären besser geeignet.«

»Du könntest sie vielleicht an einem anderen Kleid anbringen. Wie wäre es mit schwarzem Samt?«, schlug David vor. Offensichtlich wollte er ihr die Knöpfe unbedingt schenken.

Lizzie schüttelte den Kopf. »Es ist zu viel. Ich nähe doch nur ein paar Knöpfe für dich an. Übrigens finde ich, dass Electras Kleid besser aussehen würde ohne die Silberknöpfe.«

»Aber dir habe ich diesen Verkauf zu verdanken. Ich habe dieser Frau beziehungsweise ihrem Freund viel Geld abgeknöpft, und ich habe diese Jugendstilknöpfe in einer Knopfdose gefunden, die ich gekauft habe. Sie haben mich praktisch nichts gekostet.« David blieb hartnäckig.

»Es war mir ein Vergnügen! Wirklich!« Lizzie war ein bisschen traurig, dass es Hugo war, der den hohen Preis gezahlt hatte, doch vermutlich waren die Knöpfe so viel wert.

»Ich möchte gern etwas für dich tun«, sagte David.

»Ich weiß etwas«, warf Alexandra ein. »Du könntest für eine Dinnerparty kochen. Du bist ein hervorragender Koch, David.«

»Welche Dinnerparty?« Lizzie hatte ihre Vorbereitungen abgeschlossen und begann zu nähen.

»Ich finde, wir sollten selbst eine geben«, antwortete Alexandra. »Definitiv.«

Lizzie bekam ein mulmiges Gefühl bei dem Gedanken, eine Dinnerparty zu veranstalten – sie hatte so wenig Erfahrung damit –, und versuchte, nicht an die Leute zu denken, die Alexandra vielleicht einladen wollte. »Hältst du das wirklich für eine gute Idee?«

»Auf jeden Fall! Erstens sollten wir uns für Vanessas Einladung revanchieren, und zweitens wäre es ein Riesenspaß, all das Silber und die Leuchter hervorzukramen und das Esszimmer wunderschön herzurichten.« Alexandra wirkte sehr zufrieden bei dieser Aussicht.

»Eine Dinnerparty?«, hakte Terry nach. »Kann ich auch kommen?«

»Natürlich«, erwiderte Alexandra. »Wir erstellen eine Gästeliste und setzen dich auch drauf. Hast du eine Frau, die du gern mitbringen möchtest?«

Terry hatte offenbar nicht damit gerechnet, dass Alexandra seine Bemerkung ernst nahm. »Ähm, ja ...«

»Wir schicken dir eine Einladung«, versprach Alexandra, die Mitleid mit ihm bekam. »Dann kannst du in Ruhe entscheiden.«

»Ich habe noch nie eine Dinnerparty gegeben«, gestand Lizzie.

»Meg wird es lieben.« Alexandra war jetzt richtig aufgeregt. »David und sie kümmern sich ums Essen, und wir beiden helfen ihnen.«

»Wie kommst du jetzt so plötzlich auf diese Idee?«, wollte Lizzie wissen und nahm den nächsten Knopf in Angriff.

»Na ja, wir schulden Vanessa eine Einladung, oder nicht? Sie hat uns eingeladen. Wir sollten uns für ihre Gastfreundschaft revanchieren«, meinte Alexandra.

»Du führst irgendwas im Schilde«, sagte David.

»Eigentlich nicht.« Alexandra arrangierte eine Abendtasche mit einer Kette sowie einen Chatelaine-Gürtel neu, an dem Gegenstände befestigt waren, die für eine Hausfrau im neunzehnten Jahrhundert als nützlich erachtet worden waren. »Ich finde bloß, dass Lizzie eine richtige Gelegenheit bekommen sollte, Hugo besser kennenzulernen.«

Lizzie schnappte nach Luft und wurde rot, während sie den Faden abschnitt.

»Willst du ihn nicht wiedersehen?«, erkundigte sich Alexandra.

Mit immer noch rotem Kopf zuckte Lizzie mit den Schultern und griff nach dem letzten Knopf. »Na ja, eigentlich schon, doch wir müssten Electra ebenfalls einladen. Schließlich sind Hugo und sie ein Paar!«

»Können wir ja machen«, sagte Alexandra. »Aber vielleicht möchte sie gar nicht kommen. Möglicherweise hat sie schon was vor.«

»Ich glaube, ich werde auch schon etwas vorhaben, wenn das in Ordnung für dich ist, Frau Gastgeberin«, meldete David sich zu Wort. »Doch ich würde sehr gern für euch kochen.«

»Also, wenn Dave nicht kommt, bin ich auch nicht dabei«, erklärte Terry, der offensichtlich froh war, die Einladung ausschlagen zu können.

»Wir kommen auch ohne euch beide zurecht, wenn es sein muss«, konterte Alexandra.

»Wen laden wir denn sonst noch ein?«, fragte Lizzie und nähte zügig weiter.

»Vanessa natürlich und Ted.«

»Wir erstellen eine Liste. Falls nötig, laden wir ein paar von Davids Schauspielerfreunden ein, um dem Ganzen etwas dekadenten Glamour zu verleihen.«

Terry lachte. »Du bist mir eine, Lexi, also wirklich!«

»Nennt sonst noch jemand dich Lexi, abgesehen von Terry?«, wollte Lizzie wissen.

»So nennen mich meine alten Freunde«, erklärte Alexandra.

Als Lizzie aufsah, entdeckte sie Electra und Hugo in der Menge. Sie wollte den beiden eigentlich nicht noch einmal begegnen. Hugos Freundin hatte irgendwie dafür gesorgt, dass sie sich schlecht fühlte – so, als stünde sie unter Electra. Sie würde nicht zulassen, dass sie ihr dieses Gefühl ein weiteres Mal vermittelte. »Okay, ich bin fertig mit den Knöpfen. Ist es in Ordnung, wenn ich mir mal die anderen Stände ansehe?«

Alexandra musterte sie forschend. »Nein, geh nur. Du hättest schon früher eine Runde drehen sollen. Aber bleib nicht zu lange weg. In etwa einer Stunde packen wir zusammen.«

»Und bezahl nicht den geforderten Preis für irgendetwas«, fügte David hinzu. »Sag einfach immer: ›Wo liegt die absolute Untergrenze?‹«

Lizzie legte den Kopf schief. »Wie bitte? Selbst wenn ich ein paar Bananen kaufen will?«

Und damit verschwand sie rasch in der Menge.

9. Kapitel

»Ich kann nicht fassen, dass du Electra und Hugo gleich zu unserer Dinnerparty eingeladen hast, während ich Bananen gekauft habe!« Sie waren wieder zu Hause in Belgravia, und Lizzie legte gerade das Obst auf den Tisch.

Alexandra zuckte mit den Schultern. »Was du heute kannst besorgen, das verschiebe nicht auf morgen.«

»Was redet ihr da von einer Dinnerparty?«, fragte Meg, die gerade die Bananen inspizierte und wahrscheinlich überlegte, ob sie reif genug zum Essen waren.

»Ja, wann findet sie überhaupt statt?« Lizzie war immer noch entrüstet. Ihre Gefühle angesichts der Aussicht, Electra und Hugo erneut zu treffen, waren ziemlich gemischt. Obwohl sie Hugo sehr mochte – und sie wusste, dass ihre Gefühle weit über »mögen« hinausgingen –, wollte sie Electra nie wiedersehen.

»Entschuldige, Meg«, bat Alexandra. »Ich dachte, es würde Spaß machen, wenn wir hier bei uns eine Dinnerparty veranstalten. Wir laden Vanessa und ein paar der Gäste ein, die auch auf ihrer Party waren. Die, die wir mögen und von denen wir die Telefonnummern haben.« Sie lächelte gewinnend. »David wird kochen – zusammen mit dir, wenn du Lust hast. Kein Problem, wenn du nicht möchtest. Du könntest auch einfach Gastgeberin sein, so wie Lizzie und ich.«

Meg schnitt eine Grimasse. »Gastgeberin? Das klingt sehr seltsam, wenn ich das so sagen darf.«

»Wieso? Wir wohnen alle hier, und wir geben eine Dinnerparty, also sind wir gemeinsam die Gastgeberinnen.«

»Ich werde kochen, doch ich bin weder Gast noch Gastgeber«, sagte David.

Alexandra machte ein trauriges Gesicht. »Nicht einmal, wenn wir einen Servierwagen kaufen?«

»Nicht mal, wenn du mich in eine Rüschenschürze steckst.« David rückte nicht von seiner Haltung ab. »Ich habe keine Lust auf den üblichen Small Talk: ›Was machst du denn so?‹ Oder: ›Wo wohnst du?‹ Ich bin ohnehin zu alt für eure Freunde«, schloss er.

»Habt ihr schon über mögliche Termine gesprochen?«, wollte Lizzie wissen. Sie wünschte sich jetzt, sie hätte die Idee von Anfang an abgelehnt.

»Electra hatte ihren Terminkalender dabei – natürlich von Smythson, ich konnte es nicht übersehen –, und wir haben ein paar Termine ausgewählt. Am Wochenende fahren die beiden aufs Land.« Alexandra war tatsächlich offenbar ein bisschen verlegen.

»Ich fasse nicht, dass Electra interessiert genug war, um Daten vorzuschlagen«, kommentierte Lizzie.

»Na ja, war sie nicht – eigentlich ging das auf Hugos Konto.«

»Ich glaube, Electras Überheblichkeit in Sachen Knöpfe war ihm peinlich«, meinte David.

»Für welches Datum entscheiden wir uns denn jetzt?«, fragte Lizzie. Sie hatte das Gefühl, dass weiterer Protest sinnlos wäre. »Meg? Wann würde es dir passen? Übrigens, wie ist es gestern Abend gelaufen – hast du den Job bekommen? Falls ja, wirst du sicher abends arbeiten.«

»An dem Tag kann ich«, antwortete Meg, die gerade die Daten prüfte, die Alexandra notiert hatte. »Am Donnerstag. Allerdings solltet ihr mich sofort buchen. Ich will nicht angeben, doch die Caterer haben mich geliebt! Offensichtlich sind meine Fähigkeiten im Kellnern gefragt – sie haben während der Saison extrem viele Aufträge. Die anderen Mädchen, die gestern auch da gearbeitet haben, waren vom selben Schlag wie unsere Mitschülerinnen in Madame Wilsons Kochkurs. Anscheinend wird diese Arbeit von der Gesellschaft akzeptiert.« Sie überlegte kurz. »Ich denke, sie wissen vielleicht jemanden zu schätzen, der wirklich arbeiten muss.«

»Sie können sehr froh sein, dich zu haben«, meinte David.

»Gut«, sagte Alexandra nach einer angemessenen Pause. »Lizzie, ich habe Electras Telefonnummer. Sie kümmert sich um Hugos Termine. Ruf sie an und teile ihr das Datum mit.«

»Auf keinen Fall!«, erwiderte Lizzie. »Sie behandelt mich ja jetzt schon wie eine Näherin, die man nach Belieben anheuern kann. Wenn ich ihr den Termin durchgebe, wird sie mich auch noch für eine Sekretärin halten. Außerdem hasse ich es, Leute anzurufen, die ich nicht wirklich kenne.« Was sie wirklich meinte, war, dass sie es hasste, jemanden anzurufen, der auf sie herabschaute.

Alexandra musterte sie aufmerksam. Lizzie hatte das Gefühl, dass sie in ihr las wie in einem offenen Buch.

Als Lexi nickte, war sie erleichtert. »Ich übernehme das. Nun, wen sollen wir sonst noch einladen?«

»Viel wichtiger, was werden wir kochen?«, fragte Meg. »David? Was meinst du?«

»Wie hoch ist denn das Budget?«, wollte er wissen.

»Budget?«, fragten Lizzie und Alexandra wie aus einem Munde.

»Ihr wisst schon, die Kosten pro Person.« Meg musterte ihre Freundinnen mit einem leichten Stirnrunzeln.

»Na ja.« Alexandra warf David einen verärgerten Blick zu, weil er lachte. »Warum überlegen wir uns nicht, was wir gern auf den Tisch bringen wollen, und sehen dann, ob wir es uns leisten können?«

»Wie viele Personen wollt ihr denn einladen?«, erkundigte sich David. »Für eine Dinnerparty finde ich sechs am besten.«

»Nein!«, stieß Lizzy leidenschaftlich hervor. Dann fuhr sie fort: »Ich meine, wir sind ja schon zu dritt – wir können nicht bloß drei Gäste einladen. Eigentlich jetzt nur noch einen weiteren Gast, da ja Hugo und Electra schon kommen.« Hatte sie sich angehört, als wäre ihr das Ganze zu wichtig?

»Nun«, meinte Alexandra, »an den Tisch im Esszimmer passen zwölf Stühle. Aber ich schlage insgesamt zehn Personen vor.«

David pfiff durch die Zähne. »Das sind schon eine ganze Menge Leute, wenn man kein Personal hat.«

»Ach, komm schon«, erwiderte Lizzie, die die Vorstellung, dass Electra und Hugo sich in einer großen Gruppe verloren, sehr reizvoll fand. »Wir brauchen kein Personal! Wir sind drei Mädchen, die beinahe ausgebildete Köchinnen sind ...«

»Nicht wirklich Köchinnen, Lizzie«, widersprach Meg. »Und Personal wäre wirklich hilfreich. Ich könnte die Leute, für die ich arbeite, fragen, ob ...«

»Nein«, fiel Alexandra ihr ins Wort. »Personal müssten wir bezahlen. Lizzie hat recht, wir sind vielleicht noch keine ausgebildeten Köchinnen, und wir wären auch jetzt noch nicht in der Lage, für unsere Ehemänner Gesellschaften zu geben«, – sie warf Lizzie einen Blick zu –, »können jedoch bestimmt eine prima Mahlzeit für zehn Personen zubereiten und servieren. Ohne externe Unterstützung.«

»Okay«, sagte David. »Doch wir müssen das Menü sorgfältig planen. Eher leichte mediterrane Küche à la Elizabeth David als eine extravagante Speisenfolge à la Fanny Cradock.«

Die drei Schülerinnen der Kochschule von Madame Wilson sahen ihn mit einem Ausdruck der Verachtung auf dem Gesicht an. »Erwähne bitte den Namen Fanny Cradock nicht!«, sagte

Meg. »Madame Wilson hat uns mit großer Überzeugung beigebracht, dass Garnierungen mit einer Garnierspritze gewöhnlich sind.«

Lizzie lachte. »Es kommt nicht so oft vor, dass ich mich freue zu hören, etwas sei gewöhnlich. Normalerweise geht es nämlich um Dinge, die ich gerne tun würde – wie zum Beispiel auf der Straße etwas zu essen oder ohne Handschuhe aus dem Haus zu gehen. Aber ich bin sehr froh, nichts mit einer Spritztülle garnieren zu müssen.«

»Was haltet ihr von Pâté als Vorspeise?«, schlug David vor. »Mit Melba-Toast. Das kann man schon auf dem Tisch platzieren, bevor die Gäste Platz nehmen.«

»Ist Melba-Toast nicht ein bisschen zu kompliziert?«, fragte Alexandra.

»Nein! Ich habe dazu vor Kurzem einen nützlichen Tipp bekommen«, sagte Meg. »Leider nicht von Madame Wilson. Man toastet eine Scheibe weißes Brot, entfernt die Kruste und schneidet die Scheibe der Länge nach in zwei dünne Hälften. Die werden dann im Backofen getrocknet.«

»In Ordnung«, meinte Alexandra. »Was für eine Pâté?«

»Hering«, antwortete Meg. »Die mag ich am liebsten.«

»Heringe haben so viele Gräten!«, wandte Lizzie ein.

»Wir kaufen Fischfilets. Wir sind genug Leute, um die verbleibenden Gräten zu entfernen«, sagte Meg. »Sie kosten nicht viel.«

»Wie wäre es mit Hühnerleber?«, schlug David vor.

»Die Zubereitung ist ein bisschen knifflig«, wandte Meg an. »Schmeckt aber köstlich ...«

Schließlich musste Lizzie gähnen. Sie konnten sich nicht auf einen Nachtisch einigen. Sie sagte: »Also, ich gehe jetzt schlafen. Ich werde morgen Mittag zum Sonntagsessen zu meinen Eltern fahren. Möchte vielleicht jemand mitkommen?«

Höfliches Gemurmel, doch niemand nahm die Einladung an.

Lizzie nickte. Sie konnte es verstehen. »Okay!«

»Soll ich dich hinfahren?«, fragte David. »Du warst so toll heute auf dem Markt.«

Sie schüttelte den Kopf. »Es ist einfacher, wenn ich den Zug nehme. Damit rechnen sie auch.« Lizzie wüsste nicht, wie sie ihren Eltern Davids Anwesenheit erklären sollte, nicht einmal, wenn er nicht homosexuell gewesen wäre. Ihre Mutter würde dafür sorgen, dass sie umgehend mit ihm vor den Altar trat.

Vereinbarungsgemäß holte ihr Vater sie am nächsten Vormittag vom Bahnhof ab. Lizzie umarmte ihn, was für ihn ziemlich überraschend kam, wie sie bemerkte. Dennoch schaffte er es, ihr unbeholfen den Rücken zu tätscheln. Lizzie hatte plötzlich festgestellt, wie schnell sie erwachsen wurde – fern der Einschränkungen durch ihre Eltern. Sie erstickten sie mit ihrer Fürsorge, und dennoch bedeuteten sie ihr sehr viel.

Der Lammbraten war bei ihrer Ankunft bereits fertig. Ihre Mutter hatte den ovalen Tisch im Esszimmer für drei gedeckt. Solange Lizzie sich erinnern konnte, war das Sonntagsessen immer nach dem gleichen Schema abgelaufen: Ihr Vater schnitt den Braten auf, ihre Mutter servierte das Gemüse und reichte die Bratensoße weiter. Nach dem Essen räumte Lizzie den Tisch ab, kochte Kaffee für ihre Eltern und trug ihn ins Wohnzimmer, wo sie ihn tranken.

»Es ist so schön, dich für eine kurze Zeit wieder zu Hause zu haben, Liebes«, sagte ihre Mutter, als alle versorgt waren und ihr Vater zu essen begonnen hatte. »Wann wirst du endgültig zurückkommen? Ich freue mich so darauf, meine Elizabeth wieder bei mir zu haben.«

Lizzie kaute, um der Antwort erst einmal auszuweichen.

»Daddy könnte dich von dort abholen, wo du jetzt wohnst, und dich mit deinem kompletten Gepäck nach Hause fahren.«

Lizzies Mutter hatte ihren Mann seit Jahren nicht mehr als »Daddy« bezeichnet, doch Lizzie wurde immer nervös, wenn sie in diese alte Angewohnheit verfiel. Es war ihr peinlich, auch wenn sie unter sich waren.

»Natürlich!«, fügte ihr Vater hinzu. »Ich tue alles, um mein kleines Mädchen wieder nach Hause zu holen!«

Lizzie lächelte herzlich. Sie konnte ihre Antwort nicht weiter aufschieben. »Um ehrlich zu sein, ich überlege, ob ich nicht noch länger in London bleiben soll. Ich würde mir gern eine Arbeit suchen. Schließlich gebt ihr eine Menge Geld dafür aus, dass ich kochen lerne. Ich habe das Gefühl, ich sollte etwas tun, um die Ausgaben zu rechtfertigen.«

Ihre Eltern starrten sie mit offenem Mund an. Lizzie hatte zwar keine Diskussion angefangen, doch sie nickte und lächelte nicht nur, wie sie es gewöhnlich tat.

»Ich muss euch noch erzählen, was ich gestern gemacht habe.« Lizzie sprach einfach weiter und schenkte ihnen ein strahlendes Lächeln. »Ich habe hinter einem Antiquitätenstand auf dem Markt in der Portobello Road gestanden! Der Markt ist sehr berühmt.« Sie wünschte, ihre Eltern würden aufhören, sie wie aufgeschreckte Goldfische anzustarren.

Ihr Vater fand als Erster die Sprache wieder. »Hinter einem Antiquitätenstand? Wie das?«

»Liebes«, sagte ihre Mutter. »Sind Antiquitätenhändler denn seriös?«

»Oh ja! Alexandra – ihr habt sie ja kennengelernt – hat zusammen mit einem Freund einen Stand. Ich habe ihnen geholfen. Für eine Kundin habe ich ein paar sehr hübsche Knöpfe angenäht, sie war ganz entzückt.«

»Du warst immer schon sehr geschickt mit Nadel und Faden«, kommentierte ihre Mutter.

»Und mit der Nähmaschine.« Lizzie hatte von jeher den Eindruck gehabt, dass es ihrer Mutter besser gefallen würde, wenn sie nur Tischdecken besticken und Beutel für Wäscheklammern für die Wohltätigkeitsveranstaltungen nähen würde, für die ihre Mutter sich engagierte.

»Ja, du hast dir in der Tat ein paar hübsche Kleider genäht«, bestätigte die nun.

»Und ich habe diesen einen Mantel von dir und den Rock geändert, wodurch sie viel adretter geworden sind, nicht wahr? Wir haben auch die Knöpfe ausgetauscht, wenn ich mich recht erinnere.« Dann wandte sie sich an ihren Vater. »Hast du schon viel im Garten gearbeitet, Daddy? Oder war es noch zu kühl?«

»Liebes, Mr. Edwards macht doch jetzt den Garten für uns. Hast du das vergessen?« Angela Spencer wirkte enttäuscht über die Vergesslichkeit ihrer Tochter.

»Ach ja, stimmt. Ich habe es geliebt, wenn wir früher zusammen im Garten gearbeitet haben, Daddy. Ich hatte ein eigenes Beet. Erinnerst du dich?«

Warum war es nur so schwierig, sich mit ihnen zu unterhalten? Sie waren ihre Eltern – es sollte jede Menge Dinge geben, die sie sich zu sagen hatten. »Oh!« Plötzlich hatte sie eine Eingebung. »Wir geben übrigens eine Dinnerparty in dem Haus, in dem ich jetzt wohne. Wir sind gerade dabei, eine Menüfolge auszuarbeiten.«

Zum ersten Mal seit Beginn der Mahlzeit entspannte ihre Mutter sich ein bisschen. »Nun, wenn du einen Rat haben möchtest ...«

»Ja, bitte, Mummy!«

»Ihr beginnt mit etwas Einfachem, wie zum Beispiel einer

Grapefruithälfte mit einer Kirsche in der Mitte. Das sieht schön aus und lässt sich einfach vorbereiten.«

Lizzie nickte und stellte sich die Gesichter ihrer Mitbewohner vor, wenn sie das vorschlagen würde.

»Und dann Krönungshühnchen. Es wird kalt serviert, was einfacher ist, wenn man keinen Servierwagen hat.«

»Und als Nachspeise?«, fragte Lizzie.

»Schokoladenpudding schmeckt immer«, antwortete ihre Mutter. »Alles lässt sich gut im Voraus vorbereiten.«

Lizzie nickte. Schokoladenpudding war in der Tat so lecker, dass es stets eine sehr gute Wahl sein könnte. »Danke für deine Vorschläge, Mummy. Sie sind wirklich nützlich.«

»Ich habe gedacht, in deinem Kurs lernst du solche Dinge«, sagte Angela Spencer. »Wen werdet ihr einladen?«

»Mädchen aus unserer Klasse. Und ihre Freunde, falls sie einen haben. Natürlich müssen wir auf eine gerade Anzahl achten.«

»Nun, ladet nicht zu viele Gäste ein«, riet ihre Mutter. »Ansonsten wird es zu schwierig, selbst wenn man eine einfache Menüfolge hat.«

»Bietet nicht zu viel zu trinken an«, meinte ihr Vater. »Ein Glas Sherry vorab, süß für die Mädchen, trocken für die Männer. Und dann eineinhalb Gläser Wein pro Person.«

Lizzie nickte und dachte dabei an die Mengen an Alkohol, die bei Vanessas Dinnerparty geflossen waren. »Wie sieht es mit Kanapees aus? Oder sollten wir nur Chips anbieten?«

»Ich für meinen Teil mag sehr gerne Käsestangen«, warf ihr Vater ein.

»Aber es ist kompliziert, sie zu backen«, wandte seine Frau ein.

»Elisabeth besucht einen anspruchsvollen Kochkurs, also sollte das für sie kein Problem darstellen«, erwiderte er.

»Ich glaube, Käsestangen bekomme ich hin. Madame Wilson lässt uns häufig Teig zubereiten, und meiner ist jedes Mal sehr gut, wenn ich das sagen darf.«

Lizzie sah ihre Eltern an, die sie immer noch mit seltsamen Blicken musterten. Ganz kurz war sie verwirrt, dann wurde ihr klar, dass sie viel mehr redete als gewöhnlich, was für die beiden wohl überraschend kam. Es überraschte sie selbst ebenfalls, doch ihre Eltern trugen kaum zu der Unterhaltung bei. Offensichtlich hatte ihre Ankündigung, nicht unmittelbar nach dem Ende ihres Kurses nach Hause kommen zu wollen, ihnen einen Schock versetzt. Allerdings hatten sie es ihr nicht verboten – womit sie eigentlich fast gerechnet hatte.

»Wir fanden Alexandra nett«, bemerkte ihre Mutter, nachdem sie ihren Mann dazu gedrängt hatte, die letzte Kartoffel zu essen. »Und es gefällt uns, dass du Freundinnen wie sie gefunden hast. Aber in welchem Bereich willst du denn arbeiten?«

»Ich möchte gern alles anwenden, was ich bei Madame Wilson gelernt habe«, antwortete Lizzie. »Eine meiner neuen Freundinnen, ein sehr nettes Mädchen namens Meg, hat einen Job bei einem Partyservice gefunden. Sie arbeitet abends als Kellnerin, doch sie hofft, bald auch bei der Zubereitung der Kanapees helfen zu können – die Herstellung ist ziemlich kniffelig.«

»Besucht sie auch den Kochkurs?«, wollte ihr Vater wissen.

»Ja! Ihre Mutter ist verwitwet. Meg hat ihre süße kleine Hündin mit ins Haus gebracht. Wir lieben sie.«

»Mir gefällt der Gedanke nicht, dass du als Bedienung arbeiten willst«, wandte ihre Mutter bedächtig ein.

»Es ist nicht wie das Bedienen in einem Café«, erklärte Lizzie, weil sie wusste, dass ihre Mutter sich ihr einziges Kind in einem schwarzen Kleid, einer weißen Schürze und mit einer kleinen Haube vorstellte. »Es ist eine angenehme Arbeit. Die anderen Mädchen kommen aus wirklich guten Familien. Sie machen es, weil sie sich ein bisschen zusätzliches Geld verdienen wollen, für Kleidung und so.« Sie sah, dass ihre Eltern es immer noch nicht verstanden. »Ihr werdet Meg mögen, wenn ihr sie kennenlernt.«

Angela Spencer lächelte. »Ich hole den Nachtisch. Es ist deine Lieblingsnachspeise, Liebes. Gestürzter Ananaskuchen.«

Lizzie hatte diesen Kuchen noch nie gemocht, doch da sie ihn aus Höflichkeit gelobt hatte, als ihre Mutter ihn zum ersten Mal gebacken hatte, konnte sie es jetzt nicht mehr richtigstellen. Aber zwei Stunden später zum Tee kam ihr wahrer Lieblingskuchen auf den Tisch, *Victoria Jam Sponge*, eine Biskuittorte mit Creme und Marmelade.

»Oh, Mum! Wie wunderbar! So fluffig!«

»Nenn mich doch ›Mummy‹, Liebes, wie immer. Doch ich bin so froh, dass er dir schmeckt. Du bist ja jetzt eine Expertin!« Schelmisch drohte sie ihr mit dem Finger.

»Du wirst immer die Expertin für *Victoria Jam Sponges* bleiben, Mummy«, erwiderte Lizzie. Sie lächelte ihrer Mutter zu und hoffte, sie hielt sie nicht für unaufrichtig. Warum nur fand sie dieses Treffen mit den Eltern so schwierig? Betroffen stellte sie fest, dass sie sich danach sehnte, nach London zurückzukehren und den Ort hinter sich zu lassen, den sie immer als ihr Zuhause betrachtet hatte. Sie liebte ihre Eltern sehr, allerdings glaubte sie nicht, dass sie noch mit ihnen zusammenleben konnte.

Lizzie war in ihr Zimmer hinaufgegangen, um zu sehen, ob sie noch ein paar Dinge nach London mitnehmen wollte, als ihre Mutter hereinkam und es sich auf dem Bett gemütlich machte. »Setz dich doch auch. Es ist eine ganze Weile her, seit wir zuletzt ein Mutter-Tochter-Gespräch geführt haben.«

Lizzie ließ das Kleid sinken, das sie sich gerade angesehen hatte. Zwar mochte sie es nicht besonders, doch es hatte einen Tellerrock. Sie überlegte, ob sie es umändern könnte.

Ihre Mutter klopfte neben sich auf das Bett. Lizzie erinnerte sich unwillkürlich daran, wie sie aufgeklärt worden war. Zum Glück hatte sie damals schon Bescheid gewusst; der kleine Vortrag ihrer Mutter war derart gespickt mit Peinlichkeiten und Umschreibungen gewesen, dass sie sonst wohl nie verstanden hätte, worum es eigentlich ging.

Jetzt wirkte ihre Mutter deutlich selbstsicherer. »Ich möchte nur, dass du mir etwas versicherst. Wenn du nach deinem Kurs in London bleibst und als Kellnerin arbeitest, wirst du dann auch Gelegenheit haben, geeignete Männer kennenzulernen?«

»Was meinst du mit ›geeignet‹?« Lizzie kannte die Antwort bereits, doch sie war immer noch ein Teenager und sicher sogar nach den Maßstäben ihrer Mutter viel zu jung, um über Ehe und Heirat nachzudenken.

»Liebes, jetzt sei doch nicht naiv! Ich meine junge Männer mit guten Berufsaussichten, Männer, die angemessen für dich sorgen und dir die angenehmen Dinge des Lebens ermöglichen können. Möglicherweise käme ein Arzt infrage, der eine gute Privatpraxis führt und Facharzt werden wird. Kein Hausarzt – in dem Fall würdest du als Sprechstundenhilfe enden, was überhaupt nicht in Ordnung wäre. Oder ein Banker. Oder ein Anwalt.« Ihre Mutter lächelte und genoss es ganz offensichtlich, sich potenzielle Ehemänner für ihre Tochter vorzustellen.

»Ach, komm schon, Mummy! Ich bin viel zu jung, um übers Heiraten nachzudenken!«

Ihre Mutter schüttelte den Kopf. »Und ich weiß schon ganz genau, welche Art von Hochzeit du haben wirst. Die kirchliche Trauung wird selbstverständlich in unserer Kirche im Ort stattfinden. Den Empfang danach würde ich gern hier abhalten – in einem großen Zelt im Garten. Eine richtige Hochzeit auf dem Lande im Hause der Braut. Ich glaube, wir könnten locker dreihundert Gäste unterbringen. Natürlich wird es ein Büfett geben.«

»Tatsächlich?«

»Oh ja. Daddy kauft schon den Champagner. Ein Bekannter von ihm aus dem Golfclub ist Weinhändler, weshalb er sehr gute Konditionen bekommt. Und ich habe mir schon überlegt, wer das Catering übernehmen wird.«

Lizzie wusste nicht, ob sie wütend oder amüsiert sein sollte. »Und wie viele Brautjungfern sollte ich haben?«

»Von unserer Seite vier, und sicherlich wird auch dein Bräutigam geeignete junge Verwandte haben.« Lizzies Mutter lächelte. »Ich schlage vor, dass ihr nur kleine Brautjungfern haben werdet.«

»Hast du Angst, dass große mich in den Schatten stellen würden?«

»Gewiss nicht. Brautjungfern sind dazu da, um die Braut hervorzuheben. Um sie in den Mittelpunkt zu rücken, nicht um mit ihr zu konkurrieren.«

Lizzie nickte. »Verstehe.«

Ihre Mutter sah gedankenverloren vor sich hin. »Ich sehe dein Brautkleid schon ganz deutlich vor mir.«

Lizzie erkannte, dass ihr in dem Zusammenhang keine eigene Meinung zugebilligt wurde. »Und wie ist es so?«

Sie hatte gewusst, dass es der größte Wunsch ihrer Mutter war, sie gut zu verheiraten, doch ihr war nicht klar gewesen, dass ihre Mum sich die Hochzeit in allen Einzelheiten ausmalte.

»Bodenlang, denke ich. An der Taille schmal – du hast eine entzückende Taille, doch das würde niemandem auffallen, wenn du ein gerade fallendes Kleid tragen würdest, wie du es offensichtlich inzwischen bevorzugst. Und den Schleier meiner Mutter natürlich. Sie hat ihn getragen, ich habe ihn getragen, und ich möchte, dass auch meine liebe Tochter ihn einmal trägt.« Die Stimme ihrer Mutter bebte ein wenig.

Sie stand auf und ging auf die Tür zu, wobei sie sich die Tränen aus den Augen tupfte. Dann blieb sie kurz stehen und drehte sich noch einmal um. »Die Hochzeit meiner Tochter. Das wird der schönste Tag meines Lebens!«

Ihre Mutter hatte den Rest des Kuchens in fettdichtes Papier eingewickelt und in eine Dose gepackt, damit Lizzie ihn mit nach London nehmen konnte. Sie hatte bereits alles fertig gepackt, als Lizzie mit ein paar Kleidungsstücken herunterkam.

»Nun, wenn ich den Zug erwischen will, sollte ich besser jetzt gehen.« Lizzie wollte mit dem frühesten Zug fahren, den sie nehmen konnte, ohne unhöflich zu wirken.

»Mach dir keine Gedanken, Liebes«, erwiderte ihre Mutter. »Wir haben beschlossen, dich zurückzubringen.«

»Wie nett von euch! Aber das ist nicht nötig. Ich habe ja schon meine Zugfahrkarte. Ihr müsst mich nur zum Bahnhof bringen.« Der bloße Gedanke, dass ihre Eltern sie nach London fahren wollten, brachte sie ins Schwitzen.

»Nein«, widersprach ihre Mutter. »Unser Entschluss steht fest. Doch wir wollen sofort aufbrechen. Dein Vater muss morgen früh wieder arbeiten, und es könnte viel Verkehr sein.« Sie tätschelte ihrer Tochter den Arm. »Daddy holt schon den Wagen aus der Garage.«

Als Lizzie zum Auto ging, suchte sie verzweifelt nach einer Ausrede, um ihre Mitbewohner anrufen und vorwarnen zu können, doch ihr fiel keine ein. Es könnte gut sein, dass David an einem Sonntagabend zu Hause war. Wie sollte sie seine Anwesenheit erklären? Ihre Eltern würden es nie im Leben tolerieren, dass sie in einer gemischten Wohngemeinschaft lebte.

Da Lizzie sich vor der Ankunft fürchtete, empfand sie den Verkehr als überraschend harmlos, obwohl viele Menschen nach einem Wochenende auf dem Land in die Stadt zurückkehrten.

Mithilfe des Stadtplans, den Lizzies Mutter geübt las, parkten sie schon bald vor dem großen Haus in Belgravia, das Lizzie inzwischen als ihr Zuhause betrachtete.

»Es war so nett von dir, Daddy, dass ihr mich hergefahren habt. Ich weiß, dass ihr rasch wieder zurückwollt, also werde ich euch nicht aufhalten.« Innerhalb von Sekunden war Lizzie ausgestiegen und stand neben dem Wagen.

»So eilig haben wir es auch wieder nicht, Liebes«, sagte ihre Mutter, öffnete die Beifahrertür und stieg aus. »Wir möchten unbedingt sehen, wo du wohnst, nicht wahr, Edward?«

»In der Tat. Deshalb wollten wir dich ja nach London bringen. Wir müssen uns vergewissern, dass du halbwegs anständig untergebracht bist. Dieses Gerede darüber, dass du in London als Kellnerin arbeiten willst, ist besorgniserregend. Nicht dass du uns als Nächstes damit kommst, dir eine Stelle als Bardame suchen zu wollen!«

Lizzie hatte bereits geahnt, was hinter dieser Fahrt nach London steckte. Sie beschloss, ihre Eltern durch die Vordertür eintreten zu lassen. Sie hatte einen Schlüssel zum Untergeschoss, um über die Kellertreppe ins Haus zu gelangen, doch wenn sie klingelte, musste jemand heraufkommen und die Tür öffnen. Vielleicht konnte derjenige die übrigen im Haushalt auf die Besucher aufmerksam machen.

Es war Alexandra, die ihnen öffnete. Sie trug Hüttenschuhe – bestickte rote Wollstrümpfe mit einer Ledersohle, die ihr bis zu den Knien reichten –, dazu ein Trägerkleid, das entweder aus einer kleinen, ausgefallenen Boutique oder von einer längst verstorbenen Vorfahrin stammte; es war nicht auf den ersten Blick zu erkennen.

»Oh, hallo, Mr. und Mrs. Spencer!«, sagte sie. »Sie haben Lizzie nach Hause gefahren, wie nett!«

»Sie heißt Elizabeth, und wir haben sie zu ihrem vorübergehenden Zuhause gebracht«, erwiderte Mr. Spencer verärgert. »Wir möchten uns vergewissern, dass sie anständig wohnt.« Dann lächelte er, weil ihm wahrscheinlich aufgegangen war, dass er sich ziemlich missmutig angehört hatte.

»Natürlich!« Alexandra öffnete die Tür weiter. »Kommen Sie doch herein!«

»Wir gehen am besten runter in die Küche«, sagte Lizzie, weil das Wohnzimmer mit den abgedeckten Möbeln ihre Eltern keineswegs beruhigen würde.

»Ja! Es ist ein bisschen chaotisch«, erklärte Alexandra. »Sie wissen ja, wie es am Sonntagabend so ist, wenn alle sich auf die kommende Woche vorbereiten.«

Ihre Eltern folgten Alexandra die Treppe hinunter, und Lizzie ging hinter ihnen her. Sie hoffte, dass die offensichtliche Pracht des Hauses einen größeren Eindruck hinterlassen würde als die ebenfalls offensichtliche Tatsache, dass das Gebäude seit ungefähr fünfzig Jahren keinen Farbpinsel mehr gesehen hatte.

»Wir wohnen quasi in der Küche«, erläuterte Alexandra. »Es ist so teuer, das ganze Haus zu heizen.«

»In der Küche?« Diese Vorstellung schien ihre Mutter zu verwirren.

»Du wirst schon sehen, Mum – Mummy!«, erwiderte Lizzie.

Im Untergeschoss experimentierte Meg anscheinend mit Aspik, wie ein Tablett voller Figuren auf fettdichtem Papier vermuten ließ. Alexandra besaß einige winzige Kupferformen, und jetzt gab es eine Reihe grüner Schalen mit Erbsen darin, hergestellt aus einer Art Creme. Es muss ewig gedauert haben, dachte Lizzie, bis die Creme fest geworden war, damit man sie aus der Form lösen konnte. Wo war David, und wie um alles in der Welt sollte sie ihren Eltern seine Anwesenheit erklären, falls er da sein sollte?

Er tauchte hinter dem Küchentisch auf, wo er offensichtlich an der Spüle gearbeitet hatte. Er trug eine braune Schürze und wirkte sehr beschäftigt. »Ich hab mein Bestes gegeben, aber ich kann für nichts garantieren«, sagte er. Er sprach mit einem breiten Cockney-Akzent, der deutlich ausgeprägter war als der von Terry auf dem Antiquitätenmarkt.

»Gibt es ein Problem?«, fragte Lizzies Vater und trat weiter in den Raum.

»Es ist der Siphon unter dem Spülbecken, Sir. Er tropft ständig«, antwortete David.

»Und deshalb stinkt die Spüle so«, fügte Meg hinzu.

»Mummy, Daddy, das ist Meg«, stellte Lizzie vor. »Sie ist diejenige von uns, die am besten kochen kann. Und das ist Clover, die mal Megs Hündin war, aber jetzt praktisch uns allen gehört.« Der Spaniel wedelte höflich mit dem Schwanz.

»Wie geht's?«, sagte Meg. »Ich mag zwar die beste Köchin von uns sein, doch Lizzie kann bei Weitem am besten nähen. Es gibt nichts, was sie nicht hinbekommt!«

»Sie heißt Elizabeth«, entgegnete Lizzies Mutter. »Aber ja, sie war immer schon sehr geschickt mit Nadel und Faden.«

»Darf ich Ihnen eine Tasse Tee oder sonst etwas anbieten?«, fragte Meg. »Ich habe Kekse gebacken.«

»Wir haben schon vor einiger Zeit Tee getrunken«, antwortete Lizzies Vater, »bevor wir nach London aufgebrochen sind.«

»Kommt, setzt euch trotzdem ans Feuer«, meinte Lizzie.

David, der mit seiner kleinen Rolle als Klempner wahrscheinlich nicht zufrieden war, räusperte sich. »Wenn ich mir erlauben darf, einen Vorschlag zu machen, Miss Alexandra: Sie haben doch einen sehr guten Amontillado-Sherry, der der Dame und dem Herrn vielleicht zusagen könnte.« David verbeugte sich und schlüpfte nahtlos in die neue Rolle als Butler.

»Tatsächlich?«, meinte Alexandra. »Richtig! Ich hole Gläser.«

»Wenn Sie erlauben, Miss Alexandra«, warf David ein, »dann erledige ich das für Sie.«

Mr. und Mrs. Spencer nahmen auf dem etwas schmuddeligen Sofa vor dem Gasofen Platz und wirkten ein wenig verwirrt. Lizzie kämpfte gleichzeitig gegen einen Lachanfall und eine Panikattacke an; daraus wurde etwas wie ein Niesen. Meg gesellte sich zu Lizzies Eltern. »Es ist so schön, Sie kennenzulernen. Li... Elizabeth spricht immer so liebevoll von Ihnen.«

»Wie nett!«, sagte Lizzies Mutter.

»Warum will sie dann nicht nach Hause kommen, wenn der Kochkurs vorbei ist?«, warf Mr. Spencer ein.

Meg lächelte freundlich. »Das liegt wahrscheinlich an ›Swinging London‹! Aber ganz sicher bleibt sie mit Ihnen in enger Verbindung. Ich telefoniere fast täglich mit meiner Mutter.«

Lizzie wünschte, Meg hätte »Swinging London« nicht erwähnt. Ihre Eltern hatten vermutlich noch nichts davon gehört, doch nun würden sie sich bestimmt Sorgen machen.

»Sind Sie die Freundin von Elizabeth, die als Kellnerin arbeitet?«, erkundigte sich Mrs. Spencer.

»Ich habe erzählt, wie nett die Mädchen sind, die für den Partyservice arbeiten«, warf Lizzie rasch ein und hoffte, dass die Freundin die Bedenken ihrer Mutter erkennen und ausräumen würde.

»Oh ja!«, antwortete Meg. »Manchmal kann es recht anstrengend werden. Die Kellnerinnen treffen unter den Gästen Freunde und unterhalten sich, statt die Tabletts herumzutragen. Und viele von ihnen haben Adelstitel.«

Das schien schon mal gut anzukommen.

»Ich werde euch auch so oft wie möglich anrufen. Ihr müsst euch keine Sorgen machen, weil ich arbeiten will.« Liebevoll betrachtete Lizzie ihre Eltern. Sie wusste, dass sie sie liebten und sich um sie sorgten, dennoch konnte sie sich nicht davon abhalten lassen, ihr eigenes Leben zu leben.

David servierte den Sherry, und Lizzies Eltern nahmen beide

ein Glas und dazu ein paar Twiglets, die David in ein geschliffenes Glasschälchen gegeben hatte. Die beiden leerten zügig ihr Glas und erhoben sich.

»Wir müssen los, Liebes«, sagte ihre Mutter. »Ich hätte zwar noch gern dein Schlafzimmer gesehen, nur um sicherzugehen, dass – äh – du weißt schon ...«

Lizzie verstand. Ihre Mutter wollte sich vergewissern, dass es keine Bettwanzen oder Kakerlaken gab, doch mit etwas Glück war sie jetzt schon beruhigt. »Ich begleite euch noch zum Auto«, bot Lizzie an. Sie wollte nicht, dass ihre Eltern die sich lösende Tapete sahen und die knarzenden Holzdielen bemerkten.

Als die Haustür offen stand und Lizzie sich schon freute, bald erlöst zu sein, hielt ihr Vater auf der Türschwelle inne.

»Kommt mir ein bisschen seltsam vor, an einem Sonntagabend einen Klempner aufzutreiben. Vor allem einen, der offensichtlich weiß, wo sich alles im Haus befindet, einschließlich des Sherrys.«

Davor hatte Lizzie sich gefürchtet, doch genau deshalb hatte sie sich schon eine Antwort zurechtgelegt. »Er ist ein Familienfaktotum, Daddy. Er erledigt auch Klempnerarbeiten, so nebenbei. Er ist sehr geschickt. Wenn irgendetwas gerichtet werden muss, wenn zum Beispiel eine Glühbirne ausgewechselt werden muss, dann kommt er vorbei und erledigt das für uns.«

Mrs. Spencer nickte. »Ich habe mir schon so was gedacht. Alexandra stammt aus einer sehr vornehmen Familie, nicht wahr?«

Lizzie nickte und war glücklich, ausnahmsweise mal nichts als die Wahrheit zu sagen. »Ja, das stimmt.« Sie küsste ihre Eltern zum Abschied und winkte, als sie davonfuhren.

Dann kehrte sie in die Küche zurück. »Du bist ein Familienfaktotum, David, jemand, der nebenbei auch Klempnerarbeiten erledigt. Kann ich jetzt bitte auch ein Glas Sherry haben? Ich bin völlig durch den Wind! Ich wusste nicht, ob ich lachen oder weinen soll!«

»Mir ging es ganz genauso!«, gestand Meg. »Ich habe mich die ganze Zeit gefragt, welcher Klempner so elegant Sherry servieren kann!«

»Ein Schauspieler«, erwiderte David, »der zufällig auch über Fähigkeiten als Klempner verfügt!«

10. Kapitel

Noch vier Tage bis zur Dinnerparty. Lizzie saß mit einer Liste am Küchentisch. Viele Punkte waren bereits abgehakt, und sie überlegte, ob sie eine saubere neue Liste schreiben sollte, die wieder gut lesbar wäre.

Meg bereitete gerade eine Sauce béarnaise zu, gab Butterstückchen hinzu und schlug die Soße über dem Wasserbad mit einem kleinen Birkenzweig auf. Diese Variante wurde von Madame Wilson bevorzugt, die überzeugt war, dass ein Schneebesen aus Metall die empfindliche Mischung ruinieren würde.

Alexandra kratzte Kleber vom Arm einer angeschlagenen Putte, die sie am vergangenen Wochenende für wenig Geld auf dem Portobello-Markt erstanden hatte.

Clover lag vor dem Gasofen, schnarchte vor sich hin und war glücklich, von netten Menschen umgeben zu sein.

»Ich weiß nicht, warum du diese Soße noch mal machst, Meggie«, meinte Alexandra. »Du kannst es doch schon hervorragend.«

»Eben nicht hervorragend«, erwiderte Meg. »Und Madame Wilson war zuletzt sehr streng mit mir. Außerdem will ich die Sauce béarnaise in mein Repertoire aufnehmen. Die Leute mögen sie.«

»Ich wünschte, Madame würde einfach im Vorfeld ankündigen, was wir zubereiten sollen«, bemerkte Lizzie. »Warum kann sie uns nicht mit einer konventionelleren Methode testen? Die Art und Weise, wie sie jemanden per Zufallsprinzip auswählt und auf ihm herumhackt, ist einfach nur schrecklich. Sie könnte uns auch vorher sagen, ob wir Baiser oder Béchamelsauce oder was auch immer herstellen sollen.« Sie hatte es letzte Woche erlebt und war immer noch durch den Wind.

»Deine Baisers waren gut, Lizzie!«, erwiderte Meg und lachte bei der Erinnerung.

»Aber nur gerade eben!«, antwortete Lizzie, die sich an jede Einzelheit erinnerte. »Und Madame war eindeutig enttäuscht, dass mir der Eischnee nicht auf die Haare gefallen ist, als ich die Schüssel umdrehen und mir über den Kopf halten musste.«

»Das war ziemlich lustig«, warf Alexandra ein, »als du die Schüssel so gehalten hast, als würde sie jeden Moment explodieren.«

»Im Nachhinein ist es lustig, ja«, räumte Lizzie ein. »Doch in dem Moment fand ich das gar nicht. Aber offensichtlich habt ihr euch prächtig amüsiert!«

Meg legte den Birkenzweig zur Seite, nahm einen Teelöffel und kostete die Sauce. »Oh, sie schmeckt wirklich köstlich, wenn ich das sagen darf.«

Lizzie nahm ihr den Löffel aus der Hand und tauchte den Stiel in die Sauce béarnaise. »Richtig gut! Wenn Madame dich auffordert, sie zuzubereiten, wirst du kein Problem haben. Wir müssen mal pochierte Eier essen, damit wir die Zubereitung üben können.«

Meg runzelte die Stirn. »Um ehrlich zu sein, diese Sauce herzustellen ist viel einfacher, als ordentliche pochierte Eier zu machen. Du bist gut darin, Alexandra.«

»Das macht die Übung. Ich habe immer meinen Kindermädchen zugesehen und gelernt, wie es nicht geht.«

»Darf ich dich was fragen?«, sagte Lizzie. »Warum kratzt du den ganzen Kleber wieder runter, den du gerade auf diese Putte aufgetragen hast? War es nicht der richtige?«

Alexandra schüttelte den Kopf. »Doch, doch. Aber wenn man so viel runterkratzt wie möglich, kann nichts mehr herausquellen.«

»Lexis Fähigkeit, den Kleber vollständig runterzubekommen, ist der Schlüssel zu ihrem Erfolg als Antiquitätenhändlerin«, erklärte David. »Ich bin stolz auf sie.«

»Wie kommst du mit deiner Liste voran, Lizzie?«, wollte Meg wissen, während sie die Sauce in eine Schale umfüllte.

»Ehrlich gesagt, das alles ist ein Albtraum. Ich weiß nicht, wie viele Personen kommen.« Sie kaute auf ihrem Stift herum. Es half nichts.

»Warum nicht? Ich dachte, es wäre ganz einfach«, antwortete Alexandra. »Wir drei und drei Männer für uns. Dann noch Hugo und Electra sowie Vanessa und Ted!«

»In der Theorie mag es einfach erscheinen, doch ich kenne keine jungen Männer, die wir als Partner einladen könnten. Und Vanessa und Ted haben sich getrennt. Ich weiß nicht, ob sie jemand anders mitbringt oder ob wir einen Tischpartner für sie suchen müssen.«

»Wie ärgerlich!« Alexandra hielt einen abgebrochenen Arm an die Putte und drückte ihn fest. »Kannst du sie nicht einfach fragen?«

»Hab ich, schon mehrmals, aber ich bekomme jedes Mal eine andere Antwort«, erklärte Lizzie. »Und ich habe auch immer noch keinen Partner. David, könntest du dir vorstellen …?«

»Nein, Lizzie!«, antwortete er entschieden. »Abgesehen davon, dass ich mich fürs andere Geschlecht interessiere, würde der Altersunterschied auch lächerlich wirken.«

»Ich habe ja nicht gemeint …«, setzte Lizzie an.

»Ich kenne einen netten Jungen«, warf Meg ein. »Er studiert Musik und jobbt als Kellner, weil er einen Smoking und Lackschuhe besitzt.«

»Klingt perfekt. Glaubst du, er würde gern kommen?«

Meg lachte. »Ich denke schon. Kostenloses Essen – das zieht immer.«

»Hast du auch einen Mann für dich?«, wollte Lizzie wissen. »Ich will nicht, dass du einen netten Jungen weiterreichst und selbst auf dem Trockenen sitzt.«

David schüttelte lachend den Kopf. »Ihr redet hier über Menschen und nicht über Teepackungen!«

»Wir sorgen nur dafür, dass die Anzahl der Gäste stimmt«, erklärte Alexandra. »Sobald alle Dinnergäste anwesend sind, durchmischt sich die Gesellschaft ohnehin.«

»Es gibt einen Jungen, mit dem ich manchmal zusammenarbeite«, sagte Meg. »Er ist lustig, und er steht auch auf kostenloses Essen.«

»Aber es wird auffallen, wenn Vanessa keinen Partner hat«, warf Lizzie ein. »Stimmt doch, oder? Sie ist ziemlich traurig wegen Ted, und ich möchte nicht, dass sie auf der Dinnerparty unglücklich ist.«

»Frag sie morgen noch mal«, schlug Meg vor. »Und wenn sie wieder eine unbestimmte Antwort gibt, suche ich jemanden für sie.«

»Und falls du niemanden finden solltest, geben wir in der Zeitung eine Anzeige auf«, meinte Alexandra. »*Mehrere vorzeigbare junge Männer für eine Party gesucht. Müssen hungrig sein.*« Sie nahm die Putte auf und betrachtete sie zufrieden. »So. Du bist gut genug!«

»Was? Für Vanessa?«, sagte Lizzie. »Eine Putte? So viel zum Thema Altersunterschied!« Sie warf David einen Blick zu und tat, als wäre sie verstimmt.

»Nein, für den Markt«, entgegnete Alexandra gelassen. »Für die Party lade ich einen Jungen ein, den ich schon seit meiner Kindheit kenne. Er hat damals eine kurze Hose, weiße Socken und Knöpfschuhe getragen. Wir sind in Kontakt geblieben, und jetzt kleidet er sich ganz normal.«

»Wahrscheinlich hast du für damalige Verhältnisse auch normal ausgesehen«, erwiderte Lizzie. »Ich wette, du hattest einen Mantel mit einem Samtkragen und eine passende Baskenmütze aus Samt.« Sie warf ihren Stift auf den Tisch. »Okay. Ich frage Vanessa noch einmal, ob sie jemanden mitbringt, und wenn sie auch nur den geringsten Zweifel äußert, sage ich, wir organisieren einen Partner für sie.«

»Und wenn sie dennoch mit einem Mann auftaucht, kann derjenige, den wir organisiert haben, als Kellner arbeiten«, schlug Meg vor.

»Nein!!«, widersprach Lizzie. »Das ist eine unerhörte Idee! Der Mann glaubt, er ist zu einem netten Essen eingeladen worden, und wird dann runter in die Küche geschickt, um den Abwasch zu erledigen?«

Meg grinste. »Das war ein Scherz.«

»Ich wette, genau so etwas würde Electra tun«, entgegnete Alexandra. »Ich kann sie beinahe sagen hören: ›Da Ihre Dienste als Gast nicht mehr benötigt werden, könnten Sie sich bitte eine Schürze umbinden und den Tisch abräumen?‹«

Als Meg mit ihrer Sauce béarnaise fertig war, wandte sie sich ihrer eigenen Liste zu. »Könnt ihr mir kurz bestätigen, dass alle einverstanden sind? Es gibt Herings-Pâté mit Melba-Toast. Dann Bœuf Bourguignon. Schließlich Mousse au Chocolat als Dessert ...«

»Ich suche ein paar Teetassen für die Mousse heraus und spüle sie«, schlug Alexandra vor. »Wir haben einen ganzen Schrank voller Porzellan am Ende des Flurs. Es sieht elegant aus, und mir gefällt der Gedanke, dass es benutzt wird.«

»Und ich würde sehr gern eine große Torte backen«, fuhr Meg fort. »Vielleicht eine Saint-Honoré-Torte. Ich würde Tiefkühlblätterteig verwenden.« Meg sah die anderen beiden Gastgeberinnen an. »Ihr wisst schon, mit Vanillecreme gefüllt und kleinen Windbeuteln drauf?«

Lizzie schüttelte den Kopf. »Tut mir leid, davon habe ich noch nie gehört. Du darfst nicht vergessen, dass ich in einem Haushalt aufgewachsen bin, in dem niemand ausländische Gerichte mag.«

»Kenne ich auch nicht«, sagte Alexandra, »aber wenn du die Torte backen willst, Meg, nur zu! Wie sieht es mit Wein aus?«

David warf ihr einen strengen Blick zu. »Ich bin nicht damit einverstanden, wenn du den guten Wein aus dem Keller anbietest. Ich besorge den Wein für euch, ich habe einen guten Kontakt in Soho.«

»Wahrscheinlich hast du recht«, meinte Alexandra. »Allerdings liegen die Flaschen schon seit Jahren im Keller, und niemand hat je eine davon geöffnet. Wenn der Wein so toll ist, wären dann nicht meine geschätzten Verwandten aus der Schweiz gekommen und hätten ihn mitgenommen?«

»Wein lässt sich nicht immer gut transportieren«, antwortete David. »Aber wahrscheinlich haben sie ihn einfach vergessen. Oder sie gehen davon aus, dass er in Sicherheit ist. So oder so, du kannst ihn nicht einfach trinken.«

»Nun, wenn du uns Wein besorgen kannst, der trinkbar und nicht teuer ist, wäre das wirklich hilfreich«, sagte Alexandra.

»Wir haben ein ziemlich kostengünstiges Menü«, warf Meg ein. »Wir haben sparsam geplant.«

»Du hast geplant«, entgegnete Lizzie. »Und du wirst auch kochen. Du bist einfach genial, Meggie.«

Clover wurde gerade wach und wedelte zustimmend mit dem Schwanz, als sie den Namen ihres Frauchens hörte.

»Es macht mir Spaß!«, sagte Meg, die nicht gut mit Lob umgehen konnte. »Das wisst ihr doch.«

»Wir werden deine Küchenhelferinnen sein«, schlug Lizzy vor.

»Wenn wir nicht gerade Putzfrauen und Zimmermädchen sind«, ergänzte Alexandra. »David? Kannst du den Wein morgen besorgen? Wir müssen wissen, wie hoch die Gesamtkosten sind.«

»Mach ich. Man kommt günstig an guten Wein, wenn man die richtigen Leute kennt«, antwortete er.

»Und du kennst sie!«, sagte Lizzie.

»Ja«, meinte Meg. »Er kennt Soho wie seine Westentasche! All diese Händler, Obst- und Gemüselieferanten ...«

»Ich habe mal da gewohnt«, erklärte David. »Ich habe täglich auf dem Markt eingekauft. Dabei habe ich sämtliche Stand- und Ladenbesitzer kennengelernt.«

Er wachste gerade eine hölzerne Teedose. Nun stand er auf, ging zum Klavier und begann zu spielen. David hatte die Angewohnheit, das zu tun, wenn er für eine andere Stimmung sorgen oder das Thema wechseln wollte. Offensichtlich hatte er das gerade vor. Es funktionierte immer: Er schien es nicht zu mögen, über seine Vergangenheit zu reden.

Lizzie ließ nur zu gerne ihre Liste ruhen und gesellte sich zu ihm. Sie blätterte durch die Noten, die auf dem Klavier lagen. David konnte nach Gehör spielen. Er spielte jedoch auch alles vom Blatt, was man ihm vorlegte.

Als Alexandra die Worte »*Can't help loving that man of mine*« hörte, stand sie auf und trat zu Lizzie ans Klavier. »Du bist mir vielleicht eine sentimentale Socke, stimmt's?«

Lizzie nickte. »Stimmt.«

»Aber wir lieben dich dafür«, warf David ein und spielte nun etwa Fröhlicheres.

»Ich glaube nicht, dass dieses Speisezimmer in den letzten fünfzehn Jahren mal benutzt worden ist«, sagte Alexandra. Sie hustete und nieste, als ihr der Staub in die Nase stieg, den sie gerade mit einem Staubwedel vom Kaminsims aufgewirbelt hatte.

Es war der Tag vor der Dinnerparty. Sie waren der Meinung, dass sie ihre gesamte Zeit und Energie am Tag der Party benötigen würden, um das Essen fertig zu bekommen. Zunächst wollten sie das Speisezimmer putzen und in einen ansehnlichen Zustand versetzen. Doch als sie ins Untergeschoss gingen, um mehr Reinigungsutensilien zu holen, entdeckten sie, dass David mehrere Eimer voll Blumen von einem Freund mitgebracht hatte, der in der Nähe des Blumenmarktes von Covent Garden arbeitete.

»Sie waren beinahe geschenkt«, erklärte er. »Eine große Hochzeit der gehobenen Gesellschaft wurde abgesagt.«

»Blumen! Wie wunderbar! Ich werde sie arrangieren«, sagte Lizzie sofort. »Zumindest einen Teil davon«, fuhr sie fort, als sie sah, wie viele es waren.

»Oben gibt es einen ganzen Schrank voller Vasen«, erklärte Alexandra.

»Dein Haus ist wie ein riesiger Antiquitätenladen«, kommentierte Lizzie, als sie ihrer Freundin die Treppe hinauf folgte.

»Stimmt«, erwiderte Alexandra. »Aber es macht viel mehr Spaß, hier zu wohnen, seit ihr eingezogen seid, Meg und du.« Als sie den Treppenabsatz im ersten Stock erreichten, öffnete sie einen Schrank, der wie eine Holzsäule aussah. Darin entdeckten sie massenhaft Dinge, die offenbar seit Jahren nicht mehr benutzt worden waren.

»Ach du meine Güte!«, rief Lizzie aus, während sie in den Schrank spähte. »Da sind nicht nur Vasen, sondern auch jede Menge Kerzenleuchter! Die sind ja riesig!«

Alexandra steckte die Hand in den Schrank und nahm einen Gegenstand heraus. »Und schmutzig«, meinte sie und betrachtete den silbernen Leuchter voller Entsetzen.

»Halb so wild!«, entgegnete Lizzie. »Wir können sie einfach angelaufen lassen und so tun, als gehörte es so.«

»David kennt einen Trick mit Alufolie und Natron«, entgegnete Alexandra und hob einen Kerzenleuchter nach dem anderen aus dem Schrank, bis sechs davon neben Lizzie auf dem Boden standen. »Falls wir sie doch glänzend haben wollen. Die Messer und Gabeln müssen wir ohnehin polieren.«

»Gibt es auch niedrige Vasen, die wir auf den Tisch stellen könnten?«

Alexandra beugte sich so weit in den Schrank, dass sie fast darin verschwand. »Wie wäre es damit für den Tisch? Ich glaube, man nennt es ›Tafelaufsatz‹.«

Lizzie verschlug es kurz die Sprache. Ihre Freundin hielt einen riesengroßen, reich verzierten Silbergegenstand in der Hand, der auf den ersten Blick wie ein Kerzenleuchter aussah, jedoch mit Schalen anstelle von Kerzenhaltern. »Wofür ist das?«

»Abgesehen davon, die Person auf der anderen Seite des Tisches zu verdecken? Ich glaube, man kann Früchte oder Blumen oder Süßigkeiten in die Schalen geben. Was meinst du? Möchtest du das Teil verwenden?« Alexandra betrachtete den Gegenstand zweifelnd. Lizzie teilte ihre Zweifel.

»Ich glaube nicht. Ich meine, es ist ganz entzückend, doch es wäre kein Platz mehr für die Speisen auf dem Tisch, wenn wir das Monstrum in die Mitte stellen.«

»In viktorianischen Zeiten sollte man sich ohnehin nicht quer über den Tisch unterhalten«, erklärte Alexandra, während sie den Tafelaufsatz wieder im Schrank verstaute. Dabei lösten sich zwei der kleinen Schalen aus ihren Halterungen und fielen zu Boden. »Keine Sorge«, sagte Alexandra und hob sie auf. »Sie sind nicht besonders wertvoll.«

»Und sie sind offenbar auch heil geblieben«, fügte Lizzie hinzu, nachdem sie die Schälchen untersucht hatte.

»Also, welche Vasen möchtest du haben? Vergiss nicht, dass wir auch Blumen fürs Wohnzimmer brauchen.«

Lizzie wählte drei Blumenvasen aus. »Ich fange mit denen hier an. Das sollte reichen.«

»Nun, du weißt ja jetzt, wo du sie findest, falls du mehr brauchst. Lass uns das Speisezimmer fertig putzen. Im Wohnzimmer müssen wir nur rasch Staub wischen, einmal saugen und die Blumen arrangieren.«

»Sollen wir uns nicht mal eben vergewissern?«, schlug Lizzie vor. »Damit wir nicht eiskalt erwischt werden.« Vor ihrem geistigen Auge sah sie Electra mit einem Finger über einen Kaminsims fahren und voller Abscheu den schmutzigen Finger betrachten.

Die drei jungen Frauen nahmen das Wohnzimmer genauer unter die Lupe. »Es wirkt ein bisschen in die Jahre gekommen«, kommentierte Alexandra.

»Eine kleine Reinigung ist ausreichend«, meinte Meg.

»Ich sauge den Teppich«, sagte Lizzie. »Und vielleicht wische ich die Ecken feucht aus. Das ist das Problem beim Putzen – sobald man angefangen hat, kann man nicht mehr aufhören.« Sie stemmte die Hände in die Hüften und versuchte, den Raum mit den Augen ihrer Mutter zu sehen, wenn sie Gäste erwartete. »Die Blumen werden den entscheidenden Unterschied machen«, stellte sie fest.

»Okay. Sehen wir uns das Esszimmer genauer an«, schlug Alexandra vor. »Es ist wirklich schon seit Jahren nicht mehr benutzt worden. Wahrscheinlich sind überall Spinnweben und Spinnen.«

»Wir könnten Clover holen«, sagte Meg. »Sie fängt gern Spinnen. Eigentlich ist es das einzig Nützliche, was sie tut.«

»Die süße Clover!«, kommentierte Alexandra. »Sie sieht so hübsch aus, sie muss nicht auch noch nützlich sein.«

»Nun, das stimmt«, meinte Meg. »Aber kommt. Lasst uns loslegen.«

Meg hatte beschlossen, den Tisch zu polieren, was prächtig wirkte und, wie sie verkündete, einen wunderbar duftenden Hintergrund für den Wohlgeruch der Blumen bilden würde. Doch da das Polieren zeitraubend war, erklärte sie nach ungefähr der Hälfte, dass sie in die Küche musste, um mit der Vorbereitung der Kanapees zu beginnen. Das Rindfleisch war bereits mariniert. Sie gab das Tuch und die Politur an Lizzie weiter. »Wenn du keine Lust zum Polieren hast, könnten wir auch Laken als Tischdecken auf den Tisch legen.«
»Nein! Ich mache weiter«, erwiderte Lizzie entschlossen. »Es sieht so schön aus, und es duftet tatsächlich himmlisch. Wenn ich damit fertig bin, fange ich mit den Blumen an.«
Alexandra verschwand, um Stoffservietten zu suchen, obwohl Lizzie versucht hatte, sie davon zu überzeugen, dass Papierservietten genügen würden. »Nein«, hatte Alexandra widersprochen. »Wenn, dann machen wir es auch richtig.«
»Also gut, begib du dich auf die Suche, während ich den Tisch fertig poliere.« Lizzie tauchte ihr Tuch in die Dose mit der Politur.
Schließlich half David ihr dabei, die Blumen zu arrangieren. Er unterstützte sie auch beim Tragen der Vasen; sie brauchten viel mehr als drei für das Speise- und das Wohnzimmer. Das Speisezimmer war riesig, und der Tisch mitsamt Stühlen für zwölf Personen nahm bei Weitem nicht den ganzen Raum ein. An beiden Seiten standen noch zusätzliche Tische, ebenso in den Raumecken. David und Lizzie waren sich einig, dass sie alle Blumenschmuck benötigten.
Auf die Tische an den beiden Seiten des Raumes stellten sie sehr große Blumenarrangements, und sie gratulierten sich ge-

genseitig zu den wunderbaren Sträußen aus Rittersporn, Freesien, Schwertlilien und Lilien. Der Blumenduft mischte sich mit dem Duft der Möbelpolitur.

»Dein Blumenarrangement gefällt mir sehr. Lass uns meinen Strauß auf diese Seite stellen«, sagte Lizzie, »damit die Gäste beim Hereinkommen deine Blumen sehen.« Sie biss sich auf die Unterlippe. »Ich hätte nicht geglaubt, dass ich das sagen würde, aber wir haben nicht mehr genug Blumen für die Tische an den Seiten übrig.«

»Ist doch egal. Wir können den einen Tisch frei lassen und ihn beim Servieren des Essens benutzen, und auf dem anderen steht eine Uhr. Sie ist zwar kaputt, doch sie sieht trotzdem hübsch aus. Ich werde noch in den Garten gehen und sehen, was ich von den Sträuchern abschneiden kann. Ein bisschen mehr Grünzeug wird das Ganze noch üppiger wirken lassen.« Lächelnd sah er sie an. »Du hast ein besonderes Talent für das Arrangieren von Blumen, kleine Lizzie.«

Sie mochte es, wenn David sie so nannte.

»Eines Tages wird es dazu beitragen, aus mir eine perfekte Ehefrau zu machen«, antwortete sie ein wenig bitter und dachte an die letzte Unterhaltung mit ihrer Mutter. »Ich kann regelmäßig beim Dekorieren der Kirche helfen und mein entzückendes Zuhause mit Blumen schmücken, wenn mein Mann Geschäftspartner zum Essen einladen möchte.«

»Ist das der Plan?«, fragte David.

»Das ist der Plan meiner Mutter«, erwiderte sie. »Und gewöhnlich bekommt sie ihren Willen.«

»Aber du würdest doch nicht heiraten, nur um es ihr recht zu machen?«

»Nein, so weit würde ich nicht gehen. Ich habe auch nicht nachgegeben, als sie als einfache Vorspeise für unsere Dinnerparty eine halbe Grapefruit mit einer Kirsche vorgeschlagen hat.«

Das belustigte David sehr. »Du bist offensichtlich nicht so leicht zu beeinflussen, wie deine Mutter glaubt!«

Als Lizzie am Tag der Dinnerparty morgens aufwachte, wünschte sie, sie müssten nicht den ganzen Vormittag in der Schulküche in Pimlico verbringen, um zu lernen, wie man Rebhühner und anderes kleines Wildgeflügel zubereitete. Obwohl Madame Wilson gern für Überraschungen sorgte, hatte sie ihnen diese Information gegeben, bevor sie am Vortag nach Hause gegangen waren.

Als Lizzie herunterkam, stand Meg schon in der Küche und briet Schmorfleischstücke an.

»Ich muss das Fleisch in den Ofen bekommen, bevor wir aufbrechen, damit es auf ganz kleiner Flamme garen kann«, erklärte Meg. »Dann brauche ich es heute Abend nur noch warm zu machen. Es wird ein bisschen schwierig, alles auf nur vier Herdplatten zuzubereiten, auch wenn David versprochen hat, zusätzlich eine Art Doppelherdplatte zu organisieren, die man bloß einstecken muss.«

»Du genießt das alles«, sagte Lizzie anklagend. »Du bist offensichtlich schon vor dem Morgengrauen aufgestanden!«

»Stimmt – und du hast recht: Ich liebe einfach Herausforderungen«, antwortete Meg. »Wenn diese Dinnerparty gut läuft, kann ich eigentlich zu den Leuten in die Häuser gehen und für sie kochen. Wenn ich Mittagessen für Firmenvorstände zubereite und für abends Dinner anbiete, kann ich vernünftig verdienen.«

Lizzie nickte und öffnete den Brotkasten, um Brot für Toast herauszunehmen. »Du bräuchtest nur noch einen Job in einem Café, wo du fürs Frühstück zuständig wärst, und jede Minute deines Tages wäre verplant!«

»Mach dich nicht über mich lustig! Ich liebe es, zu kochen und zu arbeiten, und ganz besonders gefällt es mir, Geld zu verdienen«, antwortete Meg. »Und wenn du für mich auch ein bisschen Toast rösten könntest, wäre ich dir dankbar.«

Lizzie legte zwei Scheiben Brot in die Grillpfanne und zündete den Gasherd an. Sie musste warten, bis der Toast fertig war, bevor sie ihren Posten verlassen konnte. Brot war schnell verbrannt, und sie wollte keine verkohlten Stellen abkratzen. Das Mindeste, was sie tun konnte, war, für Meg eine anständige Scheibe Toast zu rösten.

11. Kapitel

Alexandra sah fast aus wie Audrey Hepburn, als sie den ersten Gästen des Abends die Haustür öffnete. Sie trug ein langes, schwarzes ärmelloses Kleid und lange weiße Glacéhandschuhe, die sie in einer der Kleidertruhen auf dem Dachboden gefunden hatte. Das Haar hatte sie auf dem Kopf aufgetürmt, und eine Perlenkette schmiegte sich um ihren Hals und hing über ihr Kleid. Ihr Eyeliner beschrieb einen perfekten Bogen und zeigte an den äußeren Augenwinkeln wie bei Audrey leicht nach oben. »Zurückhaltend, jedoch außerordentlich sexy«, hatte das Urteil gelautet.

Lizzie stand als Teil des Willkommenskomitees knapp hinter Alexandra. Sie trug ein sehr hübsches langes Kleid mit ellenbogenlangen Ärmeln und einem runden Ausschnitt, der gerade eben den Ansatz ihres Dekolletés hervorblitzen ließ. Um den Hals hatte sie ein Samtband geschlungen, und ihre antiken Ohrringe hatten die Form von Gänseblümchen. Alexandra hatte Lizzie geschminkt – folglich trug sie etwas mehr Make-up als gewöhnlich. Ihr Haarschnitt wuchs allmählich heraus, doch sie hatte die Spitzen gelockt, sodass die Frisur immer noch etwas hermachte.

Meg war in der Küche, von wo man sie später würde loseisen müssen. Die Tatsache, dass Meggie überhaupt geschminkt war, war nur Alexandras Durchsetzungsvermögen zu verdanken. Meg hatte protestiert, dass in der Wärme der Küche ohnehin alles wegfließen würde. Daher würde es keinen Sinn ergeben.

Es überraschte Lizzie nicht, dass die ersten Gäste Electra und Hugo waren. Nur die Tischherren, die sie eingeladen hatten, waren schon da.

»Ich hoffe, wir kommen nicht zu früh«, sagte Electra, bevor sie einander begrüßen konnten. »Aber wir können vielleicht nicht lange bleiben.«

»Kommt doch herein«, bat Alexandra würdevoll.

»Guten Abend, Alexandra, guten Abend, Lizzie.« Hugo küsste sie beide auf die Wange. Er trug einen Anzug, den Lizzie sehr elegant fand, und harmonierte so perfekt mit Electra.

»Darf ich euch die Mäntel abnehmen?«, fragte Alexandra. »Oh, ihr tragt ja gar keine.«

Electra lächelte. »Ohne Mantel ist es einfacher, sich rasch aus dem Staub zu machen.« Trotz ihres Lächelns, um zu zeigen, dass sie scherzte, konnte sie niemanden täuschen. Sie trug ein knielanges, zweiteiliges Kleid aus grauer Seide, dazu eine elegante Hochsteckfrisur, große Perlenohrringe und eine passende doppelreihige, eng anliegende Perlenkette, deren Schließe sich vorne am Hals befand. Sie sah aus, als wäre sie gerade dem Cover der *Vogue* entstiegen.

Lizzie zwang sich, ein wenig strahlender zu lächeln. »Möchtest du dich vielleicht frisch machen?« Dann, als ihr klar wurde, dass sie Electra gerade indirekt gefragt hatte, ob sie zur Toilette gehen wollte, errötete sie und fügte eilig hinzu: »Kommt doch mit nach oben.«

Auf einmal fand sie, dass sie mit ihrem langen Kleid und den Gänseblümchenohrringen ein bisschen wie ein Kind aussah, das auf eine Verkleidungskiste gestoßen war. Rasch stieg sie die Treppe hinauf und führte Electra und Hugo ins Wohnzimmer. Dort konnte sie ihre Gäste den jungen Männern überlassen, die neben den geöffneten Flaschen warteten. Sie waren zwar Gäste, doch sie hatten auch Pflichten.

Warum ist Electra so erpicht darauf gewesen, zu dieser Party zu kommen?, fragte Lizzie sich. Sie würde sich nicht gut amüsieren. Hugo wahrscheinlich auch nicht. Wahrscheinlich würde sich niemand amüsieren. Diese Dinnerparty ist eine schreckliche Idee gewesen, dachte Lizzie. Doch sie war von ihrer Mutter schon von Kindesbeinen an dazu erzogen worden, eine gute Gastgeberin zu sein. Daher folgte sie nicht der Stimme ihres Herzens und floh nicht aus dem Wohnzimmer.

»Electra und Hugo«, sagte sie, »das ist Ben. Er studiert an der Royal Academy of Music. Philip, ein Sandkastenfreund von Alexandra – entschuldige bitte, Philip, ich hätte in Erfahrung bringen sollen, was du heute beruflich machst! Und Luigi und Piers, Freunde von Meg. Jungs, könntet ihr bitte Getränke servieren, ich gehe rasch runter und hole ein paar Kanapees. Meg wollte nicht, dass die Häppchen die Küche verlassen, bevor die Gäste da sind. Sie sollen warm gegessen werden.«

»Wie köstlich«, sagte Electra glatt. »Ich kann es kaum erwarten, sie zu probieren. Ist das Jahrgangschampagner?«

Lizzie schmunzelte vor sich hin, als sie den Raum verließ. Was man Electra gleich kredenzen würde, war mit Sicherheit kein Champagner, erst recht kein Jahrgangschampagner. Es war Crémant, ein französischer Schaumwein, der außerhalb der Champagne nach dem Verfahren der Flaschengärung hergestellt wurde. Der Crémant war David von einem befreundeten Weinhändler empfohlen worden. Lizzie fand ihn köstlich – sie hatten alle vor der Party ein Glas davon getrunken, »um sich zu wappnen«, wie David es formuliert hatte.

Obwohl er gesagt hatte, dass er an dem Abend ausgehen würde, traf Lizzie ihn in der Küche an. Er half gerade Meg dabei, Dorschrogen auf kleine, mit Frischkäse gefüllte Törtchen zu geben.

Als Lizzie eintrat, blickte er auf. »Ich weiß, sag nichts! Aber ich konnte Meggie doch nicht im Stich lassen, oder?«

»Ich bin dir so dankbar, David«, erklärte Meg, während sie die wie Edelsteine aussehenden Fischeier mit einem Senflöffel aus der Dose löffelte. »Ich hätte das Ganze einfach halten sollen, so wie alle gesagt haben.«

»Es ist in Ordnung«, erwiderte David. »Ich liebe Essen ebenfalls. Ich verstehe dein Bedürfnis, zu experimentieren und dich selbst zu fordern.«

»Wir hätten das alles nie so hinbekommen, wenn du nicht mit den meisten Lebensmittelhändlern in Soho befreundet wärst«, entgegnete Lizzie. Sie wünschte, sie könnte hier unten in der gemütlichen Küche bleiben, statt wieder nach oben zu gehen, wo Electra – so schön und so kalt – das Wohnzimmer in einen Eispalast verwandelte.

»Es geht nicht darum, was man weiß, sondern darum, wen man kennt«, meinte David. »Bringst du die Kanapees nach oben?«

Es läutete an der Tür, und im selben Augenblick tauchte Megs Freund Luigi in der Küche auf.

»Ach, du bist es!«, sagte Meggie. »Kannst du bitte ein Engel sein und das hier mitnehmen? Ich denke, Lizzie sollte besser zur Tür gehen.«

»Aber gern, *cara*«, antwortete Luigi, nahm mit einer Übung, die ihn als Profi entlarvte, drei Platten mit Häppchen und verließ selbstbewusst den Raum.

Meg hatte ihren Freunden erzählt, dass Luigi sehr erpicht darauf gewesen war, an einer englischen Dinnerparty teilzunehmen. Sie hatten sich kennengelernt, als das Restaurant, in dem Luigi arbeitete, das Essen für eine Veranstaltung geliefert hatte, bei der Meg bedient hatte. Luigi war geschickt worden, um die Abläufe zu überwachen. Normalerweise arbeitete er als Oberkellner, doch das Restaurant wurde gerade renoviert. Daher übernahm er bis zur Wiedereröffnung Catering-Jobs.

Die Mädchen waren sich einig, dass er der Veranstaltung den dringend benötigten südländischen Glanz verlieh. Allerdings hatte Meg Lizzie anvertraut, dass er seinen Status als Gast vergessen könnte. »Nicht dass es mich stören würde«, hatte sie hinzugefügt. »Solange alle glücklich und zufrieden sind.«

Lizzie öffnete einer nervös wirkenden Vanessa die Tür. »Bin ich zu spät? Ich sollte eigentlich mit Hugo und Electra kommen, aber sie sind so früh gefahren, dass ich noch nicht gebadet hatte.«

»Du kommst genau richtig.« Lizzie nahm Vanessas Stola und hängte sie an die Garderobe. »Oben gibt es Drinks.«

»Ist es schlimm, dass ich Ted nicht mitbringen konnte?«, fragte Vanessa, obwohl Lizzie schon seit Tagen wusste, dass er nicht kommen würde.

»Überhaupt nicht. Es sind mehrere junge Männer da, unter denen du wählen kannst. Nur Hugo ist vergeben, und der ist ja ohnehin dein Bruder. Einer der Männer ist ein richtig gut aussehender Italiener, doch der, den ich als Tischpartner für dich ausgesucht habe, heißt Piers. Er scheint sehr nett zu sein.« Lizzie konnte sich nicht mehr daran erinnern, welcher Tätigkeit er neben seiner Beschäftigung als Teilzeitkellner – wie Luigi und Ben – nachging.

»Klingt vielversprechend!«, antwortete Vanessa. »Ich habe Ted zwar nicht geliebt, aber trotzdem ist es extrem übel, wenn man von einem Mann verlassen wird und nicht andersherum.«

Vanessas Worte klangen locker, doch Lizzie gewann den Eindruck, dass die junge Frau viel verletzter war, als sie zugeben wollte.

Schließlich tauchte auch Meg auf der Party auf. Mit einer Servierplatte voller Kanapees in jeder Hand stieg sie die Treppe hinauf. Sie trug eine schmale Hose, eine weiße Seidenbluse und Ballerinas. Darüber hatte sie eine rote Schürze gebunden, die Lizzie ihr am Nachmittag aus einem alten Rock genäht hatte.

Lizzie wusste, dass Meg eine Schürze tragen musste – doch sie wollte, dass diese wenigstens vorzeigbar war. Meg war es gleichgültig. Sie hätte kein Problem damit gehabt, einfach in der Küche zu bleiben und sich ums Essen zu kümmern. Bildlich gesprochen hatte sich der ganze Haushalt auf sie gestürzt und ihr vehement widersprochen.

Ben, Lizzies Partner für den heutigen Abend, den sie inzwischen ein bisschen kennengelernt hatte, trat vor. »Soll ich die Platten für dich herumreichen?«

»Oh ja, bitte!«, antwortete Meg. »Ich muss noch weitere Kanapeeplatten holen.«

»Ich könnte dir doch helfen«, schlug Luigi vor, der neben Electra stand.

»Oh nein, das machst du nicht«, protestierte Electra. »Du hast mir gerade von der Olivenfarm deines Großvaters erzählt, das ist so interessant!«

Lizzie fiel auf, dass es Hugo amüsierte, wie fasziniert seine Freundin von Luigis dunkelbraunen Augen und seinem charmanten italienischen Akzent zu sein schien.

»Ich komme mit dir, Meg«, entschied Lizzie. »Kann jemand sich darum kümmern, dass alle etwas zu trinken haben?«

Als sie den Raum verließ, sah sie, dass Hugo sich eine Flasche geschnappt hatte und Gläser auffüllte.

»So weit, so gut«, sagte Lizzie, als sie die Küche erreichten. »Diese kleinen Teigdinger sind so lecker!«

»Die mit dem Camembert? Ich habe sie aus dem Rest des Blätterteigs hergestellt. Ich habe ein Kochbuch von Constance Spry gefunden, sie hat jede Menge gute Ideen für Kanapees.«

»Vergiss nicht, du bist hier, um dich zu amüsieren!«, erwiderte Lizzie und nahm die Platte entgegen, die Meg ihr reichte.

»Ich amüsiere mich doch! Ich koche gern Sachen, die den Leuten schmecken! Und mit Kanapees lässt sich jede Menge Geld verdienen, weißt du?«

»Meg!«, sagte David, der gerade den Kartoffelstampfer zur

Seite gelegt hatte. »Geh nach oben und mische dich unter die Partygäste. Du hast genug gearbeitet.« Er sah nachdenklich aus. »Dieser Kartoffelbrei schmeckt richtig gut. Ich bin recht großzügig mit der Butter umgegangen.«

Dann erschien Ben in der Küche. »Oh, hier unten gibt es auch ein Klavier! Das ist mir vorher gar nicht aufgefallen.«

»Jetzt ist keine Zeit, Klavier zu spielen«, erwiderte Lizzie, die nicht wollte, dass er abgelenkt wurde. »Nimm ein paar Käsestangen mit, du bist ein Schatz.«

Es hatte etwas für sich, einen Oberkellner unter den Dinner-Gästen zu haben, stellte Lizzie fest, als sie zusah, wie gekonnt Luigi alle Anwesenden vom Wohnzimmer ins Speisezimmer dirigierte.

Alexandra hatte eine Sitzordnung ausgearbeitet (sie verwendete dafür den Ausdruck »*placement*« und sprach das Wort französisch aus), und schon bald saßen alle Anwesenden auf ihren Plätzen. Lizzie hatte vorgeschlagen, Platzkärtchen zu schreiben – wie ihre Mutter das immer tat –, doch Alexandra hatte erwidert, sie würde die Sitzordnung bloß aufschreiben und dann Anweisungen erteilen.

Als Lizzie zwischen Ben und Piers Platz nahm, bewunderte sie Alexandras Selbstvertrauen. Vanessas Tischpartner war Piers, doch Lizzie bemerkte, dass sie sich anscheinend mehr für Ben interessierte. Luigi hingegen avancierte zum Stargast des Abends.

Schalen mit Herings-Pâté, Butter (Meg hatte daraus verspielte Röllchen geformt, was Alexandra missbilligte; sie hätte schlichte Rechtecke vorgezogen) und bergeweise Melba-Toast waren in der Mitte des Tisches arrangiert.

»Fangt doch bitte an«, forderte Alexandra die Gäste auf. »Ach, Electra, ich hole dir einen Aschenbecher, damit du deine Zigarette ausdrücken kannst.«

»Ich mache das«, warf Lizzie ein. »Nein, Meg! Du setzt dich hin und isst.« Lizzie hoffte, dass sie sich nicht zu energisch angehört hatte. Normalerweise war sie nicht so streng, nicht einmal, wenn sie mit Clover sprach.

Nachdem Lizzie einen Aschenbecher neben Electras Ellbogen gestellt hatte und an ihren Platz zurückgekehrt war, fragte sie sich, wie sie Meg davon abhalten sollte, wie ein Jo-Jo auf und ab zu springen und sich völlig aus der geselligen Seite der Veranstaltung auszuklinken. Das würde nicht einfach werden.

Lizzie leistete selbst ihren Beitrag, indem sie im Laufe des Abends zwischen den Stockwerken pendelte, doch das galt ebenso für Ben, Luigi und Piers. Andere, vor allem Hugo, halfen dabei, Wein auszuschenken. Zur Herings-Pâté gab es Weißwein, zum Fleisch Rotwein. Lizzie trank von beiden Weinen nicht viel. Auch wenn Alexandra eindeutig die Hauptgastgeberin war, hatte Lizzie ebenfalls ihre Verpflichtungen, die sie nicht vernachlässigen wollte. Sie richtete ihr Hauptaugenmerk darauf, dass es Vanessa gut ging. Obwohl Lizzie die Mitschülerin bei ihrer ersten Begegnung in der Kochschule als hochmütige Debütantin abgetan hatte, erkannte sie, dass hinter der Fassade der Kultiviertheit ein normales, nettes Mädchen steckte.

Da Vanessa Ben zu mögen schien, beriet Lizzie sich kurz mit Alexandra, die die Sitzordnung nach dem ersten Gang umdisponierte. Hugo kümmerte sich ebenfalls um seine kleine Schwester und sorgte dafür, dass ihr Glas immer gefüllt war – vor allem ihr Wasserglas.

Die Mahlzeit verging wie im Flug. Alle liebten die Pâté, das Bœuf Bourguignon schmeckte sehr gut, und das Kartoffelpüree war hervorragend. Schon aßen die Gäste die reichhaltige Mousse au Chocolat mit Schlagsahne aus eleganten Teetassen; sie fanden die Idee, solche dekorativen Tassen zu verwenden, sehr charmant. Auch die Saint-Honoré-Torte fand großen Anklang.

»Du hast die Torte tatsächlich selbst gebacken?«, fragte Electra und sah Meg zweifelnd an, als glaubte sie ihr nicht. »Du selbst?«

»Ja«, antwortete Meg. »Den Blätterteig habe ich fertig gekauft, dafür hatte ich keine Zeit, aber alles andere.«

»Hmm«, meinte Electra gedankenverloren, »du bist eine richtig gute Köchin, stimmt's?«

»Ich lerne noch«, erwiderte Meg.

Lizzie stellte fest, dass ihre Freundin großes Selbstvertrauen hatte, wenn sie über Essen und Kochen sprach.

»Mutig von dir, ein Schmorgericht zu servieren«, sagte Electra und wandte sich ab.

Als Lizzie kurz darauf den Tisch abräumte und gerade Gläser auf ein Tablett stellte, um Platz für Kaffeetassen zu schaffen, gesellte Hugo sich zu ihr. »Was für ein schöner Abend! Ich hoffe, du hast dich gut amüsiert.«

»Das sollte ich zu dir sagen. Du bist der Gast – derjenige, der sich amüsieren sollte.« Sie lächelte und trug das Tablett zu einem der Tische an der Seite. Sie würde einen der professionellen Kellner bitten, es nach unten in die Küche zu bringen. Sie konnte den Gedanken nicht ertragen, möglicherweise Dutzende von antiken Kristallkelchen fallen zu lassen und die Treppe mit Scherben zu übersäen.

»Nein«, widersprach Hugo. »Es ist sehr wichtig, dass die Gastgeberinnen sich auch amüsieren, sonst haben sie sich umsonst so viel Arbeit gemacht.«

Lizzie warf ihm einen kurzen Blick zu, bevor sie weitere Gläser einsammelte. »Mir hat es in der Tat gefallen. Alle waren sehr kooperativ – im Großen und Ganzen.« Electra hatte sich eine Zigarette angesteckt, während andere Gäste noch ihre Nachspeise aßen, doch offensichtlich hatten in London viele Leute diese Unart.

»Und jetzt warten sie darauf, dass du ins Wohnzimmer vorausgehst«, meinte Hugo.

»Oh nein! Ich muss Kaffee kochen!«

Hugo schüttelte den Kopf. »Es ist alles unter Kontrolle. Versprochen. Komm und geselle dich zu euren Gästen.«

Als sie sich von ihm ins Wohnzimmer führen ließ, wurde Lizzie klar, dass er wahrscheinlich gespürt hatte, dass sie ein wenig schüchtern war und sich am wohlsten fühlte, wenn sie etwas zu tun hatte.

»Wer kümmert sich denn um den Kaffee?«, fragte sie. Hugo war immer noch an ihrer Seite, obwohl ein Platz neben Electra auf der anderen Seite des Raumes frei war.

»Meg natürlich, zusammen mit dem Italiener, der die Damen mit seinem Charme so entzückt hat. Woher kennt ihr ihn?«

Da Electra mehr als ein bisschen entzückt gewirkt hatte, fragte Lizzie sich, ob es Hugo wohl etwas ausmachte – allerdings wirkte er nicht so. »Er ist ein Freund von Meg.« Sie erklärte ihm, dass ihre Freundin Luigi über die Arbeit kennengelernt hatte.

»Vanessa scheint Spaß zu haben, was super ist. Sie fühlt sich ziemlich elend, seit dieser schreckliche Ted sie verlassen hat.«

»Darüber bin ich heute Abend auch froh.« Lizzie konzentrierte sich kurz auf Hugos Sakko, dann blickte sie auf. »Ich hatte am Anfang ein bisschen Angst vor Vanessa, doch wenn man sie besser kennt, ist sie richtig nett.«

Hugo nickte. »Sie ist nicht so mondän, wie sie gern wirken möchte. Was aus der Sicht eines älteren Bruders eine gute Sache ist. Ted hat ihr überhaupt nicht gutgetan.«

Philip, Alexandras Freund aus Kindheitstagen, kam mit einer Platte After Eight auf sie zu. Nachdem Hugo und Lizzie sich jeder eines genommen hatte, erkundigte sie sich: »Hast du inzwischen eine Wohnung gefunden? Oder wohnst du noch bei deinen Eltern?«

»Nein, ich bin in Queen's Gate fündig geworden. Ich habe es irgendwann aufgegeben, etwas Günstigeres zu suchen. Die Wohnung ist richtig hübsch und hat einen kleinen Balkon. Electra gefällt sie.«

Lizzie fand es aufdringlich zu fragen, ob Electra und er dort nach ihrer Hochzeit gemeinsam wohnen würden, auch wenn sie es gern gewusst hätte.

»Wohnt Electra in der Nähe?«, sagte sie stattdessen.

»Nicht sehr weit weg, in Knightsbridge. Sie hat eine Teilzeitstelle in einem sehr schicken Büro in der Sloane Street.«

Lizzie lächelte schwach. »Wie schön.«

»Ja. Sie organisiert Hochzeitslisten für Hochzeitspaare und stellt sicher, dass sie nicht zu viele Fonduesets oder Auflaufformen geschenkt bekommen. Offensichtlich kann das zum Problem werden.«

Lizzie wusste nicht, was sie darauf antworten sollte.

»Ja, ja!«, fuhr Hugo fort. »Wer hätte gedacht, dass eine Hochzeit mit potenziellen Problemen gespickt sein kann?«

Lizzie wollte lächeln, doch es wollte ihr nicht gelingen. »Ich habe nicht gedacht, dass Electra arbeiten muss.«

»Sie *muss* nicht arbeiten«, erklärte Hugo. »Aber sie möchte gern etwas zu tun haben zwischen ihren Einkaufstrips und den gesellschaftlichen Verpflichtungen. Sie arbeitet auch zeitweise als Mannequin und sammelt Geld für wohltätige Zwecke. Sie engagiert sich sehr für ihre ehrenamtlichen Tätigkeiten.«

»Sie ist sehr hübsch«, bemerkte Lizzie. »Ich kann gut verstehen, warum sie als Mannequin arbeitet.« Sie brachte es nicht über sich, Electras Faible für Wohltätigkeitsarbeit zu kommentieren – ihre soziale Ader erschloss sich einem nicht so schnell wie ihre Schönheit.

Hugo blickte nachdenklich auf Lizzie herunter. Sie hatte das Gefühl, dass er sich nach ihren beruflichen Plänen erkundigen wollte. Da sie keine hatte, räusperte sie sich, um ihm zuvorzukommen.

»Ich weiß, du hast gesagt, jemand kümmert sich um den Kaffee«, meinte sie rasch, »aber ich sollte besser trotzdem mal nachsehen.«

»Der Kaffee ist schon da«, erwiderte Hugo und deutete auf Ben und Luigi, die beide Tabletts trugen.

Electra kam, um sich eine Tasse Kaffee zu holen. Obwohl Lizzie am liebsten nicht in ihrer Nähe geblieben wäre, fand sie es unhöflich, sich einfach abzuwenden.

»Hast du das Kleid schon getragen, an das ich die Knöpfe für dich angenäht habe?«, fragte sie, um Konversation zu machen.

Electra setzte eine bedauernde Miene auf. »Nein. Im Endeffekt war ich dann der Meinung, dass sie doch nicht richtig passen. Ich habe sie alle abgeschnitten, sie sind jetzt in der Knopfdose.« Sie lächelte, als wäre Lizzies Interesse an den Knöpfen etwas wunderlich. »Es hat ewig gedauert! Du hast sie so gut angenäht!«

»Waren sie nicht antik?« Lizzie war entsetzt. Sie drehte sich zu Hugo um.

»Jep.« Er machte seiner Freundin keinen Vorwurf, weil sie etwas unbedingt hatte haben wollen und dann, als sie es schließlich hatte, das Interesse verlor.

»Vielleicht sollte ich sie deinem Freund, dem Antiquitätenhändler, zurückverkaufen«, schlug Electra vor. »Ist er hier?«

Ein Abgrund an potenziellen Katastrophen tat sich vor Lizzies innerem Auge auf. Sie wollte nicht, dass jemand von der Anwesenheit eines Mannes im Haus erfuhr, und auch nicht, dass man vermutete, David könnte irgendwie anders sein. Und ganz bestimmt wollte sie seine Anwesenheit nicht erklären müssen. Es war schon schlimm genug gewesen, als ihre Eltern sie nach London gebracht und ihn im Haus vorgefunden hatten. Sie beschloss, sich der Situation zu entziehen.

»Entschuldigt mich bitte«, meinte sie mit einem unverbindlichen Lächeln, auf das ihre Mutter stolz gewesen wäre. »Ich muss mich darum kümmern, dass auch jeder genug Kaffee bekommt.«

»Wenn du mir zuerst nachschenken könntest«, sagte Electra. Sie legte Hugo die Hand auf die Brust und sah zu ihm auf. »Und dann würde ich gern bald gehen. Ich bin ziemlich müde.«

Lizzie trat zurück. Wer hätte gedacht, dass es so anstrengend war, sich Gedanken über Auflaufformen und Fonduesets zu machen? Oder vielleicht war Electra auch über einen Laufsteg stolziert, hatte einen Schmollmund gezogen und einen Mantel auf dem Boden hinter sich hergeschleift.

»Ich möchte noch nicht sofort gehen«, hörte Lizzie Hugo antworten. »Nessa unterhält sich gerade so gut, und sie hat eine schlimme Zeit durchgemacht.«

»Liebling! Wir hatten alle schon mal unpassende Freunde. Sie muss diesen Mann einfach vergessen.«

Zumindest kann Hugo niemals als unpassend beschrieben werden, dachte Lizzie, während sie sich entfernte. »Sind alle mit Kaffee versorgt?«, fragte sie die erste Gruppe, auf die sie stieß und zu der auch Vanessa gehörte.

»Ja, danke«, antwortete Hugos Schwester. »Sag mal, will Electra schon aufbrechen? Mir gefällt es gerade so gut, ich möchte wirklich noch nicht gehen.«

»Ich denke schon«, erwiderte Lizzie.

»Oje!«

»Könntest du nicht mit einem Taxi nach Hause fahren?«, schlug Lizzie vor.

»Ich kann dich gern begleiten«, warf Ben ein, der eigentlich als Tischherr für Lizzie eingeladen worden war. Offensichtlich stand er eher auf Vanessa.

»Na also«, meinte Lizzie. »Du musst nicht gehen, nur weil Electra nach Hause will. Nun, hat noch jemand keinen Kaffee bekommen?«

Während sie zwischen den Gästen herumwanderte und die Kaffeetassen kontrollierte, wünschte sie, sie hätte sich richtig mit Hugo unterhalten können. Sie hatten sich so gut verstanden, als er sie nach dem schrecklichen Abend im *Earl of Sandwich* zum Essen eingeladen hatte. Doch jetzt, umgeben von den anderen und vor allem von Electra, die wie eine in Seide gehüllte Schlange jederzeit bereit war zuzuschlagen, wusste sie nicht, was sie zu Hugo sagen sollte.

»Ich glaube, du hast meinen Kaffee vergessen«, bemerkte Electra hinter ihr.

Lizzie zuckte zusammen. »Sieht so aus, als gäbe es keinen mehr«, erwiderte sie. »Tut mir leid. Wenn du unbedingt noch welchen willst, gehe ich nach unten und koche neuen.«

»Das wäre nett«, erwiderte Electra und ging davon.

Ihr Lächeln war charmant und wohlerzogen, doch unterschwellig spürte Lizzie eiserne Entschlossenheit. Sie widerstand dem Drang, sofort in die Küche zu eilen, ein paar Augenblicke lang, doch Electra schien gar nicht zu bemerken, dass sie nicht gleich losstürmte.

Ein paar Minuten später kam sie zurück, als Hugo sich gerade mit Vanessa unterhielt. Electra legte die Hand auf seinen Arm und sah zu ihm auf. »Ich habe Daddy versprochen, noch auf einen Schlummertrunk bei ihm vorbeizukommen. Ist das in Ordnung für dich?«

Lizzie wandte sich ab. Was fand Hugo bloß an dieser Frau? Sie war sehr hübsch, würde wahrscheinlich eine perfekte Gastgeberin sein und war genau die Art Frau, die einen Mann bei seiner beruflichen Karriere unterstützen konnte. Aber war das genug? Sie seufzte. Offensichtlich ja.

Lizzie hatte aufgehört, sich wegen des Kaffees Gedanken zu machen, und ließ sich überreden, sich einen Moment zu einer Gruppe zu setzen, die sich rund um ein Sofa gebildet hatte. Sie quetschte sich zwischen Meg und Luigi. »Das war ein fantastisches Essen, das du da gezaubert hast, Meggie«, sagte sie.

»Die Mousse au Chocolat war superlecker«, bestätigte Vanessa, die auf der Sofalehne saß, mit einem Bein wippte und Wein trank.

»Wenn du möchtest, gebe ich dir gerne das Rezept«, bot Meg an. »Es ist ganz einfach.«

»Es mag einfach sein«, meinte Lizzie, »aber was Meg leicht findet, ist für den Rest von uns oft schrecklich schwierig.«

»Ein Glas Wein, Lizzie?«, fragte Ben, der sich einen Stuhl geholt hatte, um neben Vanessa sitzen zu können.

»Das war eine tolle Party«, sagte die. »Und sie ist noch nicht vorbei!«

»Wir haben ein paar Schallplatten«, warf Lizzie ein und fragte sich gleichzeitig, ob es wohl die richtige Musik war. »Wir könnten sie auflegen und tanzen.«

»Ich habe nicht mehr genug Energie, um zu tanzen«, erwiderte Meg. »Aber lasst euch von mir nicht abhalten.«

»Ich mag lieber Livemusik«, sagte Ben.

»Kennst du diesen Pub? Den *Earl of Sandwich*?«, fragte Vanessa. »Da gibt es immer Livemusik.« Dabei fiel ihr anscheinend etwas ein. »Oh, tut mir leid, Lizzie. Ich habe dich neulich versetzt. Ted hat in letzter Minute seine Meinung geändert.«

»Ich will nichts mehr über diesen Ted hören, Vanessa«, erklärte Ben fest. »Er hatte dich gar nicht verdient ...«

Vanessa lächelte dankbar.

Hugo trat zu der Gruppe. »Ich bringe Electra jetzt nach Hause, Ness, doch ich komme wieder und hole dich ab.«

»Nicht nötig, Hughie!«, gab Vanessa zurück. »Ben hat angeboten, mich nach Hause zu bringen.«

»In einem Taxi«, erklärte Ben. Er stand auf. »Ich weiß nicht, ob wir einander richtig vorgestellt worden sind. Ben Saunders. Ich besuche die Royal Academy of Music.« Er streckte die Hand aus.

Hugo ergriff sie. »In Ordnung, wenn das für dich okay ist, Ness?«

»Absolut. Mehr als okay«, antwortete Vanessa.

Lizzie wurde bewusst, dass Meg und sie nun aufstehen sollten, um ihre Gäste zu verabschieden.

»Bleibt sitzen!«, sagte Hugo entschlossen, als Meg und Lizzie sich hochkämpfen wollten. »Vielen Dank für die Einladung, es war sehr schön. Das Essen war fantastisch«, fügte er an Meg gewandt hinzu. »Du solltest dich selbstständig machen.«

»Das habe ich fest vor«, entgegnete sie lächelnd. »Aber nicht sofort.«

Als Lizzie Hugo hinterherschaute, stellte sie fest, dass sein Haar seit ihrer ersten Begegnung ein wenig länger geworden war.

»Gut, dass mein Bruder dir vertraut und der Meinung ist, dass du mich sicher nach Hause begleiten wirst, Ben«, sagte Vanessa. »Electra ist ziemlich anspruchsvoll und fordernd.«

»Kennen die beiden sich schon lange?« Lizzie war hocherfreut, eine Chance zu bekommen, mehr über diese Beziehung zu erfahren. Hoffentlich klang sie nicht so zickig, wie sie sich fühlte.

»Seit Ewigkeiten. Er ist verrückt nach ihr«, antwortete Vanessa.

Lizzies Stimmung sank schlagartig. Warum sollte er nicht verrückt nach Electra sein? »Verstehst du dich gut mit ihr?«

Vanessa zuckte mit den Schultern. »Ich kenne sie nicht besonders gut, doch falls sie mich fragt, ob ich eine ihrer Brautjungfern sein will, weiß ich wenigstens, dass sie einen guten Kleidergeschmack hat.«

Lizzie fühlte sich inzwischen, als hätte ihr jemand einen Schlag in die Magengrube versetzt, obwohl ihr klar war, dass das lächerlich war. Sie hatte schon vorher gewusst, dass Hugo und Electra ein Paar waren, wenn auch noch nicht verheiratet.

»Sind sie verlobt?«, wollte Meg wissen.

Vanessa schüttelte den Kopf. »Noch nicht. Ich glaube, Hugo lässt gerade einen Ring fertigen. Die Familie rechnet jeden Augenblick mit der Verkündung der Verlobung.« Sie lachte. »Electra wird die am besten organisierte Hochzeitsliste aller Zeiten haben! Das ist eine der Eigenschaften, die sie und mein großer Bruder gemeinsam haben: Organisationstalent. Und Ehrgeiz. Hugo möchte Richter am Obersten Gericht werden, wie unser Vater und unser Großvater und übrigens auch Electras Vater. Daher kennt sie die Spielregeln und wird die perfekte Ehefrau für ihn abgeben.«

»Möchte jemand tanzen?«, fragte Lizzie, die nichts mehr darüber hören wollte, wie gut Hugo und Electra zueinanderpassten. Sie dachte an die Plattensammlung, die sie hastig für den Abend beschafft hatten, einschließlich einer LP von Luigi, auf der es jede Menge schwungvolle und mitreißende Songs gab. Lizzie hatte ihre Platten in ihrem Elternhaus zurückgelassen, genauso wie Meg. Alexandras Musikgeschmack war offenbar von einem französischen Kindermädchen geprägt worden, weshalb sie fast nur Platten von Françoise Hardy und Johnny Hallyday besaß. Doch Lizzie dachte, dass man ja auch zu Musik tanzen konnte, wenn man den Text nicht verstand.

»Ich finde Bandmusik zum Tanzen besser geeignet«, sagte Vanessa.

»Oh, ich auch«, meinte Ben. »Aber das ist ja klar, schließlich bin ich Musiker.«

»Was spielst du denn?«, wollte Vanessa von ihm wissen. »Ich würde dich sehr gerne mal hören.«

Ben stand auf und nahm sie an die Hand. »Geige und Klavier.«

Vanessa deutete auf den Flügel, den sie so weit wie möglich in die Ecke des Wohnzimmers geschoben hatten, jenseits der geöffneten Flügeltür. »Schieß los!«

Ben lachte. »Ich käme nicht an die Tasten, es sei denn, ich würde über den Flügel klettern; außerdem nehme ich an, dass er seit Jahren nicht mehr gestimmt worden ist und schon lange niemand mehr darauf gespielt hat. Aber ich weiß, wo noch ein Klavier steht!« Bevor Lizzie oder Meg reagieren konnten, zog er Vanessa an der Hand aus dem Raum.

»Ist das in Ordnung?«, fragte Lizzie Alexandra ein paar Sekunden später. »Meinst du, David hat was dagegen?«

»Er ist nicht heikel, was das Klavier angeht. Er wird sich freuen, wenn gesungen wird. Allerdings nicht, wenn Ben in die Klassikkiste greifen und etwas Tiefgründiges und Bedeutungsvolles singen will«, entgegnete Alexandra. Sie lachte leise. »Das Klavier würde an einem Schock sterben, wenn Ben versuchen würde, ein Tschaikowski-Konzert darauf zu spielen.«

»Kommt, sehen wir nach, was da unten los ist«, meinte jemand, und die Gäste wanderten die Treppe hinunter, bis nur noch Alexandra, Lizzie und Meg zurückblieben.

»Wir haben jeden Fußbreit dieses Hauses geputzt und aufgeräumt«, sagte Alexandra. »Und letzten Endes landen alle in der Küche.«

»Das passiert auf den besten Partys«, meinte Meg.

»Kommt, gehen wir zu den anderen«, schlug Lizzie vor, die unbedingt in die Küche wollte. Sie war in der Stimmung, traurige und sentimentale Songs zu singen, und merkte plötzlich, was sie auf ihrem Weg die Treppe hinunter vor sich hin summte: *Can't help loving that man of mine.*

Eine Stunde später stand Vanessa neben dem Klavier und sang, während Ben spielte. Die anderen Gäste hatten es sich auf den verschiedenen Sitzgelegenheiten bequem gemacht und tranken Wein oder Tee; einige sangen mit. Sogar Clover war glücklich, denn es fand sich immer jemand, der sie herzte und streichelte.

Lizzie half Luigi beim Gläserpolieren. Er hatte seine Stimme verloren, nachdem er in voller Lautstärke O *sole mio* gesungen hatte. Da Lizzies Kehle auch ein wenig schmerzte, hatte sie beschlossen, ihm zu helfen. Auf die Weise hatte sie kein schlechtes Gewissen, weil ein Gast so viel arbeitete.

Plötzlich hörte sie jemanden an die Hintertür klopfen. Erstaunt überlegte sie, wer das wohl sein könnte, denn alle, die diese Tür normalerweise benutzten, waren zu Hause. Sie ging hin und öffnete.

Es war Hugo. »Oh, hallo!«, sagte sie. »Bist du gekommen, um Vanessa abzuholen?«

Ben hörte auf zu spielen, und alle schauten Hugo an.

»Hughie!«, rief Vanessa. »Du weißt doch, dass Ben mich nach Hause bringt.«

»Ich bin nicht gekommen, um dich abzuholen, Ness«, erwiderte er. »Ich wollte mich vergewissern, dass ihr alle nicht zu viel Spaß habt.«

Nur Lizzie lachte. Da sie dicht bei ihm stand, sah sie das Funkeln in seinen Augen, das seinen ernsten Gesichtsausdruck Lügen strafte.

»Wir haben überhaupt keinen Spaß«, meinte Lizzie. »Komm rein und sieh selbst.«

Er ging zum Klavier und legte seiner Schwester die Hand auf die Schulter. »Das erinnert mich an einen Familienurlaub, als wir noch Kinder waren. Wir waren in einem Haus in Schottland, das Bekannten unserer Eltern gehörte. Es gab keinen Strom, also hat Onkel James Klavier gespielt, und wir haben dazu gesungen. Wir hatten nur Petroleumlampen. Jeden Abend haben wir uns durch das ganze *Scottish Students Song Book* gesungen.«

»Oh ja, das alte Liederbuch! Das war ein toller Urlaub, nicht?«, sagte Vanessa.

Lizzie erkannte, dass Hugo und seine Schwester einander sehr mochten. Sie seufzte. Hugo als Bruder zu haben wäre fast so gut, wie ihn als Freund zu haben.

12. Kapitel

»Ich kann nicht fassen, dass heute unser letzter Tag ist«, bemerkte Lizzie, als Meg, Alexandra und sie zur Kochschule in Pimlico gingen. »Es ist so viel passiert.«

»Ich bin unglaublich froh, dass ihr beide nicht in das bequeme Leben zurückkehrt, das ihr vor unserer Begegnung geführt habt«, meinte Alexandra. »Jetzt wohnt ihr in einem Haus, das jeden Tag ein bisschen mehr verfällt.«

»Wir freuen uns genauso darüber«, erwiderte Meg. »Und ich versichere dir, mein Leben war nicht mehr besonders bequem, nachdem William gestorben war und wir Clover kidnappen mussten!«

»Wusste ich schon, dass ihr sie entführt habt?«, fragte Lizzie. »Habt ihr Lösegeld verlangt?«

Meg versetzte Lizzie einen freundschaftlichen Schubs. »Wir haben Williams Verwandten einfach gesagt, dass Clover uns gehört, sonst hätten sie sie einschläfern lassen.«

»Jetzt erinnere ich mich wieder«, antwortete Lizzie. »Was glaubt ihr, müssen wir eine Prüfung ablegen? Bei Madame Wilson, meine ich.«

»Nein.« Meg schüttelte den Kopf. »Wir alle können Baiser, eine gute Béchamelsoße, Pasteten und Vanillecreme herstellen. Und außerdem noch alle möglichen anderen Sachen. Ich glaube, mehr konnte Madame uns in der kurzen Zeit beim besten Willen nicht beibringen.«

»Ganz zu schweigen von Schneider- und Näharbeiten und Blumenarrangieren und französischer Konversation.«

»Es hat Spaß gemacht!«, sagte Alexandra. »Ich habe diesen Kurs ursprünglich nur besucht, weil meine Vormunde darauf bestanden haben, aber jetzt bin ich richtig froh darüber. Ich habe gelernt, wie wichtig und schön es ist, Freundinnen zu haben. David ist natürlich wunderbar, doch ich glaube, man braucht einfach auch Freundinnen.«

»Auf jeden Fall«, stimmte Lizzie zu. »Ich habe immer gedacht, wie schön es wäre, einen Bruder zu haben – oder eine Schwester. Aber euch beide als Freundinnen zu haben ist wahrscheinlich besser!«

»Was hat dich auf den Gedanken gebracht?«, wollte Alexandra wissen.

Lizzie zögerte und war sich nicht sicher, ob sie ihre Gefühle preisgeben wollte. »Auf der Party gestern Abend habe ich Vanessa und Hugo zusammen erlebt. Ich habe Nessa beneidet, weil er sich so um sie kümmert und sich vergewissert hat, dass es ihr gut geht und sie sicher nach Hause kommt.«

»Ich glaube nicht, dass alle Brüder so sind«, warf Alexandra ein. »Manche sind einfach nur schrecklich!«

»Als Einzelkind hat man jede Menge Verantwortung«, meinte Meg. »Vor allem, wenn deine Mutter verwitwet ist. Wenn ich mit euch beiden zusammen bin, kann ich das meistens vergessen. Zum Glück geht es meiner Mutter momentan gut, und sie fühlt sich wohl mit ihrer neuen Stelle.«

»Tut mir leid, das habe ich ganz vergessen«, sagte Alexandra. »Wo arbeitet sie denn?«

»Sie ist stellvertretende Hausmutter in einer Jungenschule«, antwortete Meg. »Sie liebt die Arbeit, obwohl sie natürlich Clover vermisst.«

»Wir sind da«, stellte Lizzie fest, als sie die Straße erreichten, in der Madame Wilson ihre Räumlichkeiten hatte. »Oh, seht mal, da ist Vanessa, sie winkt und wirkt aufgeregt.«

»Ich kann nicht glauben, dass ich ihr gegenüber schüchtern war, als ich sie am ersten Tag gesehen habe«, meinte Meg nachdenklich. »Sie ist völlig normal und nett, wenn man sie erst besser kennt.«

»Die meisten Menschen sind in Ordnung, wenn man sie näher kennenlernt«, entgegnete Alexandra. »Mit ein paar Ausnahmen, über die wir jetzt nicht reden müssen.«

»Hallo, Mädels!«, rief Vanessa, sobald sie in Hörweite waren. »Unser letzter Tag, und wir haben überlebt! Ich hätte nie gedacht, dass ich mal Baiser backen kann, über die Madame nicht die Nase rümpft.«

Lizzie lachte. »Ich auch nicht!«

»Ich bin froh, dass ich euch drei allein erwische. Ich möchte euch gern zu einer Party in unser Haus auf dem Land einladen. Es wäre für das ganze Wochenende. Ich kann nicht alle Mädchen aus dem Kurs einladen, da auch Tanten von mir zu Besuch kommen, sodass es nicht genügend Schlafzimmer gäbe. Deshalb frage ich euch als Erstes.«

»Wie nett!«, antwortete Lizzie spontan. Doch dann kamen ihr Bedenken. Hugo würde sicherlich auch da sein, und das wäre nicht eben hilfreich, um ihre Schwärmerei für ihn zu überwinden. Und Electras Anwesenheit – bestimmt wäre sie als seine Freundin dabei – würde es sehr schmerzhaft machen. »Allerdings weiß ich noch nicht, ob ich kommen kann«, fügte sie rasch hinzu.

»Ich habe doch noch gar nicht erwähnt, um welches Wochenende es geht!«, sagte Vanessa. »Sei kein Spielverderber. Hugo wäre wirklich enttäuscht, wenn du nicht dabei sein könntest.«

»Tatsächlich?«, fragte Lizzie. »Warum?«

»Weil er findet, dass du eine nette Freundin für mich bist«, fuhr Vanessa fort. »Wie ihr beiden anderen auch.«

»Das klingt nach einer Menge Spaß«, warf Alexandra ein. »Vielen Dank, dass du uns einlädst. Wir können bestimmt kommen.«

»Ja, danke«, fügte auch Meg hinzu.

»Sieht so aus, als würden wir alle drei deine freundliche Einladung annehmen«, sagte Lizzie; dann lächelte sie und freute sich, dass sie fast dazu gezwungen wurde, etwas zu tun, was sie in Hugos Nähe bringen würde. Sie hatte versucht, vernünftig zu sein, war jedoch von ihren Freundinnen und den gesellschaftlichen Anforderungen überstimmt worden. Ihre Mutter wäre höchst entzückt zu erfahren, dass sie für ein Wochenende in ein Herrenhaus auf dem Land eingeladen worden war.

»Wir sollten besser reingehen«, meinte Meg. »Es ist neun Uhr.«

Madame Wilson ließ ihre Schülerinnen Kanapees zubereiten, und als sie fertig waren, holte sie Champagner hervor, und alle prosteten einander zu. Lizzie stellte fest, dass man erkennen konnte, wer häufiger Champagner trank und für wen es ein eher seltenes Vergnügen war. Sie gehörte eindeutig zu der zweiten Gruppe.

Meg wurde als beste Schülerin geehrt und erhielt ein Set der Kochbücher von Elizabeth David als Preis. Madame Wilson dankte allen, weil sie so gute Schülerinnen gewesen waren, und bat sie, ihren Freundinnen von dem Kurs zu erzählen.

»Ich möchte nur Schülerinnen haben, die eine persönliche Empfehlung haben«, sagte sie. »Mein Kurs ist sehr exklusiv und nur für die Töchter des Adels und der Oberschicht bestimmt.«

Meg und Lizzie wechselten rasch einen Blick. »Sie hat sich vertan, als sie uns angenommen hat!«, flüsterte Meg.

»Ganz und gar nicht! Du bist der Star!«

Nachdem Madame Wilson ihre Schülerinnen entlassen hatte, gingen die meisten in den Pub. Als sie ihn eine Stunde später verließen, waren sie ein bisschen angeheitert.

»Wir hätten etwas zu Mittag essen sollen, bevor wir Alkohol trinken«, meinte Alexandra. »Ich hab eine Idee: Lasst uns zu Maria und Franco gehen!«

Am Ende war es eine kleine Schar, die in dem italienischen Café-Restaurant herzlich aufgenommen und mit gutem, sättigendem Essen und Kaffee versorgt wurde. Lizzie, Alexandra und Meg verließen das Lokal als Letzte. Als sie sich schließlich auf den Weg nach Hause und zu Clover machten, trugen sie Taschen mit italienischen Backwaren für David und Schinkenresten für den Hund. Ein Taxi erschien ihnen unbedingt notwendig.

Die offizielle Einladung zu Vanessas Party auf dem Land traf einige Tage später ein. Lizzie hatte das Gefühl, vorher noch zum Friseur zu müssen.

»Diesmal muss ich den Haarschnitt sicher bezahlen«, sagte sie zu Meg und Alexandra, als sie gemeinsam in der Küche frühstückten. »Aber weil du mir in letzter Minute den Job als Kellnerin bei dieser großen Veranstaltung besorgt hast, Meggie, habe ich ein bisschen zusätzliches Geld. Daher kann ich mir den Friseur leisten.«

»Wir müssen uns Gedanken wegen der Kleidung machen«, sagte Alexandra.

»Stimmt!«, meinte Meg. »Wir wollen nicht aussehen wie arme Verwandte von Vanessa.«

»Oder mittellose Mitschülerinnen, die sie im Kochkurs kennengelernt hat«, fügte Alexandra hinzu.

»Lasst uns noch mal einen Blick auf die Einladung werfen«, schlug Lizzie vor. »Wir sollen am Freitagnachmittag zum Tee eintreffen.«

Alexandra nickte. »Also brauchen wir passende Kleider fürs Abendessen am Freitag.«

»Und Kleidung für den folgenden Tag. Dann ist am Samstagabend die Party«, warf Lizzie ein.

»Ein Kostümball wäre irgendwie einfacher«, kommentierte Alexandra. »Wenn man an diese Truhen voller Kleidung auf dem Dachboden denkt.«

»Nachmittagskleid, Morgenmantel, so was?«, fragte Lizzie. »Ich verstehe, was du meinst. In jenen Tagen wusste man genau, was erwartet wird. Aber wir müssen uns bestimmt nur wegen der Abendkleidung Gedanken machen. Tagsüber können wir sicher einfach Hose und Pullover tragen.«

»Solange wir Schuhe dabeihaben, in denen wir spazieren gehen können, ist alles gut«, erklärte Alexandra. »Nach meiner Erfahrung unternimmt man immer Spaziergänge, wenn man ein Wochenende auf dem Land verbringt.«

»Ich muss David fragen, ob er zu Hause ist, damit er nach Clover sehen kann«, sagte Meg.

»Wahrscheinlich könntest du sie auch mitnehmen«, erwiderte Alexandra, »doch vielleicht müsste sie dann nachts in einem Zwinger oder in der Küche schlafen. Wäre das in Ordnung für Clover?«

»Das bezweifle ich«, entgegnete Meg. »Sie ist daran gewöhnt, bei jemandem im Bett zu schlafen.«

»Wir könnten sie bestimmt nach oben ins Schlafzimmer schmuggeln, wenn es sein müsste«, schlug Lizzie vor.

»Ich würde sie lieber hier bei David lassen«, antwortete Meg.

»Er wird bald aufstehen«, sagte Alexandra. »Ich glaube, er hat sich gestern Abend ein Theaterstück angesehen, in dem ein Freund von ihm mitspielt. Deshalb ist er so spät nach Hause gekommen.«

»Dann hast du ihn bei seiner Heimkehr gehört?«, wollte Meg wissen.

Alexandra nickte.

»Ist es in Ordnung, wenn ich mal telefoniere?«, bat Lizzie. »Ich möchte Gina anrufen und fragen, ob wir uns sehen können. Ich habe ein schlechtes Gewissen, weil ich sie nicht öfter besucht habe, seit ich in London bin.«

»Sie hat dich hochkant rausgeschmissen«, entgegnete Alexandra. »Nicht dass es jetzt noch von Bedeutung wäre! Wir haben schließlich davon profitiert.«

Einige Tage später saß Lizzie mit frisch geschnittenem Haar in Ginas Wohnzimmer. In einer Tasche zu ihren Füßen befanden sich reichlich Stoffreste aus der Stoffabteilung von Peter Jones.

»Ich muss nicht fragen, wie es gerade für dich läuft«, meinte Gina und reichte ihr ein Glas Sherry. »Du siehst wundervoll aus! Bist du verliebt?«

Lizzie verschluckte sich beinahe. »Oh – nein! Wie kommst du darauf?«

»Deine Augen strahlen, Schätzchen. Bist du sicher, dass es niemanden in deinem Leben gibt?«

Lizzie trank einen großen Schluck Sherry und kam dann zu dem Schluss, dass sie sich Gina ruhig anvertrauen konnte. Ihre Mitbewohnerinnen ahnten bis zu einem gewissen Grad, was sie für Hugo empfand, doch sie sollten nicht wissen, wie sehr sie in ihn verliebt war. Sie hatte ihren Stolz, und sie wollten sie schon jetzt nur zu gern mit Hugo verkuppeln.

»Na ja, es gibt da jemanden, den ich sehr mag, aber er ist schon vergeben. Und es gibt nicht die geringste Aussicht, dass sich daran etwas ändern wird. Er ist praktisch verlobt, und zwar mit einem sehr hübschen Mädchen, das als Mannequin arbeitet.« Ihr wehmütiges Lächeln sollte verdeutlichen, dass da nichts zu machen war.

»Oh, ein Mannequin!«, bemerkte Gina. »Das heißt, sie besteht nur aus Haut und Knochen und ist vorne flach wie ein Pfannkuchen.«

Lizzie überlegte kurz. »Na ja, sie ist tatsächlich ziemlich dünn, doch sie trägt wunderschöne Kleider.«

»Ich wette, du bist hübscher, und du hast einen Busen.«

Gina verstand sie ganz offensichtlich nicht. »Kleidung sieht besser aus, wenn man nicht viel Oberweite hat. Außerdem hat Electra langes Haar, das sie entweder hochsteckt, zusammenbindet oder offen trägt. Sie schaut so oder so immer perfekt aus.« Ein kleiner Seufzer entschlüpfte ihr. »Sie sorgt dafür, dass ich mich mit meinen kurzen Haaren und den Miniröcken kindisch und unreif fühle.« Doch es war nicht nur das. Es war, als wüsste Electra, was Lizzie für Hugo empfand, und als fände sie es albern, ja lächerlich.

»Haut und Knochen und dazu noch rückständig«, kommentierte Gina.

Lizzie lachte. Sie war entschlossen, diesmal tatsächlich das Thema zu wechseln. »Gibt's bei dir was Neues?«

»Eigentlich nicht. Es läuft wie immer, also ganz gut. Ich will etwas von *dir* hören! Wie hast du deine Eltern davon überzeugt, dass du auch nach deinem Kurs weiterhin in London wohnst? Ich habe gedacht, sie wollten dich nun in die Gesellschaft einführen und dich mit allem bekannt machen, was Surrey so zu bieten hat – Clubs, Tanzveranstaltungen, Gartenpartys und so weiter.«

»Nun, es hat geholfen, dass sie mich an einem Sonntag, nachdem ich das Wochenende zu Hause verbracht hatte, nach London zurückgefahren haben. Sie haben das Haus gesehen, in dem ich jetzt wohne, und waren beeindruckt.« Ihre Eltern hatten sich nie dazu geäußert, dass David sich vor ihren Augen von einem Klempner in einen Butler verwandelt hatte. Vielleicht hatte er sie mit seiner Vorstellung als »Familienfaktotum« tatsächlich überzeugt.

»Außerdem konnte ich ihnen glaubhaft machen, dass ich geeignete Männer kennenlerne, wenn ich als Kellnerin für den Partyservice arbeite, bei der auch meine Freundin beschäftigt ist.« Sie zuckte mit den Schultern. »Mum wünscht sich sehnlichst, dass ich eine schöne Hochzeit auf dem Land bekomme. Ein tolles Zelt, hübsche Brautjungfern, ein Brautkleid, das Mum ausgesucht hat, und natürlich einen Bräutigam, der mir das bieten kann, woran ich gewöhnt bin. Todlangweilig!«

»Dann bist du also nicht so begeistert von der Vorstellung, bald zu heiraten?«

»Auf keinen Fall! Ich meine, wenn es einen tollen Mann gäbe, den ich gerne heiraten wollte, dann unbedingt. Doch da das momentan nicht zur Debatte steht, will ich gar nicht darüber nachdenken.«

»Gut für dich! Meiner Ansicht nach wird es völlig unterbewertet, wie angenehm es sein kann, unverheiratet und unabhängig zu sein.«

Lizzie nahm das Lob gern entgegen. »Meine Mutter ist hocherfreut, dass wir alle zu einer Party in ein Haus auf dem Land eingeladen worden sind – für ein ganzes Wochenende. Nicht zuletzt deswegen habe ich mir gerade wieder das Haar schneiden lassen und Stoffreste gekauft. Wir brauchen vielleicht neue Kleider.«

Gina beugte sich interessiert vor. »Erzähl mir davon!« Sie gab die richtigen Kommentare ab und beruhigte Lizzie, als es um angemessene Kleidung ging. »Leute aus der Oberschicht haben häufig keinen Sinn dafür, wie man sich gut kleidet. Solange man verschiedene Kleider trägt, bemerken sie wahrscheinlich gar nicht, was man anhat. Du darfst nur nicht die Pferde scheu machen.«

Lizzie kicherte. »Mum scheint sich mehr Gedanken zu machen, wie ich die Angestellten beeindrucken kann. Sie meint, ich soll eine Kleinigkeit für das Zimmermädchen im Zimmer zurücklassen.«

Gina nickte. »Wahrscheinlich wäre das tatsächlich gut. Das erinnert mich daran, wie ich in jungen Jahren mal in Irland gewesen bin. Meine Abendkleider waren allesamt ziemlich tief ausgeschnitten. Als ich in mein Zimmer gegangen bin, um mich fürs Dinner umzukleiden, habe ich festgestellt, dass jemand – wahrscheinlich das Zimmermädchen – vorne und hinten Tülleinsätze in die Ausschnitte meiner Kleider genäht hatte.«

Lizzie staunte. »Meine Güte, Gina, hast du das einfach so hingenommen?«

Gina nickte. »Mir blieb nichts anderes übrig. Allerdings wäre ich ehrlich gesagt glücklicher gewesen, wenn die Einsätze aus Flanell bestanden hätten. In dem Haus war es nämlich eiskalt. In allen prachtvollen Häusern herrscht die gleiche Temperatur, sommers wie winters, und es ist immer viel kälter, als wünschenswert wäre. Achte darauf, warme Kleidung mitzunehmen.«

»Twinsets und Perlen?«

Gina nickte. »Schrecklich altmodisch, ich weiß, aber vielleicht am besten für den ersten Nachmittagstee. Ihr seid doch zum Tee eingeladen?«

Lizzie nickte. »Ist es in Ordnung, vormittags Hosen zu tragen?«

»Ich denke schon. Doch nimm lieber einen vernünftigen Rock mit, nur für den Fall. Wenn du erst mal an einem Nachmittagstee, einem Dinner und einem Frühstück teilgenommen hast, kennst du dich aus. Pack robuste Schuhe ein, ihr werdet bestimmt spazieren gehen.«

»Das hat Alexandra auch gemeint.«

»Es klingt, als wärst du bei ihr als Ratgeberin in guten Händen. Noch ein bisschen Sherry?«

Gina hielt die Karaffe aufmunternd über Lizzies Glas, doch die schüttelte den Kopf. »Nein, danke. Ich muss gleich los. Es war sehr schön, dich mal wiederzusehen.«

»Finde ich auch! Und vergiss nicht, ich bin immer da, wenn du Rat oder Hilfe brauchst oder wenn es etwas gibt, worüber du mit deiner Mutter nicht reden kannst.«

Lizzie biss sich auf die Unterlippe. »Was beinahe alles ist!«

»Sie ist überfürsorglich, doch du bist ihr einziges Küken, und sie hat sonst nicht viel in ihrem Leben.«

Gina und ihre Mutter waren nie richtig gut miteinander ausgekommen, daher wusste Lizzie das Verständnis ihrer Tante zu würdigen. »Ich weiß. Und ich weiß auch zu schätzen, was sie alles für mich tun – und für mich getan haben –, aber ich muss einfach ein bisschen erwachsen werden!«

Beim Abschied an der Tür steckte Gina Lizzie einen Geldschein zu. »Sei ein richtiges Chelsea-Mädchen und nimm dir ein Taxi. Du wirst eins finden, sobald du auf die King's Road kommst.«

Lizzie küsste ihre Tante auf die Wange. »Wie nett von dir! Das mache ich doch gerne!«

13. Kapitel

David hatte freundlicherweise angeboten, die Mädchen zu Vanessas Haus auf dem Land zu fahren, sodass sie am Freitag rechtzeitig zum Nachmittagstee eintreffen würden. Obwohl sie zeitig aufbrachen, verloren sie einiges an Zeit bei der Suche nach dem Haus.

Doch schließlich fanden sie es. Es stand auf einer kleinen Anhöhe, und der Fluss umrundete den Park, der das Haus umgab.

»Gute Güte!«, rief David aus. »Es ist umwerfend. Vermutlich aus der Zeit von Queen Anne. Wahrscheinlich wurden die Flügel ein bisschen später angebaut. Ein richtig entzückendes Landhaus.« Er seufzte. »Hoffentlich wisst ihr Mädels auch zu schätzen, wo ihr da verweilen werdet.«

»Wir können dich bestimmt reinschmuggeln, David«, meinte Alexandra. »Es würde ihnen gar nicht auffallen, da bin ich mir sicher.«

»Ha, ha«, machte er humorlos.

Lizzies Mund wurde trocken. Hugos Eltern besaßen ein herrschaftliches Anwesen auf dem Land. Wie konnte sie nur für jemanden schwärmen, der in einem derartigen Haus wohnte?

Sie machte sich Sorgen, was passieren würde, wenn ein Butler oder Diener erschien, um ihnen die Autotüren zu öffnen. Davids alter Citroën war nicht gerade elegant. Doch niemand schien ihre Ankunft zu bemerken. Sie mussten den Türklopfer in Form eines Löwenkopfes betätigen, um auf sich aufmerksam zu machen.

»Sind wir schrecklich spät oder zu früh?«, fragte Lizzie. »Und sind wir richtig angezogen?« Sie hatte sich große Mühe mit ihrer Kleidung gegeben und trug ein Trägerkleid über einem weißen Pullover mit Polokragen (da es im Haus vermutlich kalt sein würde). Aus dem Stoff, den sie noch übrig gehabt hatte, hatte sie ein kleines dreieckiges Kopftuch und eine winzige Handtasche genäht. Was ihr zu dem Zeitpunkt so pfiffig vorgekommen war, schien nun viel zu gut zusammenzupassen. Sie kam sich vor, als führte sie ein Schnittmuster oder einen Modetipp aus einer Zeitschrift vor.

»Wir sehen allesamt wunderbar aus«, erwiderte Alexandra, die wie immer unaufdringlich elegant wirkte. Ihre Handtasche stammte aus der Zeit vor dem Krieg, war jedoch so stilvoll, als hätte sie sie diese Woche in der Bond Street gekauft.

»Ich wünschte, in der Einladung hätte eine Uhrzeit gestanden«, sagte Meg. »Aber vermutlich kommen wir zu spät. Es ist schließlich schon halb fünf.«

»Wir sind jetzt angekommen«, entgegnete Alexandra fest, »und sie können sich glücklich schätzen, ihr Haus mit drei so hübschen jungen Frauen schmücken zu können. Ach, da kommt jemand.«

Lizzies Herz klopfte schneller. Was anfangs wie eine lustige Einladung zu einer Party gewirkt hatte, war für sie zu einer Angelegenheit voller Ängste vor gesellschaftlichen Fehltritten geworden.

»Miss Alexandra Haig mit Begleiterinnen«, stellte Alexandra sich und ihre Freundinnen vor.

»Sie werden bereits erwartet«, erwiderte der Butler und verbeugte sich formvollendet.

Zu Lizzies großer Erleichterung tauchte nun auch Vanessa auf. »Ihr seid da, Gott sei Dank! Könnt ihr euch rasch ein bisschen frisch machen und gleich zum Tee kommen? Wir haben schon angefangen, und für Mummy ist Pünktlichkeit sehr wichtig.« Sie schien nervös zu sein.

»Wir haben uns verfahren«, erklärte Lizzie. »Es tut uns leid.«

»Oh. Habt ihr euch am Bahnhof kein Taxi genommen?«, fragte Vanessa und zeigte ihnen den Weg zu einer Garderobe.

»David hat uns hergebracht«, antwortete Meg.

»Lasst eure Taschen einfach hier. Jemand wird sie in eure Zimmer bringen.« Vanessa zögerte. »Ihr teilt euch übrigens ein Zimmer. Ist das in Ordnung?«

»Natürlich«, sagte Lizzie.

»Ich warte, während ihr euch frisch macht«, bemerkte Vanessa.

Als sie sich rasch so hergerichtet hatten, wie es in einem Garderobenraum mit Grundausstattung möglich war, bedachte Vanessa Lizzie mit einem besorgten Blick.

»Meine Güte, dein Kleid ist ein bisschen kurz. Bleib am besten außer Sichtweite meines Vaters. Er macht sonst bestimmt eine sarkastische Bemerkung. Er missbilligt moderne Kleidung. Hast du keine Angst, dass man den Rand deiner Strümpfe sehen könnte?«

»Nein!«, antwortete Lizzie. »Ich trage eine Strumpfhose!« Sie war schrecklich teuer gewesen, und sie hoffte sehr, dass sie sich keine Laufmasche zog.

»Na ja, wenigstens wirst du dann Onkel Bertie keinen unerwarteten Nervenkitzel bieten, wenn er deine nackten Oberschenkel sieht.« Stirnrunzelnd musterte Vanessa Lizzies Frisur, dann sagte sie: »Kommt mit. Leider wimmelt es im ganzen Haus von Verwandten.«

Lizzie, der das Herz inzwischen in die Slingbacks mit den halbhohen Pfennigabsätzen gerutscht war, folgte den anderen. Ihr Kleid war ein wenig kürzer, als sie es sich gewünscht hätte, doch der Stoffrest, den sie gekauft hatte, hatte nicht mehr hergegeben. Zwar hatte sie darüber nachgedacht, eine Bordüre anzubringen, war jedoch abgelenkt worden.

Der große Salon stand voller Sofas und Sessel, die um kleine Tische gruppiert waren. Auf den Tischchen befanden sich Tortenständer, Teekannen, Teller, Tassen und Unterteller. Dienstmädchen in Uniform reichten Dinge herum. Lizzie kam sich vor wie in einem Film, allerdings fühlte sich das Ganze schrecklich real an. Warum waren sie bloß hergekommen? Es konnte sich für keine Party der Welt lohnen, vorher so etwas durchmachen zu müssen.

»Ich stelle euch Mummy und Daddy vor«, erklärte Vanessa. »Keine Angst, wenn sie ein bisschen ... förmlich wirken. So sind sie einfach.«

Lizzie versteckte sich hinter den anderen und hielt sich die Tasche vor die Knie in der Hoffnung, dass ihr Kleid dadurch länger wirken würde. Wenn sie das geahnt hätte, hätte sie ihr Tuch getragen, statt es mit ihrem Gepäck in der Garderobe zu lassen.

»Mummy? Daddy? Darf ich euch meine Freundinnen aus Madame Wilsons Kochkurs vorstellen?«

Vanessas Eltern wirkten auf wenig einladende Weise verwirrt und gleichzeitig gereizt.

»Ach ja«, sagte Vanessas Mutter. »Die Gäste, die du in letzter Minute eingeladen hast.«

»Das ist Alexandra ...« Vanessa stellte ihre Freundinnen vor.

Vanessas Eltern lächelten eisig, und ihr Interesse für die Besucherinnen war nur flüchtig.

Alexandra hatte Meg und Lizzie vorgewarnt, dass Hugos und Vanessas Vater den Adelstitel eines Baronets trug und daher mit Sir Jasper angesprochen werden sollte. Seine Frau war dementsprechend Lady Lennox-Stanley. Doch sie bekamen gar keine Gelegenheit, mit den beiden zu sprechen. Vanessa führte sie so schnell wie möglich fort und brachte sie zu einem alten Lederhocker und zwei Esszimmerstühlen mit dünnen Beinen und Armlehnen.

Während sie sich entfernten, hörte Lizzie Sir Jasper sagen: »Dieses Mädchen hat offenbar vergessen, einen Rock anzuziehen. Ich hoffe doch sehr, dass sie beim Dinner anständig gekleidet sein wird.«

»Dann organisieren wir mal eine Tasse Tee und etwas zu essen für euch«, meinte Vanessa. »Das Dinner ist um acht Uhr, und falls ihr nicht ein reichhaltiges Mittagessen hattet, würdet ihr sonst bis dahin verhungern.« Sie hielt eine Bedienstete auf, die eine Servierplatte mit ein paar Sandwiches, die sich an den Rändern schon aufrollten, und einigen Stücken Kuchen trug.

Lizzie setzte sich vorsichtig auf einen der Stühle. Obwohl sie eine Strumpfhose anhatte, wollte sie nicht riskieren, dass ihr Kleid hochrutschte.

»Die meisten Leute bleiben nicht über Nacht«, erklärte Vanessa und umfasste den Raum mit einer Geste. »Doch leider übernachten doch einige.«

»Spielt das eine Rolle?«, fragte Meg.

»Ja! Electra hat zwar gesagt, sie würde Mrs. P. – sie ist Hauswirtschafterin – helfen, die Zimmer zuzuweisen, doch dann hat sie vergessen, Mrs. P. mitzuteilen, dass ihr kommt.«

»Sollen wir wieder nach Hause fahren?«, fragte Lizzie. Sie klammerte sich an die unwahrscheinliche Hoffnung, dass Vanessa Ja sagen würde.

»Nein!« Die Freundin lachte. »Sei nicht albern. Wir haben jede Menge Gästezimmer, es ist nur so ...« Sie zögerte. »Warum nehmt ihr nicht eure Sandwiches, und ich zeige euch euer Zimmer? Passt auf, dass Mummy euch nicht sieht.«

Als sie in der Halle standen, wollte Alexandra wissen: »Ist etwas schiefgelaufen?«

»Ja und nein! Kommt mit, ich erzähle es euch.« Vanessa konnte es kaum erwarten, ihnen Bericht zu erstatten, und fing schon an zu reden, während sie noch die Treppe hinaufstiegen. »Ich habe Mummy gefragt, ob ich eine kleine Party veranstalten darf. Ich dachte, sie gehen zu den Rennen, und wir hätten das Haus für uns.«

Inzwischen hatten sie den ersten Stock erreicht. Ein Podest mit einer Galerie führte in verschiedene Richtungen, doch zu Lizzies Erstaunen steuerte Vanessa auf eine weitere Treppe zu.

»Dann wollte Electra auf einmal eine große Party geben – ich glaube, Hugo möchte ihr einen Antrag machen –, und Mummy hat sofort sämtliche Onkel und Tanten hergebeten. Damit war es keine kleine, lustige Veranstaltung mehr. Und Mummy hatte vollkommen vergessen, dass ich euch zuerst eingeladen habe.«

Es bestand kein Zweifel, sie waren auf dem Weg ins Dienstbotenquartier. Wenigstens mussten sie ihre Koffer nicht selbst tragen. Sie hatten nicht gerade wenig Gepäck dabei, denn sie brauchten Tanzkleider, Vormittags- sowie Nachmittagskleidung und wahrscheinlich Kleidung für ein zweites Frühstück (wie Meg vor sich hin gemurmelt hatte). Lizzie war es noch schwerer gefallen als den beiden anderen zu entscheiden, was sie mitnehmen wollte – jetzt hatte sie das Gefühl, Gepäck für einen ganzen Monat dabeizuhaben.

Vanessa blieb vor einer Tür stehen und öffnete sie. »Ich habe Electra mein Zimmer überlassen – Mummy hat mich darum gebeten. Deshalb schlafe ich in meiner alten Kinderstube.«

Sie folgten Vanessa in einen großen Raum mit vielen Fenstern. Lizzie fand, man sah auf Anhieb, dass es sich um ein ehemaliges Kinderzimmer handelte. Vor einem Fenster stand ein Schaukelpferd, auf einem Tisch in der Ecke gab es ein Puppenhaus, Tische und Stühle hatten Kindergröße.

Ein paar kleine, nicht zusammenpassende Sessel waren vor einem gasbetriebenen Kamin gruppiert. Davor befand sich ein Kamingitter aus Metall, genau wie jenes, das Lizzie als Kind gehabt hatte. Regale, in denen noch ein paar Spielzeuge und Kinderbücher standen, nahmen eine ganze Wand ein. Das Einzelbett mit einem Nachtschränkchen daneben wirkte fast ein wenig verloren.

»Das ist wunderschön!«, rief Alexandra aus. »Man könnte diesen Raum richtig nett gestalten.«

Vanessa nickte. »Da drüben sind die Schlafzimmer.« Sie zeigte auf die Türen in der Ecke. »Mein Kindermädchen hat in einem davon geschlafen, und nebenan gibt es ein Badezimmer. Aus dem Zimmer hier könnte man ein fantastisches Wohnzimmer machen. Ich habe Mummy mal vorgeschlagen, dass ich mir hier oben eine kleine Wohnung einrichten könnte, doch sie hat mich angesehen, als hätte ich einen Familienausflug auf den Mond geplant.« Sie lächelte und zuckte mit den Schultern. »Ich beschränke mich auf das Wesentliche und wähle meine Schlachten mit Bedacht aus. Ich habe ein wunderschönes Zimmer, weshalb Electra es ja auch jetzt bekommen hat.«

»Und wo schläfst du nun? Wir hätten alle hier in diesen Raum gepasst«, meinte Meg.

»Den Vorschlag habe ich auch gemacht«, antwortete Vanessa, »und daraufhin hat Mummy mir einen Vortrag gehalten, dass es für das Personal zusätzliche Arbeit bedeuten würde, wenn sie die Betten durch das ganze Haus tragen müssten – und das, wo sie ohnehin schon so viel zu tun haben. Ihr schlaft hier.« Sie öffnete die Tür zu zwei kleinen Schlafzimmern. In einem standen zwei Betten, in dem anderen eines. »Das Einzelzimmer war für das Kindermädchen. Es tut mir leid, und es ist mir peinlich, dass ihr hier schlafen müsst. Ich glaube, Mummy hat geglaubt, ich würde euch wieder ausladen, sobald mir klar war, dass ihr diese Zimmer bekommt. Aber ihr seid meine Freundinnen! Und warum sollte Electra bei meiner Party das Heft in die Hand nehmen? Was sie jetzt trotzdem beinahe getan hat!«

Lizzie betrat den schmalen Raum mit den zwei Betten unter der Dachschräge. Ein dünner Teppichläufer, durchscheinende Vorhänge: Das Zimmer wirkte tatsächlich wie ein Raum für Bedienstete.

Es gab eine winzige Feuerstelle, in der wahrscheinlich schon seit vielen Jahren kein Feuer mehr gebrannt hatte. Der Raum besaß einen schlichten Charme, war allerdings ein bisschen spartanisch eingerichtet. Aber: »Oh, seht mal! Blumen!«, rief Lizzie aus, als ihr Blick plötzlich an einem Sträußchen auf der kleinen Kommode zwischen den beiden Betten hängen blieb.

»Na ja, ja. Ich dachte, dadurch wirkt das Zimmer ein bisschen einladender. Ich musste für alle anderen Schlafzimmer Blumen arrangieren - das hat Stunden gedauert -, aber da ihr meine persönlichen Gäste seid, dachte ich, ihr solltet auch Sträuße bekommen.«

»Wir sind zufrieden mit den Zimmern«, sagte Meg. »Mach dir keine Gedanken.«

Alexandra nickte zustimmend. »Wir kommen gut zurecht.«

»Das habe ich gehofft!«, erwiderte Vanessa. »Ich habe mich auf eurer Dinnerparty so gut amüsiert. Sie hat mich richtig aufgeheitert, nachdem Ted - na ja, ihr wisst schon -, nach Ted eben. Übrigens kommt Ben heute Abend auch. Er ist gerade bei Freunden in der Gegend.«

»Ben?« Meg lächelte. »Wie nett.«

»Heute Abend?«, fragte Lizzie. »Ich dachte, die Tanzparty findet morgen statt?«

»Ich erkläre euch alles«, entgegnete Vanessa. »Lasst uns wieder ins Kinderzimmer gehen. Da fällt mir was ein, ich habe Brot und Butter hergebracht. Wir könnten uns einen Toast machen.«

»Oh, können wir Kakao kochen?«, fragte Alexandra. »Wie in diesen vielen Schulgeschichten, die ich früher immer so gern gelesen habe – aber in meinem Internat war es nie so!«

»Natürlich! Wir können hier oben frühstücken. Das normale Frühstück beginnt erst um neun, und die Damen sollen ihres im Zimmer serviert bekommen.« Vanessa kicherte. »Allerdings hat Mummy gesagt, ich könne nicht erwarten, dass Tabletts bis ins obere Stockwerk getragen werden. Also habe ich Mrs. Crannock gefragt – sie ist die Köchin –, ob wir in der Küche frühstücken können. Ihr ist es egal.«

Lizzie war verwirrt. Es schien so viele Regeln zu geben, die keinen Sinn ergaben. »Wenn wir hier im Dienstbotenquartier sind, wo leben dann all die Dienstmädchen, die gerade unten Tee servieren?«

»Im Dorf«, antwortete Vanessa. »Das ist viel komfortabler!«

14. Kapitel

Vanessa brachte sie wieder zurück ins Kinderzimmer, nachdem Lizzie sich eine Strickjacke aus dem Koffer genommen hatte.

»Hier oben ist es wunderschön«, sagte Alexandra und blickte aus dem Fenster. »Man hat einen tollen Ausblick.«

»Stimmt. Man kann sich wunderbar zurückziehen. Deshalb schlafe ich gern hier.« Vanessa öffnete einen Schrank und nahm eine Flasche Wein heraus. »Sollen wir den trinken?«

»Müssten wir uns nicht bald fürs Dinner umkleiden?«, fragte Lizzie, die gern ihr zu kurzes Kleid ausziehen wollte. Außerdem fror sie trotz ihrer Strickjacke.

»Keine Angst«, sagte Vanessa und holte Zahnputzbecher für den Wein, »es gibt eine Glocke. Wir werden sie auf jeden Fall hören.«

»Eine Glocke?«, hakte Meg nach.

Vanessa schenkte Wein in die Becher. »Um uns zu informieren, wann wir uns umziehen sollen.«

»Meine Güte«, murmelte Lizzie. »Wer hätte das gedacht? Eine Ankleideglocke!«

Als alle einen Schluck des warmen Weißweins getrunken hatten, sagte Alexandra: »Also, was ist der Plan?«

»Ich fang mal ganz von vorne an«, erklärte Vanessa, die offensichtlich der Meinung war, dass ihre Geschichte die volle Aufmerksamkeit aller Anwesenden erforderte. »Vielen, vielen Dank, dass ihr gekommen seid! Electra treibt mich in den Wahnsinn.«

»Wie das?«, wollte Lizzie wissen, die entzückt die Gelegenheit beim Schopf ergriff, boshafte Bemerkungen über die Person auszutauschen, die sie am wenigsten mochte.

»Sie hat einfach alles an sich gerissen! Ehrlich! Statt nur ein paar Freunde einzuladen – in unserem Alter, um sich nett zu unterhalten und ein bisschen zu tanzen –, ist daraus jetzt ein riesiger, formeller Ball geworden.«

»Ein Ball?«, wiederholte Meg einigermaßen besorgt. »Ich meine, ich habe zwar ein langes Kleid dabei, doch es ist nicht gerade ein Ballkleid.«

»Aber es ist wunderschön«, widersprach Lizzie, die Volants an eines von Ginas abgelegten Kleidern genäht hatte, damit es bodenlang wurde.

»Eure Kleidung ist sicher in Ordnung«, sagte Vanessa, »zumindest für heute Abend.«

»Es gibt zwei Partys?«, hakte Alexandra nach.

Vanessa nickte. »Ehrlich, es war der einzige Weg, das Wochenende zu retten. Sonst wäre es schrecklich geworden.«

»Warum?«, hakte Meg nach. »Nicht dass ich dir nicht glaube, ich möchte nur die Details erfahren.«

»Abgesehen von der Tatsache, dass die Veranstaltung morgen das formellste Ereignis wird, wenn auch dabei keine Mitglieder der Königsfamilie anwesend sein werden?«, fuhr Vanessa fort. »Das ist nicht das eigentliche Problem. Es ist die Musik.«

»Ach?«, murmelte Alexandra. »Es wurde bestimmt eine Band engagiert, oder? Ich glaube, ich weiß, was du meinst. Sie können Foxtrott und Walzer spielen, doch bei aktuelleren Stücken hören sie sich eher seltsam an.«

Vanessa nickte. »Dieselbe Band wie immer. Sie tragen weiße Anzüge und nehmen Wünsche entgegen. Sie sind nur zu fünft, damit man nicht zu viele Personen mit Essen versorgen muss.« Vanessa klang immer empörter. »Ist das zu glauben? Electra hat überlegt, ob sie überhaupt eine Mahlzeit bekommen müssen, und sie sollen von ungefähr acht Uhr abends bis vier Uhr morgens spielen!«

»Ach du lieber Himmel!« Lizzie fragte sich, ob sie genug Durchhaltevermögen besaß, um die ganze Nacht lang zu tanzen.

»Die Leute werden zu alten Stücken aus Kriegszeiten Walzer tanzen, und dann, was am allerschlimmsten ist, wird jemand nach einer Beatles-Nummer fragen, und sie werden sie spielen – aber sie sind eben nicht die Beatles. Die alten Leute werden versuchen, Twist zu tanzen, und sich dabei einen Bandscheibenvorfall einhandeln.« Vanessa hielt inne, um nach Luft zu schnappen.

»Das klingt urkomisch!«, kommentierte Meg.

»Irgendwie ... romantisch«, meinte Lizzie. »Ich kann mir gut vorstellen, wie die Gäste in ihren schönen Kleidern mit glitzerndem Schmuck Walzer tanzen.«

»Ja, irgendwie auch süß«, stimmte Vanessa ihr zu. »Allerdings ist es extrem weit von dem entfernt, was ich im Sinn hatte, als ich Mum gefragt habe, ob ich eine Party für meine Freunde geben darf.«

»Und das ist Electras Schuld?«, wollte Lizzie wissen.

Vanessa nickte. »Doch der gute alte Hugo hat die Lage gerettet!«

»Wie das?«, hakte Lizzie nach.

»Er hat für uns und die anderen jüngeren Gäste für heute Abend eine Party organisiert! Natürlich nach dem Abendessen, aber es wird echt lustig. Er hat jede Menge Schallplatten gekauft, die Beatles, die Beach Boys, alle Arten von ...«

»Wird der Lärm denn nicht die Erwachsenen stören?«, warf Meg ein.

»Und werden die Bediensteten dadurch nicht schrecklich viel Arbeit haben? Zwei Partys an zwei aufeinanderfolgenden Abenden?« Lizzie schüttelte besorgt den Kopf.

»Hugo hatte eine tolle Idee – wir werden die Party in der Scheune feiern!«

»Ein Tanz in der Scheune?«, fragte Alexandra. »Wie in *Eine Braut für sieben Brüder*? Ich liebe diesen Film!«

»Oh, ich auch!«, rief Lizzie.

Vanessa runzelte ein bisschen die Stirn angesichts ihrer Begeisterung. »Es wird eine ganz normale Party, nur eben in der leeren Scheune. Man kann auf Heuballen sitzen. Und es gibt keine Band, nur Schallplatten. Hugo hat so viele besorgt! Ich glaube, er hatte ein schlechtes Gewissen, weil Electra alles an sich gerissen hat. Und natürlich bringt er auch seine alten Rock'n'Roll-Platten mit.«

»Ich mag Rock'n'Roll«, sagte Lizzie.

»Kommt«, meinte Vanessa. »Trinken wir die Flasche leer. Die Glocke zum Umkleiden wird jeden Moment läuten. Daddy erwartet, dass alle Frauen zum Dinner in langen Kleidern erscheinen, doch ihr könnt ja danach anziehen, was ihr wollt. Die Party in der Scheune beginnt erst um neun.«

Als Lizzie sich fürs Dinner umkleidete und in ihr dezentes, langes Samtkleid schlüpfte, gegen das niemand irgendwelche Einwände haben konnte, dachte sie an das Kleid, das sie später anziehen wollte. Es war eines der wenigen, die sie von zu Hause mitgebracht hatte: das letzte Kleid, das ihre Mutter ihr im örtlichen Kaufhaus gekauft hatte. Es war blassgelb mit winzigen weißen Punkten, besaß einen U-Boot-Ausschnitt und einen weiten, knielangen Rock – perfekt geeignet, um Swing zu tanzen!

Das Dinner war erwartungsgemäß eine heikle Angelegenheit, auch wenn das Essen gut und ihr Platz nicht allzu weit von Hugo entfernt war.

Es fing schon schlecht an, als Lizzie hörte, wie Sir Jasper sie als das Mädchen bezeichnete, das einen nicht vorhandenen Rock getragen hatte.

Electra, an die die Bemerkung gerichtet war, kicherte und erwiderte: »Sie hat einen schlechten Kleidergeschmack, allerdings ist sie eine geschickte Näherin.«

»Laden wir dieser Tage schon unsere Näherinnen übers Wochenende ein?«, fuhr Sir Jasper fort. »Es sieht ganz so aus.«

Um es noch schlimmer zu machen, redete der Mann links neben Lizzie über nichts anderes als über die Jagd, ein Thema, für das sie sich nicht im Geringsten interessierte. Doch obwohl sie Jagen grausam fand, hatte sie nicht den Mut, das auch auszusprechen.

Der Mann rechts neben ihr sagte: »Frieren Sie nicht mit so kurzem Haar?«

Lizzie antwortete: »Und Sie? Meine Haare sind länger als Ihre.«

»Aber ich bin ein Mann, ich bin daran gewöhnt«, antwortete er.

Lizzie ärgerte sich über sich selbst, weil sie dieses Gerede über die Jagd einfach hinnahm. Sie hatte inzwischen schon ziemlich viel Wein getrunken – zusätzlich zu dem im Kinderzimmer und dem Sherry vor dem Dinner. »Nun«, konterte sie jetzt, »ich bin eine Frau, und ich bin auch daran gewöhnt!«

Der Mann starrte sie an. »Wie seltsam! So einen Unsinn habe ich ja noch nie gehört!« Er wandte sich von ihr ab, um sich mit seiner anderen Tischnachbarin zu unterhalten, obwohl Lizzie von Vanessa wusste, dass er sich mit ihr beschäftigen sollte, bis sie das Hühnchen nach Jägerart gegessen hatten. Noch schlimmer wurde es, als er die Hand auf ihr Knie legte. Sie schob sie mit so viel Schwung weg, wie sie angesichts des knapp bemessenen Platzes unter dem Tisch aufbringen konnte.

»Einen Moment noch!«, bat Lizzie eine gefühlte Ewigkeit später, obwohl es sich nur um eine halbe Stunde gehandelt hatte. Sie rieb mit ihrem Bürstchen über die feste Mascara, die sie gerade angefeuchtet hatte. »Ich möchte noch ein bisschen davon auftragen.«

Das Dinner war schrecklich gewesen. Das einzig Gute war, dass die Herren darauf erpicht gewesen waren, die Damen loszuwerden, damit sie ihren Portwein trinken und schlüpfrige Geschichten austauschen konnten. Während die älteren Damen in den Salon hinübergingen, fragte Vanessa ihre Mutter, ob es in Ordnung wäre, wenn ihre Freundinnen und sie sich zurückzogen. Den Gesprächsfetzen nach zu urteilen, die Lizzie aufschnappte, war Vanessas Mutter mit dem Vorschlag sehr einverstanden.

Nun schlug Lizzie vor: »Geht doch schon mal vor. Ich finde euch schon.«

»Wir sind in der Scheune – ist das wirklich in Ordnung für dich?«, vergewisserte Vanessa sich. »Ich würde ja auf dich warten, aber die ersten Gäste kommen bald. Ich sollte da sein, um sie zu begrüßen.«

»Wir können auf dich warten«, meinte Meg.

»Nein, begleitet Vanessa ruhig. Ich möchte mir beim Umziehen Zeit lassen«, antwortete Lizzie. »Es ist besser, wenn ihr mir nicht alle dabei zuseht!«

»Okay«, sagte Vanessa. »Wir gehen schon mal runter, und wenn du in fünfzehn Minuten nicht nachgekommen bist, schicken wir eine Suchmannschaft nach dir los.«

Lizzie wollte keine Kommentare von ihren Freundinnen hören, wenn sie ihr Kleid aus dem Koffer nahm. Natürlich kam es ihr jetzt ein bisschen altmodisch vor – schließlich hatte ihre Mutter es ausgesucht! –, doch sie wollte es auf jeden Fall tragen. Es war ärmellos, was beim Tanzen sehr angenehm sein würde, und der weite Rock mit den Unterröcken raschelte so schön. Außerdem wusste sie, dass Gelb ihr gut stand.

Lizzie verließ schließlich das Haus durch eine Seitentür, ging den kurzen Weg entlang, den Vanessa ihr beschrieben hatte, und fand sich in einem gekiesten Hof hinter dem Haus wieder, der von einer Ansammlung von Nebengebäuden umgeben war.

Zu ihrer Linken erspähte sie einen wunderschönen Garten mit Rasenflächen und großen Bäumen. Dahinter erstreckten sich Felder, die in der Ferne vom Fluss begrenzt wurden. Das letzte Tageslicht fing sich im Wasser, sodass es wie ein silbriger Streifen glänzte. Jenseits des Flusses konnte Lizzie einen Kirchturm erkennen.

Als sie über den Kies auf die Scheune zuging, dachte sie bei sich, dass Vanessas Eltern es nicht verdienten, ein derart prachtvolles Haus in einer derart wunderschönen Gegend zu besitzen. Doch Hugo war nett, und vermutlich würde er all das eines Tages erben. Sie konnte sich lebhaft vorstellen, wie Electra Blumen für den großen Salon arrangierte und karrierefördernde Dinnerpartys im Speiseraum organisierte. Electra kann sich das bestimmt auch gut vorstellen, dachte Lizzie wehmütig.

Aus der Scheune drang Musik, und es waren schon jede Menge Gäste eingetroffen. Kein Wunder, dass Vanessa es nach dem Dinner so eilig gehabt hatte.

Als sie näher kam, stellte sie fest, dass es sich bei der Musik um Rock'n'Roll handelte. Lizzie ging schneller. Beim Betreten der Scheune sah sie, dass viele Menschen mit Gläsern in den Händen rund um die Tanzfläche standen, jedoch niemand tanzte. Ein paar Leute vollführten ein paar Tanzschritte am Rande der Fläche, doch bislang war das Zentrum des großen Raumes leer.

Jemand hatte sich große Mühe gegeben, die Scheune zu dekorieren. An einer Wand hing eine Lichterkette mit bunten Glühbirnen. Aus Fässern hatte man eine Bar gebaut, und Holzbretter auf Heuballen umgaben die Tanzfläche, um Sitzgelegenheiten zu bieten. Die Leute klatschten im Rhythmus der Musik in die Hände – offensichtlich gefiel ihnen die Musik. Warum war dann niemand auf der Tanzfläche? Was für eine Verschwendung!, dachte Lizzie.

Sie betrat den Raum, blieb im hinteren Bereich stehen und hielt Ausschau nach ihren Freundinnen. Gerade als sie sie auf der anderen Seite der Scheune entdeckte, sprach jemand sie an.

»Hey, Lizzie!« Es war Hugo. Zuletzt hatte sie ihn im Abendanzug gesehen, jetzt trug er Jeans und ein am Hals offen stehendes, schwarzes Hemd. »Komm, tanz mit mir!«

»Okay«, antwortete Lizzie ganz lässig, obwohl ihr Herz stürmisch klopfte.

Er führte sie in die Mitte der Scheune, wo sie ein paar Takte abwarteten und dann zu tanzen begannen.

Lizzie liebte Rock'n'Roll, und sie war gut darin. Hugo ebenfalls. Er wirbelte sie herum, drehte sie unter seinem Arm hindurch und wieder zurück. Ihre Füße bewegten sich absolut synchron zum Takt der Musik. Nach und nach betraten weitere Paare die Tanzfläche.

Die anderen Tänzer ließen Lizzie noch mutiger werden, und Hugo und ihr gelangen ein paar extreme Figuren, bei denen er sie hochhob und herumwirbelte. Sie landete sauber auf beiden Füßen, und das ermutigte ihn, noch mehr auszuprobieren.

Als der Song schließlich endete, keuchten sie beide vor Anstrengung. »Du bist richtig gut! Wo hast du gelernt, so zu tanzen?«, rief Hugo aus.

»Das Gleiche könnte ich dich auch fragen! Aber ich fange mal an. Meine Mutter hat mich zu einem Tanzkurs für Gesellschaftstänze geschickt, und danach hat der Tanzlehrer für Interessierte zusätzlich Rock'n'Roll- und Swing-Kurse angeboten. Ich bin immer geblieben, ich habe es geliebt.«

»Das erklärt alles. Du kennst ein paar ziemlich raffinierte Figuren. Was möchtest du gerne trinken? Bier, Apfelwein, Fruchtsaft?«

»Apfelwein, bitte«, antwortete Lizzie. Sie war immer noch außer Atem und wusste, dass es auch an Hugos Nähe lag, nicht nur an der Anstrengung.

Er wirkte wesentlich ruhiger. Er holte Getränke für sie beide, und sie steuerten auf einen freien Heuballen zu.

»Ich habe es im Internat gelernt«, erklärte er. »Manchmal durften wir zusammen mit den Mädchen aus dem Ort zu Tanzveranstaltungen gehen, und einer unserer Lehrer fand, wir sollten nicht dazu ermutigt werden, langsame Tänze mit den Mädchen zu tanzen. Also wurde ein Lehrer aufgetrieben, der uns Jive beziehungsweise Rock'n'Roll beigebracht hat – wie auch immer man es nennen will.«

»Meine Eltern waren nicht besonders begeistert, dass ich das gelernt habe«, gestand Lizzie.

»Meine wissen es nicht einmal.«

»Kann Electra Rock'n'Roll tanzen?«

Hugo sagte nachsichtig: »Das ist nicht wirklich ihr Ding. Aber sie tanzt hervorragend Walzer.«

Bevor Lizzie etwas erwidern konnte, tauchte seine Freundin neben ihnen auf.

»Da bist du ja, Hugo!«, stellte sie gereizt fest. »Ich habe dich schon überall gesucht. Was machst du denn hier? Du solltest drüben im Haus sein!«

»Ich habe mich nur vergewissert, dass Vanessas Party gut anläuft«, erwiderte er ruhig.

»Deshalb musst du dich aber nicht auf der Tanzfläche zum Affen machen!«, konterte Electra scharf. »Man könnte meinen, du wärst ein Mitglied der Teddy-Boy-Bewegung, so wie du tanzt! Jetzt komm mit!«

»Begrüß zuerst mal Lizzie«, gab er genauso ruhig wie zuvor zurück.

»Hallo«, sagte Electra zu ihr, »obwohl es eigentlich nicht nötig ist, weil wir ja heute Abend schon miteinander gesprochen haben. Nun, Hugo, deine Mutter sucht dich, also komm jetzt.«

Lizzie mangelte es nicht an Tanzpartnern, doch nur Hugo hatte Rock'n'Roll tanzen wollen. Aber sie beherrschte auch andere Tänze gut und hatte eine Menge Spaß. Zeitweise gelang es ihr, nicht daran zu denken, was wohl drüben im Haus vor sich ging.

Als die Party sich allmählich dem Ende zuneigte und Lizzie schon überlegte, ihre Freundinnen zu fragen, ob sie bald ins Bett gehen sollten, hörte sie, dass *Rock Around the Clock* aufgelegt wurde. Im nächsten Moment stand Hugo vor ihr, jetzt im Abendanzug, jedoch mit gelöster Krawatte. »Komm, das ist unser Tanz!« Er zog Lizzie an der Hand auf die Tanzfläche.

Diesmal waren sie vollkommen vertraut miteinander, erahnten die Schritte des Partners intuitiv voraus und wagten sich an noch kompliziertere Figuren heran. Die anderen Gäste versammelten sich, um ihnen zuzusehen. Vanessa feuerte sie an, und alle klatschten.

Lizzie landete gerade wieder auf den Füßen, nachdem Hugo sie mit festem Griff und voller Selbstvertrauen herumgewirbelt hatte, als sie Electra entdeckte. Hugos Freundin sah aus, als hätte sie einen Skorpion verschluckt.

Electra stolzierte zum Plattenspieler und hob die Nadel von der Schallplatte. Die Proteste der Zuschauer, die sich gut amüsiert hatten, ignorierte sie einfach. »Hugo, das ist lächerlich. Komm jetzt! Dein Vater erwartet dich in der Bibliothek. Und was dich betrifft ...« Lizzie fühlte sich, als hätte Electra ihr eine Peitsche quer übers Gesicht gezogen. »Du solltest endlich lernen, dass es sich nicht gehört, in der Gegend rumzulaufen und den Männern anderer Frauen schöne Augen zu machen!« Sie zerrte Hugo von Lizzie weg, und die beiden verließen die Scheune.

Sofort waren Meg und Alexandra an Lizzies Seite.

»Was für eine blöde Kuh!«, sagte Alexandra wütend. »Was fällt ihr ein? Ihr habt doch bloß getanzt!«

»Bist du in Ordnung?«, erkundigte sich Meg. »Ihr wart toll, Hugo und du!«

»Danke«, antwortete Lizzie.

Ein junger Mann trat zu ihnen. »Hey! Du bist eine fantastische Tänzerin! Würdest du es mit mir versuchen?«

Lizzie schüttelte lächelnd den Kopf. »Ich bin ziemlich erschöpft. Ich glaube, ich gehe zurück ins Haus.«

»Ich komme mit dir«, erklärte Meg.

Doch Lizzie wollte gern allein sein. Es gab so vieles, worüber sie nachdenken musste. »Nicht nötig! Bleib doch bis zum Ende.« Als Meg zögerte, legte Lizzie ihr die Hand auf den Arm. »Ehrlich, ich brauche jetzt ein paar Minuten für mich, um wieder einen klaren Kopf zu bekommen.«

Die Abendluft war kühl, und um sie länger auskosten zu können, ging Lizzie weiter zur Haustür an der Vorderseite, statt zur Seitentür hineinzuschlüpfen. Die Tür stand einen Spalt offen, und als sie sie ein wenig weiter aufschob, hörte sie wütende Stimmen. Sie erkannte, dass Hugo und Electra am Fuß der Treppe standen, die Lizzie hinaufsteigen musste, um in ihr Zimmer zu gelangen. Sie lieferten sich ein Wortgefecht. Einen Moment später wurde ihr klar, worum es bei der hitzigen Debatte ging: um sie selbst.

»Ich weiß nicht, was in dich gefahren ist, Hughie!«, sagte Electra, die sich wie ein verärgertes Kindermädchen anhörte. »Wie konntest du dich nur mit diesem Mädchen so zum Affen machen!«

»Du weißt ganz genau, dass sie Lizzie heißt. Du hast eine Dinnerparty in ihrem Haus besucht, falls du das vergessen haben solltest.« Hugo war zwar offensichtlich wütend, blieb jedoch ruhig.

»Mach dich doch nicht lächerlich. Es war nicht *ihr* Haus, sie ist nur eine Mieterin. Weiß der Geier, warum Vanessa darauf bestanden hat, sie für heute Abend einzuladen! Hätte ich davon gewusst, hätte ich es unterbunden!«

»Electra, soweit ich weiß, hast du nicht das Recht, darüber zu bestimmen, wer in dieses Haus eingeladen wird und wer nicht.«

»Ach, hör doch auf! Ich verstehe mich hervorragend mit deiner Mutter!«

»Darum geht es wohl kaum.«

»Nein, es geht darum, dass es mir überhaupt nicht gefällt, wie lächerlich du dich zusammen mit diesem Mädchen aufführst, und das in aller Öffentlichkeit! Das fällt auch auf mich zurück, weißt du?«

»Ich habe zweimal mit Lizzie getanzt. Du tanzt nicht gerne Rock'n'Roll. Sie dagegen ist sehr gut darin.«

»Ist das deine Ausrede, warum du sie durch die Luft gewirbelt hast? Weil sie *gut darin ist?*«

»Sieh mal, es tut mir leid, wenn es dich gekränkt hat, dass ich mit einem anderen Mädchen getanzt habe. Wir haben schon so viele Bälle miteinander besucht, und wir haben beide immer auch mit anderen Partnern getanzt.«

»Anderen Personen, die am selben Tisch gesessen haben. Das ist etwas ganz anderes!«, fauchte Electra.

»So anders auch wieder nicht. Lizzie ist Gast im Haus meiner Eltern. Es gehört zu meinen Pflichten, dafür zu sorgen, dass sie sich gut unterhält.«

»Nun, das hat sie ganz offensichtlich getan! Und du auch! Rock'n'Roll, du meine Güte!«

»Heutzutage können nicht sehr viele Leute so hervorragend Rock'n'Roll tanzen. Ich hatte Spaß. Das ist wohl kaum ein Verbrechen.«

»Es ist nicht besonders höflich, denn wie du weißt, kann ich es nicht.«

»Es ist nicht schwierig. Ich hätte es dir beibringen können, wenn du mich gelassen hättest.«

»Damit würde ich meine Zeit nicht verschwenden!«

»Das ist deine Entscheidung, gelegentlich auf einer Party Rock'n'Roll zu tanzen meine.«

»Wenigstens tanze ich nicht mit anderen Männern!«

»Beschuldigst du mich, untreu gewesen zu sein? Weil ich zweimal mit einer anderen Frau getanzt habe?«, fragte Hugo leise.

Electra lachte spöttisch. »Ganz bestimmt nicht! Nicht mit diesem kleinen Niemand.«

Lizzie hatte genug gehört. Sie verließ ihren Lauscherposten und kehrte zur Scheune zurück, so schnell sie konnte. Sie traf auf Alexandra und Meg, die gerade durch die Tür kamen.

»Oh, ich dachte, du wärst schon im Haus«, meinte Meg.

»Ich habe mich ein bisschen – verlaufen«, flunkerte Lizzie. Sie freute sich, die beiden zu sehen. »Lasst uns zusammen nach oben gehen.«

15. Kapitel

Lizzie war überaus erleichtert, dass sie am nächsten Morgen nicht zusammen mit Lady Lennox-Stanley und Electra im Speiseraum frühstücken musste. In der Küche bei Mrs. Cannock war es viel lustiger.

Die vier Mädchen saßen an einem Ende des Küchentischs. Vanessa war offensichtlich der Liebling der Köchin.

»Bedient euch doch einfach selbst«, sagte Mrs. Cannock, die von Vanessa liebevoll »Canny« genannt wurde. Sie bereitete gerade Rühreier für die Gäste im Speisezimmer vor. »Ich habe wie gewünscht ein paar Würstchen gebraten, Miss Nessa, und Toast vorbereitet.«

»Cannys Frühstück heilt garantiert jeden Kater, falls man denn einen hat.« Vanessa griff nach der brutzelnden Bratpfanne und ließ die Würstchen auf die Teller gleiten. »Ich weiß nicht, warum fetthaltiges Essen hilft, aber es ist so.«

Lizzie hatte keinen von zu viel Alkohol verursachten Kater, allerdings fühlte sie sich nach dem vergangenen Abend und nach dem, was sie unfreiwillig mitangehört hatte, ganz schrecklich. Langsam aß sie ein Würstchen, lehnte das Brot jedoch ab.

Sie schaffte es gerade eben, nicht aufzuspringen, als Lady Lennox-Stanley und Electra in die Küche traten. Zum Glück waren die beiden sehr beschäftigt.

»Da bist du ja, Vanessa! Ich hoffe, du stehst Mrs. Cannock nicht im Weg herum«, bemerkte ihre Mutter offenbar nur der Form halber und nicht, weil sie sich Gedanken darüber machte, ob ihre Köchin sich belästigt fühlen könnte. »Wir haben einen Notfall.«

»Ja«, ergriff Electra das Wort. »Die Floristin, die ich für heute Abend engagiert habe, hat mich im Stich gelassen – deshalb musst du dich um die Blumen kümmern, Vanessa. Außer dir hat niemand Zeit. Die Party für unsere Ankündigung muss perfekt sein.«

»Wir können Vanessa mit den Blumen helfen, Lady Lennox-Stanley«, bot Alexandra an. »Lizzie ist sehr gut darin.«

Hugos Mutter warf Lizzie einen Blick zu und runzelte die Stirn, dann lächelte sie Alexandra zu. Ganz offensichtlich kann sie blaues Blut wittern, dachte Lizzie, und verschwendet ihr Lächeln nicht an das gemeine Volk.

»Ich helfe mit, falls ich Zeit finde«, sagte Electra. »Die Blumendekoration muss erstklassig sein. Viele wichtige Leute kommen, und da zählt jedes Details. Jetzt muss ich mich um *The Times* kümmern ...«

Lady Lennox-Stanley und Electra eilten aus der Küche.

»Ich kann nicht so gut Blumen arrangieren«, erklärte Vanessa. »Außerdem habe ich versprochen, die Scheune aufzuräumen.«

»Ich mache das«, erbot sich Lizzie. »Wenn du mir alles gibst, was ich brauche. Deine Mutter hat doch Blumen gekauft?«

Vanessa schüttelte den Kopf. »Nein, nicht wenn sie damit gerechnet hat, dass die Floristin die Arrangements vorbeibringt.«

»Sie sollten Miss Lizzie zu Mr. Dudley bringen, Miss Nessa«, schlug Mrs. Cannock vor. »Er ist der Obergärtner. Hier ...« Sie drückte einem wartenden Dienstmädchen eine Schüssel mit Rührei in die Hand. »Nimm das Handtuch; die Schüssel ist glühend heiß. Das ist die einzige Möglichkeit, die Eier in genießbarem Zustand ins Esszimmer zu bekommen.«

Nachdem Mrs. Cannock mit den Frühstücksvorbereitungen fertig war, setzte sie sich auf einen Stuhl am Kopfende des Tisches.

»Mr. Dudleys Vater war hier schon der Obergärtner. Er hat immer für den Blumenschmuck gesorgt. Er hat die Aufgabe auch noch lange Zeit übernommen, als es schon üblich war, dass sich in den meisten großen Häusern die Hausherrin darum kümmerte.«

»Ich stecke einfach Blumen in Vasen, wenn ich es mache«, sagte Vanessa, »aber ich weiß, dass Electra für heute Abend etwas Raffinierteres vorschwebt.«

»Die Blumensträuße, die du in unsere Zimmer gestellt hast, sind wunderschön«, versicherte Alexandra.

»Was will Electra denn heute verkünden?« Es kostete Lizzie große Mühe, diese Frage zu stellen. Eigentlich ahnte sie die Antwort bereits, und das Herz wurde ihr schwer.

»Ach, die Verlobung mit Hugo«, antwortete Vanessa.

»Hmm«, brummte Mrs. Cannock. »Ich kann nicht sagen, dass ich es bedaure, bereits im Ruhestand zu sein, bevor diese Frau hier das Zepter als Hausherrin übernimmt. Lady Lennox-Stanley ist schon nicht ohne ... aber die da?« Die Köchin schüttelte den Kopf, als fehlten ihr die geeigneten Worte, um ihre Gefühle zu beschreiben.

Lizzie war sehr froh, eine Aufgabe zu haben, die sie ablenkte. In der Nacht hatte sie wach gelegen und überlegt, unter welchem Vorwand sie früher abreisen könnte. Doch ihr war keine Lösung eingefallen, die nicht auf einer Reihe komplizierter Lügen beruhte. Wenn sie früher fuhr, würde das auch für ihre Freundinnen Probleme und Peinlichkeiten nach sich ziehen. Es hatte ja eigentlich Vanessas Party werden sollen, bevor Electra sich dazwischengedrängt hatte. Lizzie blieb nichts anderes übrig, als die Zähne zusammenzubeißen und Vanessas Eltern sowie Hugo und Electra so gut wie möglich aus dem Weg zu gehen.

»Mr. Dudley, das ist Lizzie«, sagte Vanessa kurz nach dem Frühstück. »Sie kümmert sich um die Blumen für den Ballsaal und alle anderen Räume, die geschmückt werden wollen. Meine künftige Schwägerin hatte eine Floristin engagiert, aber die hat sie im Stich gelassen. Deshalb müssen wir das jetzt übernehmen.«

Mr. Dudley nickte. »Zu Zeiten meines Vaters wurden die Blumen im Haus gebunden. Er hat das immer übernommen.«

»Ich weiß, Mrs. Cannock hat es uns erzählt.« Vanessa lächelte. »Würde es Ihnen etwas ausmachen, Lizzie beim Zusammensuchen des Werkzeugs – Gartenschere und so weiter – zu helfen und ihr zu zeigen, welche Blumen sie schneiden kann? Wäre das viel Arbeit für Sie? Ich räume die Scheune auf, und es wäre gut, wenn Sie ein bisschen Zeit für Lizzie hätten.«

»Es wäre mir sehr unangenehm, wenn ich die falschen Blumen abschneiden würde«, warf Lizzie ein. »Der Garten ist so schön. Es wäre schrecklich, ihn zu ruinieren.«

»Gott bewahre, meine Liebe! Sie würden ihn nicht ruinieren! Kommen Sie mit, ich zeige Ihnen, wo Sie die schönsten Blüten finden. Sie brauchen Eimer mit Wasser und Abdeckplanen, wenn Sie die Sachen ins Haus bringen. Es gab einmal ein Blumenzimmer, aber inzwischen ist es zum Abstellraum geworden. Ich habe allerhand Gerätschaften im Schuppen, zum Beispiel Blumendraht und schwere Schalen, die für kleinere Gestecke gut geeignet sind.«

»Arrangieren Sie gern Blumen?«, fragte Lizzie. »Ich möchte es nicht tun, wenn Sie es lieber selbst übernehmen wollen.«

»Nein, nein! Ich hatte nie so ein Händchen für Blumendekorationen wie mein Vater. Ich kümmere mich lieber um die Pflanzen, solange sie noch wachsen. Kommen Sie, wir suchen etwas, in das wir die Blumen stellen können.«

Mr. Dudley fand Planen und breitete sie unter den zwei riesigen Vasen aus, die mit Blumen für den Ballsaal gefüllt werden sollten. Dann holte er Eimer, gab Lizzie eine Gartenschere und eine Astschere für dickere Zweige und führte sie rasch durch den Garten. Danach überließ er sie sich selbst.

Lizzie war vollkommen in ihre Aufgabe vertieft. Noch nie hatte sie mit so wundervollem Material gearbeitet. Wenn sie zusammen mit ihrer Mutter und normalerweise ein paar weiteren Frauen aus der Gemeinde die Kirche dekorierte, mussten sie sich immer auf das beschränken, was die Leute aus ihren Gärten vorbeibrachten. Je nach Saison standen ihnen zusätzlich noch Nelken oder Chrysanthemen zur Verfügung. In der Theorie bestanden hier die gleichen Einschränkungen, allerdings war der Garten sehr groß; außerdem gab es einen Rosengarten, Bereiche mit Stauden und Sträuchern und eine kleine Baumschule, wo sie sich bedienen konnte. Lizzie fühlte sich wie im Blumenhimmel. Und wenn sie von einer Blumenart oder einem Blattwerk nicht genug hatte, konnte sie sich Nachschub besorgen.

Mr. Dudley behielt sie genau im Auge. Er trug die Eimer mit den geschnittenen Blumen für sie in den Ballsaal und organisierte zusätzliche Metalleimer aus dem Gartenschuppen. Seine hilfreichste Unterstützung bestand darin, dass er Sir Jasper erklärte, was Lizzie tat, als dieser aufgebracht in den Garten gestürmt kam. Er hatte sie aus einem Fenster im oberen Stockwerk erspäht, als sie gerade Zweige von einem Pittosporum-Strauch abschnitt (sie bildeten so ein schönes Beiwerk für die Blumen).

Zur Mittagszeit brachte Vanessa ihr Sandwiches in den Ballsaal. Lizzie war hungrig, doch sie hatte nicht gewusst, wohin sie zum Essen gehen sollte. Auf gar keinen Fall wollte sie irgendwo stören, wo sie nicht erwünscht war.

»Du meine Güte, die Blumen sind so schön! Wenn du wolltest, könntest du durchaus als professionelle Floristin arbeiten!«, rief Vanessa aus, als sie den Teller und einen Teebecher abstellte.

»Nicht, wenn ich nach einem festen Stundensatz bezahlt würde«, erwiderte Lizzie und trank einen Schluck Tee. »Ich brauche sehr lange.«

»Du wusstest ja auch nicht, wo du alles findest. Diese Blumenarrangements sind ungewöhnlich, aber wunderschön. Du hast so viele verschiedene Arten von Blattwerk benutzt. So was haben wir bei Madame Wilson nie gelernt!« Vanessa spazierte herum und betrachtete das große Arrangement aus jedem Blickwinkel.

»Fairerweise muss man anmerken, dass Madame Wilson keinen riesengroßen Garten zur Verfügung hatte, in dem sie Grünzeug hätte beschaffen können. Und ich habe gelernt, erfinderisch zu sein, weil ich häufig zusammen mit meiner Mutter den Blumenschmuck für die Kirche arrangiert habe«, erklärte Lizzie. »Wir hatten nur das Material, das die Leute mitgebracht haben, und oft musste ich losflitzen, um irgendwo zusätzliches Blattwerk zu schneiden.«

Lizzie hatte voller Zuneigung an ihre Mutter gedacht, während sie die verschiedenen Blumen auswählte und belaubte Zweige abschnitt. Sie hatte ihr Elternhaus unbedingt verlassen wollen, und nun war sie in genau der Art von Haus gelandet, das ihre Mutter sich für sie vorstellte. Lizzie stellte fest, dass sie sich in ihrem eigenen kleineren und schlichteren Zuhause wesentlich wohler fühlte. Doch objektiv betrachtet waren bestimmt nicht alle Leute, die in derart prächtigen Häusern lebten, unfreundliche Snobs – so wie Sir Jasper und Lady Lennox-Stanley.

Electra kam herein, um den Fortschritt zu begutachten. Wahrscheinlich hatte sie Lizzies und Vanessas Stimmen gehört. Sie sah wie frisch aus *Country Life* oder *Tatler* entstiegen – die perfekte Verlobte für ein junges Mitglied der gehobenen Gesellschaft. Ihr knapp schulterlanges Haar war zurückgekämmt und hochtoupiert und wurde von einem schwarzen Samthaarband gehalten. Die Spitzen drehten sich gleichmäßig im Stil von Jackie Kennedy nach außen. Sie trug ein knielanges Gabardinekleid in Blassgelb, eine dazu passende Strickjacke und um den Hals ein Tuch von Hermès, das irgendwie nicht in Konflikt mit der Perlenkette geriet, die natürlich zu den Ohrringen passte. Ihre Schuhe waren aus Lackleder und hatten flache Blockabsätze.

Sofort fühlte Lizzie sich in ihrer Schürze und der Hose schlampig gekleidet. Wenigstens war ihr Haar zu kurz, um ungepflegt auszusehen.

»Oh, bist du noch nicht fertig mit den Blumen?«, sagte Electra. »Du arbeitest doch schon seit Stunden daran! Wir brauchen auch noch Blumen für den Salon. Ich dachte, du wärst gut darin?«

»Electra!« Vanessa war empört. »Lizzie macht das hier, um dir aus der Bredouille zu helfen! Du könntest wenigstens höflich sein!«

»Oh, tut mir leid. Ja, du bist ja nur ein Laie. Dafür machst du deine Sache vermutlich ganz gut.«

Electras widerwilliges Lob sorgte dafür, dass Lizzie sich noch schlechter fühlte. Sie sammelte ein paar Pflanzenreste ein und legte sie in einen leeren Eimer.

Da betrat Lady Lennox-Stanley den Raum. »Oh, Electra, meine Liebe! Diese Blumen sind ganz entzückend!«

»Noch nicht ganz fertig!« Electra lachte geschmeichelt. »Ich würde Sie gern wegen der Blumen im Salon um Rat fragen ...« Sie zog die ältere Frau mit dem Geschick einer Zauberin aus dem Raum.

»Hat man da noch Worte?« Vanessa schnaubte vor Empörung. »Sie hat Mummy in dem Glauben gelassen, sie hätte die Blumen selbst arrangiert!«

»Nun, zum Glück gibt es bereits Blumen im Salon.« Lizzie war erfreut, dass ihre Freundin Electras falsches Spiel durchschaut hatte.

»Wenn die Blumenarrangements dort ähnlich aussehen wie diese hier, sind sie wunderschön!« Vanessa wirkte entschlossen. »Du machst jetzt eine Pause, isst die Sandwiches und trinkst den Tee. Ich war mir nicht ganz sicher, welches Getränk ich dir mitbringen soll, aber Meg und Alexandra waren für Tee. Die beiden waren großartig, sie haben mir beim Aufräumen der Scheune geholfen. Wir können uns heute Abend dorthin zurückziehen, falls Electras Ball zu schrecklich wird.«

Da Lizzie nicht an den Verlobungsball denken wollte, wechselte sie rasch das Thema. »Ich liebe Tee, und die Sandwiches sind wunderbar. Käse und Tomate, unschlagbar, nicht wahr?«

»Ich habe mich damit sehr beeilt, tut mir leid. Canny hätte einen Anfall bekommen, wenn sie mir beim Belegen des Brotes zugesehen hätte. Sie hat gerade die Mitarbeiter vom Partyservice überwacht.«

Lizzie betrachtete Vanessa, ein nettes Mädchen, das gerne Spaß hatte und alle Menschen in ihrer Umgebung glücklich sehen wollte. Hätte Vanessa nicht an sie gedacht, wäre es allen anderen im Haus egal gewesen, wenn sie verhungerte. »Nessa, kannst du mir sagen, wie die Pläne für den heutigen Nachmittag aussehen?«

»Nun, es ist gleich Zeit für den Nachmittagstee«, antwortete Vanessa.

»Bis dahin werde ich noch nicht fertig sein ...«

»Das Dinner findet natürlich vor dem Ball statt. Ich glaube, um acht – oder vielleicht um sieben –, ich muss Mummy noch mal fragen.«

Lizzie spürte, dass sie die Tortur eines weiteren Abendessens wie das vom Vortag nicht ertragen konnte. »Ich glaube, ich muss mich vergewissern, dass alle Blumenarrangements frisch sind, keine Blume den Kopf hängen lässt und nirgendwo Draht zu sehen ist. Wäre es schlimm, wenn ich nicht am Dinner teilnehme?«

»Nein, nein, das wäre in Ordnung.« Vanessa antwortete, ohne nachzudenken. Lizzie fragte sich, ob sie sich wohl mit ihrer Mutter genau über dieses Thema unterhalten hatte. Lizzie vermutete, dass Lady Lennox-Stanley sich freuen würde, sie nicht an ihrem Esstisch zu haben.

»Ich würde gern baden und die Erde unter meinen Fingernägeln entfernen«, fuhr Lizzie fort. »Wenn ich das Dinner auslasse, bin ich rechtzeitig zum Ball fertig.«

»Nun, zum Ball musst du auf jeden Fall kommen, allein schon, um Electras große Neuigkeit zu hören.«

Irgendetwas an dem Ton, in dem Vanessa das sagte, brachte Lizzie dazu nachzuhaken: »Bist du froh, dass Electra und Hugo sich verloben und heiraten wollen?«

»Oh ja. Sie passen schrecklich gut zusammen und sind schon seit einer Ewigkeit ein Paar.« Die Antwort klang wie auswendig gelernt, jedoch ohne große Überzeugung.

»Aber ...« Lizzie wollte unbedingt Vanessas Bedenken hören. Sie wusste, dass es kindisch und wahrscheinlich auch ein bisschen gehässig war, doch sie konnte nichts dagegen tun.

Vanessa seufzte. »Sie ist kein besonders lustiger Mensch, unsere Electra, nicht wahr? Ich meine, du hast sie ja selbst erlebt. Sie sieht traumhaft aus, macht alles perfekt ...«

»Außer Floristen zu engagieren.«

»Aber man hätte keine Lust, mit ihr zusammen auf dem Dachboden warmen Weißwein zu trinken, stimmt's? Ich wette, sie hat während ihrer gesamten Schulzeit keine einzige Mitternachtsparty mitgefeiert.« Vanessa fand offensichtlich, dass damit alles gesagt war.

»Hugo ist ziemlich ähnlich aufgewachsen, oder?« Außer, wenn er Rock'n'Roll tanzte und vergaß, dass er Richter werden wollte.

Vanessa seufzte. »Er war mal sehr lustig und fröhlich, aber durch Electra ist er viel ernster geworden. Doch jeder sagt, die beiden seien wie füreinander geschaffen, das perfekte Paar – also muss es wohl so sein.«

»Hoffen wir, dass sie sehr glücklich werden«, erwiderte Lizzie. Ihre Kiefermuskulatur war so verkrampft, dass sie die Worte kaum aussprechen konnte.

»Oh, ich glaube kaum, dass es die Art von überbordendem Glück sein wird, wo man den ganzen Tag zehn Zentimeter über dem Boden schwebt«, meinte Vanessa, »aber sie werden sehr erfolgreich sein, und beide Elternpaare werden das Gefühl haben, ganze Arbeit geleistet zu haben.«

Dieser Anflug von Zynismus passte gar nicht zu Vanessa, und Lizzie wollte gerade nachhaken, als ihre Freundin auf die Uhr sah. »So spät schon? Ich muss Alexandra und Meg aus der Scheune holen, damit sie sich fürs Dinner umziehen können.«

»Und ich mache besser mal weiter, damit ich fertig werde. Electra hat recht, ich brauche tatsächlich stundenlang!«

Das Aufräumen schien fast so lange zu dauern wie die eigentliche Arbeit, doch schließlich leerte Lizzie die letzte Kehrschaufel voll Blätter und Blütenblätter, Stängel und Zweigreste in den Eimer. Der Ballsaal sah perfekt aus.

Bevor sie ging, gönnte sie sich noch einen letzten Blick. Die beiden Arrangements – Schwestern, jedoch keine Zwillinge – in identischen Vasen standen auf Tischen an den gegenüberliegenden Seiten des Saals. Die Vasen hatten fast einen Meter Durchmesser, und jeder grüne Zweig hob eine Blüte hervor. Große Schwertlilien befanden sich im hinteren Bereich, dazwischen waren weißer Fingerhut und blasse Prärielilien eingestreut, die wie große Glockenblumen aussahen. Fliederblüten in Weiß, Lila und Blassrosa verbreiteten ihren Duft, und weiße Pfingstrosen sorgten für Üppigkeit. Eine der Damen, die Blumen für den Kirchenschmuck bereitgestellt hatten, hatte Lizzie gesagt, dass ein Schmetterling in der Lage sein sollte, durch ein Blumenarrangement zu flattern. Es war ein Zitat gewesen, und Lizzie fand den Rat gut.

Als sie gerade gehen wollte, betrat Hugo den Raum.

»Meine Güte, die sehen umwerfend aus!«, rief er.

»Electra hat deiner Mutter gesagt, sie habe die Blumen arrangiert«, erwiderte Lizzie. Sofort hasste sie sich dafür, weil sie so kleinlich war.

»Nun, meine Mutter weiß, dass das nicht möglich wäre. Electra hat Allergien. Vielen, vielen Dank, Lizzie. Es ist so nett von dir, dass du dich darum gekümmert hast.«

»Gern geschehen!«, erwiderte sie. Plötzlich wurde ihr die Kehle eng, und Tränen stiegen ihr in die Augen.

Sie rührte sich nicht, bis er sich umdrehte, um zum Nachmittagstee in den Salon zu gehen. Sie war sicher, dass jede Bewegung die aufsteigenden Tränen zum Fließen bringen würde. Schließlich wischte sie sich mit dem Unterarm Gesicht und Nase ab, griff nach den letzten beiden Eimern und steuerte auf die Tür zu.

Am Fuß der langen Treppe wandte sie sich zur Seitentür, um die Blumeneimer hinauszubringen. Sie war abgeschlossen. Die Tränen drohten in wildes Schluchzen überzugehen, als sie in einem verzweifelten Versuch, rasch zu entkommen, zum Haupteingang lief.

In dem Moment trat Sir Jasper aus einem Zimmer – vielleicht war es die Bibliothek? – und wäre um ein Haar mit ihr zusammengestoßen. Entsetzt blickte er sie an, dann entdeckte er die Eimer und die Schürze und erinnerte sich daran, dass er sie zuvor angeschrien hatte, weil sie sich an seinen Sträuchern zu schaffen gemacht hatte.

»Ach, Sie sind die Floristin! Ganz kurz habe ich sie mit einer dieser schrecklichen jungen Frauen verwechselt, die Vanessa uns ins Haus geholt hat. Warten Sie, ich mache Ihnen die Tür auf.«

Im nächsten Moment war Lizzie frei und stieg die flachen Stufen zur gekiesten Einfahrt hinunter.

Als sie den Gartenschuppen erreichte, war Mr. Dudley schon fort, doch er hatte den Schlüssel stecken lassen. Sie stellte die Eimer ab, hängte die Schürze an die Innenseite der Tür und fand den Haken für die Gartenschere.

Eine Weile atmete sie den besonderen, leicht muffigen Geruch des Schuppens ein. Es war ganz anders als der berauschende Blumenduft im Ballsaal, doch irgendwie tröstlich. Nun müsste sie eigentlich ins Haus zurückkehren und die vielen Stufen zum Kinderzimmer hinaufsteigen, um ein Bad zu nehmen. Ob es wohl ausreichend heißes Wasser geben würde? Sie bezweifelte es. Je länger sie darüber nachdachte, desto weniger verlockend wurde der Gedanke, sich für den Ball zurechtzumachen. Allerdings konnte sie sich auch nicht den ganzen Abend in diesem Gartenschuppen verstecken.

Der Garten war entzückend, und obwohl sie inzwischen ihren Tränen freien Lauf ließ, bewunderte sie seine Schönheit. Sie brachte Lizzie sogar noch mehr zum Weinen: um sich selbst und um Hugo. Er würde eine Frau heiraten, die seine berufliche Karriere unterstützen, seine Kinder aufziehen und ihm zur Seite stehen würde, wunderschön, nützlich, aber wahrscheinlich auch sehr anspruchsvoll und fordernd. Doch würde Electra ihn so lieben, wie Lizzie es tat?

Tief in Gedanken versunken spazierte sie durch den Garten, blieb schließlich am Rand der Felder stehen und blickte über die Auen in Richtung Flusslauf.

Mr. Dudley hatte ihr erzählt, dass der Fluss häufig über die Ufer trat. Sie wollte ihn gerne aus der Nähe betrachten. Das dahinströmende Wasser hätte sicher eine beruhigende Wirkung auf sie. Sie würde nicht zu dem Ball gehen, sie wollte nicht hören, wie Electra und Hugo ihre Verlobung bekannt gaben. Allein der Gedanke daran tat schon zu weh.

Abwesend überquerte sie die Felder und erreichte schon bald das Flussufer. Das fließende Wasser beruhigte sie tatsächlich, und sie lachte leise, als sie sich selbst als Ophelia vor sich sah, die mit Gänseblümchen in der Hand im Wasser lag. Sie spazierte weiter, bis sie schließlich eine Bank fand, die offensichtlich an dieser Stelle aufgestellt worden war, weil man einen perfekten Blick über den Fluss auf die angrenzenden Auen hatte, hinter denen am Horizont die kleine Stadt mit ihrem weithin sichtbaren Kirchturm zu erkennen war. Über allem lag eine Art goldener Schimmer – wie bei einem Gemälde von John Constable.

Dieses Wochenende dauerte nun schon eine gefühlte Ewigkeit – und dabei war erst Samstag. Lizzie erinnerte sich an ihre Ankunft. Hätte sie doch nur ein anderes Kleid getragen! Hätte sie sich bloß nicht so darauf versteift, mit ihrem Minikleid und dem passenden Kopftuch wie ein Modepüppchen auszusehen!

In dem Moment kam ihr etwas in den Sinn, was Vanessa gesagt hatte, als sie sich für ihre späte Ankunft entschuldigt hatten. »Habt ihr euch am Bahnhof kein Taxi genommen?« Das musste doch bedeuten, dass es in dem kleinen Ort, der aus der Ferne so hübsch aussah, eine Bahnstation gab.

Also fuhren von hier aus auch Züge, Züge nach London. Der Ort wirkte so nah – schließlich war er in Sichtweite. Wie konnte sie zum Bahnhof gelangen?

Sie blieb eine Weile sitzen und dachte nach. Nachdem sich die Idee in ihrem Kopf festgesetzt hatte, wollte sie sie unbedingt in die Tat umsetzen. Wenn sie jetzt ging, wäre sie kein bedauernswertes Aschenputtel, sie würde ihr Schicksal selbst in die Hand nehmen und den Ort verlassen, an dem sie eindeutig nicht erwünscht war.

Schließlich stand sie auf und ging nachdenklich weiter. Nach einer Flussbiegung stieß sie auf ein kleines Boot, das am Ufer vertäut war.

Eilig lief sie darauf zu, um es einer genaueren Untersuchung zu unterziehen. Es besaß Ruder und machte einen intakten Eindruck. Lizzie traf eine Entscheidung, drehte sich um und lief zum Haus zurück.

Da sie wusste, dass die Seitentür verschlossen war, betrat sie das Haus durch die Küchentür, die für den Partyservice offen stand. So rasch sie konnte, bahnte sie sich einen Weg durch die Küche und schlüpfte durch die Tür, die in den Haupttrakt führte. Im Salon hatten sich die Gäste zu einem Drink vor dem Dinner versammelt. Sie musste warten, bis ein Paar die Treppe heruntergestiegen war. Es war noch früh, doch Lizzie fiel ein, dass Vanessa gemeint hatte, das Dinner könnte schon um sieben Uhr stattfinden – früher als gewöhnlich wegen des Balls.

Keuchend erreichte sie das Dachgeschoss, doch sie hielt nicht inne. Rasch schlüpfte sie ins Schlafzimmer, zerrte ihren Koffer hervor und nahm einen Pullover heraus. Sie band ihn sich mit den Ärmeln um die Hüfte, um ihn nicht tragen zu müssen. Dann zog sie den Regenmantel an, nahm ihre Handtasche und hängte sie um. Fertig!

Als sie schon aufbrechen wollte, dachte sie noch daran, eine kurze Nachricht zu hinterlassen. Sie riss eine Seite aus ihrem Tagebuch und kritzelte mit einem winzigen Stift eine Notiz.

Liebe Alexandra, liebe Meg,
ich fahre zurück nach London. Mir geht's gut, bitte macht Euch keine Sorgen um mich. Bis Sonntagabend. Liebe Grüße, Lizzie

Im Laufschritt, jedoch auf Zehenspitzen passierte sie mehrere offen stehende Türen und erreichte die Küche. Sie glaubte, jemanden rufen zu hören, doch sie blieb nicht stehen. Lizzie wollte dieses Haus unbedingt verlassen, nichts konnte sie aufhalten.

16. Kapitel

Es dauerte ein bisschen, bis Lizzie das Boot wiederfand. Da sie keine Ahnung hatte, wann die Züge fuhren, konnte es gut sein, dass sie die ganze Nacht am Bahnhof festsitzen würde. Das war keine verlockende Aussicht, doch da sie nun schon mal so weit gekommen war, wollte sie ihren Plan nicht mehr ändern. Aber vielleicht gab es ja noch einen Zug nach London, schließlich war es noch relativ früh am Abend.

Lizzie wusste, dass sie nicht sehr erfahren im Rudern war – der kleine See in ihrem Heimartort war das einzige Gewässer, auf dem sie je gerudert war –, doch wie viel Erfahrung war nötig? Der Fluss war nicht sonderlich breit. Sie musste bloß einsteigen und auf die andere Seite gelangen. Das Aussteigen könnte ein wenig schwierig werden, aber das würde sie schon schaffen. Danach würde sie sich vom Kirchturm leiten lassen und über die Felder zum Ort marschieren.

Sie musste in das Boot springen, da es nicht ganz so nahe am Ufer lag, wie es zunächst ausgesehen hatte. Es gab auch keinen Steg. Doch sie schaffte es und versuchte, das Seil von dem Pfosten zu lösen, an dem es angebunden war. Nach einer Weile gab sie auf und band das Seilende am Boot los, was viel einfacher war.

Sie brauchte eine Weile, um die Ruder in die Dollen zu bugsieren. Beunruhigt stellte sie fest, wie weit das Boot inzwischen bereits stromabwärts getrieben war. Ihr war nicht klar gewesen, dass die Strömung so stark war. Doch schließlich saßen die Ruder dort, wo sie hingehörten, und schon bald begann sie zu rudern.

Da sie den Fluss überqueren wollte, manövrierte sie das Boot mit dem Bug in die Richtung des gegenüberliegenden Ufers, doch es dauerte nicht lange, bis die Strömung den Kahn wieder parallel zum Ufer drückte.

Nachdem sie einige Minuten lang versucht hatte, das kleine Gefährt unter Kontrolle zu bekommen, stieg Angst in ihr auf. Es funktionierte nicht so, wie sie es sich vorgestellt hatte. Sie hatte keine Ahnung, wo sie landen würde, wenn sie der Strömung erlaubte, die Herrschaft zu übernehmen. Als wäre das nicht schon genug, setzte auch noch Regen ein, und, schlimmer noch, das Boot hatte anscheinend ein Leck. Außerdem hatte der Wind aufgefrischt, gegen den sie nun auch noch ankämpfen musste.

Als eine plötzliche Böe den Kahn erfasste, wurde Lizzie klar, dass sie in ernsthaften Schwierigkeiten steckte. Irgendwie musste sie ans Ufer kommen, egal, auf welcher Seite. Sie griff erneut nach den Rudern und begann, sie durchs Wasser zu bewegen, doch ein Ruderblatt verfehlte die Wasseroberfläche, und das Ruder hüpfte aus seiner Halterung. Während sie sich vorbeugte, um es wieder zu fixieren, sprang das andere ebenfalls aus seiner Dolle. Sie ließ beide Ruder los und hielt sich an den Seiten des kleinen Bootes fest.

Was sollte sie bloß tun? Vielleicht blieb der Kahn an einem umgestürzten Baum hängen? Sie selbst konnte offensichtlich nichts ausrichten.

Ungefähr zehn Sekunden lang glaubte sie, dass Nichtstun die beste Lösung war, doch dann bemerkte sie, wie viel Wasser sich am Boden des Bootes gesammelt hatte. Das kleine Leck hatte dafür gesorgt, dass das Gefährt schon gefährlich tief im Fluss lag, und nun schwappte auch noch zusätzlich Wasser über die Seiten.

Der Kahn sank.

Lizzie konnte sich nicht entscheiden, ob sie in ihrer kleinen Nussschale bleiben oder besser schwimmen sollte. Da sie keine gute Schwimmerin war, beschloss sie, so lange wie möglich im Boot zu verharren. Bestimmt konnte sie sich bald an einem Ast festhalten – oder?

Sekunden bevor der Kahn endgültig sank, hörte sie, dass jemand ihren Namen rief. Hektisch sah sie sich um und nahm die Stimme genau in dem Moment wahr, in dem sie zu ihrem großen Entsetzen komplett unter Wasser geriet.

Sie strampelte heftig. Die Schuhe hatte sie bereits verloren, doch die Handtasche hing noch um ihren Hals; der Regenmantel zog sie nach unten. Irgendwie schaffte sie es, lange genug an die Oberfläche zu gelangen, um nach Luft zu schnappen, bevor sie wieder unterging. Mit einer Hand ruderte sie wild, um über Wasser zu bleiben, während sie mit der anderen verzweifelt versuchte, den Regenmantel aufzuknöpfen. Doch die eiskalten Finger versagten ihr den Dienst.

Und dann tauchte wie durch ein Wunder ein Rettungsring neben ihr auf. Sie griff danach, ging zwar wieder unter, schaffte es jedoch, sich an dem Ring festzuklammern. Als sie wieder auftauchte, hielt sie sich mit beiden Händen daran fest.

»Gut gemacht!«, hörte sie eine Stimme, die sie sofort als Hugos erkannte. »Jetzt versuch, den Rettungsring über deinen Kopf zu bugsieren und einen Arm hindurchzubekommen. Dann kann ich dich ans Ufer ziehen.«

Es dauerte eine gefühlte Ewigkeit, doch schließlich gelang es ihr. Ein oder zwei Sekunden lang spürte sie, wie sie gezogen wurde, doch dann ließ die Spannung des Seiles schlagartig nach. Als sie sich umschaute, sah sie niemanden. Dann stellte sie fest, dass Hugo bei ihr im Wasser war. Sie würden gemeinsam ertrinken.

Im nächsten Moment hielt er sich ebenfalls am Rettungsring fest und schüttelte den Kopf, um das Wasser aus den Augen zu bekommen. »Halt dich gut fest. Ich ziehe dich ans Ufer.«

Lizzie begriff, dass die Böschung unter ihm nachgegeben haben und er in den Fluss gefallen sein musste. Doch die Strömung riss sie beide mit ziemlicher Geschwindigkeit mit sich. Lizzie konzentrierte sich darauf, den Kopf über Wasser zu halten und Hugo nicht aus den Augen zu verlieren.

Schließlich stoppte die wilde Fahrt ganz kurz; Lizzie sah, dass Hugo Boden unter den Füßen hatte. Allerdings hatte er Mühe, nicht weggerissen zu werden. Plötzlich ging er unter, doch da er sich immer noch am Rettungsring festhielt, tauchte er sofort wieder auf.

Da entdeckte Lizzie einen umgestürzten Baum, der ins Wasser ragte. Sie öffnete den Mund, um Hugo darauf hinzuweisen, aber sofort schwappte Flusswasser hinein. Als sie auf das rettende Hindernis zutrieben, winkte sie Hugo zu und deutete auf den Baum. Beide griffen nach den Ästen. Ein Zweig schlug ihr ins Gesicht und verpasste ihr einen üblen Kratzer.

Hugo hielt sich an einem dicken Ast fest und nahm sich einen Augenblick Zeit, um Atem zu schöpfen. »Okay«, rief er schließlich. »Ich bin in Sicherheit. Halte dich gut fest, während ich dich heranziehe. Jetzt müssen wir irgendwie ans Ufer kommen.«

Obwohl es so nah wirkte, fühlte es sich an, als würden sie es nie schaffen. Sie hatten beide Boden unter den Füßen, doch der war schlammig und voller Wurzeln, in denen sie sich immer wieder verfingen. Endlich gelang es ihnen, rutschend und stolpernd das Flussufer zu erreichen.

»Ich habe gedacht, wir würden ertrinken«, keuchte Lizzie. Ihre Zähne klapperten so heftig aufeinander, dass sie kaum sprechen konnte.

»Es war ein Kampf, an Land zu kommen, aber jetzt sind wir hier.« Hugo drehte sich um und schob sich so dicht wie möglich neben sie. »Du frierst. Wir müssen dich irgendwie ins Trockene bekommen, damit du dich aufwärmen kannst.« Er zitterte ebenfalls, doch nicht ganz so stark wie Lizzie.

Sie spürte, dass sein Körper Wärme ausstrahlte, war sich aber nicht sicher, ob sie sich das nur einbildete. Es war ein Albtraum. Das einzig Gute war die Tatsache, dass Hugo bei ihr war. Lizzie hatte keine Ahnung, wo sie gelandet waren. Hatte sie den Verstand verloren? Würde sie gleich aufwachen und feststellen, dass sie im Bett lag und nur schlecht geträumt hatte? Sie schloss die Augen und versuchte, sich vorzustellen, dass es warm und gemütlich war, doch ohne Erfolg.

»Komm«, sagte Hugo. Er zog sie hoch, und plötzlich fand sie sich in seinen Armen wieder.

Sie hielt sich an seinem Hals fest. »Du hast einen Abendanzug an.«

»Ja.«

Er trug sie taumelnd die Böschung hinauf, bis der Boden ebener wurde. Dann stellte er sie wieder auf die Füße, ließ sie jedoch noch nicht los.

»Wo sind wir?«, fragte sie.

»Ein gutes Stück vom Haus entfernt, aber in der Nähe gibt es ein Bootshaus. Kannst du laufen?«

»Natürlich.«

Er stützte sie, doch sie bemerkte, dass sie sich kaum bewegen konnte. Ihre Glieder waren schwer wie Blei, und sie rutschte immer wieder aus.

»Komm, du hast keine Schuhe an, und wir müssen dich aus diesem Regen bekommen.« Wieder nahm er sie auf die Arme.

Lizzie schloss die Augen, schlug sie jedoch wieder auf, als er sagte: »Okay, Positionswechsel.« Er setzte sie ab und hob sie erneut hoch, sodass sie nun über seiner Schulter hing. Schließlich trug er sie eine Holztreppe hinauf.

»Bitte, lieber Gott, lass den Schlüssel an seinem Platz sein ... Puh, da ist er ja«, hörte sie ihn murmeln.

Er stellte Lizzie wieder auf die Füße und öffnete die Tür. »Es ist kein Palast, aber wenigstens sind wir hier drinnen im Trockenen.«

Modergeruch schlug ihnen entgegen, als sie eintraten, doch immerhin fühlte es sich warm an. Trotz des Dämmerlichts konnte Lizzie erkennen, dass sie sich in einem dreieckigen Raum befanden. Er erinnerte sie an den oberen Teil eines Zeltes.

»Willkommen im Bootshaus«, sagte Hugo. »Mein Vater hat nichts für Boote übrig; deshalb haben Vanessa und ich diesen Ort immer als eine Art Rückzugsort genutzt. Ich glaube, er hat das Bootshaus einfach vergessen. Komm, suchen wir einen Sitzplatz für dich.«

Es sah aus wie auf einem Dachboden, überall hingen seltsame Gegenstände an Haken von der Decke. Es gab Ruder, Angelruten, Petroleumlampen, eine Säge und viele Dinge, die Lizzie nicht identifizieren konnte. Das einzige Licht fiel durch kleine staubige Fenster. Lizzie befand sich in einer Art Schockzustand.

Hugo führte sie zu einem Korbstuhl, der laut ächzte, als sie sich darauf niederließ.

Ein Gedanke schoss ihr durch den Kopf. »Du solltest auf dem Ball sein.«

»Nein, sollte ich nicht«, antwortete er fest. »Ich soll hier sein und mich um dich kümmern.«

Nachdem sie keine Angst mehr haben musste zu ertrinken, fragte sie sich, wie Hugo sie überhaupt im Fluss gefunden hatte. Doch sie wollte die Frage im Augenblick noch nicht stellen.

Als ihre Augen sich nach und nach an das Dämmerlicht gewöhnten, erkannte Lizzie ein Sammelsurium an Möbelstücken und ein Bündel in der Ecke, das wahrscheinlich aus Segeln bestand. In der Mitte gab es einen soliden alten Tisch, auf dem eine Werkzeugkiste stand. Neben der Kiste lag etwas, was mit einem Tuch zugedeckt war. Hugos Eltern hatten dieses alte Bootshaus vielleicht vergessen, doch jemand anders kam immer noch hierher.

»Hoffentlich gibt es ein paar Decken.« Hugo öffnete einen großen Wäschekorb aus Weidengeflecht. »Vanessas Pfadfindergruppe hat mal vor Jahren hier übernachtet und allerhand Krempel zurückgelassen. Es ist alles hier reingestopft worden.« Er zog ein paar Decken aus dem Korb. »Jetzt brauchen wir nur noch eine Packung Streichhölzer.«

»Das wäre vielleicht zu viel verlangt«, meinte Lizzie, während er ihr eine muffig riechende Decke über die Schultern und eine weitere auf die Knie legte.

»Glaube ich nicht.« Er ging in eine Ecke und griff auf ein Regalbrett, das unter dem Dach angebracht war. »Na also. Sie liegen schon eine ganze Weile rum, doch hier ist es trocken. Sie sollten noch funktionieren.«

»Wofür brauchst du Streichhölzer?« Sie sehnte sich zwar nach Wärme, aber es gab in der Hütte sicher keinen Ofen, oder etwa doch?

»Hierfür.« Er ging in eine andere Ecke und nahm eine Petroleumlampe von einem Haken. »Es müsste noch Petroleum drin sein.« Er schüttelte die Lampe.

Hugo stellte sie auf eine Teekiste, die offensichtlich schon früher als Tisch benutzt worden war, und zündete die Lampe an. Das Licht verlieh dem Bootshaus sofort eine warme und gemütliche Atmosphäre.

»Du zitterst ja immer noch«, bemerkte er. »Vielleicht solltest du die nassen Klamotten ausziehen.«

»Du trägst einen Abendanzug«, erinnerte sie ihn. »Und du zitterst auch.«

Er kehrte zu dem Weidenkorb zurück und nahm einen Schlafsack heraus. »Wenn du deine nassen Sachen auszieht, kannst du in den Schlafsack schlüpfen, dich auf eine Decke legen und dich mit der anderen zudecken.«

»Was ist das für ein Bündel da drüben?«, fragte sie und zeigte in eine Ecke. Sie wollte sich nur ungern vor ihm ausziehen und suchte nach einer Ablenkung. »Sind das Segel oder irgendetwas, was wir als Unterlage benutzen könnten?«

»Das ist eine gute Idee. Ich muss nur erst die Spinnen vertreiben.«

»Okay. Aber wir passen nicht beide in den Schlafsack; wir könnten uns drauflegen.«

Als sie nebeneinanderlagen, wünschte sie plötzlich, sie hätte ihre durchnässte Kleidung ausgezogen. »Ich mache dich nass«, sagte sie.

»Wir sind beide gleich nass«, erwiderte er. »Rutsch doch näher, dann können wir uns gegenseitig wärmen.«

Er zog sie so dicht an sich, dass sie schließlich mit dem Kopf auf seiner Brust lag. Sie hörte sein Herz an ihrem Ohr schlagen. Schließlich schlang sie die Arme um ihn und schloss die Augen. So viele Dinge waren falsch und unbequem, dennoch wollte sie in diesem Augenblick an keinem anderen Ort auf der Welt sein.

»Woher hast du gewusst, dass ich am Fluss bin?«, flüsterte sie.

»Hab ich nicht, aber ich habe mitbekommen, wie du aus dem Haus gelaufen bist. Ich habe nach dir gesucht, um mich zu vergewissern, dass es dir gut geht.« Seine Stimme war tief und leise; sie konnte sie sowohl fühlen als auch hören.

»Warum?« Es war mehr ein Hauch als ein gesprochenes Wort.

Er seufzte tief. »Weil du mir etwas bedeutest.«

»Oh.« Sie seufzte ebenfalls und kuschelte sich noch enger an ihn.

»Ich habe gedacht, ich hätte dich verloren«, sagte er.

»Verloren?«

»Ich hatte Angst, dass du ertrinkst.«

Er stützte sich auf den Ellbogen auf, beugte sich über sie und küsste sie.

Sie erwiderte den Kuss leidenschaftlich, legte die Hand an seine Wange und zog ihn zu sich herunter. Am liebsten wäre sie in seinen Körper gekrochen und ein Teil von ihm geworden, so sehr wollte sie ihn.

Bald schon entledigten sie sich ihrer Kleider, Haut traf auf Haut.

Einmal wollte er sich zurückziehen, doch sie ließ es nicht zu. Sie hatte das Gefühl, als wäre dieser Augenblick ihr letzter Glücksmoment auf Erden, und darauf wollte sie keinesfalls verzichten.

17. Kapitel

Danach lagen sie keuchend auf einem Bündel alter Decken auf dem Segeltuch. Lizzie empfand das überwältigende Bedürfnis zu weinen. Die Tränen liefen ihr bereits aus den Augenwinkeln. Sie durfte nicht zulassen, dass Hugo es sah – er sollte nicht wissen, dass es ihr erstes Mal gewesen war. Er wäre besorgt und bestürzt – vielleicht sogar ärgerlich.

»Alles in Ordnung?«, fragte er noch ein wenig atemlos.

»Mmh. Ich friere ein bisschen. Ich stehe wohl immer noch unter Schock.«

Sie wusste nicht, ob es daran lag, dass sie um ein Haar ertrunken wäre oder dass sie mit ihm geschlafen hatte. Lizzie hätte sich nie träumen lassen, dass dies geschehen würde, bevor sie verheiratet oder zumindest verlobt war. Sie war nicht vollkommen naiv und wusste, dass das vorkam, doch normalerweise nicht bei Mädchen mit ihrem Hintergrund und ihrer Erziehung. Zum Glück würden ihre Eltern nie davon erfahren.

»Wir müssen dich irgendwie zum Haus bringen, damit du ein heißes Bad nehmen und dich aufwärmen kannst.«

»Ich will noch nicht zurück, Hugo. Ich kann dem Wirbel jetzt nicht ins Auge sehen, den die Leute veranstalten würden. Aber wenn du zurückgehst, könntest du Alexandra oder Meg mit trockener Kleidung zu mir schicken? Und mit Schuhen? Würden sie das Bootshaus finden?«

»Ich glaube schon.« Er hielt inne und sah sie an. Sie bewegte sich nicht, damit das Licht sich nicht in ihren Tränen fing. »Warum willst du nicht zum Haus zurück?«

»Ich bin zu müde, um zu gehen, vor allem auch noch barfuß. Ich würde mich lieber hier noch ein bisschen ausruhen.«

»Vermutlich hast du das Haus in erster Linie verlassen, weil du nicht dort sein wolltest, doch es kommt immer auf die Umstände an, wie es so schön heißt.« Er lächelte.

»Ich möchte nur trockene Kleidung und eine Erholungspause. Wie willst du erklären, dass du so nass bist?«

»Ich lasse mir etwas einfallen.« Er musterte sie quälend lange. »Wir müssen über das hier reden, Lizzie.«

»Aber nicht jetzt.«

»In Ordnung. Nicht jetzt.« Er stand auf, und sie sah ihm im Schein der Petroleumlampe zu, wie er sich in die nasse Hose kämpfte. »Ich organisiere trockene Kleidung für dich, Lizzie. Und dann reden wir.«

Als sie allein war, ließ sie den Tränen freien Lauf, die sie in seiner Anwesenheit so tapfer zurückgehalten hatte. Dann schniefte sie laut und wischte sich das Gesicht trocken.

Als sie merkte, dass sie kalt und steif wurde, stand sie auf, um zu sehen, ob Bewegung helfen würde.

Zwei Dinge waren in den letzten Stunden passiert, die beide ihr Leben verändern würden. Sie war beinahe ertrunken – um ein Haar –, und sie hatte zum ersten Mal mit einem Mann geschlafen, einem Mann, den sie liebte, den sie jedoch nie bekommen konnte. Sie bereute nichts. Es war etwas, woran sie in den kommenden Jahren denken konnte, wenn sie mit einem anderen verheiratet war – mit einem Mann, den sie sicher nicht so sehr lieben konnte. Und hätte es das erste Ereignis nicht gegeben, wäre es auch nicht zum zweiten gekommen; dafür hatte sich alle Angst gelohnt.

Sie wickelte sich in eine der Decken und ging zu dem großen Tisch, auf dem die Werkzeugkiste stand. Als sie das Tuch zur Seite zog, das den Gegenstand neben der Kiste bedeckte, fand sie eine weiteres Kästchen, das ganz anders aussah. Es war kleiner, eher für Schmuck als für Werkzeuge. Der Deckel war mit Holzintarsien in verschiedenen Farben versehen, die ein raffiniertes Muster ergaben. Sie nahm das Kästchen und schüttelte es leicht. Da es offenbar leer war, öffnete sie es vorsichtig.

Das Innere war genauso sorgfältig gefertigt, und aromatischer Holzduft stieg ihr in die Nase. In dem Kästchen entdeckte sie ganz feines Sägemehl. Sie schloss den Deckel wieder und stellte es ab. Danach öffnete sie den Werkzeugkasten. Darin befanden sich Werkzeuge, die jenen ähnelten, die Hugo vor einer gefühlten Ewigkeit auf dem Markt in der Portobello Road erstanden hatte. Offensichtlich war das Bootshaus der Ort, an dem Hugo seine geliebten Werkzeuge benutzte, vielleicht nicht in letzter Zeit, doch auf jeden Fall irgendwann in der Vergangenheit.

Als eine Welle der Erschöpfung sie erfasste, kehrte sie zu dem Nest auf dem Fußboden zurück. Sie schüttelte das Segel aus und breitete es wieder aus, dann schlüpfte sie in ihre Unterwäsche. Sie war nass und schwierig anzuziehen, doch Lizzie wollte nicht nackt entdeckt werden. Schließlich ließ sie sich auf das provisorische Lager sinken und schlief ein.

Das Geräusch von Stimmen weckte sie auf. Alexandra und Meg standen vor ihr.

»Wir dachten schon, wir finden dich nie!«, sagte Meg.

»Vanessa wollte mit uns kommen, um uns den Weg zu zeigen, allerdings hätte man sie vermisst«, erklärte Alexandra. »Aber sie macht sich große Sorgen um dich; wir sollen dich ganz lieb grüßen.«

»Es ist wunderbar, euch beide zu sehen!«, erwiderte Lizzie. »Habt ihr mir trockene Kleidung mitgebracht?«

»Kleidung, Essen und Wein.« Meg reichte ihr eine Papiertragetasche. »Hier drin sind die Klamotten, von denen wir dachten, dass du sie jetzt anziehen möchtest. Vanessa leiht dir Schuhe. Ich glaube, es waren ihre Schulschuhe – hoffentlich passen sie! Ihre Füße sind wahrscheinlich ein bisschen größer als deine.«

Lizzie betrachtete die Schnürschuhe mit der runden Kappe. Sie würden passen, doch sie waren ausgesprochen unschön.

»Vanessa möchte sie nicht zurückhaben«, erklärte Alexandra. »Und ich verstehe auch, warum.«

»Es ist sehr nett von ihr, dass sie sie für mich rausgesucht hat«, meinte Lizzie.

»Vanessa hat auch das Picknick zusammengestellt«, fügte Meg hinzu.

Lizzies Unterwäsche war inzwischen mehr oder weniger trocken, doch sie war sehr froh, den Pulli und die Hose anziehen zu können, die Meg mitgebracht hatte. Und glücklicherweise passten auch Vanessas alte Schuhe einigermaßen.

Meg packte das Picknick aus und richtete es auf einer der alten Pfadfinderdecken an. Vanessa hatte zwei Teller mit Kanapees in die Dosen gestellt, die zu einem Picknickset gehörten. Außerdem gab es ein Stück Käse und ein paar Brötchen. In einer anderen Dose fanden sich Butter und eine Papiertüte voller Tomaten.

»Es war sehr lieb von Vanessa, den Imbiss zusammenzustellen, obwohl sie ganz schön beschäftigt gewesen sein muss«, sagte Lizzie, nachdem sie ein Brötchen mit Butter bestrichen, mit Käse belegt und genussvoll hineingebissen hatte. »Ich habe gar nicht gemerkt, wie hungrig ich bin.«

»Na ja, Hugo meinte, du seiest fast ertrunken!«, gab Alexandra zurück.

Lizzie sah ihre Freundinnen an; sie mussten erfahren, wie sie in diese Lage geraten war.

»Wir haben deine Nachricht gelesen«, sagte Alexandra. »Was

ist passiert? Warum hast du das Gefühl gehabt, verschwinden zu müssen?«

»Schenk den Wein ein, dann erzähle ich euch alles«, erwiderte Lizzie, obwohl sie wusste, dass es auf jeden Fall ein Detail gab, das sie auslassen würde. »Aber ihr müsst mir auch berichten, ob Hugos Rückkehr viel Wirbel verursacht hat. Vermutlich habt ihr alle noch beim Dinner gesessen, oder?«

»Du zuerst, Lizzie«, forderte Alexandra sie auf. »Wir haben uns Sorgen um dich gemacht.«

Es dauerte nicht lange zu schildern, was passiert war, während sie die Blumen arrangiert hatte, später die zufällig mitgehörten Bemerkungen, das versnobte Verhalten und schließlich ihren Plan, in den nächstgelegenen Ort zu gelangen. Sie aß und trank, während sie berichtete, und als sie fertig war, sagte sie: »Jetzt seid ihr an der Reihe, ich will alles wissen.« Sie brannte darauf zu erfahren, ob Hugos plötzliches Wiederauftauchen sein Leben für immer beeinflussen würde.

»Aber du hättest ertrinken können! Warum bist du überhaupt in dieses Boot gestiegen?«, fragte Meg erschüttert.

»Ich bin ja nicht ertrunken. Es war furchtbar, doch es ist überstanden. Erzählt mir jetzt von Hugo. Er hat mich gerettet, und das unmittelbar vor seiner Verlobungsparty. Seiner und Electras.«

»Nun, es war in der Tat ein bisschen peinlich«, räumte Alexandra ein. »Aber ich muss sagen, er ist sehr geschickt mit der Situation umgegangen.«

An dieser Stelle übernahm Meg. »Er hat das Dinner verpasst, kam dann jedoch in den Salon, als die Gäste später Kaffee tranken, durch und durch nass, und sagte: ›Hallo, alle zusammen. Tut mir so leid, es gab einen kleinen Notfall.‹ Und er lachte auf die Art und Weise, wie man lacht, wenn etwas passiert ist, was man herunterspielen will. ›Ich bin ein bisschen nass geworden. Ich ziehe mich nur eben rasch um, dann bin ich wieder da.«‹

»Und als ihn nicht mehr alle angesehen haben, hat er meinen Blick aufgefangen und mir signalisiert, dass er mir etwas mitteilen will. Ich bin dann so bald wie möglich aufgestanden und rausgegangen«, berichtete Alexandra.

»Electra ist zu einer Art Schneekönigin geworden«, fuhr Meg fort. »Wunderschön, aber irgendwie erstarrt, als könnte sie nicht sprechen, weil sie sonst ihr Gesicht verlieren würde.«

»Donnerwetter!«, murmelte Lizzie. Sie atmete tief ein und wappnete sich, um die nächste Frage zu stellen: »Und haben sie ihre Verlobung verkündet?«

»Nicht, solange wir noch da waren«, antwortete Alexandra. »Hugo hat mir erzählt, was dir zugestoßen ist. Vanessa hat den Blick gesehen, den er mir zugeworfen hat, und ist auch rausgekommen. Dann haben Meg und ich deine Sachen zusammengesucht, Nessa hat sich um das Picknick gekümmert, und Hugo hat sich umgezogen.«

»Ich habe auch nichts gehört«, meinte Meg, als Lizzie sie fragend ansah. »Ich bin ja Alexandra gefolgt.«

»Vielleicht verkünden sie ihre Verlobung ja in diesem Augenblick«, murmelte Lizzie.

Niemand sagte etwas. Meg rieb Lizzies Arm, weil sie offensichtlich nicht wusste, was sie sonst tun sollte.

»Na ja, egal, was passiert«, fuhr Lizzie fort, »ich muss fort von hier, und zwar so bald wie möglich.«

»David kommt morgen nach dem Mittagessen und holt uns ab«, antwortete Alexandra.

»So lange kann ich nicht warten. Vermutlich kann ich ein Taxi rufen und morgen ganz früh zum Bahnhof fahren«, erwiderte Lizzie. »Oder vielleicht gehe ich auch zu Fuß? Ich will niemanden stören.«

»Aber warum hast du das Gefühl, überhaupt fahren zu müssen?«, wollte Meg wissen. »Ja, Sir Jasper war gemein zu dir, und Electra ist wie eine Eisstatue, die sich bewegt und atmet, jedoch kein Herz hat – doch Vanessa hat dich eingeladen. Du hast ein Recht, hier zu sein.«

»Ich weiß. Aber vielleicht habe ich Hugos Leben durcheinandergebracht – oder zumindest seine Verlobungspläne. Ich will das nicht miterleben, und außerdem bin ich sicher, dass sie mir die ganze Schuld geben werden.«

»Niemand muss erfahren, dass er dich gerettet hat …«, setzte Alexandra an.

»Es würde herauskommen. Das ist bei solchen Dingen immer so«, widersprach Lizzie.

»Ich bin Lizzies Meinung«, sagte Meg. »Electra wird die Wahrheit erschnüffeln wie ein Trüffelschwein.«

»Deine Vergleiche sind heute sehr einfallsreich, Meg«, kommentierte Alexandra.

»Sie hat sich Lizzie gegenüber schon zuvor unmöglich verhalten. Wenn sie sie jetzt sieht, wird sie sich auf sie stürzen wie …«, begann Meg.

»Wie ein Hund auf ein Kaninchen? So was in der Richtung?«, schlug Alexandra vor.

»Genau!«, erwiderte Lizzie. »Ich kann unmöglich bleiben!«

»Okay.« Alexandra nickte nach kurzer Überlegung. »Ich fahre uns zurück nach London.«

Einen Augenblick schwiegen alle schockiert. »Können wir nicht einfach den Zug nehmen?«

»Es ist Sonntag, und Mitternacht ist schon vorbei«, erklärte Alexandra. »In der Küche hängt ein Zugfahrplan; ich habe ihn mir angesehen und festgestellt, dass erst spät am Nachmittag wieder ein Zug fährt. Und wir können David nicht anrufen, damit er uns früher abholt, weil er heute Abend ausgegangen ist. Es gibt keine andere Lösung.« Nach einer kurzen Pause fuhr sie fort: »Ich habe vorher bereits darüber nachgedacht. Ich habe schon vermutet, dass Lizzie so bald wie möglich von hier verschwinden will.«

»Aber wie um alles in der Welt willst du uns fahren?«, fragte Lizzie.

»Wir leihen uns ein Auto. Ich fahre dich nach Hause, und dann bringe ich den Wagen zurück. David werde ich überreden, mir im Citroën zu folgen. Wenn wir richtig früh aufbrechen, ist das Auto vor dem Frühstück wieder hier. Niemand wird etwas merken.« Zufrieden sah Alexandra ihre Freundinnen an, weil sie das Problem gelöst hatte.

»Kannst du denn fahren?«, vergewisserte Meg sich.

»Ja, ganz passabel. Und wenn wir früh aufbrechen, wird auch nicht viel Verkehr sein. Sogar fast gar keiner. Es wird ganz einfach.«

»Von wem können wir uns denn ein Auto leihen?«, erkundigte sich Meg. »Ich meine, wir wollen das Ganze ja diskret behandeln. Wenn wir Leute, die wir eigentlich kaum kennen, fragen, ob wir uns ihren Wagen leihen können, lenkt das viel Aufmerksamkeit auf unser Vorhaben.«

»Und es würde auch niemand zustimmen«, meinte Lizzie. »Wenn es um ihre Fahrzeuge geht, sind die meisten Leute komisch – sie verleihen sie nicht.«

Alexandra antwortete nicht sofort. Sie wischte die Krümel von ihrem Rock. »Ich wollte sie ja nicht fragen ...«

»Wie meinst du das?« Meg sah sie ratlos an.

»Ich wollte mir ein Auto ausleihen und es wieder zurückstellen, bevor jemand etwas merkt. So als würde man sich ein bisschen Gesichtscreme oder so was ausleihen. Oder eine Haarbürste – man benutzt sie und legt sie dann wieder zurück.«

»Bei einem Auto ist das aber ein bisschen anders«, wandte

Lizzie ein. »Niemand würde es merken, wenn man ein bisschen Creme benutzt, dagegen fällt es auf, wenn ein Auto verschwindet.«

»Es wird nicht auffallen«, widersprach Alexandra. »Warum sollte jemand nach seinem Wagen sehen? Die Gäste verbringen das ganze Wochenende hier und denken erst wieder an ihre Autos, wenn sie nach Hause fahren müssen.«

»Es sei denn, jemand will zum Beispiel eine Zeitung kaufen und braucht dafür sein Fahrzeug«, meinte Meg.

»Aber das wird nicht passieren! Sämtliche Zeitungen – viel mehr, als jemand sich wünschen kann – werden geliefert. Dieser Plan ist absolut narrensicher, versprochen.«

»Für Autos braucht man Schlüssel! Wie willst du da rankommen?« Meg war ganz und gar nicht glücklich mit Alexandras verrückter Idee, das sah man ihr an.

»Bestimmt haben einige ihren Schlüssel im Zündschloss stecken lassen«, erklärte Alexandra. »Warum auch nicht? Wer sollte hier einen Wagen stehlen?«

»Na ja, du offensichtlich.« Lizzie versetzte Alexandra einen Knuff.

»Aber das wissen sie nicht, oder?« Alexandra wollte sich ihren Plan nicht ausreden lassen. »Und falls wir doch kein Auto mit steckendem Schlüssel finden, werde ich eins kurzschließen.«

Meg und Lizzie betrachteten ihre Freundin mit einer Mischung aus Respekt und Entsetzen.

»Wo hast du das denn gelernt?«, fragte Meggie.

»Ein Freund von David hat es mir beigebracht. Das ist eine lange Geschichte. Es war derselbe Freund, der mir auch Fahrstunden gegeben hat. Er hat mich zum Üben immer mit in den Richmond Park genommen.«

»Das ist alles ganz, ganz falsch«, jammerte Lizzie. »Ich bin ein wohlerzogenes junges Mädchen vom Land! Ich verkehre nicht mit Leuten, die Autos kurzschließen!«

»Willst du nun dieses Haus verlassen oder nicht?«, entgegnete Alexandra knapp. »Du könntest auch auf dem Dachboden bleiben, wie ein Entführungsopfer, bis David uns abholt. Es liegt ganz bei dir.«

»Die Leute würden fragen, wo du bist«, warf Meg ein. »Vanessa zum Beispiel.«

»Habe ich da gerade meinen Namen gehört?« Hugos Schwester betrat das Bootshaus. In jeder Hand hielt sie eine kleine Flasche Champagner.

»Wie hast du es denn damit aus dem Haus geschafft?«, wollte Alexandra wissen und nahm ihr die beiden Flaschen ab. »Und solltest du nicht eigentlich auf dem Ball sein?«

»Übung. Ich schmuggle schon seit Jahren Wein hierher. Und es wird niemandem auffallen, dass ich mich davongestohlen habe. Also, wie lautet der Plan?« Aufgeregt sah Vanessa die Freundinnen an. »Sollen wir eine dieser Flaschen köpfen, und ihr erzählt mir dann alles?«

Lizzie seufzte. »Alexandra hat einen Plan, doch der ist ganz schrecklich! Ich meine, er würde sicher funktionieren, aber es wäre ein Diebstahl damit verbunden.« Sie runzelte die Stirn. Ihr Gehirn war zu benebelt, um noch klar denken zu können.

»Ich werd verrückt!«, rief Vanessa aus.

»Lizzie übertreibt«, meinte Alexandra. »Sie will so bald wie möglich nach London zurück, weil sie das Gefühl hat, nach all den Vorfällen nicht länger bleiben zu können. Sie fühlt sich furchtbar unerwünscht ...«

»Auch wenn du absolut reizend warst, Vanessa«, warf Lizzie rasch ein, »und Hugo – na ja –, er hat mir das Leben gerettet.«

»Ich habe gewusst, dass es so etwas war!«, bemerkte Vanessa fasziniert. »Electra und er hatten einen Riesenstreit – besser gesagt, sie hat getobt. Hugo stand einfach nur da und tropfte den Teppich nass, während sie gemeine Dinge von sich gegeben hat.«

»Aber doch sicher nicht in aller Öffentlichkeit?«, wollte Alexandra wissen.

»Nein. Ich bin zufällig an meiner – also augenblicklich ihrer – Zimmertür vorbeigegangen, und die Tür stand offen. Aus irgendeinem Grund hat es ziemlich lange gedauert, bis ich meinen Weg fortgesetzt habe.« Vanessa grinste verschmitzt.

»Weißt du, ob sie sich immer noch verloben wollen?«, fragte Meg.

Lizzie ahnte, dass ihre Freundin die Frage ihr zuliebe gestellt hatte.

»Keine Ahnung. Zumindest ist die Verlobung bislang noch nicht verkündet worden«, antwortete Vanessa. »Alexandra, machst du die Flasche auf?«

»Geschafft«, murmelte Lexi, als der Korken mit einem sanften »Plopp« aus dem Flaschenhals glitt.

Lizzie schluckte. Wie viel länger würde sie wohl noch warten müssen, bis sie die Details von Hugos Verlobung zu hören bekam? Es dauerte eine gefühlte Ewigkeit, bis der Champagner eingeschenkt war.

»Heißt das, es wird keine Verlobung geben?«, fuhr Meg fort. Sie ist eine wahre Freundin, dachte Lizzie.

»Nein, das heißt es wohl nicht. Electra wird ihn nicht gehen lassen. Sie hat ihn zwar in der Luft zerrissen – auch wenn er es offensichtlich an sich abprallen ließ –, doch sie wird ihn sich nicht durch die Lappen gehen lassen. Er ist ein guter Fang. Erbe von alldem hier ...« Nessa machte eine Handbewegung, die das Bootshaus umfasste, was unter anderen Umständen lustig gewesen wäre, wie Lizzie fand.

Vanessa nahm einen Schluck Champagner. »Ich könnte mir vorstellen, dass die Verlobung jetzt jeden Moment verkündet wird.«

»Oh«, machte Lizzie leise.

»So, nun erzählt mir endlich, was geplant ist!«, drängte Vanessa, die nicht merkte, dass Lizzies Herz gerade brach.

»Na ja, wie Lizzie schon erwähnt hat«, begann Alexandra, »ist es wahrscheinlich ein bisschen gesetzeswidrig, aber nicht unmoralisch – und das ist doch wichtiger, findet ihr nicht?«

Vanessa nickte. »Sprich weiter.«

»Nun ...«

»Es ist meine Schuld«, unterbrach Lizzie sie. »Ich bin fast ertrunken, und jetzt will ich einfach nur noch nach Hause.« Die Tatsache, dass sie um ein Haar gestorben wäre, hatte in Wahrheit nicht das Geringste damit zu tun, dass sie unverzüglich abreisen wollte. Zwar wollte sie Vanessa nicht anlügen, doch sie wollte sie auch nicht auf den Gedanken bringen, ihre überstürzte Abreise könnte etwas mit Hugo zu tun haben. Oder mit Sir Jasper. Oder Electra.

»O mein Gott, das macht so viel Spaß!«, sagte Vanessa kurz darauf, nachdem sie in allen Einzelheiten in Alexandras Plan eingeweiht worden war. »Ich wünschte, ich könnte mit nach London kommen! Aber der Himmel würde einstürzen, daher geht es nicht. Doch ich kann euch sagen, welches Auto gut zum Stehlen ... Ausleihen geeignet wäre ...«

18. Kapitel

Als Vanessa die Mädchen, die die Picknickausrüstung trugen, zum Haus zurückführte, herrschte eine aufgeräumte Stimmung in der kleinen Gruppe. Lizzie gab sich große Mühe, zu lächeln und mit den anderen zu kichern, obwohl es das Letzte war, wonach ihr gerade zumute war.

Der Ballsaal war bereits voller Gäste, doch Vanessa schleuste sie durch die Dienstbotenquartiere ins Haus und führte sie die Hintertreppe hinauf. Auf die Weise gelangte Lizzie ungesehen ins Kinderzimmer.

Alexandra, Meg und Vanessa saßen um sie herum.

»Es gibt keinen Grund auf Erden, warum du nicht zum Ball kommen solltest«, sagte Vanessa. »Nimm ein Bad, zieh dein Kleid an und komm mit! Du bist mein Gast. Daddy wird dich nicht bemerken.«

»Ich will einfach nur in die Badewanne und danach schlafen«, erwiderte Lizzie. »Ich falle um vor Müdigkeit. Aber trotzdem danke.«

»Du möchtest nicht, dass wir bei dir bleiben?« Meg legte die Hand auf Lizzies.

»Ganz bestimmt nicht! Geht ihr auf den Ball, und hinterher berichtet ihr mir alles.« Lizzie zögerte. »Wann fahren wir los?«

»Um fünf«, antwortete Alexandra, die sich offensichtlich schon Gedanken darüber gemacht hatte. »Dann schaffen wir es auf jeden Fall, den Wagen bis neun Uhr zurückzubringen.«

»Mein Cousin Anthony wird bestimmt nicht vor elf Uhr aufstehen«, meinte Vanessa. »Er nimmt seine Autoschlüssel nie mit ins Haus, und er parkt immer da, wo er am leichtesten aussteigen kann. Er wird erst am Montagmorgen in die Stadt zurückkehren.«

»Nimm du also ein Bad und leg dich danach hin, Lizzie«, sagte Alexandra. »Ich wecke dich morgen in aller Frühe.«

Sosehr Lizzie ihre Freundinnen auch liebte und schätzte, sie war dennoch erleichtert, als sie endlich allein war. Sie ging ins Bad und drehte das Wasser in der Badewanne auf.

Während die Wanne sich extrem langsam füllte, kehrte sie in den Hauptbereich des Kinderzimmers zurück und suchte nach Schreibpapier. Sie musste Hugo einen Brief schreiben.

Während sie zusammen mit ihren Freundinnen kichernd über die Felder gestolpert war, war Lizzie zu dem Schluss gelangt, dass sie nur über Hugo hinwegkommen konnte, wenn sie ihn nicht mehr sah. Doch er war ein Gentleman und würde nach dem, was zwischen ihnen vorgefallen war, sicher mit ihr in Kontakt treten wollen. Sie musste ihn davon abhalten.

Lizzie öffnete sämtliche Schubladen, bis sie fand, was sie suchte: ein altes Schreibheft.

Zwischendurch stand sie auf, um das Badewasser noch einmal abzustellen, doch schließlich gelang es ihr, einen Brief zu verfassen, der irgendwie zum Ausdruck brachte, was sie Hugo mitteilen wollte.

Lieber Hugo,
ich glaube nicht, dass ich Dir je genug dafür danken kann, dass Du mir das Leben gerettet hast. Es ist eines dieser Dinge, die sich nicht in Worte fassen lassen. Doch natürlich bin ich Dir extrem dankbar!
Und weil ich Dir so dankbar bin, will ich Dein Leben nicht für immer durcheinanderbringen. Ich verstehe vollkommen, dass das, was nach der Rettung passiert ist, nur eine Reaktion auf die

Nahtoderfahrung war und keinen Einfluss auf Dein künftiges Leben haben sollte. Es wäre schrecklich, wenn jemand es herausfände, denn es hätte schlimme Konsequenzen.
Daher möchte ich nicht, dass Du Kontakt zu mir aufnimmst. Es ist nicht nötig, und es wäre nicht gut für Dich. Ich möchte, dass Du glücklich bist! Ich verspreche Dir, dass es mir gut gehen wird!

Da sie nicht wusste, wie sie den Brief beenden sollte, schrieb sie einfach:

Mit besten Grüßen, Lizzie

Sie musste das Ganze noch einmal sauber abschreiben, doch schließlich war sie mit dem Ergebnis zufrieden.

Lizzie ließ noch einmal heißes Wasser nachlaufen, dann stieg sie in die Badewanne und schrubbte sich ab, bis sie nicht mehr nach Fluss roch. Jetzt musste sie nur noch einen Weg finden, Hugo den Brief zukommen zu lassen.

Als sie im Bett lag, war sie dankbar, müde genug zu sein, um rasch einschlafen zu können. Denn tief in ihrem Herzen wusste sie, dass sie noch jede Menge Zeit haben würde, über die Leidenschaft nachzudenken, die ihr Beinahetod und die Rettung zutage gefördert hatten.

19. Kapitel

Vanessa bestand darauf, Lizzie, Alexandra und Meg zu begleiten und mit ihnen zusammen auf Zehenspitzen in der kühlen Morgendämmerung aus dem Haus zu schleichen, um ihnen den Weg zum Auto ihres Cousins zu zeigen. Was sie nicht erwähnt hatte, war die Tatsache, dass es sich um einen Sportwagen handelte, in den sie sich förmlich hineinzwängen mussten. Für Gepäck blieb kaum Platz. Außerdem war das Verdeck geöffnet, sodass sie den Elementen ausgeliefert waren.

Schweigend betrachteten sie den kleinen MG. »Das ist nicht die Art Auto, an die ich gewöhnt bin«, sagte Alexandra schließlich. »Könnten wir uns nicht einen etwas konventionelleren Wagen leihen? Einen wie den da?« Sie zeigte auf einen imposanten Daimler.

»Onkel Roberts Auto? Gute Güte, nein!« Bei dem bloßen Gedanken wurde Vanessa ganz blass.

Alexandra zögerte kurz, dann holte sie tief Luft.

»Okay. Auto bleibt Auto, irgendwie sind sie doch alle gleich. Ist es nicht so?«

Da das ganz offensichtlich eine rhetorische Frage war, gab niemand eine Antwort.

»Wo verstauen wir unser Gepäck?«, fragte Meg. »Es gibt nur ausreichend Platz für uns drei.«

»Ich stelle eure Koffer in einen der Ställe«, schlug Vanessa vor. »Ihr könnt sie holen, wenn ihr das Auto zurückbringt. Ich werde versuchen, hier zu sein. Schließlich will ich ja auch wissen, ob alles geklappt hat.« Vanessa wirkte auf einmal besorgt.

»Du wirst den Wagen doch nicht zu Schrott fahren, oder? Er ist der ganze Stolz meines Cousins!«

»Selbstverständlich nicht!«, antwortete Alexandra würdevoll. »Ich bin eine sehr vorsichtige Fahrerin, und es wird nicht viel Verkehr sein.«

»Was, wenn wir von der Polizei angehalten werden?«, wandte Meg ein.

»Alexandra wird sich irgendwie rausreden«, meinte Lizzie, die darauf erpicht war, bald loszukommen. »Es wird schon gut gehen, ganz bestimmt.«

»Okay«, sagte Meg. »Ist es in Ordnung für dich, wenn ich vorne sitze, Lizzie? Mir wird beim Autofahren leicht übel.«

»Nein, nein, ich hab nichts dagegen. Ich verstecke mich lieber auf der Rückbank. Ich bin von Natur aus nicht gut darin, Regeln zu brechen.« Lizzie lächelte, dann wandte sie sich Vanessa zu. »Darf ich dich um einen Riesengefallen bitten?« Sie zog den Brief hervor, der inzwischen ziemlich zerknittert war. »Kannst du den bitte Hugo geben? Es ist nur ein Dankesbrief, weil er mich gerettet hat. Aber ich will nicht, dass Electra davon erfährt. Sie wäre sicher wieder gemein zu ihm. Und er hat sein Leben riskiert, um mich sicher an Land zu bringen – es wäre nicht fair ihm gegenüber.«

In dem Moment wurde ein Fenster geöffnet. Lizzie zuckte zusammen.

»Können wir jetzt losfahren?«

»Na klar«, antwortete Alexandra. »Spring rein.«

Sobald ihre Mitfahrerinnen im Wagen saßen, rollte Alexandra zentimeterweise vorwärts.

»Es wäre toll, mit aufspritzendem Kies davonzuschießen«, meinte sie, »aber wir wollen ja keinen Lärm veranstalten.«

»Nein, wirklich nicht«, sagte Lizzie. »Ich glaube nicht, dass mein Bedürfnis, einen Ort zu verlassen, je zuvor so groß gewesen ist!«

Alexandra fuhr im Schritttempo weiter. Lizzie kauerte sich auf dem Rücksitz zusammen und war überzeugt, dass man sie vom Haus aus entdecken und unverzüglich aufhalten würde. Sie kniff die Augen zu - sie würde sie erst wieder aufschlagen, wenn sie sich draußen auf der Straße in Sicherheit befanden.

»Ich weiß, dass du vorsichtig sein willst, Alexandra«, meinte sie, als sie wenige Meter zurückgelegt hatten. »Und ich weiß das auch zu schätzen, aber könntest du nicht ein bisschen schneller fahren?«

»Gleich«, erwiderte die Freundin. »Mir ist nur gerade erst klar geworden, wie sehr sich dieses Auto von Davids Citroën unterscheidet. Ich muss mich erst noch mit der Gangschaltung zurechtfinden. Verflixt!«

Ein unangenehmes Knirschen von Metall auf Metall war zu hören, das die drei Mädchen zusammenzucken ließ. »Tut mir leid«, murmelte Alexandra. »Der zweite Gang war nicht da, wo ich ihn vermutet habe.«

Da weder Lizzie noch Meg verstanden, wovon sie redete, schwiegen sie. Lizzie versuchte, sich noch kleiner zu machen - sie war sicher, dass man sie jeden Augenblick entdecken würde.

Sie hielt die Augen immer noch fest geschlossen und fragte sich, ob sie zwei Nahtoderfahrungen innerhalb von vierundzwanzig Stunden verkraften könnte, als das Auto einen Satz vorwärts machte.

»Noch mal sorry! Kängurubenzin!«, sagte Alexandra, die allerdings gar nicht schuldbewusst klang. »So nennt David das. Aber macht euch keine Gedanken, gleich habe ich den Dreh raus. Bald sind wir zu Hause.«

»Das Gelände zu verlassen wäre schon mal ein guter Anfang«, murmelte Lizzie, allerdings so leise, dass Alexandra es nicht hören konnte. Sie wusste, sie war einfach neurotisch.

Doch endlich hörte das Knirschen und Hüpfen auf, sie

erreichten das Ende der Zufahrt und bogen auf die Straße ab. Lizzie richtete sich auf, öffnete die Augen und sah sich um. Da das Verdeck des Wagens offen war, fror sie, doch das Gefühl des Windes im Gesicht war belebend. Es war Frühling, die Bäume schlugen aus, und Glockenblumen bildeten kleine blaue Seen in den Wäldern. Obwohl sie in mancherlei Hinsicht das Gefühl hatte, dass ihre Welt untergegangen war, gab die Schönheit des Morgens ihr Auftrieb.

Ihre Gefühle in Bezug auf das, was sie mit Hugo erlebt hatte, waren so gemischt, dass sie nicht wusste, ob es ihr furchtbar peinlich war, mit ihm geschlafen zu haben, oder ob sie überglücklich war. Es war tatsächlich ungeheuerlich, dass sie es getan hatte. Doch gleichzeitig war es wunderschön gewesen. Es hatte sich richtig angefühlt, in seinen Armen zu liegen und seine Haut an ihrer zu spüren; es war erregend und zugleich tröstlich gewesen. Nein, sie weigerte sich, es zu bedauern. Zwar würde es nie wieder geschehen, doch sie war über das eine Mal sehr glücklich.

»Erinnert sich jemand, ob wir hier von links oder von rechts gekommen sind?« Alexandra bremste schwungvoll an einer Kreuzung. Inzwischen hatte sie die Technik voll im Griff und genoss es ganz offensichtlich, den Sportwagen zu fahren.

»Nein, leider nicht«, antwortete Meg.

»Ich auch nicht«, sagte Lizzie von hinten.

Glücklicherweise hatte Vanessas Cousin einen Straßenatlas im Wagen. »Lizzie, kannst du die Karte für mich lesen?«, bat Alexandra, nachdem sie sich selbst eine Weile daran versucht hatte.

»Ja, klar. Gib mir den Autoatlas.«

Von da an wurde Lizzies gesamte Aufmerksamkeit davon in Anspruch genommen, Alexandra den Weg zu weisen. Ihr war klar, dass sie alle Arten von Emotionen verdrängte, mit denen sie sich später würde befassen müssen, doch jetzt musste sie sich erst mal auf winzige Straßennummern und -schilder konzentrieren.

»Ich hoffe, dass David auch tatsächlich zu Hause ist«, sagte Alexandra, als sie London erreichten und sich auf vertrautem Terrain befanden. »Er ist gestern Abend mit einem Freund ausgegangen, und ich bin gerade erst auf den Gedanken gekommen, dass er bei ihm übernachtet haben könnte.«

»Hoffentlich ist er wieder da!«, meinte Lizzie. Sie zögerte. »Je früher wir dieses Auto zurückbringen können, desto besser.«

»Ihr müsst mich nicht begleiten! Ich komme schon zurecht«, entgegnete Alexandra. »Ich verstehe, dass du Angst hast, gesehen zu werden. Und inzwischen habe ich diesen kleinen Sportflitzer richtig ins Herz geschlossen.«

Lizzie antwortete nicht. Sie wollte eigentlich nicht zu dem Haus zurückkehren, das sie unter derart unguten Umständen verlassen hatte. Doch sie konnte Alexandra nicht im Stich lassen.

»Zum Glück sind wir nicht von der Polizei angehalten worden!«, warf Meg ein.

»Auf dem Rückweg wird mehr auf den Straßen los sein«, meinte Alexandra. »Aber jetzt kenne ich den Wagen ja, das ist gut.«

»Ich komme doch mit«, entschied Lizzie, die plötzlich ein schlechtes Gewissen bekam. Wenn diese Eskapade schlecht ausging, wäre es ihre Schuld: Sie war diejenige, die unbedingt früher hatte abreisen wollen. Die anderen beiden hätten einfach gewartet, bis David sie abholte. »Du brauchst jemanden zum Kartenlesen, ich mach das gern.«

»Danke, Lizzie«, antwortete Alexandra. »Ich bin nicht immer so mutig, wie ich tue.«

David war zu Hause, und nach einer Menge Erklärungen holte er das Auto, um aufs Land aufzubrechen. »Ihr seid mir welche«, sagte er. »Ich weiß nie, in welche missliche Lage ihr mich als Nächstes bringt.« Er tastete seine Taschen ab, um sich zu vergewissern, dass er nichts vergessen hatte. »Habt ihr Geld dabei, falls ihr tanken müsst?«

Lizzie öffnete ihre Handtasche, die immer noch nass war. Auch die kleine Geldbörse, in die sie die Scheine gesteckt hatte, war noch ziemlich feucht. »Mhm, ich habe schon Geld dabei, aber es ist durchgeweicht.«

David seufzte. »Ich leihe dir etwas. Du kannst deine Scheine derweil trocknen und mir das Geld später wiedergeben.«

»Okay!«, rief Alexandra. »Auf ein Neues! Ich muss sagen, das ist für mich eine richtig gute Übung.«

»Und auch noch mit dem Auto von jemand anders!«, erwiderte David.

»Kommt«, meinte Lizzie. »Ich bin fürs Navigieren zuständig.« Nachdem sie bislang allen nur Schwierigkeiten bereitet hatte, wollte sie sich gern nützlich machen.

Als sie an einer Ampel halten musste, tätschelte Alexandra ihr das Knie. »Ich habe richtig Spaß. Du musst kein schlechtes Gewissen haben.«

»Du bist sehr nett. Und wenn ich je die Gelegenheit haben sollte, dir aus der Patsche zu helfen, kannst du auf mich zählen.«

»Ich weiß. Ich liebe es, Freundinnen zu haben«, sagte Alexandra. »Welche in meinem Alter, meine ich.«

Lizzie war froh, sich auf die Strecke konzentrieren zu müssen, und blätterte eine Seite im Straßenatlas um. Es hielt sie davon ab, zu viel über das zu grübeln, was passiert war. Ihre Stimmung schwankte extrem zwischen tiefster Verzweiflung – weil sie einen Mann liebte, der ihr nie gehören konnte – und größter Freude.

Ob nun zu Recht oder zu Unrecht, Hugo und sie hatten ein wunderbares Erlebnis geteilt. Daran konnte sie sich für immer festhalten.

TEIL 2

20. Kapitel

Lizzie war in der Küche. Es war später Vormittag, und die anderen beiden Mädchen waren ausgegangen. Sie saß am Tisch, während David hinter ihr etwas kochte.

»Was bedrückt dich, du kleines Huhn?«, erkundigte er sich schließlich. »Du bist nicht mehr so fröhlich wie sonst, schon seit einer ganzen Weile nicht mehr. Gehen dir deine Eltern auf die Nerven? Reiten sie darauf herum, dass du wieder zu ihnen ziehen und dir eine richtige Arbeit suchen sollst? Oder sind sie glücklich damit, dass du mit Meg zusammen als Kellnerin für die gehobene Gesellschaft arbeitest?«

All diese Dinge trafen zu und bereiteten Lizzie tatsächlich Sorgen. Jeder einzelne Punkt wäre ein absolut akzeptabler Grund für ihre innere Unruhe gewesen. Sie überlegte, welchen sie ins Feld führen sollte. Stattdessen ertappte sie sich dabei, wie sie herausplatzte: »Meine Periode ist überfällig.«

»Wie lange schon?«

»Die letzte ist gar nicht gekommen. Zunächst ist es mir nicht aufgefallen – ich hatte so viel um die Ohren, und mein Kalender war eine Zeit lang einfach nicht aufzufinden.« Sie zögerte. »Die nächste Periode wäre vor ein paar Tagen fällig gewesen«, schloss sie niedergeschlagen.

»Ach«, murmelte David. »Und du bist nicht auf die Idee gekommen, dass du schwanger sein könntest?«

»Nicht wirklich.« Gleich beim ersten Mal schwanger zu werden war ihr immer so unwahrscheinlich vorgekommen.

»Wissen die anderen es schon?«

»Dass ich vielleicht ein Baby bekomme? Nein. Ich will nicht, dass jemand es erfährt. Ich schäme mich so.« Plötzlich war ihr nach Weinen zumute, doch sie wollte nicht vor anderen in Tränen ausbrechen, nicht einmal vor David.

»Ach, Liebes! Warum schämst du dich?«

Lizzie zuckte mit den Schultern. »Du weißt schon, Sex vor der Ehe, und dann noch eiskalt erwischt zu werden – das ist so peinlich! Ich bin so froh, dass du nicht schockiert bist.«

Davids Miene drückte nichts als Güte und Verständnis aus. »Glaubst du wirklich, dass das, was du getan hast, falsch war? Sagt dir das dein Herz?«

»Nein.« Nicht einmal das Wissen, dass sie vermutlich schwanger war, änderte etwas daran.

»Dann musst du dich auch nicht schämen.« Er wirkte sehr überzeugt. »Ich mache dir was Heißes zu trinken. Was möchtest du haben?«

Lizzie entschied sich für Fleischbrühe. Sie hatte Lust auf etwas Salziges. »Vielleicht bin ich ja gar nicht schwanger, doch ich will momentan trotzdem keinen Kaffee mehr trinken.«

Kurz darauf stellte er einen dampfenden Becher vor sie hin und setzte sich ihr gegenüber an den Tisch. »Möchtest du deinem Onkel David alles erzählen?«

Lizzie lächelte gequält. »Wahrscheinlich nicht, wenn ich einen Onkel David hätte. Aber dir würde ich es gern anvertrauen.«

»Ich hole mal ein paar Kräcker. Du musst bei Kräften bleiben.«

»Du scheinst ja recht viel über Schwangerschaften zu wissen, wenn man bedenkt, dass du selbst nie eine erlebt hast«, bemerkte Lizzie. Sie knabberte einen Kräcker und fühlte sich schon ein bisschen besser.

David lachte. »Im Theater hat man engen Kontakt zu anderen Menschen, vor allem zu Frauen, und sie haben alle so ihre Probleme. Freunde, die fremdgehen, die Periode, Schwangerschaften, Morgenübelkeit. Ich habe schon alles gehört.« Er ging anscheinend davon aus, dass es keinen Zweifel an ihrem Zustand gab.

Das stürzte Lizzie in Verzweiflung. »O Gott, David! Ich kann nicht schwanger sein! Ich kann einfach nicht! Meine Eltern würden sterben!«

»Niemand stirbt, weil jemand anders schwanger wird, selbst wenn es sich um die geliebte Tochter handelt.«

»Bist du sicher?«

»Ja. Es ist noch nie passiert, und ich gehe auch nicht davon aus, dass deine Eltern sich deswegen umbringen würden.«

Lizzie dachte kurz darüber nach. »Nein. Es ist wahrscheinlicher, dass sie weit wegziehen, irgendwohin, wo niemand sie kennt.«

»Aber was ist mit dir?«, wollte David wissen. »Der Mann hat sich dir nicht aufgezwungen, oder?« Diese Frage beschäftigte David offenbar weit mehr als die mögliche Reaktion ihrer Eltern.

Nun war es an Lizzie, schockiert zu sein. »Nein! Auf gar keinen Fall. Ich wollte es unbedingt. Ich habe kaum gewagt zu sprechen, damit er nicht errät, dass ich noch Jungfrau war. Ich war so dankbar, dass es ihm offenbar nicht aufgefallen ist.«

»Es war Hugo, nicht wahr? Nach der Rettung aus dem Fluss?«

Sie nickte.

»Nun, er ist ein Ehrenmann, er wird das Richtige tun. Aber du musst es ihm sagen.«

»Nein!« Es war beinahe ein Aufschrei. »Das kann ich nicht! Das kann ich ihm nicht antun.« Lizzie sah sich außerstande, angemessen auszudrücken, wie undenkbar das war. »Er bereitet sich auf eine brillante Karriere bei Gericht vor, mit genau der richtigen Art von Frau an seiner Seite! Meine Schwangerschaft würde sein Leben ruinieren.«

»Sie wird viel eher deines ruinieren, Liebes«, entgegnete David sanft.

»Ich weiß!« Sie atmete ein paar Mal tief durch. »Es ist nicht so, dass sein Leben wichtiger ist als meins, aber mein Leben ist noch nicht so fest umrissen. Es gibt keinen klaren Plan, der seit meiner Geburt verfolgt wird.« Sie zögerte. »Na ja, eigentlich doch, allerdings ist es der Plan meiner Mutter, nicht meiner. Doch da ich nie zugestimmt habe, fühle ich mich nicht verpflichtet, ihre Pläne umzusetzen. Es ist nicht das Gleiche.« Sie schwieg und blickte David fest in die Augen. »Ich kann es Hugo nicht erzählen. Er darf es nicht erfahren.«

Der Freund schürzte die Lippen und seufzte tief auf. Er war ganz offensichtlich nicht einverstanden mit ihrer Sichtweise.

»Nun, zunächst musst du herausfinden, ob du tatsächlich schwanger bist. Du hast einen Schock erlitten, als du beinahe ertrunken bist. Das könnte deinen Zyklus durcheinandergebracht haben.«

Lizzie nahm sich noch einen Kräcker. »Mit dir kann man so gut reden. Du verurteilst mich nicht. Und du bietest mir Snacks an.« Sie grinste schief.

David lachte. »Bestimmt fühlst du dich jetzt besser, weil du über dein Problem geredet hast.«

»Stimmt. Ich bekomme meine Periode normalerweise so regelmäßig, dass ich fest davon ausgehe, schwanger zu sein. Doch wie finde ich es sicher heraus?«

David zuckte mit den Schultern. »Da bin ich leider mit meinem Latein am Ende. Am besten fährst du nach Hause, suchst deinen Hausarzt auf und lässt dich untersuchen.«

»Aber was soll ich meinen Eltern sagen?«, fragte Lizzie nachdenklich. »Ich möchte nicht, dass sie sich Sorgen machen, ich könnte krank sein.«

»Und was, wenn du ihnen erzählst, du hättest etwas, mit dem du nicht zu einem fremden Arzt gehen willst?«, schlug David vor. »Außerdem gehen viele Leute zu ihrem Arzt oder Zahnarzt zu Hause. Meine Güte, manche fahren sogar meilenweit, um zu dem gewohnten Friseur zu gehen.«

»Mir fällt schon was ein«, meinte Lizzie. »Und danke! Du kannst so gut zuhören.«

»Und meine Belohnung fürs gute Zuhören ist, dass du es Alexandra und Meg erzählst, ja? Ich glaube, du wirst dich besser fühlen, wenn du es nicht mehr vor deinen Mitbewohnerinnen geheim hältst. Und ich will das Geheimnis auch nicht für mich behalten müssen.«

»Okay. Nachdem ich es jetzt quasi selbst akzeptiert habe, habe ich nichts dagegen, dass sie es erfahren. Und du hast recht, es wäre höllisch schwer, es noch länger geheim zu halten.«

Zwei Minuten später wurde die Tür geöffnet, und Meg und Alexandra betraten die Küche. Sie hatten die Arme voller Blumen.

»Die gab's günstig auf dem Markt«, erklärte Alexandra. »Da konnten wir nicht widerstehen.«

»Oh, sind die für mich?«, fragte David schelmisch.

»Klar«, antwortete Alexandra. »Und für dich natürlich auch, Lizzie.«

»Gut«, meinte David. »Denn Lizzie möchte euch etwas erzählen.«

»Was denn?«, wollten Alexandra und Meg gleichzeitig wissen.

Hätte David sie nicht so streng angeschaut, hätte Lizzie vielleicht gekniffen, doch sie wusste, dass sie mit ihren Neuigkeiten herausrücken musste. »Ich glaube, ich bin schwanger.«

Lizzie stellte beim Blick in die Gesichter ihrer Freundinnen fest, dass einem wirklich die Kinnlade herunterfallen konnte. Es war nicht nur eine Redensart. Sie fühlte sich irgendwie losgelöst von der Realität.

»Wie bitte?«, sagte Meg.

»Hugo?«, murmelte Alexandra.

Lizzie nickte.

»Dann hat er also, als er dich vor dem Ertrinken gerettet hat ...«, setzte Meg an.

»Na ja, eher danach«, erwiderte Lizzie und lachte verlegen.

»Aber er hat die Situation nicht ausgenutzt, oder?«, meinte Meg besorgt. »Weil du so dankbar warst, dass er dich gerettet hat?«

»Nein! Wirklich nicht! Obwohl ich ihm natürlich dankbar war.« Es war schrecklich, dass die anderen Hugo verdächtigten, sie verführt zu haben. Dabei hatte sie das Gefühl, dass viel eher sie selbst schuld gewesen war.

»Ich glaube, wir brauchen jetzt eine schöne Tasse Tee«, erklärte Alexandra pragmatisch, wie man sie kannte. »Und wir haben Kuchen gekauft.«

»Japonais-Torte«, ergänzte Meg. »Die kannte ich noch nicht. Ich muss sie unbedingt probieren.«

Lizzie fühlte sich allmählich ruhiger. Ihre Freunde, die um den Tisch herumsaßen, gemeinsam Kuchen aßen, Vasen für mehrere Arme voll Schnittblumen suchten – das war die wohltuende Normalität.

Die japanische Torte, kleine Macaron-ähnliche Kreationen aus knusprigen Baiserschichten, zwischen denen sich Kaffeebuttercreme befand, schmeckte köstlich. Lizzie lobte sie ausgiebig und diskutierte mit Meg darüber, wie schwierig und aufwendig die Zubereitung war.

»Also.« Alexandra wischte sich die klebrigen Finger kurzerhand an der Tischdecke ab. »Hast du es Hugo schon erzählt?«

»Dazu hatte ich keine Gelegenheit. Aber ich werde es ihm ohnehin nicht sagen.« Lizzie wich Alexandras Blick aus. Sie wusste, dass die Freundin ihre Entscheidung nicht gutheißen würde. Meg ebenfalls nicht.

»Warum nicht?«, fragten die beiden Mädchen dann auch einstimmig.

»Es würde sein Leben zerstören«, antwortete Lizzie.

»Aber was ist mit deinem Leben?«, konterten die Freundinnen wieder beinahe gleichzeitig.

»Genau das habe ich auch gesagt«, murmelte David.

»Im Ernst, Lizzie!« Alexandra schüttelte den Kopf. »Hast du auch richtig darüber nachgedacht? Es handelt sich nicht um ein unbedeutendes Problem, das von selbst wieder verschwindet, wenn man es ignoriert.«

»Na ja ...«

»Ganz ehrlich«, fuhr Alexandra fort. »Mein Kindermädchen hatte eine Freundin. Dieses Mädchen hat uns zum Tee besucht und meinem Kindermädchen von ihrer schwangeren Schwester erzählt. Ich glaube, sie war Norwegerin. Egal, jedenfalls haben ihre Eltern dafür gesorgt, dass sie einen Mann heiratete, den sie gar nicht kannte, nur um dem Baby einen Vater zu geben.«

»Das würden meine Eltern nicht tun«, erwiderte Lizzie, doch noch während sie sprach, fragte sie sich, ob sie da sicher sein konnte. Was, wenn sie es doch tun würden? Sie konnten sie nicht zwingen zu heiraten, doch sie konnten es versuchen.

»Aber wie werden sie reagieren?«, wollte Meg wissen. »Werden sie sagen: ›Komm nach Hause, Liebling, wir helfen dir, dein Baby großzuziehen. Es stört uns nicht im Geringsten, wenn du ein uneheliches Kind bekommst – schließlich leben wir in den Sechzigerjahren?‹«

Lizzie spürte, wie ihr flau wurde. Mit einer solchen Reaktion konnte sie auf keinen Fall rechnen. Für ihre Mutter wäre es furchtbar, auf diese Weise ihr Gesicht zu verlieren. Sie wäre nie wieder in der Lage, sich in der Gemeinde hocherhobenen Hauptes zu bewegen – die Einstellung der Leute hatte sich nicht geändert. Ihr Vater würde fuchsteufelswild werden. Er würde sie vielleicht nicht gleich vor die Tür setzen, auch wenn er große Lust dazu hätte.

»Ich gehe nicht nach Hause. Ich werde es ihnen nicht erzählen«, antwortete sie.

»Sei nicht albern«, erwiderte Alexandra fest, jedoch nicht unfreundlich. »Sie lieben dich. Es geht nicht, dass du sie neun Monate nicht siehst und ihnen dann irgendwie die Tatsache verheimlichst, dass du ein Baby hast.«

Lizzie stützte die Ellbogen auf den Tisch auf und vergrub das Gesicht in den Händen. »Ich habe noch nicht richtig darüber nachgedacht. Vielleicht bin ich ja auch gar nicht schwanger.«

»Lizzie wird einen Termin beim Hausarzt ihrer Familie ausmachen«, schaltete David sich ein. »Sie wird sich etwas ausdenken – irgendein Frauenleiden –, was sie ihrer Mutter erzählt, um zu erklären, warum sie nicht zu einem Doktor in London geht, sondern zum Arzt ihres Vertrauens.«

Meg nickte. »Das ist eine gute Idee.«

»Blasenentzündung«, schlug Alexandra vor. »Ich hatte selbst noch nie eine, aber so etwas soll sehr schmerzhaft sein.«

»Bist du denn ganz sicher, dass du schwanger bist?«, fragte Meg noch einmal nach. »Es könnte auch falscher Alarm sein.«

»Ich bin überhaupt nicht sicher!«, entgegnete Lizzie. »Doch ich glaube es, weil meine Periode normalerweise sehr regelmäßig kommt. Außerdem fühle ich mich ein bisschen ... seltsam, irgendwie anders.«

Alexandra räusperte sich. »Okay, ich werde jetzt eine Frage stellen, auch wenn ich die Antwort schon zu kennen glaube: Du willst das Problem nicht in einer teuren Klinik lösen lassen, wo man sich unter einem erfundenen Namen aufnehmen lässt?«

Lizzies Antwort erfolgte instinktiv. Sie schüttelte vehement den Kopf. »Nein!«

»Du bist dir anscheinend sehr sicher«, entgegnete Meg. »Hast du schon viel darüber nachgedacht?«

»Nein. Ich muss gar nicht darüber nachdenken, weil es für mich einfach keine Alternative ist«, erwiderte Lizzie. »Ich weiß nicht, warum ich mir da so sicher bin. Es ist einfach so.«

»Besteht die Wahrscheinlichkeit, dass deine Eltern für eine Abtreibung sind?«, fragte Alexandra sanft.

»Woher soll ich das wissen? Über das Thema haben wir uns nie unterhalten.« Lizzie war plötzlich den Tränen nahe. Vielleicht war sie gar nicht schwanger, sondern litt nur unter prämenstruellen Gefühlschwankungen. »Ich glaube, sie gehen davon aus – na ja, eigentlich nur meine Mutter, mit meinem Vater würde ich nie im Leben über so etwas reden –, also, Mum ist einfach davon ausgegangen, dass ich keinen Sex vor der Ehe haben würde.«

»Was uns zurück zum Anfang bringt«, erwiderte David. »Glaubst du nicht, dass Hugo dich heiraten würde? Wenn er wüsste, dass du schwanger bist?«

»Er ist mit einer anderen verlobt, David!«, entgegnete Lizzie.

»Wir wissen nicht, ob er wirklich mit Electra verlobt ist«, warf Meg ein. »Er wollte die Verlobung verkünden, doch ich habe nichts mehr davon gehört.«

»Wahrscheinlich ist es passiert, während wir quer über die Felder gelaufen sind, um Lizzie trockene Kleidung zu bringen«, überlegte Alexandra laut. »Oder während wir zusammen mit ihr ins Haus zurückgekehrt sind.«

»Hätte Vanessa es dann nicht erzählt?«, fragte Meg.

»Warum sollte sie?«, sagte Lizzie. »Schließlich war der Grund für den Ball die Verkündung der Verlobung.« Sie seufzte. »Ich glaube, es ist passiert. Wenn er verlobt ist, dann ist er verlobt. Das war's dann.«

»Verlobt zu sein ist nicht das Gleiche, wie verheiratet zu sein«, betonte David.

»Ich werde ihm wegen dieser Sache nicht das Leben ruinieren«, entgegnete Lizzie. »Wie oft muss ich das noch sagen?«

»Okay«, meinte Meg. »Themawechsel. Wer hat Hunger?«

»Ich bin pappsatt von diesem japanischen Kuchen«, antwortete Lizzie. Nachdem die anderen aufgehört hatten, ihr mit dem Thema in den Ohren zu liegen, bemerkte sie: »Stellt euch vor, der arme Hugo müsste mich mit meinem dicken Bauch zu seinen Eltern mitnehmen, um ihnen zu eröffnen, dass er mich zu einer ehrbaren Frau machen möchte. Sir Jasper würde tot umfallen. Oder Hugo umbringen. Oder beides. Die Vorstellung ist irgendwie lustig!«

Niemand lachte.

Am Abend desselben Tages rief Lizzie ihre Mutter an. »Mummy«, sagte sie, nachdem sie die üblichen Fragen abgehandelt hatten, »könntest du einen Arzttermin für mich ausmachen?«

Daraufhin folgten weitere Fragen und Ausrufe.

»Und könntest du bei der Ärztin im Nachbarort nachfragen? Was ich habe – es ist ein bisschen ... peinlich.«

»Aber, Liebes, wir wissen doch gar nichts über die Ärztin. Warum willst du nicht wie sonst zu Dr. Sharp gehen? Er kennt dich seit Jahren.«

»Wie gesagt, es ist ein bisschen peinlich.« Lizzie senkte die Stimme. »Es tut weh, wenn ich auf die Toilette muss. Und ich muss ständig.« Alexandra und sie hatten die Symptome einer Blasenentzündung nachgeschlagen, daher wusste sie, was sie sagen musste.

»Oh, Elizabeth! Das muss dir doch nicht peinlich sein. Ärzte kennen sich mit solchen Dingen aus.«

»Wirklich, ich möchte lieber eine Frau konsultieren!« Lizzie war es eigentlich egal, ob sie zu einem Arzt oder einer Ärztin ging, doch es sollte jemand sein, der sie und ihre Eltern nicht kannte.

Ihre Mutter seufzte. »Ich sehe, was ich tun kann.«

»Danke, Mummy. Ich bin dir wirklich dankbar.«

21. Kapitel

»Liebes!«, sagte ihre Mutter einige Tage später und schloss sie in eine nach Chanel duftende Umarmung. »Endlich bist du hier! Du kommst so selten nach Hause! Und es ist wunderbar, dass du über Nacht bleibst. Dein Vater muss heute Abend noch einmal weg, also können wir uns nett von Frau zu Frau unterhalten. Ich habe eine Flasche Wein da, die wir zum Essen trinken können.«

Ihre Mutter war so glücklich, sie zu sehen, dass Lizzie beinahe von ihrem schlechten Gewissen erstickt wurde, weil sie ihre Eltern nicht schon früher besucht hatte. Seit jenem verhängnisvollen Wochenende, an dem sie beinahe ertrunken wäre, hätte sie Zeit gehabt, war aber trotzdem nicht gefahren. Vermutlich hatte sie befürchtet, ihre Mutter würde spüren, dass etwas Gravierendes vorgefallen war. Und wie viel schlimmer die Situation jetzt war! Sie erwiderte die Umarmung.

»Es ist mir gelungen, einen Termin für dich bei unserem lieben Dr. Sharp zu vereinbaren. Er kümmert sich schon um dich, seit du ein Baby warst«, fuhr ihre Mutter fort.

Das waren keine guten Neuigkeiten. »Aber Mummy, ich habe dich doch gebeten, einen Termin bei der Ärztin auszumachen! Ich habe ihren Namen vergessen. Hat das nicht funktioniert?«

»Vermutlich hätte ich das auch kurzfristig hinbekommen, doch ich dachte, es wäre besser, einen Arzt aufzusuchen, der dich wirklich gut kennt. Er hat das so gut gemacht, als du die Masern hattest.«

»Da war ich neun!«, murmelte Lizzie. »Ich wollte zu einer Frau.«

»Sei nicht albern. Es ist viel besser, zu unserem Hausarzt zu gehen. Nun, soll Daddy deinen Koffer nach oben tragen?« Das Thema war beendet.

»Nicht nötig. Darum kümmere ich mich selbst.« Wann würde ihre Mutter endlich damit anfangen, sie als Erwachsene zu betrachten und ihre Wünsche zu respektieren? Wahrscheinlich nie!

»Wenn du runterkommst, öffne ich den Wein.«

Als Lizzie die Treppe hinaufstieg, wünschte sie sich zweierlei. Erstens, dass ihre Mutter keinen Termin bei einem Arzt ausgemacht hätte, der ihr wie ein Großvater vorkam; und zweitens, dass ihr eine Ausrede einfiel, keinen Wein trinken zu müssen. Nun, sie würde schon irgendwie zurechtkommen. Sie musste.

»Ich freue mich sehr darauf«, sagte ihre Mutter, als Lizzies Vater sich zu seinem Treffen verabschiedet hatte und der Esstisch abgeräumt war, »von dem Wochenende zu hören, das du im Haus deiner Freundin Vanessa verbracht hast. Ich möchte jede Einzelheit erfahren! Ich habe meinen Ohren kaum getraut, als du mir von der Einladung aufs Land erzählt hast.« Sie füllte die beiden Weingläser auf, obwohl Lizzie bisher nur einmal an ihrem genippt hatte. »Ich bin Mrs. Brinklow begegnet – du weißt schon, sie besitzen das Elektrogeschäft auf der High Street. Ich musste es ihr erzählen. Sie liegt mir auch immer in den Ohren, wie erfolgreich Christine ist.«

Das wusste Lizzie. Ihr ganzes Leben lang war sie mit Christine Brinklow verglichen worden, und sie hatte nie gut abgeschnitten. Es war immerhin ein Segen, dass sie in der Schule nicht im selben Jahrgang waren, dennoch war Christine stets als vorbildliche Tochter hingestellt worden. Jetzt fragte Lizzie sich, was wohl passieren würde, wenn Christine Brinklow mit einem unehelichen Kind schwanger wäre. Der Himmel würde einstürzen! Allerdings konnte das nicht passieren, da Christine im vergangenen Jahr geheiratet hatte. Lizzie war eine der Brautjungfern gewesen und hatte ein äußerst unvorteilhaftes Kleid aus pfirsichfarbenem Satin getragen. Sämtliche Brautjungfern hatten schrecklich ausgesehen.

Lizzie holte tief Luft und bereitete sich darauf vor, ihrer Mutter zu erzählen, was diese gerne hören wollte. »Also! Das Haus war riesengroß, ein richtiges herrschaftliches Anwesen. Um ehrlich zu sein, es hat mich ein bisschen eingeschüchtert, dorthin eingeladen zu werden.«

»Du hast das sicher prima gemacht. Du hast tadellose Manieren, und – das habe ich dir immer wieder gesagt – gute Manieren öffnen dir jede Tür.«

Außer der Tür zu jenem Haus, dachte Lizzie. Fairerweise musste sie zugeben, dass ihr kurzes Kleid den Ausschlag gegeben hatte – nicht die Art und Weise, wie sie Messer und Gabel hielt.

»Jede Menge Leute sind über Nacht geblieben, hauptsächlich Verwandte. Deshalb waren alle großen Schlafzimmer belegt. Vanessa hat uns in der ehemaligen Kinderstube untergebracht. Dort war es wunderschön, und es gab eine tolle Aussicht. Wir konnten auch einen kurzen Blick in Vanessas Zimmer werfen, das sie einem Gast zur Verfügung stellen musste.« Es war nicht nötig, ins Detail zu gehen. »Es war umwerfend. Das gesamte Mobiliar war antik.«

»Das habe ich mir schon gedacht. Alte Häuser sind immer voller Antiquitäten. Und wie war das Essen? Wurde der Tee im Salon gereicht?«

Die Fragen gingen immer weiter, und Lizzie gab auf jede einzelne eine positive Antwort. Als ihre Mutter hörte, dass ihre Tochter die Blumen für den Ballsaal arrangiert hatte, geriet sie außer sich vor Stolz und Freude.

»Du hattest immer schon ein Händchen für Blumenarrangements! Genauso wie für Näharbeiten. So eine clevere Tochter! Warte, bis Mrs. Brinklow erfährt, dass mein kleines Mädchen die Blumendekoration für einen wichtigen Ball in einem englischen Landhaus arrangiert hat!«

So ausgedrückt klang es tatsächlich wie ein Erfolg.

»Sie sind gut geworden, das muss ich schon sagen. Aber zu dem Anwesen gehört auch ein großer Garten voller Blumen, in dem ich mich bedienen konnte. Das war wunderbar. Nicht wie hier in unseren Gärten, wo man Mühe hat, genug Blumen und Grünzeug aufzutreiben, um die Kirche anständig zu dekorieren. Es hat allerdings ewig gedauert.«

»Das kann ich mir vorstellen!« Lizzies Mutter seufzte. »Wir vermissen dich in der Blumengilde. Es wäre so schön, wenn du eines Tages zurückkämst und wieder Teil der Gemeinde würdest.«

»Ich war nie ein richtiges Mitglied der Blumengilde, ich habe nur ausgeholfen.« Lizzie musste ihre Mutter davon abhalten, sich Szenarien vorzustellen, die das ermöglichen würden – dazu würde ein junger Mann aus dem Ort gehören, der nicht von hier wegziehen wollte.

»Das Ganze war offensichtlich eine gute Übung für dich«, bemerkte Lizzies Mutter voller Stolz. »Jetzt erzähl mir noch von dem Tanz in der Scheune, der vor dem Ball stattgefunden hat.«

Dieser Teil war einfach zu beschreiben – sie war schließlich dort gewesen. Doch als ihre Mutter erwartete, dass sie auch den Ball beschrieb, Tanz für Tanz, war ihre Fantasie doch sehr gefordert. Sie konzentrierte sich auf die Kleider – manche davon hatte es tatsächlich gegeben. Dann erfand sie ein paar Tanzpartner, deren Fähigkeiten in direktem Zusammenhang mit den Jungen standen, die während ihrer Schulzeit mit ihr zusammen diverse Tanzkurse besucht hatten. Als Lizzie zum Ende kam, war sie beinahe selbst überzeugt, den Ball besucht zu haben, anstatt verzweifelt über matschige Felder und Wiesen gestapft und um ein Haar ertrunken zu sein.

Das Geschichtenerzählen hatte sie erschöpft. Sie gähnte ausgiebig. »Macht es dir was aus, wenn ich schlafen gehe, Mum?«, fragte sie. »Ich glaube, was auch immer mir fehlt – es macht mich müde.«

»Natürlich nicht! Ich habe ganz vergessen, dass du ja krank bist. Ich bringe dir einen heißen Kakao nach oben. Geh am besten sofort zu Bett. Oder willst du vorher noch ein Bad nehmen? Das lindert Probleme *da unten*. Du kannst mein Badesalz benutzen. Und du musst viel trinken.«

Eine Stunde später kuschelte Lizzie sich in ihr altes Bett, trank abwechselnd heißen Kakao und Kräutertee und las einen Roman aus der Reihe *Die Chaletschule*. Ihr war bewusst, dass sie wieder in alte Kindheitsgewohnheiten verfallen war, doch das machte es ihr leichter, mit der übertriebenen Mutterliebe zurechtzukommen, mit der ihre Mum sie überhäufte.

Während sie sich in die Bettdecke einhüllte, wurde ihr klar, dass ihre Schwangerschaft all das zerstören würde. Das Leben ihrer Eltern war davon genauso betroffen wie ihr eigenes.

Nichts kann peinlicher sein, als den Arzt aufzusuchen, der dir den ersten Preis in einem Wettbewerb für das hübscheste Baby verliehen hat. Doch Lizzie musste nun tapfer sein und konnte nicht lange um den heißen Brei herumreden.

»Was kann ich denn für dich tun, meine Liebe?«, fragte Dr. Sharp. Seine onkelhafte Miene ließ sie ein wenig erschaudern.

Lizzie versuchte, sein Lächeln zu erwidern. »Ich bin möglicherweise schwanger.«

Sofort schlug seine väterliche Besorgtheit in tiefe Missbilligung um. Doch er verkniff sich jeden Kommentar. »Wie lange ist deine Periode überfällig?«

»Sie ist zweimal ausgeblieben.«

Seine Miene wurde noch finsterer.

»Könnte es einen anderen Grund dafür geben?« Jede Falte seines Gesichts drückte einen stummen Vorwurf aus.

»Ich wüsste keinen.« Ihr schlechtes Gewissen flaute ab. Wenn er so kühl war, konnte sie das auch sein.

»Kommt deine Periode normalerweise regelmäßig?«

»Präzise wie ein Uhrwerk. Und mir geht es sehr gut, abgesehen davon, dass ich keine Lust auf Kaffee oder Wein habe.«

»Wir sollten besser einen Test machen.« Er gönnte ihr kaum einen Blick. Wortlos griff er in einen Schrank hinter sich und gab ihr einen Pappbecher. »Es könnte noch zu früh sein. Gib die Probe bitte der Sprechstundenhilfe.«

Er stand auf. Die Konsultation war beendet.

Als sie aus dem Sprechzimmer zum Empfang ging, schwor sie sich, Dr. Sharp nie wieder aufzusuchen, wenn es sich irgendwie vermeiden ließ. Von diesem mürrischen alten Mann würde sie sich während ihrer Schwangerschaft auf keinen Fall betreuen lassen.

»Wie ist es gelaufen?«, wollte ihre Mutter wissen, sobald sie das Haus betreten hatte.

»Oh, es war sehr beruhigend, danke.« Lizzie lächelte. »Ich muss in ungefähr zwei Wochen noch mal hin.« Die Sprechstundenhilfe am Empfang hatte ihr mitgeteilt, dass sie dann mit dem Ergebnis rechnen konnte. »Ich habe einen weiteren Termin vereinbart.« Ihr schlechtes Gewissen brachte sie dazu hinzuzufügen: »Aber ich könnte noch ein paar Tage hierbleiben, statt sofort nach London zurückzukehren. Wenn das in Ordnung ist.«

»Natürlich ist es das, Liebes!«, antwortete ihre Mutter. »Ich habe dich liebend gerne zu Hause.«

Am folgenden Vormittag bestand ihre Mutter darauf, dass Lizzie mit ihr zusammen einkaufen ging. Sie war nicht davon abzubringen, obwohl Lizzie anbot, die Einkäufe allein zu erledigen und ihrer Mutter die Fahrt in den Ort zu ersparen.

»Was brauchen wir denn, Mummy?«, fragte Lizzie.

»Äh – Glühbirnen.« Es klang sehr entschlossen.

Das steckte also dahinter: Lizzie sollte Mrs. Brinklow vorgeführt werden, der Besitzerin des Elektroladens und Mutter der perfekten Christine, damit ihre Mum von Lizzies herausragenden Fähigkeiten im Blumenarrangieren erzählen konnte.

Ihre Mutter betrachtete sie prüfend, bevor sie die Ladentür öffnete. Sie stand kurz davor, ihr noch einmal mit dem Kamm durchs Haar zu fahren – das sah Lizzie genau.

»Guten Morgen, Barbara«, grüßte sie, als sie hineingingen. »Du hast meine Tochter eine ganze Weile nicht mehr getroffen, stimmt's? Sieht sie nicht modern aus mit ihrem Kurzhaarschnitt?« Angela Spencer legte eine Pause ein, um ihrer alten Freundin Zeit zu geben, Lizzies Haare zu betrachten, die sich inzwischen an den Spitzen lockten. Die Locken gehörten nicht zum ursprünglichen Stil. »Du hattest so viel um die Ohren, nicht wahr, Liebes?«

22. Kapitel

Seltsam, wie leicht mir die Lügen über die Lippen gekommen sind, dachte Lizzie bedrückt, als sie im Zug saß und die vertraute Landschaft an ihr vorbeiglitt. Sie hatte ihrer Mutter etwas vorgeflunkert und außerdem Mrs. Brinkow von einem Ball berichtet, den sie gar nicht besucht hatte. Doch wenn ihre Mutter die Wahrheit kennen würde, würde sie vor Scham sterben – auch wenn David gesagt hatte, dass das nicht passieren würde. Auf jeden Fall wäre sie nie wieder in der Lage, bei Mrs. Brinklow Glühbirnen zu kaufen.

Lizzies Freunde saßen um den Tisch, als sie die Küche betrat. Sie freute sich sehr, sie zu sehen. »Nun, das war alles sehr frustrierend!«, berichtete sie. Ausführlich erzählte sie von ihrem Besuch bei ihrem alten Hausarzt.

Lizzie fiel auf, dass ihre Freunde fassungslos wirkten, dennoch berichtete sie weiter. »Er war richtig mürrisch und schrecklich herablassend. Ich muss nun zwei Wochen auf das Ergebnis warten. Kocht niemand Tee?«

Meg stand auf und setzte den Wasserkessel auf.

Alexandra räusperte sich. »Du hast Hugo um etwa zehn Minuten verpasst.«

Lizzie konnte sich gerade noch rechtzeitig einen Stuhl schnappen und sich darauf sinken lassen, bevor die Beine unter ihr nachgaben. Sie ließ den Kopf zwischen die Knie sinken und war froh, als jemand ihr half, sich auf das Sofa zu legen.

»Ich gieße Tee für dich auf«, sagte Meg besorgt. »Vielleicht sollte ich viel Zucker hineingeben? Gegen den Schock? Und du solltest auch etwas essen. Wie wäre es mit Toast und Marmite?«

»Er kommt doch nicht zurück, oder?« Lizzie blickte ängstlich in die Gesichter, die auf sie hinuntersahen.

»Nein. Alexandra war brillant!«, erwiderte Meg.

»Ich habe behauptet, du hättest einen Job in Schottland«, erklärte Alexandra, um stolz kundzutun, wie souverän sie reagiert hatte. »In einer richtig abgelegenen Gegend, in der es kein Telefon gibt und die Post nur einmal pro Woche geliefert wird. Ich hoffe, ich habe es mit der Abgelegenheit nicht übertrieben. Ich habe nicht gesagt, wie lange du dort arbeiten wirst – für den Fall, dass du ihm irgendwo mal zufällig über den Weg läufst.«

»Das war allerdings sehr geistesgegenwärtig«, sagte Lizzie, obwohl sie es für unwahrscheinlich hielt, dass sie Hugo begegnen würde. »Vielen, vielen Dank!«

»Hier ist dein Tee«, meinte Meg. »Ich hoffe, ich habe ihn lange genug ziehen lassen.«

Lizzie nippte an dem heißen Getränk. »Er ist perfekt. Und eine Scheibe Toast nehme ich gern.«

»Schon unterwegs«, antwortete Meg. »Er wollte dich unbedingt sehen«, fuhr sie fort. »Wollte hören, ob es dir gut geht. Er ist ziemlich reserviert, nicht wahr? Doch ich glaube, er wollte wissen, ob dein Bad im Fluss irgendwelche gesundheitlichen Folgen hatte.«

»Oh«, machte Lizzie, die sich paradoxerweise freute, dass er sich die Mühe gemacht hatte, sie gegen ihren ausdrücklichen Wunsch zu besuchen.

»Also?«, wollte Alexandra wissen. Offensichtlich hatte sie das Gefühl, dass es Lizzie besser ging und sie die Frage stellen konnte, die alle interessierte. »Du wirst also wirklich ganze zwei Wochen lang nicht wissen, ob du schwanger bist oder nicht?«

Lizzie, die sich gerade aufrichten wollte, ließ sich wieder in die Sofakissen sinken. »Genau, aber ich glaube, ich bin schwanger. Ich habe mich noch nie so schwach gefühlt.« Sie räusperte sich. »Abgesehen davon, dass du Hugo erzählt hast, ich hätte das Land verlassen, hast du nichts gesagt?«

»Wir haben ihm nichts von deiner Schwangerschaft erzählt, wenn es das ist, was du meinst«, konterte Alexandra. »Auch wenn wir es wirklich hätten tun sollen. Er ist ein guter Mann, er würde dich nicht hängen lassen.«

Aber er würde auch Electra nicht hängen lassen, dachte Lizzie. »Dann bin ich also momentan auf der sicheren Seite? Mal ehrlich, ich habe ihm über Vanessa die Nachricht zukommen lassen, dass ich ihn nicht sehen will. Er hätte nicht herkommen sollen.«

»Doch«, erwiderte David fest. »Wie gesagt, er ist ein ehrenhafter Mann.«

»Lizzie möchte sich von ihm zurückziehen. Sie will sich in Luft auflösen und ihn nie wiedersehen«, entgegnete Meg.

»Und ich werde ihn tatsächlich nicht wiedersehen. Er glaubt, ich sei in Schottland. Deshalb wird er nicht mehr herkommen.« Da Lizzies Magen sich allmählich wieder beruhigte, schwang sie die Beine vom Sofa und richtete sich auf. »Es ist alles in Ordnung.«

»Nein, ist es nicht!«, erwiderte Meg empört. »Du kannst nicht im Haus bleiben, bis das Baby kommt. Du wirst ihm garantiert irgendwo mal begegnen.«

»Meggie hat recht«, meinte David. »London ist zwar eine große Stadt, doch wenn du jemanden meiden willst, läufst du ihm garantiert über den Weg – das ist so sicher wie das Amen in der Kirche.«

Lizzie spürte, wie ihr wieder übel wurde. Sie fuhr sich mit den Fingern durch die Haare, bis sie wie Stacheln in die Höhe standen. »Was soll ich bloß tun?«

Sie hatte nicht wirklich mit einer Antwort gerechnet, doch Meg erklärte: »Na ja, meine Mutter arbeitet als Hausmutter in einer Schule. Sie suchen immer Assistentinnen.«

»Ich könnte auch dort wohnen?«

»Ja. Aber bevor man dir deinen Zustand ansieht, müsstest du gehen«, antwortete Meg. »Es sei denn, du hast eine Affäre mit einem der Lehrer, der dich dann heiratet und alles in Ordnung bringt.«

Die anderen sahen Meg entsetzt an. »Das war kein ernst gemeinter Vorschlag, aber das tun doch manche, oder nicht? Ich sage nicht, dass es die richtige Lösung für dich ist, Lizzie.« Meg zögerte. »Es sei denn, du würdest dich verlieben. Und in dem Fall müsstest du es dem betreffenden Mann erzählen.«

»Ich glaube eher, dieser Zug ist abgefahren, Meggie«, murmelte David. »Und ich bezweifle, dass Lizzie der Typ ist, der sich so rasch wieder verlieben könnte. Du musst es Hugo sagen, Schätzchen. Die Alternativen sind alle nicht gerade angenehm.«

Lizzie war auf einmal nach Weinen zumute. Schwanger zu sein fühlte sich genauso an, als bekäme sie in Kürze ihre Periode: Sie konnte bisweilen völlig grundlos und ohne Vorankündigung in Tränen ausbrechen. Allerdings gab es diesmal einen Grund.

»Noch Toast?«, fragte Meg.

Lizzie schüttelte den Kopf. »Nein, danke, meine Süße, doch es hat gut geschmeckt.« Sie wappnete sich, um die nächste Frage zu stellen. »Meggie, was hat deine Mutter gemacht, als du ein Baby warst und sie Witwe wurde?«

»Nun, ich weiß, dass es sehr hart war. Was es ein bisschen leichter gemacht hat, war die Tatsache, dass sie verwitwet war. Aber trotzdem vermuteten viele Leute, dass sie nie einen Ehemann gehabt hatte, weil mein Vater so kurz nach dem Krieg gestorben ist. Sie musste jede Menge Unfreundlichkeit und Lieblosigkeit ertragen. Doch es ist ihr gelungen, immer Arbeitsstellen mit Kost und Logis zu finden. Natürlich würden wir alles tun, um dich zu unterstützen ...« Meg schaute David und Alexandra an, die beide zustimmend nickten. »Allerdings könnte es trotz allem darauf hinauslaufen, dass du es für am besten halten wirst, das Baby zur Adoption freizugeben.«

Wieder hätte Lizzie am liebsten geweint. Ich glaube nicht, dass ich das ertragen könnte, dachte sie. »Schwanger zu sein ist kein Spaziergang, stimmt's?«, sagte sie laut und versuchte, gelassen zu klingen.

Da er vermutlich die Tränen in ihrer Stimme hörte, bemerkte David: »Ich weiß, dass sie wahrscheinlich schrecklich aufgebracht sein werden, aber solltest du es nicht trotzdem deinen Eltern erzählen? Sie kümmern sich bestimmt um dich, und vielleicht werden sie es lieben, ein Enkelkind zu bekommen, ohne sich mit einer Hochzeit und einem Schwiegersohn herumschlagen zu müssen.«

»David«, entgegnete Lizzie, »noch einmal: Meine Mutter plant meine Hochzeit, seit man ihr mitgeteilt hat, dass sie ein Mädchen bekommen hat. Ihr ist extrem wichtig, was die Nachbarn denken, und wenn ihre Tochter ein uneheliches Kind bekommt ...«

»... dann würde sie das umbringen«, beendete David den Satz für sie. »Ich weiß. Das hast du mir gesagt. Aber Frauen lieben Babys! Ich habe noch nie eine Frau erlebt, die nicht vor Rührung vollkommen ausflippt, wenn sie einen Säugling sieht.«

»Du hast noch nie eine Frau erlebt, die nicht so *tut*, als würde sie vollkommen ausflippen«, korrigierte Alexandra ihn. »Babys sind nicht für jeden was. Sie machen jede Menge Lärm und sind immer ... feucht. Ich persönlich weiß nie, was ich mit ihnen anfangen soll, wenn ich gelegentlich mal eins zum Halten in den

Arm gedrückt bekomme.« Sie schenkte Lizzie ein entschuldigendes Lächeln. »Aber ich werde mir große Mühe mit deinem Kind geben, Lizzie. Es wird anders sein: Es wird unser Baby, genau wie Clover unser Hund ist.«

»Danke«, antwortete Lizzie schwach. Sie war sich nicht sicher, ob man einen Säugling wirklich mit einem Hund vergleichen konnte.

In den folgenden beiden Wochen versuchte Lizzie, sich ständig zu beschäftigen, während sie auf den Tag wartete, an dem sie den Arzt anrufen und sich nach dem Ergebnis ihres Schwangerschaftstests erkundigen konnte.

Sie schnappte sich ein paar alte Bettlaken, die in der Mitte dünn geworden waren, schnitt sie in zwei Hälften und nähte sie so wieder zusammen, dass die verschlissenen Bereiche nun außen waren. David konnte diese Bettlaken an seinem Stand für kleines Geld verkaufen. Sie half Meg, delikate Kanapees zuzubereiten, halbierte Weintrauben, spritzte mit der Garnierspritze Frischkäse auf Kräcker (darin war sie inzwischen richtig gut) und erledigte alle möglichen kniffeligen und zeitraubenden Aufgaben, die Meg vom Chef ihres Partyservice aufgetragen wurden. Offensichtlich konnte man hohe Beträge für diese pikanten kleinen Köstlichkeiten in Rechnung stellen. Doch sosehr Lizzie sich zu beschäftigen versuchte, nichts half ihr, sich von ihren Problemen abzulenken.

Am Tag bevor das Testergebnis vorliegen sollte, war sie allein zu Hause, als es an der Tür Sturm klingelte. Während Lizzie die Treppe von der Küche ins Erdgeschoss hinaufstieg, hatte sie große Angst, Hugo könnte vor der Haustür stehen.

Es waren ihre Eltern.

»Pack deine Sachen, Elizabeth«, sagte ihr Vater. »Du kommst mit uns.«

Lizzie durfte ihren Mitbewohnern gerade noch eine Nachricht schreiben, damit sie nicht glaubten, sie wäre entführt worden. Doch ihre Eltern gaben ihr nicht viel Zeit, um ihre Sachen in eine Tasche zu werfen, bevor sie aus dem Haus geführt und zum Auto gebracht wurde. Lizzie nahm auf der Rückbank Platz, biss sich auf die Unterlippe, knetete die Finger im Schoß und versuchte verzweifelt, nicht in Tränen auszubrechen. Ihre Eltern hatten kaum ein Wort miteinander gewechselt und auch nicht mit ihr gesprochen. Dennoch gab es keinen Zweifel, dass sie vom Ergebnis des Schwangerschaftstests erfahren hatten. Also war sie tatsächlich schwanger.

Nachdem sie zu Hause angekommen waren, hielten ihre Eltern sich nicht mehr zurück.

»Elizabeth!«, sagte ihr Vater aufgebracht. »Wie konntest du uns das nur antun?«

»Nach allem, was wir für dich getan haben!«, fügte ihre Mutter hinzu. »Du bist unser einziges geliebtes Kind, und das ist der Lohn für alles?«

Lizzie setzte sich aufs Sofa und blickte zwischen ihren Eltern hin und her. Sie musste sich überlegen, was sie antworten sollte. Doch was *konnte* sie sagen? Das Einzige, was sie fragen wollte, war, wie sie es herausgefunden hatten.

»Es tut mir sehr leid«, versicherte sie schließlich. »Natürlich war es keine Absicht.«

»Und du hattest auch nicht vor, uns darüber zu informieren?«, wollte ihr Vater wissen.

»Ich wollte es euch selbst erzählen«, erwiderte Lizzie würdevoll. »Ich nehme an, Dr. Sharp hat es euch gesagt?«

»Ja, ganz genau!«, antwortete ihre Mutter. »Man stelle sich die Demütigung vor, die Schande, wenn einem von so einem angesehenen Mitglied der Gesellschaft mitgeteilt wird, dass die eigene Tochter wenig besser ist als ... als eine dieser Frauen!«

»Ich glaube nicht, dass er es euch hätte erzählen dürfen! Verstößt das nicht gegen den Hippokratischen Eid?«, erwiderte Lizzie, die sich erinnerte, dass dieses Thema Teil einer Geschichtsstunde in der Schule gewesen war.

»Mach dich doch nicht lächerlich!«, brauste ihr Vater auf. »Du bist noch minderjährig! Dr. Sharp ist der Hausarzt unserer Familie. Es ist seine Pflicht, uns zu informieren!«

Lizzie schluckte. Hatte ihr Vater recht?

»Wir werden nie wieder in der Lage sein, erhobenen Hauptes durch diese Gemeinde zu gehen!«, ergänzte ihre Mutter. »Wir sind immer so stolz auf dich gewesen. Was hast du nur getan? Du hast Schande über uns gebracht, so sieht es aus. Hast du kein Pflichtbewusstsein gegenüber deinen Eltern?«

»Es war ein ... Unfall, Mummy!«, antwortete Lizzie, die mit den Tränen kämpfte.

»Du hättest vorsichtiger sein müssen!«, erwiderte ihre Mutter, als hätte Lizzie beim Staubwischen eine Vase zerbrochen. Dann erst ging ihr auf, was sie gerade gesagt hatte. »Ich meine, du hättest es überhaupt nicht tun dürfen – was auch immer du getan hast!«

»Es tut mir leid, Mummy«, entgegnete Lizzie. Doch obwohl es ihr tatsächlich aufrichtig leidtat, ihre Eltern derart in Bedrängnis zu bringen, bedauerte sie nicht, was im Bootshaus passiert war. Nicht im Geringsten. »Ich glaube, ich gehe jetzt nach oben«, erklärte sie und verließ den Raum.

23. Kapitel

Was Lizzie getan hatte, war anscheinend schlimmer als das schwerste Kapitalverbrechen. Nie zuvor hatte es jemanden gegeben, so schien es, der so undankbar war wie sie.

Lizzie folgte ihrer Mutter in die Küche, wo sie gerade das Abendessen vorbereitete. Ihr Vater war in seinem Arbeitszimmer verschwunden, und Lizzie hoffte, dass ihre Mum sich vielleicht beruhigen würde, wenn sie sich die Probleme von der Seele redete.

Doch sie sollte sich täuschen. »Und ich nehme an, du erwartest von uns, dass wir dich durchfüttern, solange du schwanger bist?«, fragte ihre Mutter.

»Mummy«, erwiderte Lizzie ruhig. »Ich bin neunzehn Jahre alt und kein Kind mehr. Ihr hättet mich nicht nach Hause holen müssen. Ich hatte Arbeit; ihr hättet mich einfach in London lassen können, wo ich in Sicherheit war und einen guten Job hatte. Mir ist klar, dass ich nicht mehr als Kellnerin arbeiten kann, sobald man meine Schwangerschaft sieht, aber bis dahin könnte ich mir meinen Lebensunterhalt verdienen. Ich könnte Geld ansparen.«

»Und was willst du tun, wenn das Baby auf der Welt ist? Wie willst du dann arbeiten gehen? Möchtest du vielleicht einen Wäscheservice für andere Leute anbieten?«

Lizzie erinnerte sich an die Tasche mit alten Bettlaken, für die David ihre Hilfe benötigt hatte, und fand die Idee gar nicht so schlecht. Doch sie sprach den Gedanken nicht aus; es wäre in diesem Moment nicht hilfreich gewesen. Sie legte ihrer Mutter die Hand auf den Arm. »Komm, lass uns zusammen das Essen vorbereiten, Mummy.«

Da Lizzie beim Kochen schon geholfen hatte, seit sie neun Jahre alt war, mussten ihre Mutter und sie dabei nicht reden. Lizzie schälte Kartoffeln, holte den Kohl und wusch ihn vorsichtig. Ihre Mutter stellte die Kartoffeln und den Kohl gleichzeitig auf den Herd. »Soll ich ein paar Möhren vorbereiten?«, bot Lizzie an.

»Wenn du möchtest. Ich weiß allerdings nicht, ob sie noch gar werden. Dein Vater hat Hunger und wird missmutig, wenn er auf sein Essen warten muss.«

Lizzie verdrehte die Augen. Er konnte kaum noch missmutiger werden. Allerdings würde es seine Laune vielleicht bessern, wenn er mit seinem Whiskey eine Weile allein blieb. »Das ist fast so wie in alten Zeiten«, bemerkte sie munter. »Wir beide in der Küche beim gemeinsamen Kochen.«

Ihre Mutter warf ihr einen Blick zu, der ihr sagte, dass es keineswegs so war wie in alten Zeiten. In alten Zeiten hatte ihre geliebte Tochter noch keine Schande über die Familie gebracht. »Bitte deck den Tisch, Elizabeth.«

Als alle im kühlen Esszimmer saßen und die Schweinekoteletts zur Hälfte gegessen hatten, bemerkte ihr Vater: »Ich rede bei den Mahlzeiten nicht gern über unangenehme Dinge, aber wir können es genauso gut gleich hinter uns bringen.«

»Wir haben uns über deine Situation beraten, als du oben warst«, erklärte Lizzies Mutter. »Und wir haben einen Plan entworfen.«

»Wie könnt ihr etwas geplant haben, ohne dass ich bei der Diskussion anwesend war?«, fragte Lizzie. Sie hatte bisher nie mit ihren Eltern gestritten, sondern sich immer einfach ihren Wünschen gebeugt. Doch seit ihrem Umzug nach London – und wahrscheinlich seit dem Beginn ihrer Schwangerschaft – war sie nicht mehr so fügsam.

»Der Plan ist«, fuhr ihr Vater fort, als hätte Lizzie keinen Einwand vorgebracht, »dich zu meiner Cousine Margaret in Yorkshire zu schicken.«

»Ich wusste gar nicht, dass du dort eine Verwandte hast, Daddy«, warf Lizzie ein.

»Bitte unterbrich mich nicht, Elizabeth«, erwiderte ihr Vater. »Meine Cousine lebt in der Nähe eines Mutter-Kind-Heimes. Wenn du ungefähr im siebten Schwangerschaftsmonat bist, wirst du in das Heim ziehen. Nach der Geburt wirst du noch sechs Wochen dortbleiben. Bis dahin wird die Adoption deines Babys in die Wege geleitet sein.«

Lizzie sah, dass ihre Mutter sich die Augen nun mit einem Taschentuch abtupfte. »Aber ich möchte mein Kind nicht zur Adoption freigeben«, erwiderte Lizzie.

»Die einzige Alternative zu diesem Plan besteht darin«, sagte ihr Vater ernst und blickte seine Tochter und seine weinende Ehefrau finster an, »dich in eine Spezialklinik zu bringen. Ich hoffe, du möchtest nicht, dass ich konkreter darauf eingehe, was dort passieren würde.«

»Was würde ich tun, während ich bei dieser Cousine wohne, von der ich noch nie etwas gehört habe?«

»Nun, ich hoffe, du wirst dich im Haus nützlich machen!« Ihr Vater wurde plötzlich so wütend, als hätte Lizzie ihm in diesem Punkt widersprochen. »Sie wohnt in Halifax in einem kleinen Haus. Vermutlich verfügt es nicht über besonders viel Komfort.«

»Hast du sie gefragt, ob sie mit meinem Kommen einverstanden wäre?« Lizzie hatte das Gefühl, dass dazu kaum genug Zeit gewesen war. Cousine Margaret besaß wahrscheinlich gar kein Telefon.

»Sie würde dich sicher gern aufnehmen«, antwortete Lizzies Mutter etwas gefasster. »Wir werden für deinen Unterhalt zahlen. Wir müssen auch für die Zeit im Mutter-Kind-Heim bezahlen.«

»Ich glaube, es wäre besser, ich würde nicht in dieses Heim gehen«, erwiderte Lizzie.

»Aber es wäre doch sicher besser, das Baby zur Adoption freizugeben, als – du weißt schon – diese Operation zu haben. Manchmal kann man danach keine Kinder mehr bekommen, und dann bekäme ich ja niemals Enkelkinder!« Sie schluchzte auf und griff wieder nach dem Taschentuch.

Lizzie stand auf. »Ich räume den Tisch ab. Möchte jemand eine Tasse Tee?« Sie erledigte den Abwasch und kochte Tee. Ihr Vater hatte seine Frau ins Wohnzimmer begleitet.

Lizzie musste ihren eigenen Plan schmieden. Sie hatte Zeit, wenn auch nicht viel, denn sie musste ihr Elternhaus so schnell wie möglich verlassen. Sie trug das Tablett mit dem Teegeschirr zu ihren Eltern. »Die Sache ist die, Mummy und Daddy, es tut mir natürlich außerordentlich leid, dass das passiert ist ...«

Ihr Vater wollte sie unterbrechen, doch Lizzie gelang es, ihn mit einem Lächeln davon abzuhalten.

»Es tut mir ausgesprochen leid, und ich weiß auch, wie sehr ich euch enttäuscht habe ...«

»Wir haben dich nach London geschickt, damit du dich weiterbildest, und nicht, damit du mit verschiedenen Männern schläfst und dann in anderen Umständen bist!«, begehrte ihre Mutter auf.

»Ich habe nicht mit verschiedenen Männern geschlafen, Mummy«, antwortete Lizzie, die fest entschlossen war, dagegenzuhalten und gleichzeitig freundlich zu bleiben. »Und ich habe mich weitergebildet, in vielerlei Hinsicht. Allerdings ...« Sie war stolz auf das Wort, weil es klang, als wüsste sie, was sie als Nächstes sagen wollte. »Es sind Sachen passiert, die keiner von uns wollte. Zumindest eine Sache.«

»Willst du damit andeuten, dass der Mann dir Gewalt angetan hat? Das wirft ein ganz anderes Licht auf die Angelegenheit.«

Ihre Mutter sah ihren Mann an und schien auf seine Zustimmung zu warten.

»Nein! Er hat mir keine Gewalt angetan. Es war – einvernehmlich.« Auch wenn Lizzie es satthatte, gefragt zu werden, ob Hugo sie mehr oder weniger vergewaltigt hatte, zeigten ihre Eltern mit der Frage wenigstens ein gewisses Interesse an ihrem Wohlergehen. Bisher war es nur darum gegangen, wie Lizzies Handlungen ihren Eltern schadeten.

»Wie hat er reagiert, als du ihm von der Schwangerschaft erzählt hast?«, wollte ihr Vater wissen.

Lizzie nahm die Teekanne und schenkte Tee ein. »Er weiß es nicht. Bis jetzt war ich mir ja selbst nicht sicher! Vorher hätte ich es ihm ja kaum sagen können. Und ich würde gern wissen, warum Dr. Sharp dich informiert hat, Mummy, statt mir Bescheid zu geben.«

Ihre Mutter sah sehr selbstgerecht aus. »Er hat mich informiert, weil ich deine *Mutter* bin. Er dachte – und ich bin voll und ganz seiner Meinung –, dass ich alles wissen sollte, was dein Wohlergehen betrifft.«

Lizzie schwieg.

»Also wirst du jetzt den Mann informieren, der dir das angetan hat«, stellte ihr Vater fest.

»Nein«, erwiderte Lizzie. Dabei schämte sie sich ein bisschen. Ihr war klar, dass das unter anderen Umständen das einzig Vernünftige gewesen wäre.

Ihre Mutter stöhnte auf. »Oh, Elizabeth!«, stieß sie entsetzt hervor. »Er ist doch nicht schon verheiratet, oder?«

»Nein, ist er nicht!« Der Gedanke erschütterte sie fast so sehr wie ihre Mutter, doch dann wurde ihr klar, dass es kaum besser war, mit einem verlobten Mann zu schlafen. Schließlich war seine Verlobung der Grund, warum sie ihm nichts von ihrer Schwangerschaft erzählen würde.

»Dann musst du es ihm sagen«, verlangte ihr Vater. »Er muss eine ehrbare Frau aus dir machen.«

»Nein!«, widersprach Lizzie. »Es ist mein Problem, nicht seins – ich muss es lösen.«

Ihr Vater seufzte tief und leidgeprüft auf. »Ach ja? Du hattest wohl Kontakt mit einer Menge Feministinnen, seit du in London warst!«

»Es gehören zwei dazu, um ein Baby zu zeugen, Elizabeth«, beharrte ihre Mutter. »Du kannst nicht allein die Verantwortung für alles übernehmen.«

Ganz plötzlich hatte Lizzie Schuldgefühle. Es stimmte, und unter anderen Umständen hätte sie von ganzem Herzen zugestimmt. »Es tut mir leid, doch ich werde es ihm nicht sagen.«

»Wenn du es nicht tust, bleiben dir nur Cousine Margaret und das Mutter-Kind-Heim«, erwiderte ihr Vater.

»Vielleicht solltest du an deine Cousine schreiben und abwarten, was sie davon hält, bevor du mich zu ihr schickst«, meinte Lizzie. »Allerdings werde ich in kein Heim gehen.«

»Du wirst tun, was man dir sagt, mein Mädchen!«, polterte ihr Vater. »Du bist dein ganzes Leben lang verwöhnt worden, hast alles bekommen, und jetzt wirst du uns gehorchen! Und was diesen Unsinn angeht, es dem Vater des Kindes nicht erzählen zu wollen – du bleibst in deinem Zimmer, bis du es dir anders überlegt hast!«

Lizzie spürte, dass alle Anwesenden – sie selbst eingeschlossen – immer wütender und aufgebrachter wurden, und das war alles andere als hilfreich. »Daddy! Das hier ist kein viktorianisches Melodram! Du kannst mich nicht in meinem Zimmer einsperren. Ich bin kein Kind mehr.«

»In meinem Haus mache ich, was ich will, junge Dame! Und solange du unter meinem Dach wohnst, befolgst du die Regeln!«

»Daddy, ich bin schwanger, doch ich habe keine Regeln gebrochen«, entgegnete sie sanft. »Angenommen, ich wäre verwitwet: Wie würdet ihr mich dann behandeln?«

Lizzies Mutter bekam feuchte Augen. »Das würde ich dir nicht wünschen, Liebes, aber das wäre etwas ganz anderes. Du würdest bei uns wohnen, und wir würden dir helfen, dein Kind aufzuziehen.« Ihre Mutter war anscheinend recht angetan von dieser Vorstellung.

»Nun, könnten wir nicht einfach so tun als ob? Ich könnte eine Weile hierbleiben – mir Arbeit suchen – arbeiten, bis es nicht mehr geht ...«

In Wirklichkeit hatte sie die Absicht, so bald wie möglich nach London zurückzukehren – wahrscheinlich schon am folgenden Vormittag. Sie musste die Lage mit ihren Freunden besprechen. Auch wenn niemand es angesprochen hatte, wussten sie schließlich, dass sie nicht für immer in dem Haus in Belgravia wohnen konnten. Alexandras Verwandte konnten jeden Moment auftauchen und die Untermieter vor die Tür setzen.

»Du wirst nicht in den Ort gehen!« Ihre Mutter hatte die Fassung offenbar zurückgewonnen und sich wieder in eine strenge Schuldirektorin zurückverwandelt. »Ich will nicht, dass du meinen Freunden deinen Zustand unter die Nase reibst!«

»Mummy! Kann man erkennen, dass ich schwanger bin, nur wenn man mich ansieht? Wirklich?«

»Natürlich nicht, dafür ist es viel zu früh«, erwiderte ihre Mutter böse.

»Also könnte ich mir eine Arbeit suchen, solange man es noch nicht sieht ...«

»Nein!«, entschied ihr Vater. »Auf keinen Fall. Du kannst hier wohnen, bis der passende Zeitpunkt gekommen ist, in den Norden zu Cousine Margaret zu fahren, oder du beschließt, zur Vernunft zu kommen und den Kindsvater zu informieren. Aber du gehst nicht aus dem Haus!«

Lizzie seufzte. »Daddy, sei doch vernünftig. Ich bin erwachsen. Ich weiß, dass es noch ein paar Jahre dauern wird, bis ich auf eigenen Füßen stehe, aber erwartest du wirklich von mir, dass ich im nächsten halben Jahr keinen Fuß vor die Tür setze? Das würde bedeuten, dass ich nie die Einkäufe für Mummy erledigen und auch nicht mal schnell zum Laden springen könnte, wenn irgendetwas ausgegangen ist.«

Lizzies Eltern wechselten einen Blick und versuchten, sich schweigend darüber auszutauschen, wie sie mit ihrem enttäuschenden Kind umgehen sollten. Es war schwierig, eine einheitliche Haltung an den Tag zu legen, wenn man nicht darüber diskutieren konnte.

»Ich glaube, es wäre in Ordnung, wenn sie im Ort einkaufen geht, oder? Solange man noch nichts sehen kann?«, sagte ihre Mutter schließlich.

»Sie wird schon lange im Norden sein, bevor es irgendein Anzeichen für ein Baby gibt!«, erwiderte ihr Vater. Er war nach wie vor nicht bereit, Zugeständnisse zu machen.

»Soll ich noch Tee kochen?«, schlug Lizzie vor. Sie hoffte, dass ihre Mutter ihren Vater vielleicht ein wenig besänftigen könnte, wenn die beiden ungestört waren.

»Nein, danke!«, antwortete ihr Vater ungewohnt heftig angesichts des harmlosen Vorschlags. »Du weißt ganz genau, dass deine Mutter nicht schlafen kann, wenn sie zu viel Tee trinkt! Nicht dass sie überhaupt schlafen kann, nachdem sie herausgefunden hat, in welchem Zustand du dich befindest!«

»Okay. Dann räume ich fertig auf – wenn ihr mich jetzt entschuldigen würdet ...« Lizzie verließ das Wohnzimmer.

Sie sorgte dafür, dass die Küche picobello aussah. Es würde wohl Jahre dauern, bis ihre Eltern über den Schock hinwegkommen würden, eine unverheiratete schwangere Tochter zu haben. Sie musste so rasch wie möglich dieses Haus verlassen.

Doch obwohl sie eigentlich unbedingt mit dem Frühzug am folgenden Tag fahren wollte, empfand sie das als unhöflich. Die Neuigkeit war noch ganz frisch; vielleicht würde es ihre Eltern ein bisschen besänftigen, sie ein paar Tage zu Hause zu haben und herauszufinden, dass sie noch dieselbe Tochter war, die sie immer geliebt hatten.

Doch falls Lizzie sich eingebildet hatte, ihre Eltern würden einlenken, irrte sie: Sie zeigten sich nach wie vor höchst aufgebracht. Und nachdem sie zwei Tage lang abwechselnd gemieden und angeschrien worden war, traf Lizzie eine Entscheidung. Sie packte ein paar zusätzliche Sachen in ihren Koffer, suchte und fand ihr Postsparbuch im Sekretär und schrieb eine Nachricht für ihre Mutter auf ein Kärtchen. Darin entschuldigte sie sich zum wiederholten Mal für ihren Zustand und erklärte, dass sie mit dem Zug nach London gefahren war.

Sie verließ das Haus am folgenden Tag in aller Frühe.

»Sie wollen, dass ich zu einer Cousine fahre, der ich noch nie begegnet bin, und dann in ein Mutter-Kind-Heim gehe. Sie wollen mir das Baby wegnehmen«, erklärte Lizzie, als sie wieder in Belgravia eingetroffen war. David bereitete Frühstück für sie alle zu.

»Mach dir keine Sorgen«, sagte Alexandra. Sie trug einen Männermorgenmantel aus Seide und setzte sich neben Lizzie an den Tisch. »Wir lassen uns was einfallen. Bleib ganz ruhig. Wir lassen nicht zu, dass du in ein solches Heim musst.«

»Ich mache mir Sorgen, wie ich meinen Lebensunterhalt verdienen soll«, gestand Lizzie. »Ich muss Rücklagen bilden für die Zeit, wenn ich nicht arbeiten kann. Und ich weiß, dass ich mich nicht darauf verlassen kann, für immer hier zu wohnen.«

David und Alexandra dachten nach.

»Ich kann dir Arbeit geben – du kannst erst einmal alle Laken ausbessern«, schlug er vor.

»Und du kannst als Kellnerin arbeiten. Und wenn du zu dick wirst, um Tabletts zu tragen, kannst du Meg helfen, Kanapees vorzubereiten«, meinte Alexandra. Plötzlich riss sie die Augen auf. »Übrigens habe ich gestern Abend auf einer Cocktailparty gearbeitet, und ich habe Nessa gesehen.«

»Ach?« Fast hätte Lizzie die Freundin gefragt, ob sie Vanessa erzählt hatte, dass sie schwanger war, doch sie kannte die Antwort: selbstverständlich nicht.

»Ja! Ich war natürlich in schwarzem Kleid und weißer Schürze unterwegs, daher haben wir uns unterhalten, ohne die Lippen zu bewegen. Ich wollte Vanessa nicht in Verlegenheit bringen, indem ich sie wie eine Freundin behandle. Wie auch immer, sie wirkte ein bisschen deprimiert. Deshalb habe ich sie eingeladen, heute Abend hier vorbeizukommen.«

»Die Sache mit Vanessa ist kurios, nicht wahr?«, meinte Lizzie. »Am Anfang hatte ich regelrecht Angst vor ihr, und jetzt ist sie eine richtig gute Freundin.«

Alexa nickte. »Ich glaube, sie kommt gern zu uns. Hier fühlt sie sich nicht ständig unter Beobachtung.«

Ein paar Stunden später waren alle in der Küche versammelt. Meg, die auf einem Umtrunk in einem vornehmen Haus gearbeitet hatte, saß ohne Schuhe und mit schief sitzender Kellnerinnenkleidung auf einem Stuhl und trank ein Glas Wein, das David ihr eingeschenkt hatte. Sie war sichtlich müde.

Lizzie war froh, wieder in London zu sein. Sie besserte gerade Davids Lieblingsstrickjacke aus, die den Motten zum Opfer gefallen war, und Alexandra kochte ein Ragout, das sie später zusammen mit Spaghetti auf den Tisch bringen wollte. Sie hatte sich beklagt, sie könne nicht genug dringend benötigte Kocherfahrung sammeln, weil sie mit hervorragenden Köchen unter einem Dach lebte.

Es klingelte, und David ging öffnen. Vanessa hatte einen Strauß Blumen und eine Flasche Wein mitgebracht.

Als die beiden die Küche betraten, stellte Vanessa den Wein auf den Tisch. »Den habe ich aus Daddys Weinkeller stibitzt. Ich habe keine Ahnung, was für ein Wein es ist!«

David warf einen Blick auf das Etikett und schnappte nach Luft. »Ich hoffe, er hetzt dir nicht die Polizei auf den Hals, Schätzchen – es ist ein erlesener Tropfen.«

»Es gab Dutzende dieser Flaschen, er wird es nicht merken«, erwiderte Vanessa und zog sich einen Stuhl hervor. »Aber ich habe gute Neuigkeiten!«

Lizzie arrangierte gerade die Blumen. »Was denn?«

»Es geht um Hugo und Electra! Die Verlobung ist vom Tisch!«

»O mein Gott!«, sagte Alexandra und sah Lizzie an, die die Freesie, die sie gerade in der Hand hielt, sinken ließ.

»Weißt du, warum?«, fragte Meg, der diese Eröffnung offensichtlich neue Energie verlieh. Sie stand auf. »Ich kümmere mich um die Blumen, Lizzie. Hol dir ein Glas Wasser.«

»Wasser?«, wiederholte Vanessa. »Warum trinken wir nicht den Wein? Wenn David recht hat, ist er fantastisch.«

»Wasser ist gut!«, versicherte Lizzie, obwohl Londons Leitungswasser nicht gerade berühmt für seinen Geschmack war.

»Lasst uns den Wein nicht an sie verschwenden, wenn ihr nicht danach ist«, meinte David. »Ich hole saubere Gläser.«

»Alles in Ordnung, Lizzie?«, erkundigte sich Vanessa.

Sie wirkte so besorgt, dass Lizzie sie rasch beruhigen wollte. »Oh, mir geht's gut. Ich mag Alkohol anscheinend nicht mehr so gern, seit ...« Sie verstummte. Meg und Alexandra starrten sie mit offenem Mund an und versuchten, ihr mit Blicken zu vermitteln, etwas Unverfängliches zu sagen. David presste vor unterdrückter Erheiterung die Lippen aufeinander, doch Vanessa sah einfach nur beunruhigt aus.

»Seit ...« Lizzie brachte kein weiteres Wort heraus.

»Setz dich mal hin, Schätzchen«, meinte David zu ihr. »Vielleicht hast du dir eine kleine Erkältung eingefangen.«

Sie gehorchte und ließ zu, dass David sich um sie kümmerte. Doch Vanessa starrte sie immer noch an.

»Lizzie«, sagte sie schließlich. »Bist du ... schwanger?«

Lizzie atmete heftig aus. »Ja, bin ich.« Es war eine Erleichterung, es auszusprechen. Ihr war ohnehin keine überzeugende Lüge eingefallen.

»O Gott!«, rief Vanessa aus. »Wer - oh! Doch nicht etwa Hugo, oder doch?«

»Doch«, antwortete Lizzie. »Aber erzähl es ihm nicht, bitte! Er soll es nicht erfahren.«

»Hat es deshalb keine Verlobung gegeben?«, fragte Vanessa. »Ich meine - ich dachte, Electra will nicht mehr, doch vielleicht war es ja Hugos Wunsch, weil ...«

»Nein«, erwiderte Lizzie fest. »Es kann nichts mit mir zu tun haben. Hugo weiß es nicht, und ich habe ihn auch seit deiner Tanzparty nicht mehr gesehen.« Obwohl sie Meg und Alexandra nicht ansah, war sie sich bewusst, dass die beiden sich betont beschäftigt gaben. Anders als Lizzie hatten sie Hugo in der Zwischenzeit sehr wohl gesehen.

»Nun, ich bin einfach sprachlos«, murmelte Vanessa. »Falls du dafür verantwortlich bist, dass er seine Verlobung abgesagt hat, bin ich dir für immer und ewig dankbar. Electra ist so anstrengend und kann manchmal so ekelhaft sein - und sie ist so unglaublich dünn! Sie hat zuletzt immer abfällige Bemerkungen darüber gemacht, wie mollig ich bin - dabei ist es gar nicht so!« Vanessa zögerte. »Aber warum willst du es Hugo nicht sagen? Ich weiß, er ist mein Bruder und so, aber er ist wirklich ein netter Mann. Er würde sich um dich kümmern.«

»Wirklich, Nessa, ich möchte nicht, dass er es erfährt«, erwiderte Lizzie rasch, während die anderen noch Luft holten, um Vanessa zuzustimmen. »Es ist wirklich unglücklich gelaufen, dass ich schwanger geworden bin, doch wir kennen uns eigentlich ja kaum. Nachdem ich beinahe ertrunken wäre und er mich gerettet hatte, ist es ... einfach passiert. Wir waren vermutlich beide so dankbar, dass wir noch leben. Ich will nicht sein Leben zerstören. Er hat meins gerettet. Es wäre nicht fair ihm gegenüber.«

Schweigen legte sich über die Küche. Niemand schien zu wissen, was er dazu sagen sollte. Schließlich meinte Alexandra: »Okay. Ich muss jetzt die Spaghetti aufsetzen. Weiß jemand, wie viel davon ich nehmen soll, damit es für uns alle reicht?«

24. Kapitel

Lizzie war früh nach Hause zurückgekehrt, nachdem sie Meg bei einer Teegesellschaft geholfen hatte. Ihre Freundin war noch dort und erledigte den Abwasch, sodass Lizzie allein war. Nachdem sie das Haus durch die Hintertür betreten hatte, stieg sie die Stufen zur Küche hinunter. Sie sehnte sich danach, die Schuhe abzustreifen. Ob ihre Füße schmerzten, weil sie angeschwollen waren (eine Begleiterscheinung der Schwangerschaft, wie sie festgestellt hatte), oder ob sie einfach zu klein waren, wusste sie nicht so genau. Sie hatte die Schuhe in einem Ausverkauf gekauft, sie passten zu ihrer Arbeitskleidung als Kellnerin.

Jemand saß am Tisch. Erschrocken zuckte sie zusammen. Es war Hugo.

Er stand auf, als sie hereinkam. »Ich wollte dich nicht erschrecken, entschuldige. Alexandra hat darauf bestanden, dass ich auf dich warte. David und sie sind ins Theater gegangen. Ich habe vorgeschlagen, morgen wiederzukommen, aber sie hat es nicht zugelassen.« Er lächelte. »Sie hat einen starken Willen, nicht wahr?«

Lizzies Mund wurde trocken. »Ja. Ja, das stimmt. Möchtest du eine Tasse Tee?«

»Ja, bitte«, antwortete er. »Aber ich werde ihn kochen. Alexandra hat mir gezeigt, wo alles steht. Sie sagt, du hast mit Meg zusammen gekellnert und wirst dich wahrscheinlich einfach nur noch hinsetzen und die Schuhe ausziehen wollen.«

Lizzie musste lachen. »Sie hat nicht nur einen starken Willen, sondern sie ist auch ausgesprochen unverblümt.«

»Eine gute Eigenschaft. Und du ziehst die Schuhe am besten sofort aus.«

Lizzie tat wie geheißen. Sie fühlte sich innerlich zerrissen. Sie hatte sich geschworen und auch tatsächlich geglaubt, dass sie Hugo nicht mehr sehen wollte. Doch nun war er hier und kochte Tee für sie, und ihr Herz hüpfte vor Freude. Dennoch war sie fest entschlossen, ihr Geheimnis nicht zu lüften. Falls er es nicht bereits kannte …

»Bitte schön, der Tee.« Er hob die Teekanne und schenkte ein. »Hätte ich ihn ein bisschen länger ziehen lassen sollen? Ist er dir zu schwach?«

Sie nippte an ihrer Tasse. »Er ist wunderbar.«

»Ich hätte Kuchen mitbringen sollen«, meinte er. »In der Nähe meines Arbeitsplatzes gibt es einen süßen kleinen Bäcker.«

»Ich habe heute so viel Süßes gegessen«, gestand Lizzie, während sie sich fragte, warum er so nett zu ihr war. »Meg und ich haben uns ein bisschen Victoria Sponge Cake geteilt, der zerdrückt worden war. Er war mit Creme gefüllt. Mir ist sogar ein bisschen schlecht.« Im gleichen Augenblick fragte sie sich, ob sie sich wohl verraten hatte. Sie musste ruhig bleiben. Wenn er von ihrer Schwangerschaft wüsste, hätte er es bereits erwähnt. Oder etwa nicht?

Er setzte sich neben sie und schenkte sich selbst ebenfalls Tee ein. »Wahrscheinlich fragst du dich, warum ich hier bin.«

Lizzie nickte und trank einen weiteren Schluck. Das war leichter, als zu reden.

»Ich bin gekommen, um mich zu verabschieden.«

Lizzie hätte fast die Tasse fallen gelassen. »Verabschieden?«

»Na ja, nicht für immer. Aber ich verlasse London. Nessa hat dir sicher erzählt, dass Electra und ich nicht mehr verlobt sind, oder?« Er sah sie an und wartete auf ihre Bestätigung, also nickte sie. »Ich weiß nicht, ob du auch weißt, dass ich mein Jurastudium aufgebe. Ich werde bei einem Möbelschreiner in die Lehre gehen. Ich lerne, wie man Möbel herstellt.«

»Oh. Deshalb hast du damals auf dem Markt Schreinerwerkzeug gekauft.«

Er nickte. »Ich bin erstaunt, dass du dich daran erinnerst, aber ja, du hast recht.«

»Und warum war in dem Bootshaus Werkzeug?«

»Ich habe mich da immer versteckt und heimlich Sachen aus Holz gefertigt«, antwortete er. »Meine Eltern hätten eine solche Beschäftigung nicht geduldet.« Er lachte wehmütig. »Sie tolerieren es auch jetzt nicht. Momentan reden sie nicht mehr mit mir. Vier Generationen von Richtern in der Familie, und ich setze die Tradition nicht fort. In ihren Augen ist es eine absolute Katastrophe.«

Lizzie hatte in letzter Zeit viel Erfahrung mit Missbilligung durch die eigene Familie gesammelt und wusste, wie schrecklich sich das anfühlte. »Das tut mir so leid!«

»Zuerst habe ich meine Verlobung mit einer Frau gelöst, die sie für die perfekte Ehefrau für mich gehalten haben, und dann habe ich ihnen eröffnet, dass ich einen sehr lukrativen, angesehenen Beruf hinschmeiße, um ›Stöckchen zu schnitzen‹. So drücken sie es aus. Und dabei haben sie so viel Geld für meine Bildung ausgegeben.«

Lizzie musste gegen ihren Willen lachen. Sie konnte sich Sir Jaspers Entsetzen bei der Vorstellung, dass sein Sohn handwerkliche und körperliche Arbeit verrichten wollte, lebhaft vorstellen. »Meine Eltern sprechen auch nicht mehr mit mir. Ich habe etwas viel Schlimmeres getan, und ich bin eine noch größere Enttäuschung für sie ...« Plötzlich hielt sie inne, als ihr aufging, was sie gerade sagen wollte.

»Was denn?« Sein Blick war sehr intensiv. »Was hast du getan, Lizzie?«

Sie schloss die Augen. »Es ist nicht ...« Erneut stockte sie.
Er nahm ihre Hand. »Lizzie?«
»Ich bin schwanger«, flüsterte sie.
Sein Griff wurde fester. »O mein Gott. Jene Nacht?«
Sie nickte. »Ja.«
Hugo ließ ihre Hand nicht los, und sie war ihm sehr dankbar, dass er keine weiteren Fragen stellte. Er musste nicht mehr explizit von ihr hören, dass es sein Baby war, das sie erwartete.
»Nun, dann müssen wir heiraten«, sagte er stattdessen.
»Nein! Das würde deine Zukunft zerstören! Ich wollte es dir nicht erzählen, weil ich nicht möchte, dass dein Leben negativ beeinflusst wird durch etwas, was nur – ich weiß nicht – eine impulsive Reaktion war.«
»Mein Leben wird nicht zerstört, deines dagegen schon, falls wir nicht heiraten.«
Lizzie schluckte.
»Wegen meiner juristischen Ausbildung kenne ich mich damit ein bisschen aus. Ein Baby allein großzuziehen wäre sehr schwierig, auch wenn ich dich natürlich so gut wie möglich dabei unterstützen würde.« Er drückte ihre Hand, die er noch immer hielt. »Verheiratet zu sein ist nicht so schlimm, das verspreche ich dir.«
Lizzie biss sich auf die Unterlippe, wagte jedoch nicht, etwas zu erwidern.
»Ich habe morgen Nachmittag frei. Wenn du nichts Dringliches vorhast, sollten wir zu deinen Eltern fahren und ihnen mitteilen, dass wir heiraten werden.«
»Muss das unbedingt sein? Sie haben sich so schrecklich aufgeführt.« In dem Augenblick schämte Lizzie sich für ihre Eltern und ihren Ehrgeiz, mit der Hilfe ihrer Tochter sozial aufzusteigen, obwohl sie sie gleichzeitig sehr liebte. Sie hatte Angst, sie könnten Hugos Gefühl, in der Falle zu sitzen, zusätzlich verstärken.

»Das muss sein. Ich möchte ihnen die Sicherheit geben, dass ich ein geeigneter Ehemann für ihre einzige, geliebte Tochter bin. Außerdem brauchen wir ihre Einwilligung für die Eheschließung, du bist noch nicht einundzwanzig.«

»Was ist mit deinen Eltern? Sollten wir sie nicht auch besuchen? Allerdings glaube ich, dass sie eine Hochzeit mit mir für viel schlimmer halten werden als die Tatsache, dass du dein Jurastudium aufgibst. Ich denke, sie würden dir alles verzeihen, Hauptsache, du heiratest mich nicht.«

»Ich werde dich heiraten – egal, wie sie dazu stehen.«

Er sagte das mit solch ruhiger Entschlossenheit, dass Lizzie schlucken musste. Natürlich wollte sie ihn heiraten, doch sein Glück war ihr wichtiger als ihr eigenes. Die Entdeckung, dass es möglich war, jemanden so sehr zu lieben, war für Lizzie eine Offenbarung.

Sie räusperte sich. Sie wollte ihm sinngemäß sagen, dass er sie nicht heiraten musste, nur weil sie schwanger war, auch wenn das sehr ehrenhaft von ihm war. Doch sie fand nicht die richtigen Worte. Sie war überzeugt, dass seine Ehrenhaftigkeit der einzige Grund für seinen Vorschlag war. Gab es irgendetwas, was ihn davon abhalten konnte, dieses Opfer zu bringen? Falls ja, wusste sie nicht, was es sein könnte. Sie vereinbarten, dass er sie am folgenden Nachmittag um sechzehn Uhr abholen würde.

Am nächsten Tag war Lizzie pünktlich zur verabredeten Zeit bereit. Sie war seriös gekleidet und trug eine leuchtend gelbe Jacke von Alexandra zu ihrem eigenen einfachen Sommerkleid, das ihre Mutter für sie ausgewählt hatte. Sie war fest entschlossen, sich mit ihren Eltern so gut zu stellen, wie es nur möglich war.

Sie fuhren in Hugos Wagen in Lizzies Heimatort und erreichten ihr Elternhaus kurz vor siebzehn Uhr.

Lizzies Mutter öffnete die Tür. »Elizabeth! Du hast uns dein Kommen gar nicht angekündigt!«

»Und wer ist das?«, fügte ihr Vater hinzu, der aus seinem Arbeitszimmer auftauchte.

»Können wir reinkommen?«, bat Lizzie. »Ich würde gern mit euch reden.«

»Schöne Worte machen den Kohl auch nicht fett.« Ihr Vater schnaubte, doch ihre Mutter öffnete die Tür ganz, sodass sie eintreten konnten.

Sie wurden ins Wohnzimmer geführt, wo Lizzie sich auf das Sofa setzte. Sie hatte weiche Knie und war bereits überzeugt, dass das Treffen nicht gut laufen würde. Aber vielleicht konnte Hugo die Situation retten.

»Mein Name ist Hugo Lennox-Stanley. Und ich ...«

»Sie sind der Mann, der den guten Namen meiner Tochter beschmutzt und dafür gesorgt hat, dass unsere Familie nie wieder salonfähig sein wird?«, unterbrach Lizzies Vater ihn.

»Ich wollte wirklich nicht ...«, setzte Hugo an.

»Es war Ihre ... Ihre primitive Leidenschaft, die das Leben meiner Tochter zerstört hat – *zerstört*!«, fuhr ihr Vater fort. »Ich kenne mein kleines Mädchen! Ich weiß, dass sie nicht im Traum daran gedacht hätte, etwas zu tun – irgendetwas –, was sie in diese Lage gebracht hätte, wenn sie nicht entweder gezwungen oder verführt worden wäre! Und ich weiß nicht, was davon schlimmer ist!«

»Daddy! So war es nicht! Wirklich nicht. Das habe ich euch doch schon gesagt.«

»Elizabeth, ich will nichts von dir hören.«

Lizzie atmete tief ein und aus und versuchte, sich zu beruhigen. Gleich würde ihr Vater ihr den Mund verbieten. Dabei ging es doch um sie; schließlich war sie diejenige, die schwanger war. Er wollte Hugo zur Zielscheibe seiner Wut, seiner Enttäuschung und wahrscheinlich auch seiner Ängste machen. Das war einfacher für ihn, als sich einzugestehen, dass auch seine Tochter fähig war, Leidenschaft zu entwickeln. Lizzie warf einen Blick auf ihre Mutter und sah, dass sie weinte. Am liebsten wäre sie zu ihr gegangen, um sie zu trösten, doch damit riskierte sie, zurückgewiesen zu werden.

»Ich werde Tee kochen«, sagte sie und verschwand in der Küche.

Bevor sie den Kessel aufsetzte, trank sie ein Glas Wasser. Sie zitterte am ganzen Körper und fühlte sich, als stünde sie unter Schock. Sie hatte ihren Vater noch nie so wütend erlebt. Hugo war gekommen, um ihm mitzuteilen, dass er tun würde, was ihre Eltern sich mit Sicherheit wünschten – nämlich Lizzie zu heiraten –, um ihr die Schande zu ersparen, eine ledige Mutter zu werden. Und ihr Vater ließ Hugo überhaupt nicht zu Wort kommen. Lizzie spürte, wie ihr der Schweiß ausbrach.

Zitternd setzte sie sich auf einen Hocker, umklammerte ihr Wasserglas und hätte am liebsten geweint. Ein Teil von ihr hoffte, ihre Mutter möge zu ihr kommen, und sie könnten sich umarmen, gemeinsam weinen und darüber hinwegkommen, wie sie es früher getan hatten. Doch Lizzie war eine gehorsame Tochter gewesen. Deshalb war so etwas nicht oft vorgekommen. Wahrscheinlich war das der Grund, warum sie jetzt so verstört war.

Schließlich betrat Hugo die Küche und sah sie ernst an. »Ich glaube, wir sollten gehen, Lizzie. Dein Vater ist noch zu aufgebracht, um mir zuzuhören – deshalb bringt es jetzt nichts. Wahrscheinlich müssen wir deinen Eltern Zeit geben, sich ein bisschen zu beruhigen.«

Ihre Mutter und ihr Vater standen im Flur, als sie aus der Küche kamen. Lizzie ging zu ihrer Mum und schmiegte sich an sie. Aus Gewohnheit legte ihre Mutter die Arme um Lizzie, doch es war keine richtige Umarmung. Lizzie sah ihren Vater nicht an. Schließlich nahm Hugo ihre Hand und führte sie aus dem Haus.

Sie fuhren, bis sie den Ort hinter sich gelassen hatten. Dann entdeckte Hugo einen Parkplatz am Waldrand und hielt an.

»Das hätte besser laufen können«, meinte er.

Lizzie stieß einen zittrigen Seufzer aus. »Es tut mir so leid, dass sie so schrecklich zu dir waren. Ich dachte, sie würden sich freuen, dass ich heiraten werde.« Sie drehte sich zu ihm um. »Es war furchtbar, dass mein Vater dir diese ... diese Dinge an den Kopf geworfen hat.«

»Er liebt seine Tochter sehr und musste seiner aufgestauten Wut Luft machen«, erwiderte Hugo. Er sah sie lange an. »Deine Haare beginnen, sich zu locken.« Er schob ihr eine Strähne hinters Ohr. »*Lockenköpfchen, Lockenköpfchen, willst du die meine sein? Du musst keinen Abwasch machen und auch keine Kühe füttern*«, zitierte er leise den Test eines Kinderliedes. »Hm. *Du* musst allerdings den Abwasch machen, aber ich verspreche dir, dass dir die Kühe erspart bleiben.«

Sie lächelte. Der Schock verblasste allmählich, und sie fühlte sich ein bisschen besser. »Ich bin daran gewöhnt, zu spülen und die Küche aufzuräumen – derzeit ist das ein großer Teil meiner Arbeit. Und ich könnte wahrscheinlich auch eine Kuh füttern, wenn es sein müsste, doch bitte verlang nicht von mir, eine zu melken.«

Hugo erwiderte ihr Lächeln nicht. »Nun mal im Ernst, ich kann dir außer meinem Namen nur sehr wenig bieten. In finanzieller Hinsicht, meine ich. Wir werden ziemlich arm sein. Ich habe Ersparnisse und ein kleines Einkommen aus einer Geldanlage, die mir eine Tante hinterlassen hat. Aber ehrlich gesagt, ich kann dir keinen besonderen Komfort bieten.«

»Dann werden wir also wie Zigeuner am Wegesrand kampieren?«

Jetzt musste er doch lachen. »Ganz so schlimm wird es wohl nicht. Ich werde ein kleines Haus am Waldrand mieten. Es gehört alten Freunden und liegt in der Nähe der Werkstatt, was sehr praktisch ist.«

»Das klingt ganz entzückend! Warum machst du so eine große Sache daraus? Du sorgst dafür, dass ich ein Dach über dem Kopf habe.«

»Es ist kein besonders prachtvolles Dach.«

»Was? Keine Türme oder Zinnen? Wie schrecklich! Dann erzähl mir doch mal von dem Haus.«

»Der Wildhüter eines großen Anwesens, das meinen Freunden gehört, hat einmal darin gewohnt. Es hat zwei Schlafzimmer, ein Wohnzimmer und eine kleine Küche, die nachträglich angebaut wurde. Ach, und dieses Detail wirst du lieben – ein Badezimmer.«

»Ist es ein besonders tolles Bad?«

»Nein, überhaupt nicht, ganz im Gegenteil, aber es befindet sich im Haus. Das ist sehr modern, glaub mir. Das alte Plumpsklo außerhalb des Hauses gibt es auch noch, doch du musst es nicht benutzen – es sei denn, du möchtest es gerne. Ich mag das Haus. Es gibt einen recht großen Garten, keinen Rasen oder so was – nur Land für Obst und Gemüse.«

»Dann muss ich eben Gärtnern lernen«, sagte Lizzie fröhlich.

»Stimmt. Doch obwohl das Haus am Waldrand steht, ist der Garten am Nachmittag sehr sonnig. Im Haus ist es nicht dunkel.« Er zögerte. »Aber es ist ganz anders als dein Elternhaus.«

»Oder deins?«

Er lachte. »Du hast recht, doch es ist meine freie Entscheidung, das zu tun, was ich tun möchte, und dafür bringe ich gern ein Opfer.« Er runzelte die Stirn. »Aber vielleicht ist es unfair von mir, dich zu bitten, so zu leben. Electra hätte es jedenfalls nicht gekonnt. Vielleicht sollte ich doch bei meinem Jurastudium bleiben und die Idee aufgeben, Schreiner zu werden.«

Lizzies streckte die Hand aus und berührte ihn am Ärmel. »Nein! Du musst das aus deinem Leben machen, was du wirklich willst! Du darfst deine Träume nicht meinetwegen aufgeben – Geld ist mir gleichgültig. Ich kann kochen; ich kann Kleider für mich und das Baby nähen.« Sie biss sich auf die Unterlippe. »Deine Kleidung ist wahrscheinlich von so guter Qualität, dass sie über Generationen halten wird.«

»Du hast so recht! Ich habe einen Mantel, der schon meinem Großvater gehört hat. Du bringst mich zum Lachen, Lizzie.«

»Ist das gut?«

»Definitiv.« Er grinste sie an. »Bist du bereit für ein zweites Elternpaar?«

»Ich denke schon. Allerdings glaube ich nicht an einen Sinneswandel, zumindest nicht, was deinen Vater angeht. Er wird mir immer noch mehr als ablehnend gegenüberstehen.«

»Das ist sein Problem. Komm, wir müssen weiter. Ich habe einen Tisch in einem kleinen Restaurant in der Nähe meines Elternhauses reserviert. Nichts besonders Schickes, aber es ist gemütlich dort. Wir werden erwartet.«

Das Restaurant war tagsüber ein Café, doch am frühen Abend konnte man dort auch essen. Es gab ein festes Menü, das aus Suppe, Lammkoteletts und hausgemachtem Zitronenkuchen mit Eiscreme bestand. Sie aßen schnell, bis Lizzie vor Nervosität keinen Bissen mehr herunterbekam.

»Halb so wild«, sagte Hugo auf dem Rückweg zum Wagen aufmunternd, »wir wissen ja, dass es die Hölle wird. Wir teilen ihnen einfach mit, dass wir heiraten werden, und machen uns gleich wieder aus dem Staub.«

»Bist du sicher, dass ich nicht schwanger aussehe?«, fragte sie, als sie vor dem großen Haus noch kurz im Wagen sitzen blieben. Sie hatte Hugo gebeten, ihr ein bisschen Zeit zu geben, bis sie sich bereit für die Begegnung fühlte.

»Lizzie, du siehst ganz entzückend aus! Du trägst die perfekte Kleidung für eine junge Frau, die gleich ihre künftigen Schwiegereltern kennenlernen wird.«

»Aber sie haben mich schon kennengelernt, und sie mögen mich nicht.«

»Mein Vater hat sich nur an deinem kurzen Rock gestört.«

»Werden wir ihnen sagen, dass ich ...« Sie zögerte, bevor sie das Wort aussprach. »... schwanger bin?«

»Das entscheiden wir spontan. Nun, je früher wir reingehen, desto früher können wir auch wieder verschwinden.« Er warf einen Blick auf seine Armbanduhr. »Sie essen um acht zu Abend. Wir sollten meinen Vater besser nicht vom Essen abhalten.«

Hugo ließ sie durch die unverschlossene Seitentür ins Haus ein und ging voraus zu seinen Eltern. Sir Jasper stand auf, als sie den Raum betraten.

Hugo trat zuerst ein. Er küsste seine Mutter und schüttelte seinem Vater die Hand. »Und hier ist Lizzie«, sagte Hugo. »Ihr habt sie bereits kennengelernt, allerdings nur kurz.«

Lizzie wollte seine Eltern begrüßen, doch sie brachte keinen Ton heraus. Lady Lennox-Stanley lächelte ihr äußerst knapp zu. »Setzen Sie sich doch.«

Aber Lizzie hatte zu große Angst, sich zu bewegen.

Sir Jasper nickte. »Ich bin überrascht, dass du dich dazu herablässt, uns mit deiner Anwesenheit zu beehren«, wandte er sich an Hugo. »Schließlich hast du allem, was wir für dich getan haben, den Rücken gekehrt.«

»Vater, ich gehe meinen eigenen Weg. Ich bin sehr dankbar für alle Möglichkeiten, die ihr mir geboten habt, doch jetzt nutze ich sie, um das zu tun, was ich immer schon tun wollte.«

»Du warst offensichtlich mit deinem Jurastudium vollkommen zufrieden, bis du diese ...« Sir Jasper zögerte und überlegte wahrscheinlich, wie er Lizzie bezeichnen sollte, ohne unhöflich zu sein. Andererseits wollte er offenbar jedoch seine Meinung über sie deutlich machen. »... diese junge Person kennengelernt hast.«

»Meine Entscheidung, das Jurastudium aufzugeben, hat nicht das Geringste mit Lizzie zu tun.«

»Möchtet ihr auch einen Drink?«, fragte Sir Jasper schroff.

»Nein, danke«, antwortete Hugo. »Wir sind gekommen, um euch mitzuteilen, dass wir heiraten werden.«

Sir Jasper verschluckte sich beinahe an seinem Whiskey. »Müssen wir davon ausgehen, dass ...«

»Lizzie«, ergänzte Hugo.

»... ein Kind erwartet?«

Lizzie ließ sich unvermittelt auf einen Stuhl sinken, denn sie spürte, dass die Beine unter ihr nachzugeben drohten.

Sir Jasper richtete seine Aufmerksamkeit auf sie. »Das sind sehr bedauerliche Umstände. Man könnte sicher einige andere Lösungen finden, doch offensichtlich hat mein Sohn sich dazu entschlossen, Ihnen seinen Namen zu geben.«

»So ist es«, sagte Hugo. »Es ist auch mein Baby. Lizzie ist nicht von allein schwanger geworden!«

Seine Eltern sahen ihn vorwurfsvoll an.

»Haben Sie andere Möglichkeiten in Erwägung gezogen?«, fragte Lady Lennox-Stanley sie. »Sie könnten meinen Sohn von der Verpflichtung entbinden, die er offenbar Ihnen gegenüber empfindet. Wir könnten Ihnen eine Art ... Entschädigung anbieten, falls Sie das täten.«

Lizzie hätte gern erwidert: »Sie würden mir also Geld geben, damit ich eine Abtreibung durchführen lasse?« Doch sie brachte die Frage nicht über die Lippen. Sie konnte das Wort nicht aussprechen, und außerdem wollte sie ihnen nicht den kleinsten

Hinweis darauf geben, dass sie offen für Angebote wäre. Das war definitiv nicht der Fall. »Hugo und ich sind der Meinung, dass eine Eheschließung die beste Option ist für ... unser Baby.«

Sir Jasper schlug mit der Hand auf die Armlehne seines Stuhls. »Es ist noch kein Baby! Und es ist ganz sicher nicht die beste Option für meinen Sohn!«

»Ich glaube, dass Hugo durchaus entscheiden kann, was das Beste für ihn ist. Er ist erwachsen.« Sie sprach leise, aber entschieden. Sie mochte es nicht, wenn jemand schrie.

»Hm«, meinte Sir Jasper. »Hugo ist in der Tat älter als einundzwanzig, aber sind Sie es auch? Haben Ihre Eltern dieser Eheschließung zugestimmt?«

»Natürlich haben sie das!«, warf Lady Lennox-Stanley verärgert ein. »Sie stürzen sich sicher wie die Geier auf einen Schwiegersohn wie Hugo! Auf einen Fang wie ihn hätten sie wohl kaum zu hoffen gewagt. Ihre Tochter heiratet in die Oberschicht ein – damit wird für sie bestimmt ein Traum war!«

Lizzie räusperte sich und stand auf. »Um ehrlich zu sein, meine Eltern sind ganz und gar nicht glücklich mit der Situation. Doch ich hoffe sehr, sie werden begreifen, dass unsere Heirat das Beste für alle Beteiligten ist – so wie hoffentlich auch Sie beide. Da Sie und meine Eltern momentan jedoch vollkommen übereinstimmen, gibt es keinen Grund, auch nur einen Moment länger hierzubleiben!« Ihr Zorn verdrängte ihren Wunsch, ruhig zu bleiben und die Würde zu bewahren.

»Sie setzen sich sofort wieder hin!«, befahl Sir Jasper barsch.

Jetzt sprang auch Hugo auf. »Vater, ich kann verstehen, dass du mit unseren Plänen nicht glücklich bist – es ist nicht das, was du dir gewünscht hättest, und sie mögen ein Schock für dich sein. Doch du wirst nie wieder so mit Lizzie sprechen; ansonsten setze ich niemals mehr einen Fuß über deine Türschwelle. Ist es das, was du willst?«

Sir Jasper atmete aus. »Hugo, du bist mein Sohn, und dementsprechend hast du Verpflichtungen und Verantwortlichkeiten. Ich möchte nicht, dass du ... dass ihr beide in einer Ehe gefangen seid, die zum Scheitern verurteilt ist.«

Hugo nickte. »Wir werden jetzt gehen. Komm, Lizzie.« Er nahm sie am Arm und zog sie aus dem Salon. Sie verließen das Haus durch die Seitentür.

Arm in Arm gingen sie zum Wagen. Obwohl es schrecklich gewesen war, hatten sie mit dieser Reaktion gerechnet.

»Nun«, meinte Lizzie. »Vermutlich hätte es noch schlechter laufen können, auch wenn ich mir nicht vorstellen kann, wie.«

»Nein«, stimmte Hugo zu. »Ich hätte den alten Teufel dazu bringen sollen, sich bei dir zu entschuldigen.«

»Warum? Es hätte nichts geändert, selbst wenn es dir gelungen wäre.«

»Aber du hast mir richtig imponiert. Ich bin so stolz auf dich.« Hugo blieb stehen. »Meine Eltern sind wirklich unsäglich.«

»Du musst kein schlechtes Gewissen haben, es ist nicht deine Schuld, dass sie so sind. Und man kann es ihnen auch nicht wirklich verübeln. Für sie ist es naheliegend, mich mit deiner Entscheidung in Verbindung zu bringen, das Jurastudium aufzugeben und mit Electra Schluss zu machen – auch wenn ich nichts damit zu tun hatte.«

»Das stimmt nicht ganz.«

»Wie bitte?«

Hugo seufzte. »Wahrscheinlich sollten wir uns besser auf den Weg nach London machen. Ich muss morgen früh los. Es gibt noch jede Menge Dinge zu klären.« Doch er startete den Wagen nicht sofort. »Bist du sicher, dass es dir nichts ausmacht, in einer Bruchbude zu leben, Lizzie? So würde Electra das Cottage beschreiben.«

»Ich glaube, ich werde es lieben. Es hört sich so romantisch an. Ich kann es kaum erwarten, das Haus zu sehen.«

Er warf ihr einen kurzen Blick zu. »Bist du sehr müde?«

»Ich werde es bald sein, momentan bin ich jedoch noch fit.« Der Zusammenstoß mit Sir Jasper hatte für einen Adrenalinschub gesorgt, sodass sie nun nervös und energiegeladen war. »Warum fragst du?«

»Sollen wir zum Cottage fahren? Damit du sehen kannst, wo wir leben werden, wenn wir erst verheiratet sind?«

»Ich dachte, du hättest gesagt, du müsstest morgen früh raus?«

»Ja, aber morgen ist morgen. Also, was meinst du?«

»Liebend gern!«

Er ließ den Wagen an. »Versuch doch, ein bisschen zu dösen. Die Fahrt dauert ungefähr eine Stunde.«

Schlaf lag in weiter Ferne, doch es fühlte sich an, als wäre das vollkommene Glück in greifbarer Nähe.

25. Kapitel

Seit sie schwanger war, war Lizzie immerzu müde, und daher döste sie tatsächlich ein bisschen, bis Hugo sie irgendwann aufweckte. Wie für diese Jahreszeit üblich war es trotz der späten Stunde noch beinahe hell. Es war irgendwie magisch zu beobachten, wie sich die Dunkelheit allmählich über der Landschaft ausbreitete.

»Wir sind fast da. Gleich fahren wir bei Patsy und Tim vorbei. Ich bin mit ihm zur Schule gegangen, allerdings war er ein paar Jahrgänge über mir. Und Patsys Eltern waren mit meinen Eltern befreundet. Deshalb kenne ich sie sogar noch länger.« Er deutete auf eine Zufahrt, die zu einem Haus der Größe und der Art führte, wie sie auf den Seiten von *Country Life* zum Verkauf angeboten wurden. Es erfüllte eindeutig die Kriterien eines herrschaftlichen Anwesens.

Lizzie sackte auf ihrem Sitz in sich zusammen. Würden Patsy und Tim (die wahrscheinlich einen Adelstitel führten) sie genauso ablehnen wie Hugos Eltern?

Hugo ahnte offenbar nichts von ihren Bedenken, während er seine Erläuterungen fortsetzte. »Wir fahren jetzt durch den Ort, der wirklich sehr hübsch ist. Da ist die Kirche, und es gibt einen Dorfanger, auf dem man Kricket spielen kann. Dort habe ich sogar schon mal gespielt, als Tim einen Schlagmann brauchte.« Er drosselte die Geschwindigkeit, als sie eine von Bäumen umgebene Grünfläche passierten, auf der Lizzie einen Ententeich entdeckte.

»Du musst mir den Ort nicht schmackhaft machen. Ich sehe selbst, wie entzückend es hier ist. Die Kirche ist wunderschön.

Sieh dir mal diesen tollen Kirchturm an!« Lizzie zögerte. »Wir könnten nicht zufällig dort heiraten?« Plötzlich stellte sie fest, dass die Hochzeit ihr wichtig war. Sie wollte nicht nur in einem Kostüm auf dem Standesamt heiraten. Sie wollte ein richtiges Brautkleid, eine kirchliche Hochzeit, und ihre Freundinnen sollten ihre Brautjungfern sein.

»Ich kenne die Regeln nicht genau«, erwiderte Hugo. »Aber Patsy weiß bestimmt Bescheid. Wir fragen sie einfach.«

Er wollte sie beruhigen, doch Lizzie hatte inzwischen ein bisschen Angst vor Hugos langjähriger Freundin. Bestimmt war sie ein wenig wie Electra, oder sie war Electras wichtigste Vertraute. Oder beides.

»Wie viel weiß Patsy über ... unsere Situation?«

»Ich musste ihr alles erzählen, doch sie hat sehr nüchtern reagiert. Sie hat sogar vorschlagen, dass du bis zur Hochzeit bei Tim und ihr wohnen könntest. Tim hält das Ganze für einen Riesenspaß. Ich glaube nicht, dass er Electra besonders mochte.«

»Nun denn«, murmelte Lizzie, die sich nicht sicher war, ob es ihr gefiel, als Riesenspaß betrachtet zu werden.

»Ich glaube, Tim war nur ziemlich überrascht, dass ausgerechnet ich, den er immer damit aufgezogen hat, so anständig und pflichtbewusst zu sein, aus Versehen ein Mädchen geschwängert hat und sie heiraten muss.«

Lizzie wusste nicht so recht, wie sie auf diese Bemerkung reagieren sollte.

Nach einer Weile fuhr Hugo von der Straße ab und bog in einen Weg ein. »Jetzt kommen wir gleich zum Grundstück. Wie du siehst, gibt es hier viel Wald, aber er ist nicht allzu dicht.«

»Du meinst, es ist nicht unheimlich?«, fragte sie vorsichtig.

»Finde ich nicht, nein. Sieh mal, wie schön diese Bäume

sind! Und dahinten ist das Haus.« Einige Minuten später lenkte er den Wagen auf ein Grundstück, und sie stiegen aus.

Lizzie unterdrückte ein entzücktes Aufstöhnen. Das Haus war ein Traum von einem Cottage! Es besaß ein Satteldach, zwei große Schornsteine und jede Menge Fenster. Außerdem gab es einen Garten voller Blumen, die sie nicht alle identifizieren konnte, und offensichtlich einige Obstbäume.

Hugo hatte Lizzies Stöhnen wahrscheinlich falsch gedeutet. »Ich weiß«, meinte er entschuldigend, »es ist nicht besonders groß und meilenweit von der nächsten Stadt entfernt. Allerdings ist das Dorf fußläufig zu erreichen.«

In Lizzies Kopf blitzte ein Bild von sich selbst auf, wie sie den Pfad zwischen den Bäumen entlangspazierte und einen Kinderwagen mit einem glücklichen Baby darin schob. »Nein! Ich finde es wundervoll! Und um ehrlich zu sein, jedes normale Haus würde dir winzig erscheinen, wenn du es mit dem Anwesen deiner Eltern vergleichst. Sollen wir hineingehen?«

»Ich habe einen Schlüssel, allerdings weiß ich nicht, ob es momentan Strom gibt. Vielleicht müssen wir uns mit einer Taschenlampe behelfen. Warte kurz, ich habe eine im Auto.«

Bald schon betraten sie das Cottage durch die Hintertür, gingen durch den Flur, in dem mehrere alte Regenjacken an einer Garderobe hingen, und erreichten den Hauptraum.

Mithilfe der Taschenlampe fand Hugo zwei alte Petroleumlampen, die er umgehend anzündete. Sie erfüllten den Raum mit warmem Licht und vielen Schatten. »Ich versichere dir, dass es auf jeden Fall eine Stromversorgung gibt, nur eben im Moment nicht.«

Sie standen in einem Wohnzimmer von angenehmer Größe, den eine riesige Feuerstelle mit einem Brotbackofen dominierte.

»Das Zimmer ist ziemlich groß!«, bemerkte Lizzie überrascht.

»Ja, aber es war wahrscheinlich früher auch der einzige Raum«, meinte Hugo. »Eine ganze Familie mit mehreren Kindern hat hier alles gemacht, auch gekocht. In dieser Nische hat sicher der Herd gestanden.«

»Ich wünschte fast, er wäre noch da. Denk doch nur, wie gemütlich das gewesen wäre! Oh, sieh mal, auf dem Kaminsims liegen Kerzen. Lass uns welche anzünden.«

»Die Schlafzimmer befinden sich oben«, erklärte Hugo.

»Aber wo ist die Treppe?«

»Hinter dieser Tür. Offensichtlich sorgt sie dafür, dass es hier nicht zieht, aber natürlich steigt auch keine Wärme nach oben, solange die Tür nicht offen steht.«

Sie nickte. »Und die Küche?«

»Wie gesagt, heutzutage gibt es einen Anbau. Hier drüben.« Er nahm eine Lampe und ging voraus.

Die Küche war nicht sonderlich groß und auch nicht besonders luxuriös ausgestattet, doch sie war stabil gemauert und verfügte über Stauraum, eine große Spüle mit einem Abtropfbrett aus Holz unter dem Fenster und ein Geschirrregal an der Wand daneben. Das Fenster zeigte in den Garten. An einer Wand stand ein Tisch mit zwei Stühlen, außerdem gab es eine kleine abgetrennte Speisekammer mit einem Fliegengitter vor dem Fenster.

»Die Küche braucht nur ein paar fröhliche Vorhänge und einige Tropfen Farbe«, kommentierte Lizzie.

»Ich werde mit meiner Vermieterin darüber reden«, antwortete Hugo.

»Mit Patsy? Nein, bitte nicht! Sie denkt bestimmt, dass ich dein Leben ruiniere – so wie alle anderen, die dich kennen. Ich möchte auf keinen Fall, dass sie mich ablehnt, noch bevor wir uns überhaupt begegnet sind.«

»Sie wird dich nicht ablehnen! Warum sollte sie? Alle außer

meinen Eltern lieben dich! Du bist ja auch ausgesprochen liebenswert ...« Ganz kurz wirkte er, als wollte er noch etwas hinzufügen, doch er tat es nicht.

»Wo ist das Badezimmer?«, fragte Lizzie, um die plötzlich entstandene Stille zu füllen.

»Da drüben. Es ist weniger einladend als die Küche.«

Lizzie beschloss, dass man mehr als Vorhänge und einige Tropfen Farbe benötigen würde, um diesen kleinen sargähnlichen Raum anheimelnd zu gestalten, doch sie hatte Hoffnung. Alexandra und David hatten bestimmt Ideen, was man mit diesem Kämmerchen anstellen könnte. Sie würden ihr helfen, das Bad hübscher zu gestalten.

»Bist du sicher, dass du hier leben kannst, Lizzie?« Zweifelnd sah Hugo sich um. »Mit einem Baby? Es gibt keine Wäscherei, in der du die Wäsche waschen lassen könntest. Wahrscheinlich stehen im Schuppen eine kleine Wanne und eine Wringmaschine. Kannst du dir vorstellen, damit Windeln zu waschen?«

»Ich liebe dieses Haus!«, sagte sie und weigerte sich, an das Waschen von Windeln zu denken. Soweit sie wusste, kochte man Babywindeln am besten aus. »Mit Patsys Erlaubnis werde ich es zu meinem Traumzuhause machen. Und hoffentlich ebenfalls zu deinem«, fügte sie rasch hinzu.

Er lachte. »Wenn es dein Traumzuhause ist, wird es auf jeden Fall auch meins werden.«

»Lass uns einen Blick auf den Garten werfen«, schlug sie vor.

Eine Sekunde später standen sie im Garten. Es war beinahe Vollmond, und der Mondschein beschien eine Kletterrose, einen Obstbaum und Stauden, deren Namen Lizzie nicht kannte. Sie identifizierte den Duft von Geißblatt, doch es lagen noch jede Menge andere Gerüche in der Luft, die sie nicht zuordnen konnte. Die Kombination aus Duft, Mondlicht und Tau erfüllte sie mit einem seltsamen Glücksgefühl.

»Es ist einfach wunderbar hier«, sagte sie kurz darauf zu Hugo.

»Das stimmt. Und der Mond scheint so hell. Wusstest du, dass die Menschen früher ihre Wäsche im Mondlicht gebleicht haben?«

»Nein, ich hatte keine Ahnung«, erwiderte Lizzie. »Natürlich ist es schrecklich nett von Patsy, dass sie mich bei sich wohnen lassen will, doch ich wünschte, wir könnten sofort hier einziehen. Ich würde lieber gleich in diesem Cottage leben und nicht bis zur Hochzeit bei Patsy wohnen.«

Hugo trat so dicht hinter sie, dass sie die Wärme seines Körpers spüren konnte. Er seufzte. »Ich weiß. Aber das geht auf keinen Fall, nicht in so einer kleinen Gemeinde. Die Leute wären schockiert. Niemand würde mit dir reden.«

Sie seufzte ebenfalls. »Ich weiß, du hast recht. Ich bin nur einfach so ungeduldig, weil ich dieses entzückende kleine Haus so bald wie möglich zu unserem Zuhause machen möchte.«

Das stimmte zwar, doch sie konnte es auch kaum erwarten, endlich mit Hugo zusammenzuleben. Wenn sie wollten, konnten sie sich zwischen den Rosen und dem Geißblatt im Garten lieben. Wenn es doch nur schon so weit wäre!

Die Rückfahrt nach London verging viel zu schnell. Hugo fuhr rasch und sicher. In der Abgeschiedenheit des Autos hatte Lizzie das Gefühl, sich den Schwierigkeiten nicht stellen zu müssen, mit denen die Schwangerschaft sie konfrontierte. Sie musste nicht an ihre Eltern denken und auch an sonst nichts, solange sie mit Hugo durch die Nacht fuhr.

»Glaubst du, die anderen haben die Tür für dich offen gelassen, oder hast du einen Schlüssel?«, fragte er, nachdem er sie aus einem angenehmen Dämmerschlaf aufgeweckt hatte.

»Oh! Der Schlüssel für die Hintertür liegt in einem Versteck«, erklärte sie. »Wir alle benutzen ihn.«

»Ich bin überrascht, dass noch nie bei euch eingebrochen wurde!«, meinte Hugo amüsiert.

»Ich weiß! Genau das habe ich auch mal zu Alexandra gesagt. Sie glaubt, dass schon Diebe im Haus gewesen sind und sich umgesehen haben. Als sie festgestellt haben, dass nichts zu holen ist, sind sie wieder gegangen.«

»Nun, dann nichts wie rein mit dir! Du bist ganz schön lange unterwegs gewesen für eine junge, schwangere Frau.« Er legte ihr mit besorgter Miene eine Hand auf den Arm. »Lizzie, wir müssen unsere Pläne rasch umsetzen. Wir haben keine Zeit zu verlieren, bis wir heiraten.«

»Sehe ich auch so. Ich weiß, dass meine Eltern ihre Zustimmung zu der Heirat geben werden, doch all die anderen Dinge – es ist so viel zu bedenken.«

»Patsy wird uns helfen. Sie wird dich sehr gern aufnehmen, und sie wird sich darum reißen, die Hochzeit zu organisieren. Sie ist der Typ Mensch, der Schwierigkeiten einfach aus dem Weg räumt.« Aufmunternd drückte er ihr den Arm. »Vertrau mir. Alles wird gut.« Dann küsste er sie auf die Wange, ließ sich das Versteck des Schlüssels zeigen und schloss die Hintertür für sie auf.

26. Kapitel

Zwei Tage später halfen alle mit, Lizzies Habseligkeiten in Hugos Auto zu laden. Lizzie hatte sich mit der Vorstellung angefreundet, zunächst einmal bei Patsy und Tim zu wohnen. Dennoch machte sie die Vorstellung, die beiden kennenzulernen, sehr nervös.

»Ich wünschte, wir hätten eine Abschiedsparty für dich geben können«, meinte Alexandra.

»Keine Zeit!«, antwortete Lizzie. »Die Hochzeit muss organisiert werden!«

Als Lizzie gerade in den Wagen steigen wollte, kam David mit der Nähmaschine aus dem Haus und fand dafür noch Platz im Kofferraum. »Alexandra hat gesagt, die sollst du mitnehmen. Du weißt ja, dass du ohne Nähmaschine nicht glücklich bist«, fügte er hinzu. Lizzies Proteste wurden im Keim erstickt.

»Also, wenn das alles ist«, meinte Hugo, »dann sollten wir starten.«

Es gab weitere Umarmungen, Dankesbekundungen, Küsse und Besuchsversprechen. Schließlich saß Lizzie auf dem Beifahrersitz.

»Sie werden dich sehr vermissen«, sagte Hugo, als sie London verließen.

»Ich werde sie auch schrecklich vermissen. Sie waren wie eine Familie für mich.«

»Hast du immer noch nichts von deiner Mutter gehört?«

Lizzie schüttelte den Kopf. »Ich habe ihr geschrieben und ihr von dem Cottage und den Plänen für die Hochzeit erzählt. Ich glaube allerdings nicht, dass sie noch lange so tun werden, als wären sie mit unserer Heirat nicht einverstanden. Inzwischen haben sie dich bestimmt im Adelslexikon *Burke's Peerage* nachgeschlagen und sich über deine Familie informiert.«

»Nur gut, dass *Burke's Peerage* keine Rangliste für Snobismus und schlechtes Benehmen führt, nicht wahr?«

»Ich glaube nicht, dass das für meine Eltern eine Rolle spielen würde. Es reicht ihnen, dass du in dem Verzeichnis aufgelistet bist.« Sie zögerte. »Patsy und Tim stehen wahrscheinlich auch drin, oder?«

»In *Burke's Peerage*? Ich nehme es an, obwohl ich nicht nachgeschlagen habe. Warum?«

»Ich habe ein bisschen ... Angst, sie kennenzulernen.«

»Das musst du nicht. Ich verspreche dir, du wirst deine Bedenken vergessen, sobald du sie triffst. Sie sind sehr nett. Genau wie du!« Als er ihr einen kurzen Blick zuwarf und lächelte, floss Lizzies Herz über vor Glück.

Bei Hugos und Lizzies Ankunft standen Patsy und Tim auf der Schwelle ihres großen Hauses im Queen-Anne-Stil. Die Haustür war offen, und mindestens drei Labradore tollten auf der Wiese neben der Zufahrt herum. Mitten unter ihnen entdeckte Lizzie einen kleinen Jungen im Schlafanzug.

Hugo stieg aus und ging um den Wagen herum, um ihr die Tür zu öffnen. Nicht zum ersten Mal war Lizzie dankbar für seine guten Manieren. Es bedeutete in diesem Fall, dass er an ihrer Seite war, wenn sie den Leuten zum ersten Mal begegnete, die eine so große Rolle in ihrem Leben spielen würden.

Tim kam auf sie zu. »Hugo, altes Haus!« Er klopfte ihm auf die Schulter. »Ich muss sagen, diese Verlobte gefällt mir deutlich besser als die andere. Sie ist wesentlich hübscher und wahrscheinlich auch viel lustiger.« Tim ergriff Lizzies Hand und schüttelte sie. Dann küsste er sie auf die Wange. »Es freut mich sehr, dich kennenzulernen, und ich bin so froh, dass du bei uns wohnen wirst. Lizzie, nicht wahr?«

Sie nickte und lächelte schüchtern. Obwohl der Empfang kaum herzlicher hätte sein können, war sie immer noch angespannt. Sie hatte nicht viel Erfahrung mit adligen Familien auf dem Land, die vielleicht geheime Rituale hatten, die nur Mitgliedern des inneren Kreises bekannt waren. Und sie war nicht Teil dieses inneren Kreises und würde es wahrscheinlich auch nie sein.

Patsy gesellte sich zu ihrem Mann und stellte sich vor. »Hallo, Lizzie! Ich kenne Hugo und Nessa schon mein ganzes Leben lang. Und sie erzählen nur Gutes von dir. Ich möchte dir George vorstellen. Georgie!« Patsys Stimme war weithin zu hören. »Komm, begrüß Lizzie. Sie ist Onkel Hugos Freundin, sie werden heiraten.«

George war vermutlich vier oder fünf Jahre alt. Sein Schlafanzug wies an den Knien Grasflecken auf, und die Haare hingen ihm in die Augen.

»Hallo.« Er sah seine Mutter an. »Soll ich Lizzie oder Tante Lizzie zu ihr sagen?«

»Einfach nur Lizzie, das reicht«, meinte Lizzie. Sie schüttelte dem Jungen die Hand. »Hallo, George.«

Der Kleine nickte schüchtern und kehrte so bald wie möglich zu den Hunden zurück.

»Im Großen und Ganzen ist er ein netter Bursche«, meinte Tim. »Nur im Umgang mit Damen ist er noch etwas unbeholfen.«

»Tim, er ist erst vier! Was erwartest du?«, erwiderte Patsy. »Kommt rein, lasst uns etwas trinken. Ich habe den Kamin angezündet. Ich weiß, es ist Sommer, aber ich finde ein Haus ohne Feuer einfach nicht einladend. Außerdem ist es heute recht kühl.«

Das Wohnzimmer war mit zerschlissenen Sofas und großen Sesseln vollgestellt. Der sehr hübsche Kamin verströmte angenehme Wärme, und an den Wänden hingen große Familienporträts, doch davon abgesehen wirkte der Raum ein wenig schäbig.

»Setz dich ans Feuer, Lizzie«, sagte Tim. »Der Sessel dort ist ziemlich bequem. Wir wohnen noch nicht lange in diesem Haus und müssen uns noch entscheiden, welche Möbelstücke wir verbrennen und welche wir behalten. Dieser Sessel gehört in die Rubrik ›Behalten‹.«

George und die Labradore ließen sich alle auf den Kaminvorleger vor dem Feuer fallen, und plötzlich sprang ein kleiner brauner Hund zu Lizzie auf den Sessel.

»Tut mir leid, das ist Maud«, kommentierte Patsy. »Schieb sie einfach runter, wenn du sie nicht bei dir haben willst. Sie ist ziemlich alt und hält sich gern in der Nähe des Feuers auf, aber nicht zu nah bei den großen Hunden.«

Maud hatte es sich inzwischen auf Lizzies Schoß bequem gemacht.

»Ich mag sie. In dem Haus in London, in dem ich bis jetzt gewohnt habe, gibt es auch eine Hündin: Clover. Sie tröstet einen, wenn man ein wenig Aufmunterung nötig hat. Clover springt einem auf den Schoß wie eine warme Wärmflasche mit Fell.«

Patsy legte ihr kurz die Hand auf die Schulter. »Lasst uns was trinken. Nach der Fahrt könnt ihr bestimmt was vertragen. Worauf hast du Lust? Wie wäre es mit einem klitzekleinen Gläschen Sherry? Oder möchtest du lieber etwas ohne Alkohol? Man weiß nie so richtig, was einem schmeckt, wenn man schwanger ist.«

Lizzie bat um einen Fruchtsaft.

»Tim?«, rief Patsy ihrem Mann hinterher, der gerade den Raum verlassen wollte. »Vergiss das Käsegebäck nicht!« Sie wandte sich wieder Lizzie zu. »Keine Angst, alles wird gut.«

Lizzie wusste nicht, ob sich die Bemerkung auf die Getränke vor dem Abendessen bezog oder auf ihr künftiges Leben. Doch sie fühlte sich schon viel besser.

Patsy richtete ihre Aufmerksamkeit nun auf Hugo, der es sich bequem machte. Es war offensichtlich, dass er sich bei seinen alten Freunden wohlfühlte. Er kannte alle Hunde mit Namen, und George kam mit einem Holzzug zu ihm, der repariert werden musste.

Lizzie lehnte sich in ihrem Sessel zurück, nippte an ihrem Saft und aß Käsegebäck aus einer Schale, die Patsy neben ihr abgestellt hatte. Die anderen unterhielten sich unbeschwert über Ereignisse und Personen, die sie nicht kannte. Doch obwohl sie nicht beteiligt war, fühlte sie sich nicht ausgeschlossen. Die ganze Szene wirkte beruhigend auf sie.

Schließlich hievte Patsy sich aus ihrem Sessel. »Ich denke, wir sollten gleich essen. Georgie? Komm, Schatz. Zeit fürs Bett. Du hattest ja schon dein Abendessen.«

George, dem wahrscheinlich klar war, dass den Erwachsenen sein wiederholtes Gähnen nicht entgangen war und ein Protest sie nicht überzeugen würde, warf Hugo einen Blick zu. »Liest du mir ein Stück von meiner Gutenachtgeschichte vor, Onkel Hugo? Der von Captain Flint?«

»Na klar!«, antwortete Hugo und stand auf. »Ich will unbedingt wissen, wie es dem Captain ergangen ist. Los, wer zuerst oben ist!«

»Hugo ist Georges absoluter Liebling«, erklärte Tim. »Ich hoffe, es macht dir nichts aus. Electra hatte übrigens etwas dagegen. Sie mochte es nicht, wenn Hugo jemandem außer ihr Aufmerksamkeit schenkte, selbst wenn der Konkurrent nur ein kleiner Junge war.«

»Hugo hat sie bloß ein einziges Mal mitgebracht«, fügte Patsy hinzu. »Es war kein Erfolg. Sie hat nicht wirklich verstanden, dass Tim zwar ein Haus samt Inhalt geerbt hat, aber kaum Geld, um es zu renovieren, und dass daher alles ziemlich heruntergekommen ist. Es hat ihr auch nicht gefallen, wenn Maud auf ihrem Schoß sitzen wollte.«

»Es ist ein wunderschönes Haus«, erwiderte Lizzie und sah sich um. »Ich kann euch gar nicht genug dafür danken, dass ich bei euch wohnen darf.«

»Sehr gern! Es ist ganz reizend, eine weitere Frau im Haus zu haben.«

Tim stellte die benutzten Gläser auf ein Tablett, verließ das Wohnzimmer und überließ Patsy und Lizzie sich selbst.

»Ich weiß, dass du dich in einer schwierigen Lage befindest«, bemerkte Patsy. »Aber Hugo ist ein sehr lieber Mann. Er wird sich um dich kümmern.«

»Ich weiß«, antwortete Lizzie. »Er ist sehr liebevoll zu mir.«

»Und wir sorgen dafür, dass ihr bald heiraten könnt. Danach habt ihr Zeit, euch richtig kennenzulernen.«

»Glaubst du, wir können in der Kirche hier im Ort getraut werden? Sie ist so hübsch.«

Patsy antwortete nicht sofort. Nach kurzem Überlegen meinte sie: »Das können wir sicher arrangieren. Es ist unüblich und verstößt wahrscheinlich gegen die Regeln, außerhalb seiner eigenen Pfarrgemeinde zu heiraten, doch der Vikar und seine Frau sind tolle Menschen. Dieses Haus hatte immer eine enge Verbindung zur Kirche. Regelmäßig fand ein Pfarrfest hier im Garten statt; jedes Jahr wurde ein Christbaum gespendet, und natürlich ist der Träger der Grundschule die Kirche. Ich bin Mitglied der Elternvertretung. Ich bin sicher, der Vikar wird die Regeln für Hugo und dich umgehen und ein Auge zudrücken.«

Ihre Worte waren aufmunternd, doch Lizzie spürte den Zweifel dahinter.

Patsy fuhr fort: »Verfügst du über irgendwelche besonderen Fähigkeiten, die für die Kirche nützlich sein könnten?«

Lizzie nickte. »Ich habe in meinem Heimatort immer dabei geholfen, die Kirche mit Blumen zu schmücken. Und ich kann nähen. Meinst du, diese Fähigkeiten wären nützlich?«

»Du meine Güte, sie werden dir wahrscheinlich vor Freude um den Hals fallen!«, erwiderte Patsy, die nun deutlich optimistischer wirkte. »Gut! Dann sehen wir mal nach, ob es mir gelungen ist, das Schmorgericht anbrennen zu lassen. Wahrscheinlich schon!«

»Nimm dir ein bisschen Butter zu deiner Ofenkartoffel«, forderte der Hausherr Lizzie eine halbe Stunde später auf und hielt ihr die Butterschale hin.

Sie lächelte. »Ich habe genug, danke.«

»Ach was. Viel zu wenig!«, sagte Tim. »Hier.« Er schnitt ein großes Stück Butter ab und legte es auf Lizzies Teller. »Ich finde, zu einer Ofenkartoffel gehört etwa die gleiche Menge Butter.«

»Nur, wenn man ein richtiger Vielfraß ist, Schatz«, erwiderte seine Frau. »Leg die Butter ruhig zurück, wenn du sie nicht möchtest, Lizzie. Tim kann unmöglich sein.«

Sie befanden sich im Esszimmer, dessen Möbel schon bessere Zeiten gesehen hatten. Patsy hatte eine gusseiserne Auflaufform auf einen Untersetzer mitten auf den Tisch gestellt und verteilte so großzügig Fleisch, als gäbe sie Essen in der Schule aus. Lizzie stellte fest, dass es köstlich duftete.

Hugo gesellte sich spät zu ihnen an den Tisch. »Tut mir leid. George und ich mussten das Buch noch zu Ende lesen. Es war so spannend! Habe ich etwa die Vorspeise verpasst?«, fügte er hinzu und warf einen Blick auf die gefüllten Teller.

»Es gab keine«, antwortete Patsy. »Auch wenn ich – wie Lizzie – von der furchterregenden Madame Wilson ausgebildet worden bin, hatte ich es noch nie so mit kniffeligen Gerichten. So, guten Appetit, fangt an.«

»Ich habe gehört, Hugo hat dir das Wildhüter-Cottage bereits gezeigt, Lizzie«, bemerkte Tim.

»Ja, aber es war schon dunkel, sodass sie nicht erkennen konnte, wie einfach es in Wirklichkeit ist«, warf Patsy ein. »Ich weiß nicht, ob das gut ist oder ob damit nur der Augenblick aufgeschoben ist, in dem sie beschließt, dass sie in der Bruchbude nicht leben kann.«

Lizzie lachte. »Es ist keine Bruchbude, und es war sehr romantisch, das Cottage im Licht der Petroleumlampen zu besichtigen. Ganz im Ernst«, fügte sie hastig hinzu, um nicht zu viel von ihren Gefühlen zu verraten, »es ist ein schönes Haus und mehr als groß genug für ein Paar mit einem Baby. Oder auch einem zweiten, später einmal.« Sie wurde rot.

»Warte, bis du es bei Tageslicht gesehen hast«, meinte Patsy. »Wir fahren morgen mal hin und werfen einen Blick darauf. Dann können wir besser beurteilen, wie wir es wohnlich gestalten können.«

»Ich würde sehr gern Vorhänge für das Haus nähen«, erklärte Lizzie. »Ich habe eine Nähmaschine mitgebracht.«

»Nun, ich habe einen ganzen Dachboden voller alter Store. Wir können nachsehen, ob etwas dabei ist, was dir gefällt und was du umnähen könntest.« Patsy zögerte kurz. »Leider gibt die Kasse nicht genug her, um neue Stoffe zu kaufen. Wir nutzen hier die Fensterläden, doch ihr werdet Vorhänge brauchen.«

»Ich glaube, ich fände alte Stoffe ohnehin hübscher«, sagte Lizzie. »Und wenn du es für sinnvoll halten würdest, könnte ich auch Vorhänge für eure Fenster nähen. Oder hast du sie auf den Dachboden verbannt, weil dir die Stoffe nicht gefallen oder weil du vielleicht Vorhänge im Allgemeinen nicht magst?«

Patsy hob hocherfreut die Hände. »Ich mag sie, aber sie hingen in diesem Haus völlig in Fetzen. Falls du da Abhilfe schaffen könntest, würde ich mich sehr freuen!«

»Ich helfe gern!«, antwortete Lizzie.

Patsy strahlte vor Freude. »Du bist ein Schatz! Ich glaube, du wirst Hugo eine großartige Frau sein. Und mach dir keine Gedanken wegen deiner Eltern. Sobald sie entdecken, dass er der begehrteste Junggeselle in ganz London ist, werden sie sich freuen wie die Schneekönige.«

»Nach dem Frühstück sehen wir uns das Haus an. Hast du Lust, Georgie?«, fragte Patsy am nächsten Morgen und biss in ihre Toastscheibe, bevor sie sich Lizzie zuwandte. »Vorher werde ich Di anrufen und ihr vorschlagen, sich mit uns vor Ort zu treffen. Sie ist die Frau des Vikars, und wenn sie dich mag, ist es bestimmt kein Problem, in der Dorfkirche zu heiraten.« An dieser Stelle verstummte sie.

Lizzie fragte sich, ob sie sich wegen des Treffens mit Di sorgte. Lizzie selbst machte sich auf jeden Fall Sorgen.

»Schließlich werdet ihr bald Mitglieder der Kirchengemeinde sein«, fuhr Patsy fort, als versuchte sie, sich selbst zu beruhigen.

Zuvor hatten die beiden Männer einen Blick auf die Autos geworfen, die Tim zusammen mit dem Haus geerbt hatte. Offensichtlich war darunter ein Bentley, den Patsy für gut geeignet hielt, um als Hochzeitsauto zu fungieren. Patsy, George und Lizzie trödelten noch mit dem Frühstück herum.

»Wir müssen diese Hochzeit auf den Weg bringen«, erklärte Patsy und rieb sich begeistert die Hände. »Ich liebe es, Partys zu organisieren! Das liegt sicher daran, dass ich so gerne Leute herumkommandiere. Aber die Zeit ist nicht auf unserer Seite.« Sie zögerte. »Weiß deine Mutter, wo du momentan wohnst?«

»Ich habe ihr geschrieben und ihr die Adresse des Cottages mitgeteilt. Daher denkt sie wohl, dass ich dort wohne.«

»Zusammen mit Hugo?« Patsy lachte. »Die Vorstellung wird ihr nicht gefallen. Sie wird auf der Matte stehen, sobald sie eine Möglichkeit gefunden hat herzukommen. Ich werde sie beschwichtigen.« Patsy seufzte. »Tim und ich haben einen wunderbaren kleinen Urlaub in einem abgelegenen Cottage in Schottland verbracht, bevor wir verheiratet waren. Es war wunderschön. Zwar ist euer Häuschen ein perfektes Liebesnest, aber trotzdem könnt ihr erst einziehen, wenn ihr verheiratet seid. Die Leute im Dorf würden nichts anderes tolerieren.«

»Das hat Hugo mir schon erklärt. Ich wusste eigentlich, dass es so sein wird, doch ganz kurz habe ich darüber nachgedacht, wie schön es wäre, schon dort zu wohnen, während wir die Hochzeit vorbereiten.«

Patsy lachte. »Lass uns erst mal dafür sorgen, dass du unter die Haube kommst. Und bis dahin sollte besser einer von euch hier bei uns bleiben und der andere im Haus im Wald. Und ich schlage vor, dass Hugo im Cottage wohnt. So war es ja auch geplant, bevor ... du weißt schon ...«

»Bevor er erfahren hat, dass ich schwanger bin?«

»Es war dann doch eine Überraschung. Eine schöne natürlich.« Patsy trank einen Schluck Tee. Sie wollte offenbar verhindern, dass Lizzie sich peinlich berührt fühlte.

»Du bist sehr nett zu mir.«

Patsy blickte ihr fest in die Augen. »Wie gesagt, ich kenne Hugo schon fast mein ganzes Leben lang. Er ist einer der nettesten, liebenswürdigsten und ehrenhaftesten Männer, denen ich je begegnet bin. Ich würde alles für ihn tun. Und es ist in der Tat so«, fuhr Patsy fort, offensichtlich gerührt, »dass ich auch alles für dich tun würde – jetzt, da ich dich kennengelernt habe.«

Lizzie hielt ihren Blick fest. Das war ihre Gelegenheit, Patsy zu fragen, was sie unbedingt wissen wollte: Liebte Hugo sie? Er benahm sich liebevoll und war ausgesprochen nett zu ihr, doch lag das bloß daran, dass er ehrenhaft war und sie ein Kind von ihm erwartete? Heiratete er sie nur, weil er es als seine Pflicht betrachtete? Doch sie schwieg. Stattdessen erwiderte sie Patsys herzliches Lächeln und sagte lediglich: »Vielen Dank!«

»Ach was! Ich glaube, dass du ein Gewinn für unsere kleine Gemeinde sein wirst. Es wird toll, dass du so nah bei uns wohnen wirst, und sicher wirst du Hugo sehr glücklich machen.«

»Ich werde es auf jeden Fall versuchen.«

Patsy nickte. »Aber es ist nicht notwendig, dass du alles für ihn aufgibst. Du wirst die nächsten Jahre kaum Zeit für dich selbst haben, doch es ist gut, etwas zu haben, was nichts mit Hugo zu tun hat, etwas, wofür du dich interessierst und was dir ganz allein gehört.« Als sie lächelte, sah sie plötzlich sehr hübsch aus. »Nun gut, treffen wir uns in zwanzig Minuten an der Haustür?«

27. Kapitel

Patsy, Lizzie und George hatten gerade Patsys alten Volvo Kombi vor dem Cottage abgestellt, als sich mit hohem Tempo ein Wagen näherte und mit kreischenden Bremsen zum Stehen kam.

»Das ist Di Baker, die Frau des Vikars«, erklärte Patsy rasch und kurbelte das Fenster hinunter, während die Frau schon aus dem Auto sprang.

»Patsy! Hallo!« Mrs. Baker nickte Lizzie zu. »Es tut mir so leid, doch ich kann nicht bleiben«, sagte sie zu Patsy und beugte sich zum Fenster herunter. »Es ist eine Katastrophe passiert.«

»Oh, was ist geschehen?«, erkundigte sich Patsy. »Kann ich irgendwie helfen?«

Di Baker richtete sich auf. »Sehr nett von dir, aber nein. Zwei – *zwei!* – der Frauen, die sich um den Blumenschmuck für die Kirche kümmern, haben sich einen Magen-Darm-Virus eingefangen und liegen flach. Oder sie haben sich den Magen verdorben. Ich sollte wirklich Anweisung geben, dass sie nicht dasselbe essen dürfen, wenn eine große Veranstaltung in der Kirche ansteht.«

Lizzie wusste nicht, ob Di scherzte oder ihre Bemerkung ernst meinte.

»Oh! Was für eine Veranstaltung? Habe ich etwa etwas Wichtiges vergessen?«, rief Patsy aus.

Di schüttelte den Kopf. »Keine Angst, Patsy, das hast du nicht. Am Sonntag findet eine Taufe statt, und die Frau des Bischofs gehört zu den Gästen – soweit ich weiß, auch der Bischof selbst. Es ist außerordentlich wichtig, dass der Blumenschmuck in der Kirche schön ist. Die Frau des Bischofs hat sich herablassend zu unserem Beitrag beim Blumenfest in der Kathedrale geäußert.«

»Das heißt also, es fehlen Frauen, die die Blumen arrangieren?«, hakte Patsy nach.

»Ja, und deshalb bitte ich dich nicht um Hilfe«, erwiderte Di. »Das Arrangieren von Blumen gehört nicht zu deinen Stärken. Nichts für ungut!«

»Kein Problem«, erwiderte Patsy, die ganz aufgeregt wirkte, »doch bevor du wieder davonbraust, lass mich dir Lizzie vorstellen ...«

»Hallo, schön, Sie kennenzulernen, aber ich muss ...«

»Lizzie ist genial, wenn es um Blumen geht!«, versicherte Patsy. »Wir waren vor einer Weile bei einer großen Veranstaltung, bei der die Floristin in letzter Minute abgesagt hat ...«

»Wahrscheinlich hatte sie einen Magen-Darm-Virus!« Die Frau des Vikars seufzte.

»... und Lizzie ist eingesprungen. Ehrlich, die Blumendekoration war prachtvoll! Lizzie ist genau die Frau, die du jetzt brauchst.«

Lizzie warf ihrer neuen Freundin einen kurzen Blick zu. Sie hatte nicht gewusst, dass Patsy und Tim Gäste auf dem Ball im Hause Lennox-Stanley gewesen waren. Doch jetzt, da sie darüber nachdachte, war es ihr klar – sie waren schließlich alte Freunde der Familie. Sie sah Di Baker an, die sie prüfend musterte – in ihr rangen Zweifel und Hoffnung sichtlich miteinander.

»Patsy ist sehr freundlich«, sagte Lizzie, »und natürlich standen mir Unmengen von wunderschönen Blumen zur Verfügung, doch ich habe auch oft beim Dekorieren der Kirche geholfen, als ich noch zu Hause gewohnt habe.«

»Wirklich? Sie schickt der Himmel!«, antwortete die Vikarsfrau.

»Die Wege des Herrn sind unergründlich«, warf Patsy ein. »Lizzie, warum fährst du nicht gleich mit Di und schaust, was du tun kannst? Wir können uns das Haus ein anderes Mal ansehen.«

»Die Sache ist die, dass wir keine tollen Blumen haben«, meinte Di, »nur das, was die Leute uns aus ihren Gärten überlassen. Wir haben keine Mittel, um Blumen zu kaufen.«

»Daran bin ich gewöhnt«, erwiderte Lizzie. »Ich würde Ihnen liebend gern helfen.«

»Und wir haben die Blumen noch nicht geschnitten. Wir sorgen immer dafür, dass die Blumendekoration bis Freitagnachmittag fertig ist, weil die Kirche am Samstag geputzt wird. Wir haben keine Zeit zu verlieren!«

Da die Frau des Vikars trotz des Zeitdrucks immer noch zauderte, nahm Patsy das Heft in die Hand. »Warum fangen wir nicht gleich damit an, hier im Garten Blumen zu schneiden?«, schlug sie vor. »Es gibt ein paar entzückende Sorten«, fuhr sie fort und betrachtete den kleinen Vorgarten. Offensichtlich konnte sie die Blumen nicht mit Namen benennen. »Und wahrscheinlich gibt es hinter dem Haus noch mehr.«

»Das ist eine gute Idee.« Lizzie stieg aus dem Wagen. »Haben wir eine Gartenschere?«

»Immer dabei«, erwiderte die Frau des Vikars. Sie ging zu ihrem Auto und kehrte mit einer Schere zurück.

»Ich hoffe sehr, dass sie so talentiert ist, wie du behauptest«, hörte Lizzie Di sagen, die bereits anfing, alle geeigneten Pflanzen zu schneiden, sowohl Grünzeug als auch Blumen, und in einen alten Eimer zu stellen, den sie neben der Hecke gefunden hatte. »Ich bin wirklich verzweifelt.«

»Oh, sie ist tatsächlich gut«, antwortete Patsy. »Und sie ist so ein liebes Mädchen!«

Lizzie fragte sich, ob Di Baker ihr da zustimmen würde, wenn sie erst erfuhr, dass sie heiratete, weil sie schwanger war.

Lizzie liebte es, Blumenschmuck zu gestalten. In Gesellschaft der drei älteren Frauen, die heute Blumendienst in der Kirche hatten, fühlte sie sich wohl. Sie freute sich, als man ihr die Aufgabe übertrug, das große Gesteck zu arrangieren, das die Kirchengemeinde beim Einzug ins Gotteshaus begrüßen würde. Lizzie fand das sehr großzügig. Schließlich konnte niemand sicher wissen, ob sie etwas mit dem Blumensteckschwamm und der Rolle Blumendraht anfangen konnte, die sie zur Verfügung hatte. Zum Glück hatte Di, die nichts dem Zufall überlassen wollte, den Steckschwamm schon eingeweicht.

Als Lizzie mit ihrem Arrangement, für das sie größtenteils das von ihr selbst mitgebrachte Material verwendete, fertig war, füllte sie Gießkannen, kehrte den Boden und ging auf Bitten der anderen hinaus auf den Friedhof, um Efeu als zusätzliches Blattwerk in den Anlagen am Rand zu schneiden.

Am Ende sah die Kirche umwerfend aus. Es gab große Gestecke und Vasen voller Blumen auf jedem Fenstersims. Da es sich um einen besonderen Anlass handelte, hatte eine der Frauen einen reichhaltigen Früchtekuchen mitgebracht. Sie genossen die Stärkung zusammen mit dem Tee, den sie mithilfe eines Gaskochers in der Sakristei zubereitet hatten.

»Sie sind ein Prachtmädel«, meinte Di, als sie gemeinsam nach Hause fuhren. »Zum Glück hat Patsy Sie im richtigen Moment aus dem Hut gezaubert. Soll ich Sie bei ihr zu Hause absetzen? Oder möchten Sie zu dem Cottage am Waldrand? Es wirkt ein bisschen wie das Häuschen von Hänsel und Gretel, nicht wahr?«

»Das finde ich auch. Und wenn es kein Umweg für Sie ist, möchte ich gerne dorthin. Ich habe es erst ...« Sie sprach nicht weiter, weil es ungeschickt sein könnte, Di zu erzählen, dass sie bislang nur einmal bei Dunkelheit im Haus gewesen war. »Ich meine, ich würde es mir gerne mal richtig ansehen.«

»Nach dem, was Sie heute für uns getan haben, bringe ich Sie, wohin Sie wollen. Sie arbeiten nicht nur doppelt so schnell wie unsere älteren Blumenfrauen, Sie haben zudem für gute Stimmung gesorgt und den anderen Freude an ihrer Tätigkeit vermittelt! Ich sehe jetzt schon, dass Sie eine große Bereicherung für die Gemeinde sein werden.«

»Es ist eine hübsche Kirche. Sie scheint ziemlich alt zu sein.«

»Teile davon gehen auf das dreizehnte Jahrhundert zurück, also ja.« Di warf ihr einen kurzen Blick zu. »Patsy meint, dass Sie gerne dort heiraten möchten?«

»Das stimmt.« Lizzie wagte nicht, Di anzusehen. »Auch wenn ich als unverheiratete Frau bisher noch nicht in dieser Kirchengemeinde gelebt habe.«

»Nun ja, ich glaube, es ist viel wichtiger für die Kirche, dass sie als verheiratete Frau Mitglied dieser Gemeinde werden. Ich rede mal mit meinem Mann. Er findet bestimmt eine Lösung. Allerdings müssen wir ein Datum für die Hochzeit finden. Ihr Zukünftiger und Sie sollten sich so bald wie möglich mit meinem Mann treffen. Ich werde Patsy anrufen und ihr ein paar Termine nennen, zu denen er Zeit hat.« Sie warf Lizzie einen kurzen Blick zu. »Keine Bange, es stehen noch freie Tage zur Verfügung, doch Sie sollten sich rasch einen aussuchen.«

Es war gut, dass Lizzie beschlossen hatte, sich beim Cottage und nicht bei Patsy absetzen zu lassen, wie sie feststellte. Denn vor dem Haus stand mit besorgter und verwirrter Miene ihre Mutter. Ihr Auto parkte am Straßenrand. Di hielt dahinter an.

»Mummy! Was machst du denn hier?«, rief Lizzie, sobald sie aus dem Wagen gestiegen war.

»Ich habe deinen Brief bekommen, Liebes ...«, setzte ihre Mutter an, doch Lizzie ließ sie nicht ausreden. Weiß der Himmel, was sie ansonsten ausplaudern würde!

»Mummy, das ist Di Baker ...«

»Die Frau des Vikars«, erklärte Di selbstbewusst.

»Meine Mutter, Mrs. Spencer.«

»Ich muss Ihnen zu Ihrer wunderbaren Tochter gratulieren, Mrs. Spencer. Sie hat gerade die Lage gerettet, nachdem zwei meiner für den Blumenschmuck der Kirche zuständigen Frauen gleichzeitig krank geworden waren. Ihre Tochter hat hervorragende Arbeit bei der Dekoration der Kirche geleistet.«

»Oh, das höre ich gern. Elizabeth hat ein besonderes Händchen für Blumen.« Mrs. Spencer lächelte stolz.

»Ich muss weiter«, erklärte Di. »Ich habe noch jede Menge zu tun! Das ist wahrscheinlich auch gut so – Müßiggang ist aller Laster Anfang. Auf Wiedersehen, meine Liebe«, sagte sie zu Lizzie. »Und noch mal vielen, vielen Dank.«

Di Baker stieg in ihren Wagen und brauste davon, bevor Lizzie Zeit hatte, sich Gedanken darüber zu machen, was sie bloß mit ihrer Mutter anfangen sollte.

»Können wir ins Haus gehen, Liebes?«, fragte Angela in diesem Moment. »Ich würde gern die Toilette aufsuchen.«

Zum Glück war das Haus nicht abgeschlossen (»Man merkt, dass man auf dem Land ist«, lautete der Kommentar ihrer Mutter.). Das Bad war wie angekündigt nicht gerade luxuriös.

Kurz darauf betrat ihre Mutter die Küche, wo Lizzie auf sie wartete, und trocknete sich die Hände an ihrem Rock ab.

»Liebes, ich musste einfach kommen. Ich hasse es, wenn wir uns streiten!« Als sie die Arme ausbreitete, stürzte Lizzie sich in die Umarmung, und sie hielten einander fest. Doch sobald ihre Mutter der Meinung war, dass sie sich ausreichend versöhnt hatten, fragte sie: »Ist das das Haus, in dem du wohnen wirst?«

Trotz der Umarmung brachte sie Lizzie damit gleich wieder auf die Palme. »Ja.«

»Nun, ich finde, dass Hugo Lennox-Stanley, der aus einer sehr guten Familie stammt – falls du es noch nicht weißt, sie lässt sich bis ins elfte Jahrhundert zurückverfolgen –, der Mutter seines Kindes ein etwas moderneres Haus zur Verfügung stellen könnte. Das ist nicht das, was ich mir für meine Tochter vorstelle! Auch wenn adlige Leute oft etwas exzentrisch sind.« Sie lächelte leicht. »Um ehrlich zu sein, ich habe nicht damit gerechnet, dass meine Tochter einen künftigen Baronet heiraten wird!«

Lizzie versuchte, ruhig zu bleiben. Sie selbst betrachtete das Ganze lieber nicht aus diesem Blickwinkel, doch ihre Mutter war offensichtlich ganz aus dem Häuschen vor Begeisterung.

»Das Bad ist nicht unbedingt der beste Raum des Hauses. Komm, sieh dir den Rest an. Das Wohnzimmer ist bezaubernd und ziemlich groß.«

»Dein Vater schmollt immer noch«, erklärte Lizzies Mutter. »Wenn du nicht ... in anderen Umständen wärst, wäre er hocherfreut. Er weigert sich, über das Thema zu sprechen.« Sie brach ab. »Elizabeth! Diese Küche! Sie ist ja vollkommen veraltet!«

»Die Küche gehört auch nicht zu den besten Räumen«, erwiderte Lizzie, »auch wenn sie mir sehr gefällt. Komm mit ins Wohnzimmer.«

Gemeinsam inspizierten sie den Wohnraum, aber er war ebenfalls nicht gerade umwerfend. Er war staubig und lieblos eingerichtet, und obwohl er geräumig war und Platz für einen Tisch mit einem Sessel und ein altes Sofa (aus dem Pferdehaar quoll) bot, wirkte ihre Mutter nicht beeindruckt.

»Du musst diese offene Feuerstelle zumauern lassen. Sie sorgt nur für schrecklich viel Staub«, bemerkte sie. »Schaff dir ein hübsches kleines Elektroheizgerät an. Sauber und einfach in der Bedienung. Wie sieht es oben aus?«

Da Lizzie selbst noch nicht im oberen Stockwerk gewesen war, öffnete sie einfach die Tür zur Treppe und folgte ihrer Mutter.

»Nur zwei Schlafzimmer? Wo soll ich dann übernachten, wenn ich dich besuchen komme? Und hoffentlich hast du nicht vor, in diesem Bett zu schlafen! Sicherlich beherbergt es jede Menge unappetitliches Ungeziefer.«

Lizzie betrachtete das alte Messingbettgestell und fand es perfekt – mit einer neuen Matratze und einem Patchworküberwurf ausgestattet, den sie selbst nähen würde, wie sie in diesem Augenblick beschloss. Sie ging zum Fenster und schaute in den Garten hinunter, der aus dieser Perspektive wunderschön aussah. Es gab keinen Rasen, sondern Obstbäume sowie Blumen- und Gemüsebeete mit Wegen dazwischen. Am Rand stand ein Schuppen, vor dem Lizzie eine Bank entdeckte. Sie stellte sich vor, wie sie darauf saß und Erbsen schälte, die sie selbst angepflanzt hatte.

»Ich finde dieses Zimmer ganz entzückend, und die Größe ist auch in Ordnung«, erklärte Lizzie, um nicht nur ihre Mutter, sondern auch sich selbst aufzumuntern. »Komm, schauen wir uns auch das andere Schlafzimmer an.«

Der zweite Raum war ungefähr genauso groß, zeigte jedoch auf die kleine Straße hinaus. Während Lizzie die Aussicht prüfte und ihre Mutter sich darüber ausließ, dass sie das Baby unbedingt vom ersten Tag an in einem eigenen Zimmer schlafen lassen sollte, sah Lizzie Patsys Wagen vor dem Haus halten.

Die Freundin stieg aus und ging auf das Cottage zu. »Hallo! Bist du da oben?«, rief sie die Treppe hinauf. »Di hat mir gesagt, dass deine Mutter gekommen ist, Lizzie, und ich möchte sie einladen, bei uns zu übernachten.«

Lizzie sah, wie die negativen Gefühle ihrer Mutter sich in Wohlgefallen auflösten, als sie die Treppe hinunterstieg und von Patsys beeindruckender, gastfreundlicher Aura eingehüllt wurde.

»Guten Tag, ich bin Patsy Nairn-Williams. Ich bin eine sehr alte Freundin von Hugo – ich kenne ihn schon, seit wir als Kinder gemeinsam auf kleinen, dicken Ponys durch die Wälder geritten sind.« Sie schüttelte Angela die Hand. »Hatten Sie eine lange Anreise?«

»Guten Tag, ich bin Angela Spencer, Elizabeths Mutter, doch das wissen Sie ja bereits, Mrs. Nairn-Williams ...«

»Nennen Sie mich doch bitte Patsy! Mein Nachname ist so sperrig – ich bin fast schon eingeschlafen, bevor jemand ihn aussprechen kann! Ich möchte Sie von dieser Bruchbude wegbringen, in die noch viel Arbeit gesteckt werden muss, bevor sie für unser junges Paar geeignet ist. Kommen Sie, wir fahren zum Haus und sehen, ob wir etwas zu essen finden.« Patsy nahm Mrs. Spencer am Arm und führte sie aus dem Cottage.

Lizzie folgte ihnen.

»Meine Liebe?« Patsy drehte sich zu ihr um. »Warum wartest du nicht hier auf Hugo? Er möchte sich das Haus auch richtig ansehen, ihr könntet es gemeinsam erkunden. Kommen Sie, Mrs. Spencer ...«

»Angela, bitte.«

»Sie sehnen sich bestimmt nach einem Glas Sherry, Angela, wenn nicht sogar nach einem großen Gin Tonic ...«

Lizzie beobachtete voller Ehrfurcht und Dankbarkeit, wie ihre Mutter Patsys Zauber verfiel. Nach den Erlebnissen des Tages war sie erschöpft. Obwohl sie sich nach Hugo sehnte, fühlte sie sich einem Rundgang durch das Haus, bei dem Fensterlaibungen für Vorhänge ausgemessen und dringend notwendige Arbeiten besprochen werden würden, nicht gewachsen.

Sie ging in den Garten und fand die Bank, die sie vom Fenster im ersten Stock aus gesehen hatte. Lizzie setzte sich, schloss die Augen und wandte ihr Gesicht der Sonne zu.

»Hallo«, hörte sie irgendwann eine tiefe, ruhige Stimme. Lizzie schlug die Augen auf und erblickte Hugo vor sich.

»Hallo«, erwiderte sie.

»Hast du Hunger? Ich habe ein Picknick mitgebracht. Patsy hat darauf bestanden. Sie fand, du brauchst eine Pause von Frauen, die dich herumkommandieren – dabei hat sie sich selbst nicht ausgeschlossen.«

»Ich habe tatsächlich Hunger. Wie spät ist es denn?«

»Zwei Uhr. Ich habe gehört, du hattest einen arbeitsreichen Tag.«

»Das stimmt. Ich glaube aber, wir können in der Kirche heiraten. Ein Punkt weniger, über den wir uns den Kopf zerbrechen müssen.«

»Das ist gut. Deine Mutter – die ihre Meinung von mir offenbar vollkommen geändert hat – und Patsy erstellen gerade mehrere Listen über alle Dinge, die erledigt werden müssen. Dein Vater hält mich aber noch immer für einen Schurken.«

»Ich glaube, Daddy ist von deiner Herkunft etwas eingeschüchtert«, erwiderte Lizzie, die sich schon Gedanken darüber gemacht hatte. »Und jetzt ist es ihm peinlich, weil er dich so unhöflich behandelt hat.«

»Ich kann es ihm nicht verdenken. Jeder Vater denkt sicher schlecht über den Mann, der ihm seine Tochter entführen will.« Er hielt kurz inne. »Ist diese Bank bequem? Sollen wir hier draußen essen?«

»Ja, bitte«, antwortete Lizzie. Die Gartenbank war recht klein, und sie würden dicht nebeneinandersitzen – eine angenehme Vorstellung.

»Dann hole ich mal das Picknick.« Er kehrte mit zwei braunen Papiertüten zurück. »Hoffentlich erwartest du kein Luxuspicknick wie von Fortnum & Mason in London. Tim hat die Sachen eingepackt, während ich mich mit deiner Mutter unterhalten habe.« Er zögerte. »Sie hat sehr genaue Vorstellungen von deiner Hochzeit, nicht wahr?«

Lizzie nickte. »Ich bin sicher, dass ich es dir schon erzählt habe, doch sie weiß schon, was sie sich für mich wünscht, seit ich ein kleines Mädchen war. Du musst natürlich deine Zustimmung zu nichts geben, mit dem du nicht einverstanden bist.«

»Wie sieht es mit dir aus? Wirst du Details zustimmen, die du gar nicht möchtest, weil deine Mutter sie so haben will?«

»Ja. Solange ich mich selbst um mein Brautkleid kümmern darf, ist es mir egal. Was ist denn nun in diesen beiden Tüten?«

Er reichte ihr eine davon. »Zwei dicke Käsesandwiches, glaube ich. Außerdem Äpfel und ein bisschen Früchtekuchen.« Hugo spähte in die andere Papiertüte. »Und eine Flasche Wein und eine Flasche Limonade, Letztere offensichtlich selbst gemacht von den zarten Händen unserer Gastgeberin.« Er zog zwei Plastikbecher aus der Tasche. »Wein oder Limonade?«

»Limonade bitte«, antwortete sie.

Nach ein paar Schlucken Zitronenlimonade biss sie in das dicke, weiße Sandwich. »Das ist köstlich.«

»Stimmt. Manchmal, wenn es bei einem Picknick Krabbentörtchen und Blätterteigpastetchen gibt, sehne ich mich nach einem richtigen Sandwich. Einer ›Stulle‹, wie mein Vater sie nennt.«

»Deine Eltern werden mich niemals akzeptieren, oder?«, murmelte Lizzie, der es den Appetit verschlagen hatte.

»Oh doch«, erwiderte Hugo. »Gib ihnen Zeit. Sie werden entdecken, was für eine reizende Frau du bist und dass du mich viel glücklicher machen wirst, als Electra es jemals könnte.«

»Glaubst du das wirklich?« Ihr Herz klopfte ein paar Takte schneller. Doch dann war sie sich nicht mehr sicher, ob er von den Gefühlen seiner Eltern in Bezug auf sie redete oder ob es seine eigene Überzeugung war, dass sie ihn glücklich machen würde. Ob er es wohl selbst wusste?

»Auf jeden Fall!« Er wirkte überrascht, dass sie daran zweifelte. »Du meine Güte! Wenn es sich nicht sozusagen um eine arrangierte Ehe gehandelt hätte, von ihnen anvisiert, seit wir Babys waren, hätten Electra und ich uns sicherlich nur ein- oder zweimal zum Essen verabredet. Doch dann wurde es zur Gewohnheit. Der Einfluss ihres Vaters wäre förderlich für meine Karriere gewesen, und sie war sehr darauf erpicht, einen künftigen Richter zu heiraten.«

»Und sie ist natürlich sehr schön«, ergänzte Lizzie. Sie klammerte sich an dem Thema Electra fest, obwohl ihr klar war, dass sie es besser dabei belassen sollte.

Er nickte. »Ja, in der Art und Weise eines Rennpferdes.«

Lizzie konnte es nicht lassen und bemerkte: »Wenn Electra also ein Rennpferd ist, muss ich eine Art Pony sein.«

»Lizzie!« Hugo war schockiert. »Wie kommst du bloß auf solche Gedanken?«

Sie zuckte mit den Schultern. »Ich weiß nicht. Vielleicht weil es zwischen uns so seltsam läuft. Wir kennen uns kaum, trotzdem heiraten wir. Ich kann nicht anders, ich vergleiche mich einfach mit der Frau, die du eigentlich heiraten wolltest: Electra. Schließlich hätten wir wahrscheinlich keinen Kontakt mehr, wenn ich nicht schwanger geworden wäre.«

»Wie kommst du darauf?«

Als sie seine besorgte Miene sah, erkannte sie, dass sie sich auf dünnem Eis bewegte. Sie brachte es nicht über sich zu sagen: »Hättest du mich unter normalen Umständen überhaupt gefragt, ob ich mit dir ausgehen will? Wenn ich nicht schwanger gewesen wäre?« Denn sie wollte die Antwort nicht hören, sie wollte kein Nein riskieren. Daher winkte sie betont gelassen ab, schüttelte den Kopf und lächelte.

Doch damit gab er sich nicht zufrieden. »Lizzie? Was hast du damit gemeint?«

Sie wünschte sich verzweifelt, dass sie diese Unterhaltung niemals angefangen hätte. Und obwohl er gesagt hatte, sie würde ihn glücklicher machen als Electra, hatte sie das Gefühl, zweite Wahl zu sein. Wie der bequeme Wintermantel, den man jahrelang tragen und selbst waschen konnte – statt des glamourösen scharlachroten Mantels, den man in die Reinigung bringen musste, der jedoch fantastisch aussehen würde. Auch konnte sie seine Worte nicht vergessen: *... ich, der aus Versehen ein Mädchen geschwängert hat und sie heiraten muss.*

Das konnte sie ihm unmöglich erklären. Sie hatte keine Worte dafür, und sie brachte es auch nicht über sich. »Ich weiß nicht! Wahrscheinlich bin ich einfach nur müde.« Sie erzählte ihm in allen Einzelheiten von ihrem anstrengenden Vormittag.

Er schien sich damit zufrieden zu geben.

»Bist du zu müde, um das Haus anzusehen? Deine Mutter meinte, dass es bei Dunkelheit sicher besser aussieht.«

Lizzie lachte. »Ja. Ich glaube nicht, dass sie es – so wie ich – durch eine rosarote Brille betrachtet hat. Vielleicht sehe ich es jetzt zusammen mit dir realistischer.«

»Oh, das hoffe ich doch nicht!« Er streckte ihr die Hand hin. »Komm, betrachten wir es von seiner schlimmsten Seite.«

»Eigentlich«, meinte Lizzie kurz darauf, »eigentlich mag ich es immer noch! Ich weiß, das Badezimmer ist nicht besonders schön, und die Küche könnte moderner sein, doch das Wohnzimmer ist relativ geräumig und scheint nicht feucht zu sein. Und die Schlafzimmer haben beide eine gute Größe.«

Hugo nickte. »Erinnerst du dich an diese Wohnung in Tufnell Park, wo wir uns zum ersten Mal begegnet sind? Die war so richtig übel!«

Sie war überrascht, dass er sich an ihr erstes Zusammentreffen erinnerte, und freute sich darüber. »Die war ganz schrecklich! Und obwohl dieses Cottage keine moderne Küche hat, ist es wenigstens hübsch.«

»Und ich bin sicher, dass es richtig gemütlich wird, wenn du erst Vorhänge genäht hast und auch sonst noch ein paar Veränderungen vornimmst. Patsy sagt, dass du das vorhast.«

Lizzie lachte. »Bei deinem familiären Hintergrund wirst du das Cottage wahrscheinlich als ziemlich klein empfinden, oder?«

»Viel wichtiger ist, dass du dich hier wohlfühlst.«

»Ich liebe es! Ich mag sogar das Messingbett oben im Schlafzimmer.«

»Aber wir brauchen eine neue Matratze.«

»Auf jeden Fall!«

»Patsy meinte, wir sollen eine Liste der Dinge aufstellen, die wir benötigen. Sie hat natürlich auch eine eigene Liste.«

»So kenne ich sie.« Lizzie lachte.

»Hör mal, ich beginne meine Ausbildung am Montagmorgen. Und Patsy und deine Mutter haben mir sehr deutlich zu verstehen gegeben, dass wir am Sonntag in die Kirche gehen.«

»Oh, gut, das heißt, du kannst meinen Blumenschmuck bewundern. Und der Gottesdienst wird nicht den ganzen Tag lang dauern.«

»Aber das Mittagessen am Sonntag wird sich in die Länge ziehen. Sie bestehen darauf, dass wir kommen. Tim kümmert sich um den Rinderbraten. Er ist ein moderner Ehemann – entweder das, oder er hat Angst, dass Patsy den Braten zu lange im Ofen lässt. Sie bereitet einen wunderbaren Yorkshire Pudding zu, der in einer großen Form mitten auf den Tisch gestellt wird.« Er überlegte kurz. »Vielleicht sollten wir anregen, dass sie das Ganze deiner Mutter zuliebe ein bisschen förmlicher gestalten.«

»Oh, mach dir da mal keine Gedanken – alles, was Patsy tut, ist für Mum wunderbar, ganz bestimmt!«

Er lachte. »Nun, das ist gut. Sollen wir noch eine letzte Runde drehen, bevor ich dich zurückbringe? Patsy meinte, du sollst einen Nachmittagsschlaf halten. Offenbar ist das sehr wichtig für schwangere Frauen.«

»Davon habe ich bisher noch nichts gehört«, erwiderte Lizzie. »Klingt aber nach einer hervorragenden Idee.« Sie zögerte. »Haben wir noch Zeit für einen kleinen Spaziergang? Ich fühle mich ein bisschen – ich weiß nicht ...« Sie konnte es nicht erklären, weil sie ihre Gefühle selbst nicht richtig verstand. Eigentlich müsste sie überglücklich sein. Sie heiratete ihren Traummann, den sie sehr liebte, und dennoch fühlte sie sich ein wenig verloren, anstatt völlig begeistert zu sein.

»Einen kurzen«, antwortete Hugo. »Ich will nicht das Risiko eingehen, Patsys Zorn auf mich zu ziehen.«

»Ich möchte mich bloß orientieren und die Umgebung meines künftigen Heims einmal kennenlernen. Ich freue mich so darauf, hier zu leben.«

»Das macht mich froh.« Er zögerte, als wollte er noch etwas hinzufügen, doch er schwieg.

»Komm!«, sagte Lizzie – auch, um das unbehagliche Schweigen zu beenden. »Lass uns herausfinden, ob es einen Baum gibt, auf den unser Kind klettern kann! Ich habe es immer geliebt, auf Bäume zu klettern. Seltsamerweise hat meine Mutter mich nie dazu ermuntert.«

28. Kapitel

Schon bald bestimmten Listen Lizzies Leben. Ihre Mutter, die immer noch da war, zeigte sich diesbezüglich unerbittlich, und Patsy war ebenfalls der Meinung, dass die Listen sehr wichtig waren – sie diskutierten das Thema eines Tages am Frühstückstisch bei Toast und Marmelade. Patsy und Angela bildeten ein unerwartet gutes Team, was eine Erleichterung für alle war. Lizzies Vater wurde nicht erwähnt, obwohl sie davon ausging, dass ihre Mutter von Zeit zu Zeit mit ihm telefonierte. Hugo war ins Cottage gezogen, sodass er früh aufbrechen konnte, ohne Patsys und Tims Hunde aufzuschrecken, die dann mit ihrem Gebell das ganze Haus weckten. Lizzie hatte das Gefühl, Hugo kaum noch zu Gesicht zu bekommen.

Tim las Zeitung und ignorierte die Frauen um ihn herum.

»Wenn du keine Hochzeitswunschliste haben willst«, erklärte Patsy, »wird deine Mutter in einer Flut von Anrufen ertrinken, weil alle wissen wollen, was du dir zur Hochzeit wünschst. Sie wird ohnehin schon überrannt werden, doch wenigstens kann sie den Anrufern dann einfach sagen, sie sollen sich die Liste von Peter Jones holen.«

»Und natürlich ist die Zeit nicht auf unserer Seite.« So lautete zurzeit jeder zweite Satz ihrer Mutter. »Wir haben nur noch einen Monat.«

»Ich weiß, Mummy«, erwiderte Lizzy kleinlaut.

Angela fuhr fort: »Ich kann dir dabei helfen, Liebes. Du brauchst ein hübsches Tafelservice – ich helfe dir, ein geeignetes Muster auszusuchen –, und die Gäste können Teile davon kaufen.«

»Wahrscheinlich wird jemand – vermutlich ein Verwandter von Hugo – gleich das ganze Service erstehen«, warf Patsy ein.

»Das wäre überaus großzügig! Gläser brauchst du auch, Schatz – vorzugsweise Waterford ...«

Lizzie stellte sich ihre künftige Küche mit der Steinspüle und der schwachen Beleuchtung vor und dachte bei sich, dass etwas robustere und weniger wertvolle Gläser wahrscheinlich besser geeignet wären. Doch sie hütete sich, diese Gedanken laut auszusprechen.

»Messer und Gabeln – versilbert ist in Ordnung ...«

»Und vergiss nicht, ein paar richtig gute Küchenmesser sowie Töpfe und Pfannen auszusuchen«, warf Patsy ein. »Ich habe vergessen, welche auf meine Liste zu setzen. Daher benutze ich jetzt die Sachen, die noch im Haus waren. Ein Albtraum! Und leider sind alle hübschen Gläser, die wir geschenkt bekommen haben, schon im ersten Jahr kaputtgegangen.«

»Oh. Nun, ich habe Lizzie immer dazu angehalten, sehr vorsichtig mit allem umzugehen«, erwiderte Angela mit besorgter Miene. Wahrscheinlich stellte sie sich auch gerade die Küche im Cottage vor.

»Die Leute können mir Handtücher schenken, wenn ihnen sonst nichts einfällt«, schlug Lizzie vor.

»Stimmt. Wir haben noch Handtücher aus Tims Schulzeit«, fiel Patsy ein. »Mit seinem eingenähten Namensschildchen.«

»Und Bettwäsche«, sagte Angela, die fest entschlossen war, alles aufzulisten, was ihr in den Sinn kam.

»Okay, Mummy, suche ich mir aus«, sagte Lizzie.

»Die Gästeliste übernehme ich«, fuhr ihre Mutter fort. »Aber irgendwie müssen wir an eine Liste von Hugos Eltern kommen.« Sie überlegte kurz. »Jammerschade, dass sie von dieser Hochzeit so wenig angetan sind.«

»Sie hatten noch keine Chance, Lizzie – Elizabeth – kennenzulernen«, entgegnete Patsy. »Wenn sie sie erst kennen, werden sie sie lieben! Wie könnte es anders sein? Ich rede mal mit Hugos Mutter«, meinte sie dann. »Schließlich hat sie wahrscheinlich schon eine Gästeliste gemacht, als Hugo noch ...« Sie brach entsetzt ab, als ihr klar wurde, was ihr beinahe herausgerutscht wäre.

Lizzie musste lachen. »Du meinst, als sie noch die Hochzeit von Hugo und Electra geplant hat?«

»Ich bin so eine Idiotin!«, murmelte Patsy. »Warum denke ich nie nach, bevor ich rede?«

»Weil du eine Idiotin bist«, erwiderte ihr Mann liebevoll und erhob sich. »Ich muss noch arbeiten. Wie sieht's aus, George? Wenn du schnell bist, gehe ich mit dir nach oben und helfe dir beim Zähneputzen.«

Als Tim und der Kleine den Raum verlassen hatten, bemerkte Lizzies Mutter: »Es ist wunderbar, wie moderne Männer heutzutage bei der Kinderbetreuung mithelfen. Ich glaube nicht, dass Elizabeths Vater sich je um deine Zähne gekümmert hat, was, Liebling?«

»Nein«, antwortete Lizzie.

»Nun ja«, meinte Patsy lächelnd, jedoch auch mit Nachdruck, »das liegt wahrscheinlich daran, dass George auch Tims Kind ist.«

Lizzie sah, wie ihre Mutter Patsy einen schnellen Blick zuwarf. Sie wusste, dass sie sich fragte, ob Patsy an die Emanzipation der Frau glaubte. Der Gedanke bereitete ihr eindeutig Unbehagen.

»Okay, ich schreibe *Einladungsliste von Hugos Mama* auf meine Liste«, sagte Patsy. »Lizzie? Hast du die Maße für die Vorhänge im Cottage genommen? Und hast du ausgesucht, welche Stoffe vom Dachboden dir gefallen?«

»Die Antwort auf beide Fragen lautet Ja«, antwortete Lizzie, der auffiel, dass ihre Mutter inzwischen kaum noch zusammenzuckte, wenn Patsy sie Lizzie nannte.

»Worüber wir unbedingt reden müssen«, sagte Angela und bedachte ihre Tochter mit einem Blick, der eiserne Entschlossenheit verriet, »ist dein Brautkleid. Du hast wirklich nicht genug Zeit, um es selbst zu nähen.«

Lizzie holte tief Luft, um ruhig zu bleiben. »Mummy ...«

»Ich weiß, dass du es selbst entwerfen und fertigen möchtest, und du bist eine ziemlich gute kleine Schneiderin, doch diese Angelegenheit ist viel zu wichtig, um sie von einem Amateur erledigen zu lassen. Da stimmen Sie mir doch zu, nicht wahr, Patsy?«

Lizzies Freundin antwortete nicht sofort, was ungewöhnlich für sie war. »Na ja, der Gedanke, dass ich versuchen könnte, mein eigenes Brautkleid zu schneidern, wäre so schrecklich gewesen, dass ich lieber in meiner Schuluniform geheiratet hätte. Aber Lizzie kann nähen.« Sie warf ihr einen mitfühlenden Blick zu und strich ihr über die Hand. »Ich kenne eine gute Schneiderin, an die wir uns wenden könnten, wenn es zu schwierig werden sollte.«

»Wir müssen ein Datum festlegen, bis zu dem es fertig sein muss«, schlug Lizzies Mutter vor. »Die Hochzeit ist schon in einem Monat. Eine professionelle Näherin würde mindestens einen Monat dafür brauchen. Wenn du in zwei Wochen nicht fertig bist, fragte wir Patsys Kontaktperson. Ist das fair?«

»Nein! Ist es nicht!«, erwiderte Lizzie. »Du billigst mir, einer ›Amateurin‹, die Hälfte der Zeit zu, die du einem Profi zubilligen würdest. Das halte ich keinesfalls für fair.«

»Ich glaube, deine Mutter meint Folgendes«, wandte Patsy besänftigend, jedoch entschlossen ein, »falls du in vierzehn Tagen keinen guten Start mit dem Kleid hingelegt hast – also den richtigen Stoff gefunden und zugeschnitten, vielleicht ein paar

Säume genäht hast -, könnten wir meine Bekannte fragen, sodass ihr noch genug Zeit bleiben würde, um das Kleid fertig zu nähen.«

Lizzie war klar, dass ihre Mutter das ganz und gar nicht gemeint hatte, hoffte jedoch, sie würde so tun als ob.

»O Gott!«, rief Patsy aus, sprang von ihrem Stuhl auf und sah auf die Uhr auf dem Kaminsims. »Ist es schon so spät? George ist heute mit einem kleinen Freund im Dorf zum Spielen verabredet. Ich darf nicht zu spät kommen – nicht schon wieder ...« Sie warf einen Blick auf den Frühstückstisch.

»Wir räumen den Tisch ab, mach dir keine Gedanken«, versprach Lizzie.

»Wie nett! Ich weiß, dass Mrs. Wareham jeden Moment kommen wird, aber es ist so ein großes, schmutziges altes Haus, um das sie sich kümmern muss ...«

»Das verstehen wir voll und ganz«, erwiderte Lizzies Mutter. »Wir erledigen das schon.«

Die ganze Zeit, während sie Butterreste von den Tellern kratzten und die Deckel für die Marmeladengläser suchten, lag Angela ihrer Tochter wegen des Brautkleides in den Ohren. Doch Lizzie gab nicht nach. Sie war fest entschlossen, das Kleid selbst zu nähen.

Das kleine Haus war dieser Tage Lizzies Zufluchtsort, da ihre Mutter ihre Listen lieber in einem komfortableren Umfeld abarbeitete. Häufig spazierte Lizzie nach ihrer Ankunft im Cottage die schmale Straße entlang zu der roten Telefonzelle, rief ihre Freunde in London an und unterhielt sich mit demjenigen, der gerade ans Telefon ging. Ziemlich oft war das David, der sich sehr für das Cottage interessierte.

Doch meistens war Lizzie mit ihrer eigenen To-do-Liste beschäftigt. Ein Punkt darauf war das Zurechtschneiden mehrerer

Vorhangpaare aus Patsys riesigen Beständen verschlissener Vorhänge vom Dachboden, um sie für das Cottage anzupassen. Außerdem gab es einen Stapel Chorhemden zu flicken, die dem Kirchenchor gehörten. Diese Aufgabe war ihr von Di Baker übertragen worden – oder hatte sie sich dafür selbst angeboten? –, als sie an jenem ersten Sonntag zum ersten Mal die Kirche besucht hatten. Lizzie fragte sich, ob sie sich durch diese Tätigkeiten von ihrer schwierigsten und dringlichsten Aufgabe ablenkte, dem Nähen des Brautkleides.

Sie wusste, dass sie nach London fahren sollte, um den Stoff zu kaufen. Außerdem konnte sie ihre Hochzeitsliste für die Geschenke bei Peter Jones zusammenstellen, nachdem sie in jeder Abteilung Dinge in jeder Preislage ausgewählt hatte. So lief das ab, hatte Patsy erklärt. Doch John Lewis war für Stoffe besser geeignet, wenngleich David bei ihrem letzten Telefonat die Frage in den Raum gestellt hatte, ob sie nicht zusätzlich einen Stofflieferanten für Theaterkostüme aufsuchen sollte. Auf keinen Fall wollte sie, dass ihre Mutter sie begleitete, um ihr bei diesen Aufgaben zu helfen. Doch sie hatte keine Ahnung, wie sie sie davon abhalten sollte.

Lizzie hielt sich gerade im Garten des Cottages auf und beschnitt Büsche, etwas, was sie fast bei jedem Besuch tat, als sie auf der kleinen Straße ein Auto hupen hörte. Jemand rief laut ihren Namen. Sie hob den Kopf und entdeckte Davids Auto, aus dessen Fenstern Meg und Vanessa schauten. Alexandra saß am Steuer. Lizzie lief los.

Die begeisterte Begrüßung dauerte eine ganze Weile. Auch die Fragen wollten gar nicht enden.

»Alexandra! Ich kann es nicht fassen, dass David dir sein Auto geliehen hat, um die ganze Strecke hierher zu fahren!«, sagte Lizzie.

»Ich fahre inzwischen richtig gut!« Alexandra war sichtlich stolz. »David hat sich neulich von mir durch die Innenstadt von London und rund um den Hyde Park kutschieren lassen, und niemand hat meinetwegen gehupt!« Sie unterbrach sich. »Es tut ihm übrigens sehr leid, dass er nicht mitkommen konnte. Er probt gerade für ein Stück.«

»Ich bin mitgekommen, um Hugo zu sehen«, erklärte Vanessa. »Ist er hier? Mein Vater ist immer noch außer sich vor Wut! Er hat sogar von seinem Anwalt prüfen lassen, ob er die Erbfolge außer Kraft setzen und den Familienbesitz jemand anders hinterlassen kann. Aber es gibt keine andere Möglichkeit!«

Diese Nachricht dämpfte Lizzies Wiedersehensfreude ein bisschen. Auch ihr eigener Vater hatte sich laut ihrer Mutter noch nicht mit der Hochzeit abgefunden, und das machte sie traurig.

»Patsy weiß, dass wir kommen«, fuhr Vanessa fort. »Sie sagte, es wäre Zeit, dass du dich mit ein paar Leuten in deinem Alter unterhalten kannst!«

»Hugo ist leider bei der Arbeit. Er verlässt das Haus morgens um halb acht und kommt erst zum Abendessen zurück. Er schläft hier im Cottage, doch er isst mit meiner Mutter und mir zusammen bei Patsy und Tim.«

»Macht nichts, ich rede ein anderes Mal mit ihm. Patsy kann ihm ausrichten, dass er mich mal anrufen soll«, sagte Vanessa.

»Oh, ihr habt Clover mitgebracht!«, rief Lizzie entzückt aus, als die Hündin aus dem Wagen sprang.

»Da wir alle den ganzen Tag nicht zu Hause sind, musste sie eben mitkommen. Sie hat während der ganzen Fahrt geschlafen«, erklärte Alexandra.

»Wir dachten, ein Tag auf dem Land würde ihr gefallen«, fügte Meg hinzu.

Die Mädchen sahen zu, wie die Hündin den Straßenrand entlangspazierte und eifrig herumschnüffelte, bevor sie sich erleichterte. Sie wirkte allerdings nicht allzu begeistert von dem Tapetenwechsel.

»Ich glaube, sie fühlt sich inzwischen in Belgravia zu Hause«, meinte Meg, ging zum Wagen und öffnete den Kofferraum. »Wir haben dir ein paar Sachen aus dem Haus mitgebracht. Sieh mal!« Sie umklammerte eine Schneiderpuppe. »Die sollte ungefähr deine Größe haben, Lizzie. Außerdem haben wir so viele Stoffe mitgebracht, wie wir in einen alten Wäschesack stopfen konnten.«

Lizzie umarmte sie stürmisch. »Oh, Meg! Ich habe mir so sehr Stoffreste gewünscht! Ich möchte eine Patchworkdecke für das Messingbett nähen! Natürlich erst, wenn ich mit dem Kleid fertig bin.«

»Leider ist kein geeigneter Stoff für ein Brautkleid dabei«, bemerkte Meg, die wusste, dass Lizzie sich deshalb sorgte.

»Können wir ins Haus gehen?«, fragte Vanessa.

»Na klar«, antwortete Lizzie. Auf einmal war sie ein bisschen verlegen wegen ihres zukünftigen Heims. »Ich weiß allerdings nicht, was wir essen sollen. Oder bereitet Patsy ein Mittagessen zu?«

»Nein«, erwiderte Vanessa. »Sie möchte, dass du den heutigen Tag mit uns verbringst.«

»Und mach dir keine Gedanken«, warf Alexandra ein. »Wir haben etwas zu essen und Champagner mitgebracht, und Nessa hat für eine besondere Überraschung gesorgt – etwas Extravagantes.«

»Es ist ein Präsentkorb. Ich hole ihn«, sagte Vanessa. »Ich dachte, ich sollte sicherstellen, dass die Mutter meiner Nichte oder meines Neffen auch genug zu essen bekommt. Ich sterbe vor Hunger!«

»Ich habe selbst gebackenes Brot mitgebracht«, fügte Meg hinzu. »Außerdem einen Früchtekuchen, eine Schweinefleischpastete, ein paar Würstchen in Blätterteig, Eiersandwiches und Limonade.«

»Das klingt köstlich!«, sagte Lizzie. »Jetzt habe ich auch Hunger.«

Vanessa kehrte mit einem Korb von Fortnum's zurück, der so groß war, dass sie ihn kaum tragen konnte.

»David hat uns Käse und besondere Butter vom Markt mitgegeben«, erklärte Alexandra. »Falls du unter Kalziummangel leiden solltest.«

»Lasst uns ins Haus gehen«, schlug Lizzie vor, deren Anspannung wie weggeblasen war. Sie freute sich einfach, ihre Freundinnen wiederzusehen.

Der Korb war zu groß, um ihn in der Küche auszupacken. Also trugen sie ihn ins Wohnzimmer, wo sie ihn auf den Boden stellten. Die Holzwolle, in die jedes Glas, jede Dose und jede Flasche eingewickelt war, warfen sie direkt in den Kamin.

»Honig!«, rief Meg. »Honig auf Toast schmeckt so gut! Oh, Dosenschinken. Und Zunge.«

»Und jede Menge Kekse, alle möglichen Sorten«, bemerkte Lizzie. »Jetzt kann ich George Shortbread anbieten, wenn er uns besucht. Er ist so süß!«

»Fandest du Patsy einschüchternd?«, wollte Vanessa wissen.

»Anfangs auf jeden Fall«, gab Lizzie zu.

Zur allgemeinen Überraschung tauchte Hugo auf, als sie gerade zu Mittag aßen. »Hallo! Patsy hat mir erzählt, dass ihr hier seid; ich wollte euch wenigstens kurz begrüßen. Allerdings kann ich nicht lange bleiben.«

»Hughie!«, rief Vanessa, stand auf und machte vorsichtige Schritte über die Teller, um zu ihrem Bruder zu gelangen. Sie umarmte ihn stürmisch.

Lizzie wünschte, sie könnte ihre Gefühle für ihn auch so ungehemmt zeigen. Scheu lächelte sie ihm zu. Sie war entzückt, dass er sich anscheinend darüber freute, sein Haus voller Frauen vorzufinden, die gerade aßen und Champagner oder – wie in Lizzies Fall – Limonade tranken. Ihr eigener Vater hätte daran auf jeden Fall weniger Freude gehabt.

»Nun, es gibt jede Menge zu essen«, erklärte sie. »Was hättest du gern? Ein bisschen Schweinefleischpastete? Ein richtig leckeres Eiersandwich? Du kannst meinen Teller benutzen. Ach, ich lege dir einfach ein paar der Köstlichkeiten auf den Teller«, entschied sie schließlich. Hoffentlich hörte sie sich nicht zu sehr nach Ehefrau an. Schließlich waren sie noch gar nicht verheiratet.

»Möchtest du ein bisschen Champagner?«, fragte Alexandra. »Es ist noch ein Tropfen in der Flasche.«

»Den nehme ich«, sagte Hugo zu Alexandra. »Und gib mir einfach irgendwas, Lizzie. Mach dir nicht zu viel Umstände.«

Er musste schon bald wieder aufbrechen, doch das kurze Picknick hatte ihm offensichtlich gefallen. Er gab Vanessa und Lizzie einen Kuss auf die Wange, doch dann streichelte er Lizzie kurz das Gesicht. »Bis später! Ich habe einen kleinen Ausflug geplant.«

Ihr Herz hüpfte vor Freude. »Liebend gern!«

»Ich würde diese Küche nicht ›primitiv‹ nennen«, meinte Alexandra kurz darauf. »Ich würde den Stil als ›rustikal schlicht‹ beschreiben.«

Sie sah sich das Haus gründlich an, während Meg und Vanessa mit Clover im Wald spazieren gingen.

Lizzie lachte über diese beschönigende Beschreibung. »Sag das mal meiner Mutter! Sie findet, man sollte keiner modernen Frau zumuten, eine Küche ohne Resopal und rostfreien Edelstahl zu benutzen.«

»Mal ehrlich, wenn du erst mal Vorhänge an den Fenstern, unter der Spüle und überall sonst angebracht hast, wo es nötig ist, und es ein paar Regale an den Wänden gibt ... Ist Hugo dafür zu gebrauchen, Regale aufzuhängen?«

»Das sollte er sein!«, erwiderte Lizzie. »Schließlich macht er eine Ausbildung zum Schreiner!«

»Richtig! Also, Regale an den Wänden, hübsches Geschirr, und schon wird es ganz entzückend aussehen. Jetzt lass uns einen Blick ins Badezimmer werfen.«

Alexandra stimmte zu, dass das Bad eine größere Herausforderung darstellte. »Hm, ich glaube, das Badezimmer braucht ein oder zwei Schichten Farbe, Vorhänge und einen guten Petroleumofen. Es ist sogar im Sommer feucht!«

»Ich weiß. Wenn ich erst hier wohne, fülle ich diesen Krug, der zum Waschstand gehört, mit Blumen.«

»Falls du nicht zu sehr mit dem Baby beschäftigt bist ...«

»Ach ja, aber das wird schon.«

»Du freust dich doch auf das Kind, oder? Ich meine, nachdem du jetzt heiratest und all das?«

»Absolut! Ich freue mich wahnsinnig.«

»Ich glaube, Hugo wird ein wunderbarer Vater sein«, sagte Alexandra. »Er ist so fürsorglich, und ganz offensichtlich liebt er dich sehr.«

»Oh! Glaubst du?« Lizzie war sowohl überrascht als auch entzückt. »Wie kommst du darauf?«

»Wegen der Art und Weise, wie er dich ansieht. Es springt einem gleich ins Auge!«

»Er hat noch nie etwas gesagt«, meinte Lizzie leise.

»Ich glaube, vielleicht fürchtet er, du könntest ihn nicht lieben. Schließlich heiratet ihr, weil ihr müsst. Wenn er dir gesteht, dass er dich liebt, und du seine Liebe nicht erwiderst, würde er sich sicher schrecklich fühlen.«

»Aber ich liebe ihn doch.«

»Dann solltest du es ihm vielleicht sagen?«, meinte Alexandra behutsam.

»Vielleicht«, antwortete Lizzie zweifelnd. »Sollen wir die anderen suchen und hinüber zum Haus gehen? Du musst Patsy kennenlernen, sie ist wunderbar.«

Als sie eintrafen, sprach Lizzies Mutter gerade über die Kleider der Brautjungfern.

»Wir müssen die Kleider so bald wie möglich nähen lassen – sobald Elizabeth ihre Brautjungfern ausgewählt hat. Was sie umgehend tun muss. Und Elizabeth kann diese Kleider auf gar keinen Fall selbst schneidern. Sie besteht schon darauf, ihr Brautkleid zu nähen, obwohl die Hochzeit schon fast vor der Tür steht!«

»Ehrlich?«, fragte George, der mit seinen Spielzeugautos spielte. »Ich hab gedacht, das dauert noch viel länger.«

»Oh, hallo, Elizabeth, Alexandra«, fuhr Mrs. Spencer fort. »Wir reden gerade über die Kleider der Brautjungfern. Und du wirst jetzt nicht sagen, dass du sie nähen wirst, Elizabeth. Du hast keine Zeit.« Ihre Stimme klang streng. »Du hast noch nicht einmal das Schnittmuster für dein eigenes Kleid entworfen. Ich wünschte, du würdest zulassen, dass ich eine Schneiderin damit beauftrage. Wir sind wirklich schon sehr spät dran. Wir sollten ein Probekleid haben.«

Als Lizzie ihren Freundinnen einen Blick zuwarf, stellte sie fest, dass diese amüsiert aussahen. »Meine Mutter meint ein Kleid aus einem Stoff wie zum Beispiel Musselin, um zu sehen, ob es passt, bevor man das eigentliche Kleid aus dem teuren Stoff schneidert.«

»Das wäre aber sehr zeitraubend«, wandte Vanessa ein. »Man müsste das Brautkleid ja zweimal nähen.«

»Ja. Wahrscheinlich werde ich kein Probekleid nähen«, erwiderte Lizzie.

»Elizabeth! Das ist das wichtigste Kleid, das du in deinem ganzen Leben tragen wirst. Denk doch nur an die Fotografien!« Dann verwandelte sich ihre Miene schlagartig von entsetzt zu entzückt. »Oh, Patsy hat den Kontakt zu dem Fotografen hergestellt, der bei ihrer Hochzeit mit Tim fotografiert hat, und er kann uns dazwischenschieben. Es gab eine Stornierung, und Patsy hat freundlicherweise ein gutes Wort für uns eingelegt. Wahrscheinlich hast du schon Arbeiten von ihm gesehen. Er fotografiert häufig die Debütantinnen, deren Porträts in *Country Life* veröffentlicht werden.«

Vanessa nickte. »Ganz reizend.«

»Aber davor müssen wir einen Tag vereinbaren, um den Stoff für dein Kleid auszuwählen. Ich habe etwas im Sinn, was sehr gut geeignet sein wird, wie ich meine. Ich stelle mir etwas nach dem Vorbild des Kleides von Grace Kelly vor – du weißt schon, mit diesem kleinen Stehkragen. Obwohl du natürlich nicht dieses Taillenband tragen kannst, das so reizend aussieht, wegen deines ... Zustandes«, fuhr sie mit einer gewissen Enttäuschung in der Stimme fort.

Alexandra warf Lizzie einen mitfühlenden Blick zu. »Meine Güte, das hat Spaß gemacht!«, sagte sie. »Aber leider müssen wir jetzt zurückfahren. David macht sich Sorgen, wenn wir zu spät kommen. Doch wir kommen wieder, ganz bestimmt! So weit ist es gar nicht von London aus«, fügte sie hinzu. »Vor allem, nachdem David mir jetzt sein Auto ausleiht.«

»Sie leihen sich einen Wagen von David?«, fragte Lizzies Mutter vollkommen verwirrt. »Ich dachte, er wäre der Butler!«

»Er ist auch der Chauffeur«, erwiderte Alexandra geistesgegenwärtig. »Er ist sehr besitzergreifend, was den Wagen angeht.«

Es dauerte eine gefühlte Ewigkeit, bis Hugo und Lizzie einen Augenblick für sich hatten. Lizzies Mutter war aufgedreht wegen des Besuchs der Mädchen und schwärmte davon, wie reizend sie doch waren und dass sie bestimmt die perfekten Brautjungfern wären, wenn Elizabeth sich einen Ruck geben und sie darum bitten würde. Doch kurz vor dem Abendessen, als Tim Angela ein Glas ihres Lieblingssherrys brachte, nahm Hugo Lizzie beiseite.

»Ich habe vereinbart, dass ich dich morgen Abend abhole, damit du Harold treffen und die Werkstatt besichtigen kannst. Ich weiß, das klingt nicht besonders aufregend, doch er möchte dich gerne kennenlernen«, sagte er.

»Wie schön! Ein Abend, an dem ich nicht ständig über die Hochzeit reden muss, wäre ein Traum«, antwortete Lizzie. »Meine Mutter meint es ja gut, das weiß ich, doch diese Hochzeit – vor allem mein Kleid – macht mir Angst.«

»Lizzie, du musst es nur sagen, dann bringe ich dich im Handumdrehen nach Gretna Green in Schottland. Das Mindestalter für eine Eheschließung liegt da oben bei sechzehn Jahren, glaube ich.«

Lizzie lachte. »Es könnte gut sein, dass ich dich beim Wort nehme!«

Am frühen Abend des folgenden Tages sank sie auf den Beifahrersitz von Hugos Wagen. »Ich hatte Angst, Mummy würde sich immer noch mehr Dinge ausdenken, über die ich nachdenken soll. Es war clever von dir zu sagen, dass Harold mich kennenlernen möchte. Sie findet es sehr wichtig, dass eine Frau ihren Mann hinsichtlich seiner Arbeit unterstützt.«

»Das war ganz einfach, denn es ist die Wahrheit. Ich habe es nicht einfach nur erfunden.«

»Ich bin so froh, mal rauszukommen, selbst wenn es nur für ein paar Stunden ist. Es ist nicht so, dass ich nicht gern bei Patsy und Tim bin, nein, es ist die Hochzeit. Meine Mutter erledigt die ganze Arbeit, doch wenn ich nicht aufpasse, steckt sie mich in ein Brautkleid, in dem ich aussehe wie die Fürstin Gracia Patricia von Monaco bei ihrer Hochzeit. Außerdem würde sie bestimmen, welches Muster unser Tafelservice haben soll. Ich finde, ich sollte diese Dinge selbst entscheiden, doch meine Mutter soll nicht die ganze Zeit dabei sein. Ich habe keine Ahnung, wie ich ihr entkommen kann!« Sie lachte, um den Eindruck zu vermitteln, dass sie diese Klagen nicht ernst meinte. Obwohl es so war.

»Du Ärmste! Ich entfliehe dem Ganzen durch meine Arbeit.«

»Macht sie dir denn Spaß?«

»Ich hätte das schon direkt nach der Schule machen sollen«, antwortete er. »Aber ich fürchte, meine Eltern werden lange brauchen, um sich an den Gedanken zu gewöhnen. Die Generationen von Anwälten und Richtern werden sich im Grab umdrehen.«

»Du musst deinem Herzen folgen.«

»Du machst das bereits. Und ich jetzt auch.«

Eine Weile fuhren sie schweigend weiter, bis Lizzie schließlich sagte: »Ich bin jetzt richtig aufgeregt. Wie lange dauert die Fahrt noch?« Sie freute sich an dem Gefühl der Freiheit, das sie empfand, und genoss die Pause von ihrer Mutter und den endlosen Hochzeitsvorbereitungen sehr. Vor allem das ständige: »Wann fährst du nach London, um den Stoff für dein Brautkleid zu kaufen?«

»Nicht mehr lange. Der Grund, warum wir hier wohnen, ist die Nähe zur Werkstatt.«

Lizzie lachte. »Stimmt! Aber trotzdem schade – ich wäre gern in den Sonnenuntergang gefahren – natürlich mit dir am Steuer.«

Er stimmt in ihr Lachen ein, warf ihr jedoch einen nachdenklichen Blick zu.

Hugo bog in eine kleine Straße ein, die zu einem hübschen Haus führte. In der Mitte befand sich die Eingangstür, links und rechts davon waren Fenster. Ein kleines Stück entfernt stand ein Schuppen, vor dem Hugo nun anhielt. »Harold hat gesagt, wir treffen uns hier. Ach, da ist er ja.«

Lizzie hatte sich kein klares Bild von dem Mann gemacht, der Hugo in seinem Handwerk ausbildete, doch hätte sie es getan, wäre er in ihrer Vorstellung ein älterer Mann mit rosigen Wangen in brauner Arbeitskleidung gewesen. Womit sie nicht gerechnet hatte, war, einen Herrn in einem gut geschnittenen dreiteiligen Anzug, auf Hochglanz polierten Schuhen und einer eleganten Seidenkrawatte zu begegnen. Harold hatte dichtes weißes Haar und leuchtend blaue Augen. Lächelnd nickte er ihr zu.

Hugo stellte Lizzie und Harold einander vor.

»Sehr angenehm«, erklärte der ältere Mann und nahm ihre Hand. »Bestimmt bestehen Ihre Eltern darauf, Sie Elizabeth zu nennen, habe ich recht?« Seine Stimme verriet sofort, dass er aus derselben Gesellschaftsschicht stammte wie Hugo.

»Oh ja! Woher wissen Sie das?« Lizzie fühlte sich gleich wohl.

Er ließ ihre Hand los. »Sie haben so etwas an sich. Aber treten Sie doch ein. Ich möchte Ihnen zeigen, womit Hugo und ich uns den ganzen Tag lang beschäftigen.« Lizzie folgte ihm gerne in den Schuppen.

»Was darf ich Ihnen zu trinken anbieten? Ist es zu spät für einen Sherry? Zu früh für Whiskey? Was meinen Sie?«

»Am liebsten hätte ich eine Tasse Tee.«

»Hugo?« Harold sah ihn an. »Würdest du Tee kochen? Und dazu die Kekse aus der Dose holen?«

»Die Kekse, die nur für Besucher bestimmt sind?«, fragte Hugo schmunzelnd.

»Selbstverständlich! Wir haben eine Besucherin, also gibt es einen Vorwand. Kommen Sie, Lizzie, lassen Sie mich Ihnen zeigen, woran wir gerade arbeiten.«

Der Schuppen war recht voll. Es gab einen großen Tisch in Form eines Blattes mit Intarsien – Lizzie konnte nicht erkennen, woraus sie bestanden –, vielleicht aus Gold oder einer hellgelben Holzart.

»Dieser Tisch soll abgeholt werden. Der Besitzer – wir arbeiten nur auf Auftragsbasis – lebt im Ausland und wird ihn in sein Haus in Südfrankreich transportieren lassen, wenn er fertig ist. An diesem Stück«, fuhr er fort und führte Lizzie zu einem Sekretär mit aufgeklapptem Deckel, »arbeiten Hugo und ich gerade.« Als Lizzie hineinsah, entdeckte sie mehrere Schubladen.

Sie spazierte zu einem weiteren Tisch. »Der gefällt mir.«

»Er ist beeinflusst von der Arts-and-Crafts-Bewegung.«

»Schlicht, aber wunderschön.« Sie wanderte in der Werkstatt herum, die gleichzeitig eine Art Ausstellungsraum war, und betrachtete interessiert jedes einzelne Stück. Harold folgte ihr und versorgte sie von Zeit zu Zeit mit speziellen Informationen.

»So, meine Liebe, jetzt erzählen Sie mir mal, warum Sie Hugo heiraten wollen. Abgesehen von der Tatsache, dass Sie ein Kind erwarten.«

Normalerweise wäre es Lizzie unendlich peinlich gewesen, mit einem Fremden über solche Dinge zu reden – noch dazu mit einem Mann –, doch dieser nette ältere Herr hatte etwas an sich, was dafür sorgte, dass sie nicht verlegen wurde. »Das ist eigentlich ganz einfach: Ich liebe ihn.« Sie lächelte. »Das klingt vermutlich ziemlich sentimental, aber es ist die Wahrheit.«

»Und es macht Ihnen nichts aus, dass er ein Handwerk ausübt – wenn man es überhaupt so nennen kann, es ist eher eine

Kunst –, mit dem er wahrscheinlich kein reicher Mann werden wird?«

»Das stört mich nicht im Geringsten«, antwortete Lizzie. »Natürlich wünsche ich mir, dass Essen auf den Tisch kommt, doch das Haus, in dem wir wohnen werden, hat einen Garten – wir können Gemüse anbauen. Und ich kann gut nähen. Es gibt immer Leute, die Näharbeiten zu erledigen haben. Wir werden schon zurechtkommen. Und mir ist wichtiger, er ist glücklich, als dass er ein Vermögen verdient.«

»Meine Liebe, haben Sie eine Vorstellung davon, wie hoch sein Jahreseinkommen gewesen wäre, wenn er bei der Juristerei geblieben wäre?«

Lizzie schüttelte den Kopf. »Nein, und ich muss es auch nicht wissen. Es ist nicht wirklich wichtig, oder?«

Harold lachte. »Nun, ich freue mich sehr, dass er Sie heiraten wird. Vor ihm würde ich das niemals sagen, aber er ist wirklich ein sehr talentierter Schreiner, obwohl er seine Ausbildung gerade erst begonnen hat. Ein paar Jahre, dann kann er alles, was ich kann.«

»Vielen Dank, dass Sie mir das erzählt haben. Ich bin stolz auf ihn und weiß, dass der Beruf ihn sehr zufrieden machen wird. Ach – da ist ja der Tee.«

Sie setzten sich auf Hocker rund um eine umgedrehte Teekiste und tranken Tee.

»Leider sind alle anderen Möbel für Kunden bestimmt«, meinte Harold. »Daher müssen wir ohne einen richtigen Tisch zurechtkommen.«

»Aber die Kiste und die Hocker tun es ja auch«, entgegnete Lizzie, stellte den Teebecher ab und nahm sich einen der nur für Besucher bestimmten Kekse.

Als sie den Tee ausgetrunken hatten, erhob sich Hugo. »Könnte ich dein Telefon benutzen, Harold?«

»Klar, mach nur. Aber komm doch mit ins Haus, wenn du telefonieren willst. Da gibt es etwas, was ich Lizzie zeigen will.«

Das Haus war ganz entzückend. Es gab jede Menge antikes Mobiliar. Lizzie hatte erwartet, dass die Möbel von ihrem Besitzer gefertigt worden waren.

Harold schien ihre Gedanken zu lesen. »Alles, was ich herstelle, ist für den Verkauf bestimmt. Die Möbel, die ich geerbt habe, sind für mich völlig in Ordnung. So, kommen Sie, ich zeige Ihnen, was ich in meinem Wäscheschrank habe.«

Überrascht folgte Lizzie ihm zu einem großen Schrank.

Harold öffnete die Türen. »Sehen Sie.« Auf den tiefen Einlegeböden stapelten sich Stoffballen. Baumwolle, Satin, Seide, Brokat und Batist.

»Du meine Güte!«, hauchte Lizzie. »Woher stammt das denn alles?«

»Meine Mutter war Schneiderin, und nach ihrem Tod wussten wir nicht, was wir mit den Stoffen anfangen sollten. Sie wären die perfekte Abnehmerin dafür. Hugo? Komm und hilf mir, etwas Geeignetes zu finden, in das wir das alles packen können. Lizzie, werfen Sie mal einen Blick auf die Stoffe und entscheiden Sie, ob etwas dabei ist, was Ihnen nicht gefällt. Das gebe ich dann jemandem, der einen Wohltätigkeitsbasar oder etwas in der Richtung abhält.«

Lizzie sichtete die Ballen aus Seide, Satin, feinem Batist, Popeline. Alle Stoffe waren wundervoll, obwohl es von vielen nur kleinere Mengen gab. Sie war hingerissen. Als Alexandra ihr ein Bündel mit Resten gegeben hatte, war sie schon begeistert gewesen. Das hier war jedoch eine ganz andere Hausnummer.

Hugo und Harold verschwanden für eine Weile, doch dann kehrten sie schließlich mit einer großen Truhe zurück.

»Verzeihung, dass es so lange gedauert hat«, meinte Harold. »Wir mussten das Ding erst ausräumen.«

Harold wehrte Lizzies Proteste ab, weil sie ihm solche Mühe bereitete. »Unsinn, mein Kind! Nennen wir es ein ›Hochzeitsgeschenk‹. Das Zeug kann ruhig in eurem Haus statt in meinem rumliegen.«

»Aber das sind wirklich wunderschöne Stoffe.« Lizzie hatte einen cremefarbenen Satin unter den bedruckten und gestreiften Stoffen entdeckt, der genau das sein könnte, was sie sich für ihr Hochzeitskleid wünschte. »Und seht euch mal diese Spitze an! Wahrscheinlich ist sie richtig kostbar.«

»Hoffentlich ist sie ein Vermögen wert!«, entgegnete Harold. »Dann habe ich Ihnen etwas geschenkt, was einen gewissen Wert besitzt. So, lasst uns nun mal sehen, was wir in dieses Ding reinbekommen.«

»Passt die Truhe in dein Auto, Hugo?«, flüsterte Lizzie, als Harold kurz außer Hörweite war.

»Ich denke schon, ich habe sie ausgemessen. Wo wir sie allerdings unterbringen sollen, wenn wir unser Haus bezogen haben, müssen wir uns später noch überlegen.«

»Hast du gewusst, dass er mir all diese Stoffe schenken will?«

»Nein, doch er hat sich bei mir danach erkundigt, womit du dich gern beschäftigst. Daher wusste er, dass die Sachen zu der richtigen Person kommen.«

»Harold!«, sagte Lizzie rasch, als er in den Raum zurückkehrte. »Das sind so viele schöne Stoffe. Ich muss etwas für Sie nähen – als kleines Dankeschön.« Ob es wohl unangemessen war, wenn sie Harold umarmte?

»Na ja, wenn Sie es schon anbieten: Ich könnte einen neuen Wäscheklammerbeutel gebrauchen.«

Lizzie zögerte nicht länger, sondern umarmte ihn herzlich. »Den sollen Sie bekommen. Und alles andere, was Ihnen gefällt.«

»Was für ein nettes Mädchen du dir da angelacht hast, Hugo!«, sagte Harold, der sich offenbar sehr über die Umarmung freute. »Pass gut auf sie auf!«

»Das hatte ich ohnehin vor«, erwiderte Hugo.

»Nun, wir müssen uns nicht die Frage stellen, ob dieser Besuch gut gelaufen ist«, meinte Hugo auf der Rückfahrt. »Im Unterschied zu den anderen Besuchen, die wir gemeinsam absolviert haben.«

»Was für ein reizender Mann!«, kommentierte Lizzie. »Wenn doch nur ...« Sie brach ab.

»Wenn doch nur mein Vater ein bisschen wie Harold wäre?«, schlug Hugo vor.

»Na ja – so hätte ich es nicht ausgedrückt.«

»Ich könnte es dir nicht verdenken, wenn du es ausgesprochen hättest. Mein Vater ist das Ergebnis seiner Erziehung. Er wurde sein ganzes Leben lang darauf konditioniert, so arrogant und snobistisch zu agieren. Er kann nichts dafür.«

»Ich gehe davon aus, dass du sehr ähnlich erzogen worden bist, Hugo«, erwiderte Lizzie nur. Sie wollte seinen Vater nicht mehr als nötig kritisieren.

»Und ich bin nicht so Furcht einflößend?«

Lizzie lachte. »Anfangs hatte ich schon ein bisschen Angst vor dir.« Auch wenn das jetzt nicht mehr der Fall war, hatte sie immer noch das Gefühl, dass er ein tiefes Wasser war, dem sie noch bei Weitem nicht auf den Grund gegangen war.

»Ich kann mir gar nicht vorstellen, warum. Doch wenn du dich dann besser fühlst – ich fand dich auch ziemlich Respekt einflößend.«

»Wie bitte? Mich? Warum um alles in der Welt ...«

»Ich erzähle es dir irgendwann mal, aber jetzt muss ich dich auf den aktuellen Stand bringen, wie es heute weitergeht. Ich bringe dich nach London zu deinen Freundinnen.«

»Was? Wann hast du das denn arrangiert? Und warum hast du es mir nicht früher erzählt? Jetzt habe ich nichts dabei!«

»Ich habe es gerade erst organisiert. Ich habe Patsy von Harolds Telefon aus angerufen, und sie wird deine Mutter informieren.« Er schwieg, um Lizzie Gelegenheit zu geben, sich mit dem Gedanken vertraut zu machen. Sie stellte sich die Szene bei Patsy zu Hause vor: den Ärger ihrer Mutter, Patsys nüchterne Reaktion. Sie wurde von einem plötzlichen Glücksgefühl erfasst, das ihr fast den Atem raubte.

»Das ist fantastisch!«

»Ich dachte mir, du könntest eine kleine Auszeit von deiner Mutter gebrauchen – selbst wenn es nur ein Abend ist.«

»Musst du dann die ganze Strecke wieder zurückfahren, damit du morgen früh pünktlich zur Arbeit kommst?«

Er schüttelte den Kopf. »Ich habe Harold die Situation erklärt, und er hat mir morgen freigegeben. Ich muss erst übermorgen wieder in der Werkstatt sein.«

»Wissen die Mädels, dass ich komme?«

»Leider nicht. Ich habe sie nicht erreicht. Doch das geht sicher in Ordnung. Ich gebe dir meine Karte, auf der auch die Nummer unseres Stadthauses in London steht. Wenn du nicht bei den Mädels bleiben willst, kannst du mich anrufen, und wir überlegen uns etwas anderes. Oder wir fahren nach Hause.«

Lizzie fing an zu lachen. »Das ist so unerwartet und so großartig!«

»Ich bin froh, dass du dich freust. Ich werde bei meiner Mutter übernachten, die gerade mit Nessa in der Stadt ist. Wir müssen versuchen, uns wieder auszusöhnen.«

»Denkst du, du bekommst das hin? Ich glaube nicht, dass deine Eltern mir je verzeihen werden, dass ich nicht Electra bin.«

»Doch, das werden sie, wenn sie dich erst besser kennenlernen. Wir müssen ihnen einfach die Gelegenheit dazu bieten.«

»Wahrscheinlich müssen wir sie nicht so oft sehen«, sagte Lizzie, um sich besser zu fühlen.

Hugo lachte leise. »Reicht dir ein Tag in London, um den Stoff für dein Kleid zu finden? Und die Geschenke von der Liste zusammenzustellen. Ich wollte dir eigentlich dabei helfen.«

»Unbedingt. Und mach dir keine Gedanken wegen dieser Liste. Es reicht, wenn einer von uns leiden muss! Solange es dir egal ist, was genau ich auf die Geschenkeliste setze.«

»Das ist mir völlig gleichgültig. Wichtig ist nur der Stoff für dein Brautkleid.«

Die große Truhe voller Stoffe im Kofferraum fiel ihr wieder ein. »Wenn unter den Stoffen, die Harold mit geschenkt hat, eine ausreichende Menge eines geeigneten Materials wäre, müsste ich gar nicht einkaufen gehen. Denk bloß, wie schön das wäre!«

»Harold wäre begeistert, so viel ist sicher.«

»In zwei Tagen könnte ich mein Kleid entwerfen und auf dem großen Tisch im Haus in Belgravia zuschneiden. Das wäre perfekt! Und ich müsste nicht so viel Zeit damit verschwenden, mit den Mädels einkaufen zu gehen.«

»Gehst du denn nicht gerne einkaufen?«, fragte Hugo erstaunt. »Ich dachte, alle Frauen mögen das.«

»Manchmal schon, doch der Gedanke, stundenlang bei Peter Jones herumzuirren, um ein Tafelservice und Teegeschirr auszuwählen – uff!«

»Aber wenn du das nicht machst, läufst du Gefahr, Dinge zu bekommen, die dir nicht gefallen.«

»Ach, ich bin sicher, dass die Leute, die uns etwas schenken wollen, sich ein paar hübsche Dinge ausdenken können.«

»Handtücher und Toaster?«

»Ich sage immer, man kann gar nicht genug Handtücher und Toaster haben.«

»Das habe ich dich noch nie sagen hören!«

»Ich verspreche dir, es von jetzt an mindestens einmal am Tag zu sagen.«

Er lachte und legte ihr die Hand aufs Knie. Die kleine zärtliche Geste machte Lizzie sehr glücklich.

29. Kapitel

Erleichtert stellte Lizzie fest, dass die Tür zur Küche im Untergeschoss des Hauses in Belgravia nicht abgeschlossen war, was hieß, dass jemand zu Hause und noch wach war. Es war schon fast zehn Uhr, sehr spät für einen Überraschungsbesuch. Sie winkte Hugo zu, der im Auto wartete, um zu sehen, ob alles in Ordnung war. Er nickte und fuhr davon. Die Truhe mit den Stoffen stand auf dem Bürgersteig.

Als Lizzie die Tür öffnete, sah sie, wie Alexandra Meg etwas erklärte. Meggie rührte gerade in einer Pfanne auf dem Herd und probierte dann mit einem separaten Löffel das Gericht. Clover lag vor dem Gasofen, der gar nicht brannte, und schnarchte vor sich hin. Eine Welle der Zuneigung für ihre Freundinnen erfasste sie, gepaart mit einem Gefühl der Wehmut, wenn sie an ihre Zeit in diesem Haus zurückdachte, bevor ihr Leben sich für immer geändert hatte. Tränen brannten in ihren Augen, obwohl sie nichts an ihrem Leben ändern wollte – wären da nicht die Vorbereitungen zur Hochzeit, die sie durchstehen musste.

In dem Moment entdeckte Alexandra sie. »Lizzie! Was machst du denn hier?« Abrupt schlug ihre Freude in Besorgnis um. »Es ist doch alles in Ordnung, oder?«

»Oh ja! Hugo hat mich hergebracht, als Überraschung. Er dachte, ich hätte genug von den Hochzeitsvorbereitungen und könnte einen freien Abend gebrauchen.«

»Wie wunderbar! Ich habe es dir doch gesagt, er liebt dich. Komm rein!«

»Ich habe eine Truhe voller Stoffe dabei. Könntet ihr mir beim Tragen helfen?«

Meg eilte zu ihr. »Wag es bloß nicht, schwer zu heben! Wir bringen die Truhe sofort rein.«

In dem Moment trat David in die Küche. »Du hier – das ist ja prima! Komm doch herein«, forderte auch er sie auf. »Du musst nicht auf der Türschwelle stehen bleiben. Wie geht es dir? Du bist ja noch hübscher geworden! Komm, setz dich. Was können wir dir anbieten? Bist du sehr müde?« Er zog sie zu dem bequemsten Sessel. Prompt hüpfte Clover auf ihren Schoß.

»Ach!«, seufzte Meg, »es ist so schön, dich zu sehen! Hast du eine Reisetasche dabei?«

Lachend wehrte Lizzie die Hündin ab, die ihr in ihrer Begeisterung das Gesicht ablecken wollte, und antwortete: »Nein! Ich habe eine Truhe voller Stoffe, aber keine Zahnbürste, kein Nachthemd und auch keine Wechselwäsche mitgebracht ... Ach, es ist so wunderbar, hier bei euch zu sein!«

Alexandra kam zu ihr und hockte sich auf die Armlehne des Sessels. »Du willst aber nicht andeuten, dass die ›Liebe in einem Cottage‹ nicht so romantisch ist, wie es schien, als wir dich besucht haben? Möchtest du Hugo noch heiraten?«

»Oh ja! Ich möchte auf jeden Fall mit ihm verheiratet sein. Aber um diesen Zustand zu erreichen, muss ich zuerst die schreckliche Tortur durchlaufen, die man ›Hochzeit‹ nennt.« Ganz kurz wirkte Lizzie äußerst niedergeschlagen, als sie an die bedrückenden Listen ihrer Mutter und ihre eigene unterschwellige Furcht dachte, dass Hugo sie nur wegen der Schwangerschaft heiratete.

Schweigen legte sich über den Raum.

»Ist es wirklich so schlimm?«, fragte David schließlich. »Bist du etwa weggelaufen?«

Lizzie sah ihre Freunde an. »Nein, so schrecklich ist es nicht.

Ich würde augenblicklich allerdings gern weglaufen, weil meine Mutter da ist.«

»In diesem winzigen – äh, ziemlich kleinen Haus?« Alexandra war an viel Platz gewöhnt.

»Nein, sie wohnt bei Patsy und Tim, genau wie ich selbst. Hugo übernachtet im Cottage – ich bekomme ihn kaum zu Gesicht, auch wenn er die Mahlzeiten bei Patsy einnimmt. Meine Mutter ist immer da und redet ununterbrochen über die Hochzeit. Hugo hat mich spontan hergebracht, damit ich mal eine kleine Pause bekomme. Meine Mutter glaubt, ich kaufe Stoff für das Brautkleid und suche Dinge für eine Hochzeitsliste bei Peter Jones aus.«

»Hugo wird ein liebevoller und fürsorglicher Ehemann werden«, stellte David fest.

»Und was wirst du wirklich tun, während du bei uns bist?«, wollte Alexandra wissen.

»Na ja, ich hatte tatsächlich vor, Stoff für mein Kleid zu kaufen und ihn dann auf dem großen Tisch zuzuschneiden ...«

»Und jetzt hast du deine Pläne geändert? Willst du also kein Brautkleid haben?«

»Wie bitte?«, rief Lizzie aus. »Natürlich bekomme ich ein Brautkleid! Ich hoffe, ihr möchtet meine Brautjungfern sein. Und Vanessa. Allerdings werde ich keine Zeit haben, Kleider für euch zu nähen.«

»Oh, das ist in Ordnung«, erwiderte Meg. »Wir wären wirklich enttäuscht gewesen, wenn du uns nicht gefragt hättest. Wir sind sehr gespannt auf deine Hochzeit. Und ich freue mich riesig, dass du mich gebeten hast, deine Hochzeitstorte zu backen.«

»Und ich werde sie verzieren«, warf David ein. »Wegen meines Talents, Putten, Engelchen, Blumen und andere Verzierungen zu kreieren. Normalerweise, wenn ich Spiegel und Bilderrahmen restauriere, stelle ich sie aus Gipsmörtel her, aber Alexandra meint, dass es handwerklich wahrscheinlich das Gleiche ist.«

»Ich liebe die Vorstellung, eine Torte mit Putten zu haben«, sagte Lizzie. »Ich habe mir noch gar nicht viele Gedanken über die Hochzeitstorte gemacht, abgesehen davon, dass Meg sie machen soll.«

Meggie lächelte. »Ich habe schon Rezepte rausgesucht.«

»Und ich möchte mich irgendwie nützlich machen«, sagte David.

»Ach, du Lieber!«, erwiderte Lizzie, stand auf und legte die Arme um ihn. »Du bist so eine Stütze für uns Mädels! Wie ein Vater, nur viel lustiger. Ich weiß nicht, wie wir ohne dich zurechtkämen. Du musst dich nicht nützlich machen.«

»Sie hat recht«, stimmte Alexandra zu. »Ich hätte nicht allein hier wohnen können, nicht länger als fünf Minuten.« Sie umarmte David und Lizzie.

»Mädels!«, rief er gerührt. »Hört auf, euch so albern zu benehmen, und setzt den Kessel auf!«

Während sie Tee tranken, meinte Alexandra: »Also, wenn du deine Zeit in London nicht in Stoffgeschäften verbringen möchtest, woraus willst du dann dein Kleid schneidern? Ich habe Fallschirmseide, die ich dir geben könnte – sie stammt noch aus Kriegszeiten.«

»Nicht nötig! Hugo hat mich zur Werkstatt mitgenommen und mich dem Handwerksmeister vorgestellt, einem sehr netten älteren Herrn. Er hat mir sämtliche Stoffe geschenkt, die seine verstorbene Mutter hinterlassen hat. Sie war Schneiderin.« Lizzie stand auf. »Ich habe sie alle mitgebracht.«

»Wo denn?«, fragte Alexandra.

»In der Truhe vor der Tür«, antwortete Lizzie. »Ich habe euch doch schon davon erzählt. Kommt, wir holen sie ins Haus.«

»Und ich habe gesagt, du darfst nichts heben«, erklärte Meg. »Wahrscheinlich ist die Truhe schwer. Wir machen das schon.«

Kurz darauf lagen die Stoffballen auf dem großen Tisch ausgebreitet, der am anderen Ende der Küche stand.

»Gut, was haben wir?«, fragte Lizzie. Sie nahm den cremefarbenen Satin in die Hand, den, der ihr zuvor schon ins Auge gefallen war. »Ob der wohl für ein ganzes Kleid reicht? Vielleicht ist es kein ganzer Ballen mehr, es könnten auch nur noch ein paar Meter sein.«

»Du könntest ja mehr als einen einzigen Stoff verwenden«, meinte Alexandra und deutete auf einen Ballen Satinstoff, der in einem Blauton schillerte, das an die Brust eines Pfaus erinnerte.

»Du meinst, ich könnte ein pfauenblaues Oberteil und einen andersfarbigen Rock nähen? Hmm, ich bin nicht sicher, ob mir Blau gefallen würde, doch die Idee, unterschiedliche Materialien für Oberteil und Rock zu nehmen, ist brillant.«

»Das sind ganz entzückende Stoffe«, bemerkte David. »Wie viel Meter sind jeweils auf einem Ballen?«

»Ich weiß es nicht, doch es könnte sein, dass die Ballen nicht mehr komplett sind«, antwortete Lizzie. »Seht euch nur diese Spitze an!«

»Satinrock, Spitzenmieder und Spitzenärmel. Klingt perfekt!«, sagte Alexandra. »Welcher Stil schwebt dir vor?«

»Hat jemand einen Stift und Papier? Ich werde eine Skizze anfertigen. Ich sehe das Kleid vor mir«, erwiderte Lizzie.

David suchte die Zeichenutensilien zusammen.

Meg schenkte Lizzie Tee nach. »Probier mal die Madeleines. Ich bin dabei, mein Rezept zu perfektionieren.«

»Oh, ich finde, es ist schon perfekt! Diese Madeleines sind köstlich.« Lizzie sah ihre Freundin an. »Meg, bist du sauer, wenn ich dir sage, dass meine Mutter einen Partyservice aufgetan hat?

Ich habe dich nicht gebeten, das Catering zu übernehmen, weil wir so viele Gäste haben werden. Ich möchte, dass du als Gast auf der Feier bist und mich wie immer moralisch unterstützt.«

»Solange David und ich die Torte backen dürfen, wäre ich auch viel lieber nur Gast ...«

»Brautjungfer«, korrigierte Lizzie. »Ich frage mich, ob Hugo von seiner Seite aus außer Vanessa noch jemanden hat, der Brautjungfer werden könnte.«

»Was ist mit mir?«, fragte David.

Lizzie nickte. »Das wäre eine ungewöhnliche Wahl für eine Brautjungfer, doch ich sehe kein ...«

»Nicht als Brautjungfer, du Dummerchen!«, erwiderte David. »Ich habe gemeint, als Gast. Möchtest du, dass ich eine Alibifreundin mitbringe?«

Lizzie sah ihn verwirrt an.

Alexandra brach in Gelächter aus. »Damit er hetero wirkt!«

Lizzie verdrehte die Augen. »Wenn du dich dann wohler fühlst und wenn sie nett ist, bring gerne eine Alibifreundin mit. Ansonsten komm einfach alleine.«

»Gibt es eine Obergrenze für die Anzahl der Gäste, die du einladen kannst?«, wollte Alexandra wissen.

Lizzie zuckte mit den Schultern. »Ich glaube nicht. Offensichtlich haben meine Eltern extra ein Hochzeitskonto für mich angelegt. Meine Mutter ist gerade dabei, das Geld munter auszugeben.«

»Ich hatte immer den Eindruck, dass kleine Mädchen ihr ganzes Leben lang von ihrem Hochzeitstag träumen«, meinte David. »Es schockiert mich, Lizzie, dass das bei dir nicht so ist ...«

Alexandra und Meg sahen ihn entsetzt an.

»David!«, sagte Alexandra. »Du enttäuschst mich. Das würde aus Lizzie eine sehr langweilige, oberflächliche Person machen – und das ist sie ganz bestimmt nicht!«

»Tut mir leid!« Er hob die Hände. »Ich werde meinen Gehrock reinigen lassen – als Entschuldigung und Zeichen meiner Reue.«

»Vermutlich hast du trotzdem recht«, erwiderte Lizzie. »Ich meine, es war immer schon klar, dass meine Hochzeit das Projekt meiner Mutter sein und nicht viel mit mir zu tun haben wird. Größtenteils ziehe ich einfach mit und rebelliere nur in Punkten, an denen mir wirklich etwas liegt.«

»Ich sehe dich nicht als Rebellin, Lizzie«, erwiderte Alexandra.

»Um ehrlich zu sein, niemand von uns hat dich als potenzielle Kandidatin für eine Blitzhochzeit gesehen«, fügte David hinzu.

Lizzie kicherte. »Wenn du auch nur die leiseste Ahnung von den Vorbereitungen hättest, die gerade laufen, würdest du niemals von einer ›Blitzhochzeit‹ sprechen – obwohl ich schwanger bin.«

»Und du rebellierst gegen sie?«, hakte David nach. »Findest du es noch nicht genug, einen homosexuellen Mann auf der Gästeliste stehen zu haben?«

»Nein«, antwortete Lizzie, »bei Weitem nicht genug. Ich werde mein Brautkleid selbst schneidern, und ich versuche sogar, eine Geschenkeliste zu umgehen. Wenn ihr mich jetzt entschuldigen würdet? Ich werde das Kleid skizzieren, in dem ich vor den Altar treten möchte. Und, David, falls mein Vater sich nicht an den Gedanken gewöhnen kann, dass ich schwanger bin, kannst du mich zum Altar führen!«

Sobald der Stift das Papier berührte, begann das Kleid, Form anzunehmen. Ein runder Ausschnitt, nicht sehr tief, nur knapp unterhalb des Schlüsselbeins, Dreiviertelärmel, ein bodenlanger Rock, der direkt unter der Brust begann (was mit einem Bäuchlein durchaus vorteilhaft war), und ein Band mit einer Schleife.

»Okay«, sagte sie und ging mit ihrer Zeichnung ans andere Ende des Raumes, wo Meg gerade einen späten Snack zubereitete, anscheinend für David, der eine kleine Rolle in einem Theaterstück spielte und daher erst spät nach Hause gekommen war. Doch natürlich hatte Meg auch an die anderen gedacht.

»Seht mal. Was haltet ihr davon?«

»Reizend. Es ist süß, angemessen sittsam für ein Brautkleid und außerordentlich hübsch«, antwortete David. »Gut gemacht, Lizzie!«

»Ich liebe es!«, sagte Meg, nachdem sie eine Platte mit Häppchen abgestellt hatte. »Du könntest die Spitze für die Ärmel verwenden.«

»Ich mache dir einen Vorschlag«, meinte Alexandra. »Wenn du es schaffst, das Schnittmuster für das Kleid anzufertigen und den Stoff zuzuschneiden, kommen wir mit dir zu Peter Jones, um eure Geschenkeliste zusammenzustellen.«

»Ich muss sagen, so würde es mehr Spaß machen. Außerdem würden die Leute meine Mutter ständig anrufen und nach Geschenkideen fragen, wenn ich keine Liste hätte. Und da meine Mum mit mir zusammen bei Patsy wohnt, könnte das schwierig werden.« Sie lachte. »Stellt euch vor, mein Vater müsste die Anrufe entgegennehmen! Er würde verrückt werden!«

»Vielleicht fährt deine Mutter auch bald nach Hause? Sobald die Einladungen verschickt sind und bevor die Gäste sich fragen, was sie euch schenken sollen?«, schlug Meg vor. »Es ist ja alles relativ kurzfristig.«

Lizzie seufzte. »Ich weiß. Die Gästeliste von unserer Seite der Familie ist wahrscheinlich schon fertig, seit ich auf der Welt bin, doch Hugos Mutter ist nicht sehr entgegenkommend.«

»Dann bleibt deine Mutter also noch eine Weile bei Patsy? Treibt sie dich nicht in den Wahnsinn?«

Lizzie zuckte mit den Schultern. »Ich weiß nicht, ob man

Mummy so leicht wieder loseisen kann. Dazu gefällt es ihr dort zu gut. Es ist echt seltsam – vor ein paar Stunden war ich fast so weit, sie erwürgen zu wollen, aber seit ich hier bei euch bin und ein bisschen Abstand habe, bin ich sehr einverstanden damit, dass Patsy und sie meine Hochzeit organisieren, wenn sie das unbedingt wollen. Hugo und ich haben ja den Rest unseres Lebens noch vor uns, um zu tun, was wir wollen.«

»Also wirst du doch eine Liste erstellen?«, fragte Meg. »Deiner Mutter zuliebe?«

»Wenn ich Zeit habe«, stimmte Lizzie zu. »Allerdings hat mein Kleid höchste Priorität.«

»Wirst du ein Probekleid nähen?«, erkundigte sich David. »Ich könnte ein bisschen Musselin oder etwas Ähnliches auftreiben, wenn du möchtest.«

»Ich halte es eigentlich nicht für nötig …«

»Ich finde, du solltest es machen«, sagte David bestimmt. »Du solltest erst aufs Land zurückkehren, wenn du ein Probekleid genäht hast, das gut sitzt, und den Stoff für dein Kleid zugeschnitten hast.«

»Muss das Probemodell aus Musselin sein? Ich habe noch jede Menge Laken, die inzwischen vor Alter fast transparent sind. Könntest du auch die verwenden?«, erkundigte sich Alexandra.

»Das klingt perfekt«, erwiderte Lizzie. »Dann brauche ich kein Musselin. Allerdings ist meine Nähmaschine auf dem Land.«

»Auf dem Dachboden gibt es noch eine andere«, erklärte Alexandra. »Eines meiner Kindermädchen hat damit immer Kleider für mich genäht. Die Maschine ist also ziemlich alt.«

»Das spielt keine Rolle. Ach, das alles wird so viel Spaß machen!«, seufzte Lizzie glücklich.

Obwohl es schon so spät war, wollten sich alle beteiligen. David trieb genug Packpapier für ein Schnittmuster für das Mieder auf, außerdem Schrankpapier für den Rock, der nicht so akkurat sitzen musste. Zudem fand er eine weitere verstellbare Schreibtischleuchte, damit Lizzie besser sehen konnte. Alexandra half ihr beim Maßnehmen, und Meg versorgte alle mit Häppchen. Schließlich stießen sie noch auf eine zweite Schneiderbüste, deren Maße ziemlich genau denen von Lizzies Oberkörper entsprachen. Ihr Bauch – derzeit noch sehr klein – würde unterhalb des Mieders unter dem Rock verschwinden, sodass hier nichts angepasst werden musste.

Schließlich meinte Meg, es sei längst Schlafenszeit. »Es ist halb zwei am Morgen. Du hast noch jede Menge Zeit, das hier fertigzustellen. Wenn du müde bist und daran arbeitest, unterlaufen dir nur unnötige Fehler.«

»Oh. Ja, vermutlich hast du recht.« Erst jetzt stellte Lizzie fest, wie erschöpft sie war.

»Wir hätten dich schon früher ins Bett stecken sollen«, murmelte Alexandra. »Schließlich schläfst du jetzt für zwei. Sagt man das nicht so?«

Lizzie kicherte. »Ich werde tatsächlich schneller müde als früher. Ich habe mich so auf das Kleid konzentriert, dass ich die Müdigkeit gar nicht gemerkt habe.«

»Siehst du!«, fuhr Alexandra fort. »Hochzeiten sind doch gar nicht so übel.«

»Du schläfst wieder bei mir im Zimmer«, erklärte Meg. »Und ich habe ein Nachthemd und eine frische Zahnbürste für dich gefunden.«

»Dieser Abend war wunderschön!«, sagte Lizzie, als sie die Tasse Kakao entgegennahm, die Meg ihr reichte. »Es ist so schön, wieder bei euch zu sein! Ich habe mich wie ein Mädchen gefühlt, nicht wie eine Frau, die bald verheiratet sein wird. Es ist nicht so, dass ich mich nicht darauf freuen würde. Trotzdem – wenn ich nicht schwanger geworden wäre, wäre ich gern noch ein bisschen länger Mädchen gewesen.«

»Morgen ist dafür auch noch ein Tag!«, entgegnete Meg.

»Und diese Hochzeitsliste stellen wir gemeinsam zusammen. Das wird ein Spaß!«, fügte Alexandra hinzu.

»Erst wenn ich den letzten Stich an meinem Kleid gemacht habe«, sagte Lizzie fest. Doch sie lächelte. Sie war dabei, ihr Leben wieder unter Kontrolle zu bekommen.

In dem geliehenen Nachthemd und Megs Morgenmantel, den sie rasch übergezogen hatte, stieg Lizzie die Treppe zur Küche hinunter. Es war sechs Uhr morgens. Obwohl sie nur wenige Stunden geschlafen hatte, war sie so erpicht darauf, an ihrem Kleid weiterzuarbeiten, dass sie schon seit halb sechs hellwach war. Als David um sieben Uhr dreißig in die Küche trat, trug Lizzie bereits das Probekleid. Sie hielt es am Rücken mit einer Hand zusammen.

»Wow!«, rief David. »Wenn du schon in alten Bettlaken so umwerfend aussiehst, kann ich es kaum erwarten, dich in cremefarbenem Satin und einem Spitzenmieder zu sehen.«

»Gefällt es dir? Meinst du, es wird schön?«

»Mehr als schön, Liebes. Du wirst die hübscheste Braut, die es je gegeben hat.« David räusperte sich. »Möchtest du ein Sandwich mit Schinkenspeck?«

»Ja, bitte«, antwortete sie. »Ich sterbe vor Hunger!«

Als das Probekleid fertig und der Stoff für das endgültige Kleid zugeschnitten war, legte Lizzie sich wieder schlafen, bis Meg und Alexandra sie weckten.

»Komm! Wir fahren zu Peter Jones und kümmern uns um diese Liste. Danach treffen wir uns mit David; er lädt uns zum Mittagessen ein.« Nachdenklich musterte Meg Lizzie. »Ich leihe dir was zum Anziehen. Dieser Rock und diese Bluse, die du gestern anhattest, sind zu bieder für die Kings Road.«

Als Hugo am Abend auftauchte, um Lizzie abzuholen, war sie allein im Haus. Es war sechs Uhr, und Meg und Alexandra arbeiteten auf einer Cocktailparty, wo sie Kanapees servierten. David war zum Theater aufgebrochen. Hugo klingelte am Haupteingang. Da Lizzie damit gerechnet hatte, dass er die Hintertür benutzen würde, war sie etwas außer Atem, als sie ihn begrüßte.

»Hallo«, sagte er. Aus irgendeinem Grund wirkte er ein wenig verlegen. »Bist du bereit, die große Stadt zu verlassen und in unser kleines Haus in den Wäldern zurückzukehren?«

»Oh ja, auch wenn ich mich hier prächtig amüsiert habe. Komm mit in die Küche. Es gibt etwas zu essen. Wir können uns stärken, bevor wir starten. Oder haben wir es eilig?«

»Nein. Wir können frei über unsere Zeit verfügen.«

Sie ging voraus und sprach über die Schulter. »Ich bin schon gespannt zu erfahren, wie es mit deiner Mutter gelaufen ist.« Lizzie versuchte, beiläufig zu klingen, als spielte es keine große Rolle für sie. Es gelang ihr nicht. Ihre Stimme verriet, wie angespannt sie war.

»Du meinst, du möchtest hören, ob ich sie davon überzeugen konnte, dass unsere Heirat eine gute Sache ist?«

»Ja.« Lizzie öffnete die Küchentür und ließ Hugo den Vortritt.

Er betrachtete die Teller mit Kanapees, die auf dem Tisch standen. Manche der Häppchen waren am Rand ein bisschen ramponiert, doch es war dennoch ein beeindruckender Anblick. »Ach du meine Güte«, murmelte er, »das ist ja ein Festmahl!«

»Das haben wir Meg zu verdanken. Du weißt ja, sie arbeitet für einen Partyservice. Eine Box mit Kanapees ist im Lieferwagen umgekippt, und Meg hat alles mit nach Hause genommen, was man dem zahlenden Kunden nicht mehr anbieten konnte. David hat diese wunderbaren Oliven von einem Händler irgendwo in Soho mitgebracht, der sie direkt aus Griechenland importiert. Und das da ist Eiermayonnaise. Alexandra übt gerade die Zubereitung von Mayonnaise. Sie hat es bei Madame Wilson nie richtig hinbekommen, doch Meg sagt, es sei eine grundlegende Fähigkeit fürs Leben. Also muss Alexandra üben.«

»Das ist genug Essen ...«

»... für eine halbe Kompanie. Ich weiß! Ich glaube, sie versuchen, mich aufzupäppeln, regelrecht zu mästen. Tut mir leid. Wir müssen nichts davon essen.«

»Doch, unbedingt! Ich bin begeistert. Ich glaube nicht, dass meine Mutter je versucht hat, jemanden aufzupäppeln. Eher im Gegenteil. Da sie selbst sehr wenig isst, vergisst sie oft, dass andere Menschen Nahrung brauchen.«

»Gut, dann setz dich doch. Soll ich Tee dazu kochen?«

»Tee und Miniquiche? Klingt perfekt«, erwiderte er. »Du siehst gut aus, Lizzie. Hattest du einen schönen Tag?«

»Einfach fantastisch. Ich habe mich richtig gut amüsiert.«

»Aber nicht so sehr, dass du nicht aufs Land zurückkehren willst?«

Lizzie schüttelte den Kopf. »London ist wunderbar! Ich werde es immer lieben und mich stets gern an die Zeit zurückerinnern, die ich hier verbracht habe. Aber ...« Sie zögerte, weil sie unsicher war, ob er hören wollte, wie sehr sie es liebte, ein Heim für ihn, für sich und bald auch für ihr Baby zu bereiten. »Egal! Seit ich hier bin, habe ich so viel erledigt, dass meine Mutter begeistert sein wird. Wir haben uns sogar um die Geschenkeliste bei Peter Jones gekümmert. Tut mir leid, dass du nichts aussuchen konntest, doch – ehrlich gesagt – sogar zusammen mit Alexandra und Meg war es ziemlich hart.« Sie zündete das Gas unter dem Kessel an. »Natürlich können wir alles zurückgeben, was uns dann doch nicht gefällt, und uns etwas anderes aussuchen.«

»Deine Mutter wird sehr erleichtert sein. Ich weiß, dass ihr das schwer auf der Seele gelegen hat.«

»Meine Mutter ist nicht der Typ, der Dinge mit sich selbst ausmacht. Wenn sie wegen irgendetwas besorgt ist, will sie, dass die ganze Welt sich mit ihr sorgt.«

Hugo lachte. »Ja, doch sie liebt dich sehr, und deshalb verzeihe ich ihr das. Ach, übrigens, da wir gerade über deine Eltern reden, ich habe deinen Vater besucht. Wir haben ein Gespräch unter Männern geführt; er wird dich voller Stolz zum Altar führen. Ich glaube, du hattest recht: Es war ihm peinlich, dass er anfangs überreagiert hat, doch jetzt ist er sehr zufrieden mit allem.«

»Oh, Hugo! Das ist ja wunderbar! Ich kann dir gar nicht genug danken. Ich habe versucht, mir einzureden, dass es mir gleichgültig ist und David – falls nötig – den Part übernehmen kann, aber insgeheim ...« Plötzlich konnte sie nicht mehr weitersprechen.

Hugo kam zu ihr, legte den Arm um sie und zog sie kurz an sich. »Da ist noch was.«

»Was denn?«

»Er hat deine Mutter angerufen und ihr gesagt, dass er ohne sie nicht mehr zurechtkommt. Sie fährt gleich morgen früh nach Hause.«

»Das ist ein Wunder!«, hauchte Lizzie voller Ehrfurcht. »Und das ist in Ordnung für sie?«

»Ich habe sie natürlich nicht gesehen, allerdings vermute ich, dass es sie entzückt, gebraucht zu werden. Aber du siehst sie ja noch, bevor sie aufbricht, dann kannst du ihr von der Geschenkeliste und dem Kleid erzählen. Das wird sie sehr wohlgemut stimmen.«

Lizzie lachte über seine altmodische Ausdrucksweise, doch sie hatte Tränen in den Augen.

Kurz darauf hatten sie beide einen Becher Tee vor sich stehen. Lizzie setzte sich an den Tisch und aß eine Miniquiche. Nachdem sie sich gestärkt hatte, bat sie: »Jetzt erzähl mal. Wie ist es mit deiner Mutter gelaufen?«

»Ich war mir nicht ganz sicher, was mich erwartet. Manchmal schließt sie sich meinem Vater an und tut kritiklos alles, was er will. Manchmal lehnt sie sich auch dagegen auf.«

»Meine Mutter ist ganz genauso! Ich glaube, sie tut, was Daddy will, wenn es ihr nicht so wichtig ist. Doch wenn ihr etwas am Herzen liegt – wie zum Beispiel jetzt die Planung meiner Hochzeit –, dann zieht sie es einfach durch.« Lizzie zögerte. »Ich kann dir gar nicht genug dafür danken, dass du mit meinem Vater gesprochen hast.«

»Es war meine Pflicht als dein künftiger Ehemann, ihn im Hinblick auf mich zu beruhigen. Und er ist nun beruhigt, glaub mir.«

Lizzie musste schmunzeln. »Und deine Mutter? Glaubt sie immer noch, ich zerstöre dein Leben?« Sie trank rasch einen Schluck Tee, um zu verhindern, dass ihr Kinn zitterte.

»Sie kann immer noch nicht akzeptieren, dass ich mein Jurastudium aufgegeben habe, doch ich glaube nicht, dass sie dir dafür die Schuld gibt. Ich denke, sie wird sich irgendwann an den Gedanken gewöhnen, dass du ihre Schwiegertochter wirst, nicht Electra. Nessa hat auch dazu beigetragen – sie schwärmt ständig von dir. Ich natürlich auch!«, fügte er hinzu und beantwortete damit ihre unausgesprochene Frage. »Sie wird auf jeden Fall zur Hochzeit kommen.«

Eine Hochzeit ohne die Eltern des Bräutigams – oder nur mit einem Elternteil – wäre eine peinliche Angelegenheit. Lizzie verstand allmählich, dass Hochzeitsfeiern schrecklich öffentlich waren. Sie wollte nicht, dass ihre eigene Hochzeit durch einen Skandal überschattet wurde.

»Ich soll dir das hier von ihr geben.« Hugo griff in die Tasche und nahm eine schmale Lederschatulle heraus, die er Lizzie reichte. »Es ist kein Geschenk, sondern eine Leihgabe.«

In der Schatulle befand sich ein zierliches Diadem mit Perlen und winzigen Blüten aus Emaille und Diamanten.

»Meine Güte, das ist so hübsch!«

»Willst du es mal aufsetzen?«

Sie ging mit dem Diadem zum Spiegel und setzte es auf. Die Diamanten wurden zum Teil verdeckt, als sie den Reif in die Haare schob. »Wunderschön!«

»Ich dachte, es würde dir stehen.« Er zögerte kurz. »Meine Mutter hat angeboten, dir eines der Diademe auszuleihen, die Teil des Familienschmucks sind. Die meisten liegen im Bankschließfach. Ich dachte mir, das hier passt am besten zu dir. Die anderen sind größer und altmodisch. Meine Mutter war überrascht, als ich dieses Diadem für dich ausgewählt habe. Sie betrachtet es kaum als Schmuck, weil es ihr nicht wertvoll genug ist.«

»Es ist perfekt! Das ist so nett von deiner Mutter!«

»Eigentlich nicht. Es ist eine Familientradition, der Braut Schmuck für die Hochzeit zu leihen, vorzugsweise Kopfschmuck, den die Braut vielleicht nicht selbst besitzt.«

»Aber trotzdem ist es ein gutes Zeichen, oder nicht? Sie wahrt die Tradition und leiht mir ein Krönchen.«

Er lachte leise. »Es ist wohl kaum eine Krone, doch das Diadem steht dir ganz wunderbar.« Erneut zögerte er. »Da wir heiraten werden, sind wir wohl verlobt, oder?«

Sie nickte. »Ich denke schon. Diesen Teil haben wir ausgelassen, nicht wahr?« *Wir kennen uns eigentlich kaum, und trotzdem planen wir, den Rest unseres Lebens miteinander zu verbringen*, dachte sie.

»Stimmt, und deshalb haben wir es auch versäumt, einen Verlobungsring für dich zu organisieren.« Er griff in die andere Tasche und nahm eine kleinere, rechteckige Schachtel heraus. »Ich habe einen Ring für dich besorgt. Du kannst ihn natürlich umtauschen, wenn er dir nicht gefällt.«

In der Schmuckschachtel lag ein Ring mit einem blau und grün funkelnden Opal, der von Diamanten eingerahmt war. Der Stein war ziemlich groß, wirkte jedoch nicht wuchtig.

»Der Ring ist wunderschön!«, sagte Lizzie überwältigt.

»Gefällt er dir? Er ist edwardianisch und stammt aus der Zeit der Jahrhundertwende unmittelbar vor dem Ersten Weltkrieg. David hat mir beim Aussuchen geholfen – er dachte, du würdest einen Ring mögen, der sich ein bisschen von den Ringen mit einem einzelnen Stein unterscheidet, den die meisten haben.«

»Ach, wann hast du denn mit David Kontakt aufgenommen?«, fragte Lizzie überrascht. Sie war nicht davon ausgegangen, dass Hugo und David Freunde wurden.

»Ich habe ihn gestern angerufen, und heute haben wir uns getroffen, nachdem er euch Mädchen zum Mittagessen eingeladen hatte. Er ist mit mir zu einem Juwelier gegangen, einem Freund von ihm, bevor er ins Theater musste. Er ist unglaublich nett, nicht wahr? Er mag euch alle sehr.«

»Ja, er ist ganz entzückend. Genau wie dieser Ring.« Lizzie starrte den Verlobungsring an.

»Nun«, fuhr Hugo fort. »Wenn er dir wirklich gefällt, dann mache ich es jetzt.«

Einen schrecklichen Moment lang glaubte Lizzie, Hugo wollte vor ihr auf die Knie fallen. Doch sie irrte. Stattdessen nahm er den Ring aus der Schachtel und fragte: »Lizzie, willst du mir die außerordentliche Ehre erweisen, meine Frau zu werden? Willst du mich heiraten?«

Lizzie lachte nervös. »Ich denke, in Anbetracht all der Vorbereitungen, die du getroffen hast, sollte ich besser Ja sagen!« Sie streckte die Hand aus und wartete darauf, dass Hugo ihr den Ring an den Finger steckte.

»Nein«, erwiderte er. »Das ist nicht die Antwort, die ich hören möchte. Wenn niemand von uns wüsste, wenn nichts gebucht wäre – keine Kirche, kein Veranstaltungsort –, wenn keine Eltern involviert wären und du nicht schwanger wärst, was würdest du dann auf meine Frage antworten?«

Sie sah ihm in die Augen. »Dasselbe«, erwiderte sie. »Ich würde Ja sagen.«

»In dem Fall bekommst du den Ring.« Als er ihn ihr an den Finger steckte, blitzte er blau auf, und die Diamanten funkelten.

»Vielen, vielen Dank!«

Das war der Moment, in dem sie Alexandras Rat befolgen und ihm sagen sollte, dass sie ihn liebte. Es war auch der Moment, in dem er es ebenfalls aussprechen sollte. Doch er schwieg.

Es entstand eine kurze Stille. Hugo wirkte ein wenig verlegen, räusperte sich und meinte: »Ich bin so froh, dass er dir gefällt. Jetzt bringe ich dich zurück zu Patsy.«

30. Kapitel

Als Lizzie vier Wochen später aufwachte, stellte sie aufgeregt fest, dass der Tag der Hochzeit gekommen war. Ihre ganze Familie und viele ihrer Freunde würden sich heute versammeln, um ihre Vermählung mit Hugo mitzuerleben.

Einige der Gäste waren bereits am Vortag eingetroffen, unter ihnen ihre Eltern und Gina, die im Hotel übernachtet hatten. Es war herrlich gewesen, sich am Vortag mit ihrer Tante zu treffen und mal wieder ausgiebig zu plaudern.

David war ebenfalls im Hotel, und Lizzie hoffte sehr, dass ihre Mutter und ihr Vater ihm nicht über den Weg laufen würden. Gina und David waren sich bereits begegnet und hatten sich sehr gut verstanden. Doch ihre Eltern wären verwirrt, wenn sie feststellten, dass Lizzie Alexandras Butler und Chauffeur zu ihrer Hochzeit eingeladen hatte. Vielleicht würden sie annehmen, dass er wegen Alexandra anwesend war.

Meg und Alexandra übernachteten im Cottage am Waldrand. Schweren Herzens hatten sie Clover vor ihrer Abreise zu einer Nachbarin in London gebracht. Das Cottage war hastig renoviert worden, um Gäste dort unterbringen zu können. Hundehaare und Krallenspuren waren daher sicher nicht erwünscht, hatte Meg vermutet. Vanessa, die Dritte im Bunde der Brautjungfern, war bei Patsy untergebracht; und Hugo übernachtete bei seinem Trauzeugen Simon. Lizzie wusste nicht genau, wo er wohnte.

Als ihr Blick auf ihr Brautkleid fiel, das gut geschützt in einer Schutzhülle an der Schranktür hing, wurde sie von zwiespältigen

Gefühlen übermannt – einerseits Nervosität angesichts der bevorstehenden Hochzeit, andererseits Stolz, dass sie es geschafft hatte, das Kleid rechtzeitig fertigzustellen. Daneben hing ein Schleier, eine Wolke aus weißem Tüll, die an dem Diadem festgenäht worden war. Dieser Schleier hatte ursprünglich ihrer Großmutter gehört. Ihre Mutter hatte ihn zu jemandem gebracht, der ihr von einer Freundin empfohlen worden war, und diese Person hatte etwas kreiert, was sowohl Mutter als auch Tochter entzückte – eine erstaunliche Leistung.

Nachdem Lizzie keinen großen Gefallen an den Vorbereitungen gefunden hatte, wollte sie nun, dass es endlich losging. Sie warf einen Blick auf den kleinen Reisewecker auf dem Nachttisch, den Patsy ihr zur Verfügung gestellt hatte. Es war erst halb sieben. Sicher würde es noch Stunden dauern, bevor irgendjemand im Haus aufstand. Die Hochzeit fand um zwei Uhr statt. Um halb zwölf sollte Lizzies Mutter eintreffen, um ihr bei den letzten Vorbereitungen zu helfen. In einer gefühlten Ewigkeit!

Patsy hatte gesagt, dass es um neun Uhr Frühstück geben würde, doch Lizzie brauchte jetzt sofort etwas zu essen. Sie hatte am Vorabend vergessen, einen kleinen Snack mit aufs Zimmer zu nehmen, und wenn sie am frühen Morgen nicht sofort etwas aß, wurde ihr regelmäßig schwindelig. Also stand sie auf und schlüpfte in ihren Morgenmantel.

Trotz der frühen Stunde war sie nicht die Erste in der Küche. »Nessa! Hallo! Was machst du denn hier um diese Uhrzeit?«, fragte Lizzie, als sie ihre Brautjungfer am Tisch sitzen sah. Sie hatte die Hände um eine gefüllte Tasse gelegt.

»Oh, hallo, Lizzie. Ich bin schon vor Tagesanbruch aufgewacht und konnte nicht wieder einschlafen.«

Lizzie fand, dass Nessa nicht so fröhlich und lebhaft wie sonst wirkte, auch nicht unter Berücksichtigung der Uhrzeit. Als sie sich im Kochunterricht zum ersten Mal begegnet waren, hatte

Lizzie sie für eine hochmütige Debütantin gehalten, die auf Normalsterbliche herabsah, doch inzwischen kannte sie sie besser. Vanessa konnte ausgesprochen herzlich sein, und Lizzie mochte sie nun sehr. »Bist du okay, Nessa?«

Vanessa seufzte tief auf und starrte in ihren Teebecher. »Ich weiß nicht.«

»Warum? Was ist los?«

Vanessa murmelte eine Weile unverständliche Worte vor sich hin, bis sie schließlich mit dem herausrückte, was sie beunruhigte. »Es ist der Trauzeuge.«

»Was stimmt nicht mit ihm?« Nun war Lizzie ebenfalls besorgt. Hugos Trauzeuge arbeitete in der Schweiz, weshalb sie ihn bisher noch nicht kennengelernt hatte.

Vanessa beruhigte sie rasch. »Oh, mit ihm ist alles in Ordnung! Es ist nur so, dass ich schon seit Jahren in ihn verknallt bin.«

Erleichtert füllte Lizzie erneut den Wasserkessel und warf die alten Teeblätter aus der Teekanne in den Eimer unter der Spüle. »Das ist doch wunderbar. Es ist ja erwünscht, dass der Trauzeuge sich in eine der Brautjungfern verliebt.«

Vanessa versank wieder in ihrer düsteren Stimmung. »Aber nicht ich werde es sein, oder? Sondern bestimmt Alexandra, die immer so elegant und selbstbewusst auftritt.«

Vanessa litt offensichtlich sehr, und Lizzie hatte das Gefühl, sie mit leerem Magen nicht trösten zu können. »Ich bereite mir jetzt einen Toast zu, möchtest du auch einen?« Sie fand den Laib Brot und begann, Scheiben abzuschneiden.

Obwohl Vanessa das Brot sehnsüchtig betrachtete, schüttelte sie den Kopf. »Keinen Toast für mich, danke.«

»Nessa, jetzt entspann dich mal. Du siehst in deinem Brautjungfernkleid ganz entzückend aus. Ich finde, der Schnitt steht dir von allen Mädchen am besten.« Als das Wasser kochte, schwenkte Lizzie die Teekanne kurz mit heißem Wasser aus, bevor sie Teeblätter hineinlöffelte.

Die Kleider der Brautjungfern waren bodenlang, schmal geschnitten und hatten einen U-Boot-Ausschnitt. Es gab passende Bolerojäckchen, damit die Mädchen angezogen wirkten und in der Kirche nicht frieren mussten; selbst im September war es in Kirchen kühl. Die Kleider bestanden aus pfauenblauer Rohseide. Die Farbe stand allen Brautjungfern gut, am besten jedoch Vanessa.

»Ich habe Angst, dass ich in dem Kleid ein bisschen dick wirke«, meinte Nessa.

»Ach, überhaupt nicht! Auf jeden Fall wirst du dünner aussehen als ich – ich bin schwanger!« Lizzie goss kochendes Wasser über die Teeblätter und hoffte, dass Vanessa sich nun keine Sorgen mehr machen und etwas essen würde.

»Man sieht nicht, dass du schwanger bist – fast gar nicht. Aber etwas, was meine Mummy gestern Abend gesagt hat, bereitet mir Kopfzerbrechen.«

Lizzie horchte auf. »Gestern Abend? Wieso hast du deine Mutter gestern Abend gesehen? Bist du zu ihr gefahren? Dann musst du ja sehr spät zurückgekehrt sein.«

Lizzie war vor ihrem großen Tag sehr früh zu Bett geschickt worden, und als sie allen eine gute Nacht gewünscht hatte, hatte Vanessa gemeint, sie wolle auch bald schlafen gehen. Hugo war im Begriff gewesen, zu seinem Trauzeugen zu fahren.

»Oh! Ach so, das kannst du ja nicht wissen. Mummy und Dad sind schon hier. Sie sind gestern Abend ziemlich spät noch gekommen.«

»Wie bitte? Sie übernachten ... hier bei Patsy und Tim?« Das durfte ja nicht wahr sein! Sie war darauf eingestellt, Hugos Eltern bei der Hochzeit zu sehen, wenn sie von Dutzenden von Menschen vor ihnen »beschützt« wurde; doch nun war nicht einmal ihre Mutter hier, um sich schützend zwischen sie und Hugos Eltern zu stellen. Plötzlich wünschte Lizzie sich, dass ihre Eltern nicht im Hotel im Ort übernachteten; sie brauchte sie jetzt hier. Und Hugo war ebenfalls viel zu weit weg!

»Warum sind sie bereits gestern Abend gekommen? Es ist nicht so weit von deinem Elternhaus aus. Sie müssten eigentlich nicht schon vor der Hochzeit hier sein, oder doch?« Lizzie geriet auf einmal in Panik. Gab es ein Ritual, von dem sie nichts wusste und das von den Eltern des Bräutigams ausgeführt wurde?

»Sie sind gekommen, weil Daddy dringend mit Hugo reden musste. Tim hat ihnen die Bibliothek überlassen und eine Flasche Brandy zur Verfügung gestellt. Das Ganze war sehr kurzfristig.«

Lizzie wurde schwindelig, und ihr brach der kalte Schweiß aus. »Nessa, wärst du so lieb und würdest für mich das Brot toasten? Mir ist plötzlich ganz flau.«

»O Gott, du Arme! Ja, natürlich.«

Lizzie sah zu, wie Vanessa geschäftig herumlief, und fühlte sich schon ein bisschen besser. »Tut mir leid, dass ich dir zur Last falle. Ich sollte mich eigentlich um dich kümmern, weil du dir Sorgen wegen des Trauzeugen machst. Erzähl mir von ihm.« Es wäre eine Ablenkung und würde sie davon abhalten, panisch darüber nachzudenken, warum Hugos Eltern so plötzlich aufgetaucht waren.

»Simon? Hugo und er sind zusammen zur Schule gegangen, und er hat oft die Ferien bei uns verbracht. Wie gesagt, er lebt jetzt in der Schweiz, und ich habe ihn seitdem nicht mehr gesehen.« Vanessa hielt inne. »Was möchtest du auf deinem Toast haben?«

»Butter und Marmite, bitte. Erzähl weiter von Simon.«

»Du kennst Hugo ja, er ist immer nett, aber natürlich wollten die Jungen nicht, dass ich in den Ferien ständig an ihren Fersen klebe, deshalb habe ich sie nur heimlich beobachtet. Doch eines Tages haben wir alle zusammen einen Tagesausflug an den Strand gemacht. Ein älterer Cousin war auch dabei, und er sollte die anderen von uns beaufsichtigen. Er hatte eine Freundin.«

»War der Strand nicht ziemlich weit weg?«

»Schon, doch Peter, unser Cousin, hat uns alle mitgenommen. Ich glaube, sein Ziel war es, das Mädchen zu beeindrucken, das unbedingt zum Strand wollte. Unsere Eltern haben irgendwo im Ausland Urlaub gemacht. Na ja, jedenfalls waren wir drei Kinder auf dem Rückweg hinten im Auto. Ich habe so getan, als wäre ich eingeschlafen, und habe wie aus Versehen meinen Kopf an Simons Schulter gelehnt.« Sie seufzte. »Ich habe ihn den ganzen Heimweg lang dort liegen gelassen. Es war wunderschön.« Sie gab Lizzie ihren Toast.

Lizzie biss hinein und beschloss, sich darauf zu konzentrieren, Vanessa aufzuheitern. Sie würde sich später Gedanken darüber machen, was um alles in der Welt wohl so wichtig war, dass Hugos Vater am Vorabend noch so spät mit Hugo darüber reden musste. Ihr fiel nur ein einziger Grund ein. »Es war richtig süß von ihm, dass er sich nicht bewegt hat«, sagte sie zu Vanessa. »Oder deinen Kopf weggeschoben hat.«

»Ja, nicht wahr?«

»Und ich glaube, Simon wird von deiner Entwicklung sehr beeindruckt sein. Du musst ja noch ziemlich jung gewesen sein, als ihr euch zuletzt gesehen habt.«

»Ich war dreizehn.«

»Kein gutes Alter – Pickel, Babyspeck –, doch jetzt bist du erwachsen und siehst umwerfend aus! Vermutlich wirst du mich später bitten, dich vor ihm zu retten.«

Vanessa lachte. »Na ja, wahrscheinlich sehe ich tatsächlich besser aus als damals. Ich war eher ein Pummelchen und hatte schrecklich fettige Haare.«

»Du hast heute prachtvolles Haar! Erinnerst du dich noch an die Kochschule, als ich dir beim Nähen geholfen habe? Ich habe damals schon gedacht, was für tolle Haare du hast.«

»Ich war sehr schüchtern und habe daher bestimmt hochnäsig gewirkt. Ihr Mädels seid so anders gewesen – eine Gruppe Freundinnen.«

»Wir hatten uns auch gerade erst kennengelernt. Und du gehörst jetzt zu uns.«

Vanessa lächelte. »Es ist so schön! Mit euch kann ich einfach ich selbst sein, ich muss nicht in einen Wettstreit treten, um zu möglichst vielen Partys und Bällen und so weiter eingeladen zu werden.«

Lizzie erwiderte ihr Lächeln herzlich und war zuversichtlich, dass es Vanessa wieder besser ging.

»Okay, Nessa, kannst du mir sagen, warum deine Eltern gestern Abend unbedingt herkommen mussten? Warum musste dein Vater am Vorabend der Hochzeit so dringend mit Hugo reden?«

Vanessa nahm sich eine Scheibe Toast. »Nun, ich glaube nicht, dass Daddy Hugo etwas über Bienchen und Blümchen erzählen wollte. Das hat Hugo offensichtlich schon ganz allein herausgefunden.«

»Jep. Das kann ich bestätigen.«

Die beiden Mädchen kicherten, bis Lizzie erneut fragte: »Was glaubst du, warum sie gekommen sind? Und was hatte dein Vater Hugo so Dringliches zu sagen?«

Vanessa betrachtete die Krümel auf ihrem Teller. »Ich kenne meinen Vater nicht besonders gut. Um ehrlich zu sein, ich hatte immer ein bisschen Angst vor ihm.«

Lizzie nickte. »Das kann ich gut verstehen.«

»Ich glaube, das Einzige, was ihn wirklich interessiert, ist Geld. Er ist der Meinung, es gäbe nichts, was nicht für Geld zu haben ist.«

Lizzie zuckte mit den Schultern. »Es gibt Dichter, die sagen, dass Liebe nicht mit Geld zu kaufen ist!«

»Daddy wäre da sicherlich anderer Meinung.«

»Ich habe mich gefragt«, erwiderte Lizzie langsam, »ob dein Vater vielleicht dachte, Hugo würde die Hochzeit absagen, wenn er ihm nur genug Geld böte.«

Vanessa schnappte nach Luft.

Lizzie fuhr fort: »Machen wir uns nichts vor, Nessa. Wir wissen beide, dass dein Vater mit der Hochzeit nicht glücklich ist. Hugo ist sein Sohn und Erbe. Er wäre sicher bereit, eine ganze Menge zu tun, um die Vermählung mit mir zu verhindern.«

»O Gott, Lizzie!«, setzte Vanessa an, um ihr zu widersprechen. Doch dann hielt sie inne, als könnte sie diese Möglichkeit nicht ausschließen.

»Aber Hugo ... so etwas würde er nie tun –, ich meine, Geld nehmen und die Hochzeit absagen. Er liebt dich!«

Lizzie atmete tief ein. Tat er das tatsächlich? Er hatte es nie ausgesprochen. Abgelenkt vom Trubel der Hochzeitsvorbereitungen und beruhigt durch Hugos Freundlichkeit und Fürsorge hatte sie ihre Sorge, Hugo würde sie nur aus Ehrenhaftigkeit heiraten, meistens verdrängt. Doch wirklich vergessen hatte sie den Gedanken nie. Dennoch zweifelte sie nicht daran, dass er das Richtige tun würde, was auch immer sein Motiv war.

»Ich habe natürlich absolutes Vertrauen zu ihm, aber trotzdem muss ich wissen, worüber sie geredet haben. Könntest du ihn fragen?«

»Nein. Auf keinen Fall«, antwortete Vanessa wie aus der Pistole geschossen.

»Vielleicht sollte ich ...«

»Nein!«, erklärte Vanessa erneut mit noch mehr Nachdruck. »Er würde es dir nicht sagen.«

»Was ist mit deiner Mutter? Glaubst du, sie weiß es? Und falls ja, würde sie es mir erzählen?«

»Nein. Es tut mir leid, Lizzie. Wenn du es unbedingt wissen willst, musst du Hugo darauf ansprechen. Natürlich soll es Unglück bringen, wenn der Bräutigam die Braut vor der Trauung sieht.«

Lizzie brauchte weniger als eine Sekunde, um darüber nachzudenken. »Ein größeres Unglück wäre für mich, ich käme in die Kirche und es wäre kein Bräutigam da.«

»Stimmt«, erwiderte Vanessa. »Was willst du also tun?«

Irgendwie sorgte diese Frage dafür, dass Lizzie sich ein bisschen besser fühlte – so, als gäbe es eine Lösung. »Wir müssen zu Hugo fahren. Er ist bei Simon. Kennst du seine Adresse?«

»Nein. Aber Mummy wird sie haben, in ihrem Adressbuch.«

»Das hat sie sicher nicht dabei, oder?«

Doch Vanessa nickte. »Ohne geht sie nirgendwohin! Es ist ein winziges Büchlein, das in ihre Handtasche passt. Für den Fall, dass sie unterwegs ist und irgendwie Hilfe braucht. Es wohnt immer jemand, den sie kennt, in erreichbarer Nähe.«

»Hm, dann brauchen wir also nur noch eine gute Ausrede, um einen Blick in ihr Adressbuch zu werfen.« Lizzie versuchte, sich Gründe auszudenken, warum sie ganz schnell eine Adresse benötigte, jedoch ohne Erfolg.

Vanessa ging das Problem direkter an. »Ich gehe nach oben und stibitze es aus ihrem Zimmer.«

»Und was, wenn sie aufwacht und dich fragt, warum du in ihrer Handtasche wühlst?«

Vanessa schüttelte den Kopf. »Das passiert schon nicht. Sie nimmt Schlaftabletten. Selbst wenn eine Bombe in ihrem Zimmer explodieren würde, würde sie nicht aufwachen.«

»Was ist mit deinem Vater? Würdest du ihn nicht aufwecken? Das wäre schrecklich!«

»Sie schlafen nicht in einem Zimmer, schon lange nicht mehr. Patsy hat ihm das Zimmer gegeben, in dem Hugo normalerweise schläft, wenn er hier übernachtet.«

»Super! Dann besorgst du jetzt also das Adressbuch. Hoffentlich hat sie Simons derzeitige Adresse notiert.«

»Aber wie kommen wir dorthin? Ich kann nicht Auto fahren. Du?«

Lizzie antwortete, ohne nachzudenken: »David wird uns helfen. Er fährt uns, wohin wir wollen.«

»Er ist einer der Platzanweiser bei der Hochzeit, nicht wahr?«

Lizzie nickte. »Und ein sehr guter Freund. Und jetzt geh, bitte!«

Doch bevor Vanessa aus der Küche huschen konnte, trat Patsy ein. Sie trug einen Morgenmantel mit Paisley-Muster und sah aus, als hätte sie nicht gut geschlafen. »Guten Morgen! Ich wollte dir eigentlich Tee aufs Zimmer bringen, Lizzie.« Sie zog einen Stuhl unter dem Tisch hervor, setzte sich und stützte den Kopf auf den Händen auf. »Sehe ich da Tee? Könnte eine von euch beiden ein Engel sein und mir eine Tasse einschenken?«

»Geht's dir gut?«, fragte Lizzie besorgt. Die Freundin war wichtig für den Verlauf des Tages, und falls sie krank war, musste jemand sich einen Plan B ausdenken.

»Ja, alles bestens. Ich habe nur nicht so gut geschlafen – vermutlich war ich unruhig wegen heute, obwohl ich weiß, dass alles unter Kontrolle ist.« Patsy lächelte beruhigend. »Vielleicht war auch der Brandy gestern Abend keine gute Idee. Nessa? In der Spülküche steht ein Röhrchen mit Alka-Seltzer. Wärst du so lieb, es mir zu geben?«

Vanessa holte die Tabletten und brachte Patsy ein Glas Wasser. Die anderen beiden sahen zu, wie sie drei der großen Brausetabletten in das Glas gleiten ließ. Es zischte und sprudelte.

»Ich dachte, man nimmt maximal zwei davon«, meinte Lizzie.

»Ich nehme nie weniger als drei. Sie helfen gegen alles.« Patsy trank den Inhalt des Glases in einem Zug aus. »So. Jetzt fühle ich mich für alles gewappnet!«

»Ist es gestern Abend spät geworden?«, fragte Lizzie in der Hoffnung, die benötigte Information von Patsy zu erhalten und nicht noch zu Hugo fahren zu müssen, um ihn zu fragen.

»Ja. Hugo und sein Vater haben sich noch stundenlang unterhalten …«

»Weißt du, worum es ging?«, unterbrach Lizzie sie. Sie lächelte entschuldigend, als Patsy ihr einen erstaunten Blick zuwarf. »Ich frage mich nur«, fuhr sie fort und versuchte, beiläufig zu klingen, »warum die Lennox-Stanleys das Bedürfnis hatten, gestern Abend noch hierherzukommen. Die Hochzeit ist erst heute um zwei Uhr.« Lizzie spürte, dass sie sich ein bisschen verstört anhörte, und hoffte, ihr Sonderstatus als Braut würde als Erklärung ausreichen.

»Um ehrlich zu sein«, erwiderte Patsy, »ich weiß es nicht genau. Vielleicht hilft mir eine Scheibe Toast beim Denken.«

Vanessa verstand den Wink. Sobald das Brot geröstet war und sie die Marmelade auf den Tisch gestellt hatte, wo sich bereits Butter und Marmite befanden, sagte sie zu Lizzie: »Kannst du dich um den Toast kümmern? Ich möchte rasch nachsehen, ob Mummy schon wach ist.«

Lizzie stand rasch auf. »Klar.«

Doch bevor Vanessa die Tür erreicht hatte, schüttelte Patsy den Kopf. »Das bringt nichts, Nessa. Annabel hat gesagt, sie nimmt eine Schlaftablette und will nicht vor dem frühen Mittag gestört werden – nur im Notfall. Sie kommt nicht zum Frühstück runter.«

Lizzie und Vanessa wechselten einen Blick. Hätte Vanessa sich doch nur eine andere Ausrede einfallen lassen, um die Küche zu verlassen!

»Da wir gerade von Nessas Mutter reden«, sagte Lizzie. »Ich fände es einfacher, Hugos und Nessas Eltern vor der Hochzeit nicht zu begegnen.« Sie lächelte flüchtig. »Du weißt sicher, dass wir nicht das beste Verhältnis haben. Wäre es sehr unhöflich, wenn ich zum Cottage gehen und mit Alexandra und Meg frühstücken würde?«

»Oh, das klingt nach einer Menge Spaß«, warf Nessa ein. »Darf ich dich begleiten? Wir Brautjungfern könnten noch mal alles durchsprechen.«

Patsy balancierte einen kleinen Marmeladenberg auf ihrer Toastecke. »Na ja, ich habe nichts dagegen, und als Braut kann Lizzie tun, was sie will. Aber würde dein geschätzter Herr Papa es nicht seltsam finden, wenn seine Tochter nicht zum Frühstück erscheint, Nessa?«

Vanessa schüttelte den Kopf. »Vermutlich würde es ihm nicht mal auffallen, wenn ich in einer Ritterrüstung am Tisch sitzen würde. Ganz bestimmt wäre es ihm egal, wenn ich nicht da bin.«

»Oh«, machte Patsy. »Dann geh doch mit Lizzie. Solange ihr mir glaubwürdig versprecht, nicht zu spät zurückzukommen. Allerspätestens um Punkt halb zwölf, lieber früher.«

»Es dauert doch bestimmt nicht so lange, ein Kleid …«, setzte Lizzie an.

»Es ist nicht irgendein Kleid, und es kann eine Ewigkeit dauern«, erwiderte Patsy. »Außerdem kommt deine Mutter um halb zwölf, und wir wollen ihr doch nicht den Tag verderben, indem wir ihr Anlass für einen hysterischen Anfall geben, nicht wahr?«

Lizzie pflichtete ihr bei. »Sie hat sich schon auf diesen Tag gefreut, seit sie wusste, dass ihr Baby ein Mädchen war. Wir kommen nicht zu spät.«

»Dann los mit euch! Viele Grüße an die anderen Brautjungfern. Ihr seid tolle Mädchen.« Patsy lächelte. Wahrscheinlich war sie froh, dass sie sich nun für zwei Personen weniger verantwortlich fühlen musste.

»Darf ich noch schnell jemanden anrufen, bevor wir aufbrechen?«, fragte Lizzie. »Nur ein Ortsgespräch. Ich möchte David rasch etwas fragen.«

»Oh, das ist ein netter Bursche. Bitte, mach nur. Geh ins Büro. Das örtliche Telefonbuch liegt neben dem Telefon.«

Vanessa lief die Treppe hinauf, um sich das Adressbuch ihrer Mutter auszuleihen, ohne dass Patsy etwas mitbekam, während Lizzie das Telefonat führte. Als die Rezeptionistin des Hotels sie mit Davids Zimmer verband, fiel ihr ein, wie früh es noch war. Die Wanduhr im Büro zeigte erst zehn nach acht.

Obwohl David von Lizzies verzweifeltem Anruf geweckt wurde, reagierte er sehr gutmütig. Nachdem er sich ihre Leidensgeschichte angehört hatte, sagte er: »Lizzie, ich kann es nicht machen. Ich würde dir liebend gern helfen, doch in der Kirche gibt es ein Problem mit der Blumendekoration. Sie hatten nicht genug Leute, um die Kirche für deine Hochzeit zu dekorieren, und haben mich eingespannt.«

»David! Woher wussten sie überhaupt, dass es dich gibt?«

»Ich bin gestern Abend dorthin gegangen. Ich dachte, als Platzanweiser sollte ich mir die Kirche wenigstens vorher mal ansehen – sie ist ganz entzückend. Dann war da diese Frau, Diana ...«

»Diana Baker. Sie ist die Ehefrau des Vikars.«

»Sie war zusammen mit einer Freundin da, und sie waren verzweifelt. Natürlich habe ich gefragt, wo das Problem liegt. Nachdem sie mir ihr Herz ausgeschüttet hatten, konnte ich dich und diese hübsche Kirche nicht enttäuschen. Also habe ich ihnen erzählt, dass ich Schauspieler bin und dass ich damals, als ich am Repertoire-Theater anfing, mehr als einmal einen Wald für ein schottisches Stück gestalten musste. Ich war damals eine Art ›Mädchen für alles‹. Als ich ihnen meine Dienste angeboten habe, waren sie begeistert. Sie haben mich vom Fleck weg engagiert.«

»Es ist so nett von dir, dass du ihnen hilfst! Ich bin überrascht, dass Patsy die Probleme bei der Dekoration der Kirche gar nicht erwähnt hat.«

»Diana hat es ihr nicht verraten. Sie meinte, Patsy habe ohnehin schon genug um die Ohren.« Er überlegte kurz. »Ich könnte dir den Wagen leihen. Ich weiß, du kannst nicht fahren, aber Alexandra kann es. Ich könnte das Auto sofort nach dem Frühstück vorbeibringen.«

»Wie lieb von dir, David!« Lizzie verkniff sich die Frage, ob er das Auto nicht schon vor dem Frühstück bringen könnte. »Vielen, vielen Dank. Bis später dann!«

Vanessa betrat das Büro mit einem kleinen schwarzen Adressbuch in der Hand. »Meine Mutter ist total weggetreten. So, dann sehen wir mal nach, wo Simon wohnt.«

Rasch fand sie den Namen, den sie suchten, und notierten sich die Adresse und die Telefonnummer. »Wir können nur hoffen, dass er sein Haus nicht vermietet hat, als er weggezogen ist. In dem Fall würden Hugo und er woanders übernachten.«

Bei dem Gedanken erschauderte Lizzie.

»Das ist alles ein bisschen verrückt. Willst du wirklich hinfahren?« Vanessa wirkte ein wenig besorgt. »Es könnte eine sinnlose Unternehmung sein, möglicherweise finden wir die beiden gar nicht.«

Lizzie biss sich auf die Lippe und dachte scharf nach. War es verrückt? Sie malte sich aus, wie sie vor der Kirche stand und auf das Einsetzen der Musik wartete und ein ihr unbekannter Mann mit einer Nachricht von Hugo auf sie zulief. Als sie die Augen schloss, wurde die Vorstellung so real, als wäre das Ganze tatsächlich passiert.

»Wenn du bereit bist mitzukommen, möchte ich Hugo sehen.

Wenn du lieber hierbleibst, könnte ich mit Alexandra allein hinfahren.«

Vanessas Augen wurden groß. »Mit Alexandra? Sie könnte doch derweil mit Simon sprechen. Nein, schon gut. Ich komme mit. Ich mag Alexandra sehr, aber ich will ihr keine Gelegenheit geben, mir Simon auszuspannen, bevor ich überhaupt eine Chance bekommen habe.«

»Gut. Und damit es kein sinnloses Unterfangen wird, werden wir Simon vorher anrufen – das wirst du machen –, um sicherzugehen, dass er da ist.«

Vanessa gab vor, eine Mitarbeiterin des Gemeindeamtes zu sein, obwohl es erst halb neun war. Nachdem sie festgestellt hatte, dass Simon im Haus war, beendete sie das Telefonat.

»Das hast du gut gemacht!«, lobte Lizzie. »Und Simon muss sehr gute Umgangsformen haben, weil er dich in Anbetracht der frühen Stunde nicht angefahren hat.«

Vanessa warf einen Blick auf die Wanduhr. »Es ist tatsächlich ziemlich früh. Aber ich habe immer schon gerne geschauspielert. Ich hätte gerne eine Schauspielschule besucht, doch Daddy war dagegen.«

Sie teilten einen Augenblick des gemeinsamen Bedauerns über die Engstirnigkeit von Vanessas Vater. Lizzie fragte sich erneut, wie wahrscheinlich es war, dass er versucht hatte, Hugo die Hochzeit auszureden. Sie dachte an das Baby, das in ihr heranwuchs. Ihr Beschützerinstinkt war bereits stark entwickelt. Vielleicht hätte Lizzie an Sir Jaspers Stelle, angesichts seiner Gesinnung und der tief verwurzelten Meinungen, das Gleiche getan. Man würde alles tun, um sein Kind von etwas abzuhalten, was man selbst als den größten Fehler seines Lebens betrachtete.

Sie räusperte sich und fragte: »Wollen wir los?«

31. Kapitel

Es war wundervoll, Alexandra und Meg wiederzusehen. Die beiden saßen am Tisch unter dem Apfelbaum und frühstückten. Ein paar Minuten lang vergaß Lizzie das Gefühl, dass dieser Tag in einer Katastrophe münden könnte, die ihr ein gebrochenes Herz bescheren würde.

Nach dem anfänglichen Überschwang und der Wiedersehensfreude erläuterte Lizzie ihr Problem. Ihre Freundinnen hörten ihr schweigend zu. Alexandra wirkte nachdenklich.

»Unsinn. Warum sollte Hugos Vater so etwas tun?«, fragte Meg. »Er würde doch bestimmt nicht wollen, dass sein Sohn die Mutter seines Kindes im Stich lässt, oder etwa doch?«

»Du kennst meinen Vater nicht«, murmelte Vanessa. »Er ist daran gewöhnt, seinen Willen durchzusetzen.«

»Aber doch nicht bei Hugo!«, meinte Meg. »Er liebt dich, Lizzie!«

Vanessa hatte das Gleiche gesagt, doch Lizzie war immer noch unsicher, weil sie nicht wusste, was Hugo wirklich für sie empfand. Waren seine Gefühle stark genug, um ihm die Kraft zu verleihen, sich einem möglichen Eingreifen durch seinen Vater zu widersetzen? Sie hatte immer noch im Ohr, wie Hugo gesagt hatte, dass er sie heiraten musste.

»Mir schwirrt ständig der Gedanke im Hinterkopf herum, dass er mich nicht aus freien Stücken heiratet – schließlich bin ich schwanger.« Als Lizzie sich zu einem Lächeln zwang, kam ihr in den Sinn, dass sie das heute wahrscheinlich noch oft würde tun müssen. Ihre Mutter hatte den Fotografen ihrer Träume engagiert. Er würde jede Menge Fotos schießen. Natürlich nur, falls die Hochzeit überhaupt stattfand.

»Also«, meldete Alexandra sich zu Wort, »obwohl ich meine Hand dafür ins Feuer legen würde, dass Hugo dich über alles liebt, Lizzie, muss ich euch jetzt was erzählen. Ich hatte mal eine Freundin, die als Kind ein Au-pair-Mädchen hatte. Ihr großer Bruder – er war deutlich älter – verliebte sich in das Au-pair-Mädchen. Meine Freundin hat mir erzählt, dass ihre Mutter eine ganze Nacht lang auf ihren Sohn eingeredet hat, die Hochzeit abzusagen. Und er hat es tatsächlich gemacht.«

Lizzie brach der Schweiß aus, und alle anderen wirkten schockiert.

»Okay«, sagte Meg schließlich. »Es besteht die vage Möglichkeit, dass Hugos Vater das Gleiche getan hat – oder es zumindest versucht hat –, aber ...«

»Ich will das Risiko nicht eingehen, Meggie. Ich muss es herausfinden«, erklärte Lizzie ruhig.

Nachdem sie Tee getrunken und ein wenig von dem Gebäck gegessen hatten, das Meg mitgebracht hatte, machte Lizzie sich allmählich Sorgen wegen der Zeit. Sie war so früh aufgestanden! Wo waren die Stunden nur geblieben? Hätte David nicht eigentlich längst hier sein müssen?

Endlich sahen sie den großen Wagen die schmale Straße entlangkommen und vor dem Haus halten. Lizzie eilte aus dem Haus, um David zu begrüßen.

»Tut mir leid, ich bin ein bisschen später dran als geplant. Ich habe deine Eltern im Hotel getroffen und musste einiges an Überzeugungsarbeit leisten, um ihnen zu vermitteln, dass es völlig schicklich ist, einen Klempner/Butler mit Familienanschluss zu einer Hochzeit einzuladen, selbst wenn es sich gar nicht um die Familie handelt, für die er tätig ist.«

Alexandra fand das köstlich und urkomisch. »Ach du meine

Güte! Und bei unserer letzten Begegnung habe ich dich als Chauffeur bezeichnet!«

»Ich bin eben ein Mann mit vielen Talenten! Wie es sich für einen Schauspieler gehört. Ich habe auch meine Rolle als Kirchendekorateur hervorgehoben. Übrigens, Lizzie, wollt ihr nicht noch irgendwohin fahren?«

»Doch, wollen wir, definitiv. Kommen alle mit?«, fragte sie.

»Da ich fahre, bin ich dabei«, erwiderte Alexandra.

Vanessa nickte. »Ich komme auch mit. Es geht schließlich um meinen Bruder.«

»Wenn du möchtest, bin ich auch mit von der Partie«, erklärte Meg. »Ansonsten würde ich hierbleiben, den Abwasch erledigen und alle beruhigen, falls ihr um halb zwölf noch nicht zurück sein solltet.«

Lizzies Augen weiteten sich vor Entsetzen bei dieser Vorstellung. »Wir möchten dich auf jeden Fall dabeihaben, Meg, und ich *muss* bis spätestens halb zwölf Uhr wieder bei Patsy sein. Falls nicht, würde meine Mutter einen hysterischen Anfall bekommen! Schnell, ab ins Auto! Wir müssen sofort los.«

»Moment noch«, wandte David ein. »Wisst ihr, wo ihr hinmüsst?«

»Wir haben die Adresse«, antwortete Vanessa und steuerte auf den Wagen zu.

»Aber wisst ihr auch, in welche Richtung ihr fahren müsst?«, hakte David nach. »Lasst uns einen Blick auf die Straßenkarte werfen. Lexi? Hol den Autoatlas, dann machen wir rasch einen Plan.«

Alexandra lief zum Wagen und kehrte mit einem gelben Buch zurück. Schnell schlug David das Dorf nach, in dem Simon lebte.

»Es ist ein gutes Stück entfernt«, sagte er. »Ihr habt keine Zeit, euch zu verfahren. Kann jemand einen Zettel und einen Stift holen?«

Schnell notierte er eine Liste von Orten, an denen sie sich orientieren mussten. »Okay, wer von euch wird navigieren? Wer kann Straßenkarten lesen?«

»Ich«, sagte Lizzie. »Ich mache es. Wie sonst auch, nicht wahr?« Sie nahm den Zettel. »David, weißt du, dass ich dich liebe?«

»Und du heiratest trotzdem einen anderen?«, konterte er lachend.

»Ich hoffe sehr, dass ich das wirklich tun werde«, antwortete sie. »Wir müssen uns nur noch von den Absichten des Bräutigams überzeugen.«

»Wenn du meine Meinung hören willst: Die Chancen, dass Hugo dich vor dem Altar stehen lässt, sind gleich null, doch wenn es dich glücklich macht, über Land zu fahren, um ganz sicher zu sein, dann schadet es nichts. Solange du nicht zu spät zurückkommst.«

Sobald sie im Auto saßen und losgefahren waren, betrachtete Lizzie den Zettel mit der Wegbeschreibung genauer.

»Hier gibt es eine Menge Ortschaften. Hoffentlich ist es nicht zu weit entfernt! Spätestens um kurz vor elf Uhr müssen wir uns auf dem Rückweg befinden.«

»So weit kann es nicht sein, sonst hätte Hugo sich einen näher gelegenen Ort zum Übernachten gesucht«, meinte Alexandra.

»Nicht unbedingt«, widersprach Vanessa. »Er will sicher auf jeden Fall bei Simon sein, seinem besten Freund und Trauzeugen.«

»Ich glaube nicht, dass es jetzt noch weit ist«, bemerkte Alexandra irgendwann. »Ich habe ein Hinweisschild auf das Dorf gesehen. Wir müssen fast da sein.«

»Ich glaube, hier sind wir richtig.« Lizzie betrachtete ein kleines georgianisches Haus hinter einer nicht allzu hohen Hecke. Sie hatten länger gebraucht als erhofft, um die Adresse zu finden.

»Es ist hübsch, nicht wahr?«, meinte Vanessa. »Sollen wir anklopfen?«

»Ich gehe nicht rein!«, platzte Lizzie plötzlich heraus. »Ich kann nicht! Ich muss es wirklich wissen, doch ich kann ihn nicht selbst fragen. Angenommen, er sagt, er kann mich nicht heiraten? Ich würde sterben.«

»Gut«, entschied Alexandra. »Wir gehen rein und fragen ihn. Komm, Nessa.«

»Oh, okay. Sehe ich gut aus?«, wollte Vanessa von Lizzie wissen.

»Was spielt das denn für eine Rolle?«, fragte Alexandra irritiert. »Ich gehe jetzt.«

Voller Sorge, dass Alexandra den Trauzeugen umgarnen könnte, bevor sie selbst die Gelegenheit dazu bekam, hastete Vanessa hinter ihr her. Meg folgte ihnen.

Aufgewühlt blieb Lizzie im Wagen sitzen. Die Braut in ihr fand die Situation verrückt; sie sollte jetzt in Patsys Haus sein, sich mit einer Gesichtsmaske verwöhnen, sich die Nägel feilen und maniküren, kurz, all das tun, was in den Brautmagazinen empfohlen wurde. Die Frau in ihr verlangte hingegen verzweifelt nach Bestätigung, dass sie keinen Riesenfehler beging. Sie wollte Hugo heiraten, unbedingt, doch sie wünschte sich, dass es *ihm* genauso ging. Sie wollte, dass er glücklich war. Sie wollte ihn nicht in eine Ehe locken, die er als Falle empfand und die ihn unglücklich machen würde. Warum war sie plötzlich so verunsichert?

In diesem Moment wurde die Fahrertür geöffnet, und ein Mann, den sie noch nie gesehen hatte, beugte sich in den Wagen. »Es hat eine Planänderung gegeben«, sagte er. »Ich bin übrigens Simon.«

»Ich glaube, mir wird schlecht«, murmelte Lizzie. Sie stieg eilig aus und rannte hinter eine Hecke. Doch zum Glück ließ der

Würgereiz gleich nach, und Lizzie fühlte sich bald besser. Sie stieg wieder ins Auto.

»Sag mir das Schlimmste«, bat sie.

Er sah sie verständnislos an. »Es gibt kein ›Schlimmstes‹. Ich habe hier einen Brief von Hugo und schlage vor, dass du ihn liest. Danach fahre ich dich zurück zu Patsy, weil ich den Weg besser kenne und schneller sein werde als deine Freundinnen. Wir fahren mit meinem Wagen. Aber lies zuerst den Brief.«

Lizzie öffnete ihn mit zitternden Fingern.

Liebste Lizzie,
ich übe diese Zeilen schon so lange im Geiste und habe mich nie getraut, sie auszusprechen.
Ich habe mich schon in Dich verliebt, als wir diese schreckliche Wohnung in Tufnell Park besichtigt haben. Zu der Zeit war ich nicht frei, und als ich Dich bei Nessas Dinnerparty wiedergetroffen habe, wusste ich, dass ich mich hätte fernhalten sollen. Deshalb hatte ich Angst vor dir. Ich wusste schon in dem Augenblick, in dem wir uns begegnet sind, dass mein Schicksal sich geändert hat. Wie Du inzwischen weißt, ist meine Familie sehr konservativ; niemand spricht über Gefühle, doch dennoch fühlen wir etwas. Die Begegnung mit Dir hat mich aufgeweckt und mich von dem Weg abgebracht, den andere für mich ausgewählt hatten. Ich beschloss, mein Jurastudium aufzugeben, und glücherweise war das ausreichend, um Electra erkennen zu lassen, dass ich nicht der Traummann bin, für den sie mich gehalten hat.
Als Du schwanger wurdest und ich es schließlich herausfand, wusste ich, dass ich Dich heiraten musste, ebenso sehr meinetwie Deinetwegen, doch ich machte mir Sorgen, dass ich Dich irgendwie in die Falle gelockt hatte, denn Du bist noch so jung.
Ich weiß, ich hätte Dir schon lange sagen sollen, wie sehr ich Dich liebe, doch ich habe nie die richtigen Worte gefunden, wenn

wir zusammen waren. Also versuchte ich, Dir zu zeigen, wie sehr ich Dich liebe – schließlich sollen Taten angeblich mehr aussagen als bloße Worte.
Doch jetzt weiß ich, dass Du Angst hast, mein Vater könnte versucht haben, mir unsere Ehe auszureden. Das hat er nicht getan. Es ging in unserem Gespräch gestern Abend um etwas anderes: Er möchte dafür sorgen, dass ich für die Dauer meiner Ausbildung ein Einkommen habe, damit wir nicht von Armut geplagt werden. Doch wenn er versucht hätte, was Du befürchtet hast, hätte er nie im Leben Erfolg mit seinen Bemühungen gehabt. Ich liebe Dich so sehr, mehr, als ich je in Worte fassen kann, und ich werde nie damit aufhören, es Dir zu zeigen.
Dein Dich ewig (und ewig!) liebender zukünftiger Ehemann,
Hugo

Lizzie schniefte, noch bevor sie den Brief zur Hälfte gelesen hatte. Am Ende weinte sie.

»Okay?«, fragte Simon. »Jetzt müssen wir aber los, denn du bist die Braut und darfst nicht zu spät kommen. Hugo fährt mit deinen Freundinnen im anderen Auto. Die Brautjungfern sind nicht so wichtig wie die Braut.« Er warf einen Blick auf seine Uhr. »Schon elf. Das wird knapp. Halte dich fest!«

Eine Weile sprach keiner von beiden. Lizzie brauchte Zeit, um sich zu sammeln. Simon konzentrierte sich auf die Straße.

Schließlich hatte Lizzie sich wieder so weit gefasst, dass sie die Gelegenheit nutzte, sich den Fahrer genauer anzusehen. Simon sah gut aus, war groß und hatte sehr blaue Augen und dunkles, lockiges Haar. Sie konnte verstehen, was Vanessa an ihm fand. Er wirkte zudem sympathisch. Auf jeden Fall war er sehr freundlich. Hoffentlich fand er Gefallen an Vanessa!

»Es tut mir leid«, sagte sie schließlich. »Ich glaube, die vielen Hochzeitsvorbereitungen haben mich ein bisschen ... verrückt gemacht. Natürlich weiß ich, dass Hugo mich nicht vor dem Altar stehen lassen würde.«

»Ich kann es dir nicht verdenken, Hugos Vater so etwas zuzutrauen. Doch selbst wenn Sir Jasper versucht hätte, seinem Sohn die Hochzeit auszureden, hätte er feststellen müssen, dass er in ihm seinen Meister gefunden hat. Hugo liebt dich über alles. Er würde dich niemals aufgeben.« Simon schwieg für eine Weile. »Möchtest du wissen, was mir wirklich Sorgen bereitet hat?«

»Natürlich.«

»Ich hatte Angst, dass du ihn vielleicht nicht halb so sehr liebst wie er dich. Der Gedanke hat ihm auch zugesetzt. Er dachte, du wärst in diese Eheschließung gestolpert und vielleicht alles andere als glücklich damit.«

Lizzie schniefte und hoffte, dass sie nicht gleich wieder in Tränen ausbrechen würde; sie wollte später auf keinen Fall verweint aussehen! »Auf die Hochzeitsfeier hätte ich gut verzichten können, aber ich liebe Hugo wirklich! Er hat in seinem Brief geschrieben – vielleicht hat er es dir auch erzählt –, dass er sich im ersten Moment in mich verliebt hat. Nun, mir ging es ganz genauso. Und ich habe mir auch Sorgen gemacht, ob er das Gefühl hat, die Ehe mit mir sei eine Falle. Alexandra – du hast sie eben ja kurz kennengelernt –, sie kannte meine Gefühle für Hugo, und sie hat mir geraten, ehrlich mit ihm zu sprechen und ihm alles zu sagen. Aber so etwas tun Mädchen nicht. Nicht, bevor der Mann es ausgesprochen hat. Also habe ich geschwiegen.« Sie seufzte. »Wahrscheinlich hätte ich über meinen Schatten springen sollen.«

Simon wirkte einen Moment nachdenklich. »Es ist immer schwierig, jemandem seine Gefühle zu gestehen. Und ihr beide kennt euch schließlich noch nicht besonders lange.«

Eine Weile fuhren sie schweigend dahin. Dann fragte Lizzie: »Erinnerst du dich an Vanessa, Hugos Schwester?«

»Nessa?« Er wirkte erfreut, was ein sehr gutes Zeichen war. »Natürlich! Ich freue mich darauf, mich länger mit ihr zu unterhalten. Sie hat sich gemacht, nicht wahr?«

»Ich weiß nicht, wie sie war, als ... wie alt sie auch gewesen sein mag, als du sie zuletzt gesehen hast«, flunkerte Lizzie. »Sie ist mir in kurzer Zeit eine sehr gute Freundin geworden.«

»Ja?«

»Ja. Sie hat mir geholfen, auf dem Umweg über ihre Mutter deine Adresse herauszufinden, und sie hat uns wie selbstverständlich bei unserem verrückten Abenteuer begleitet.«

Simon schwieg wieder eine ganze Weile. »So verrückt war es gar nicht. Ich meine, Hugos Vater ist ein schwieriger Mensch. Er war gar nicht glücklich damit, dass sein Sohn seine Frau in ›einem erbärmlichen Dienstboten-Cottage wohnen lässt und die Familie vor aller Welt blamiert – wie überaus peinlich‹. Das hat seinen Stolz verletzt.«

Lizzie lachte. Etwas an der Art, wie Simon sprach, ließ darauf schließen, dass er Sir Jasper wörtlich zitiert hatte; er konnte den Tonfall perfekt imitieren.

»Er ist ein Tyrann«, fuhr Simon fort. »Aber Hugo ist ihm mehr als gewachsen, wenn es um etwas geht, was ihm wichtig ist – oder in diesem Fall um einen Menschen, der ihm alles bedeutet. Ich glaube, Sir Jasper hat das erkannt; deshalb hat er gar keinen Versuch unternommen, Hugo das Ganze auszureden.«

»Ich bin so erleichtert! Der Widerstand von Hugos Vater gegen die Eheschließung hing wie eine dunkle Wolke über uns. Hugo und ich haben nie darüber gesprochen, aber ich habe gespürt, dass er es auch so empfunden hat. Mein Vater war anfangs ebenfalls alles andere als begeistert; allerdings war mir klar, er würde einlenken, sobald er sich davon erholt hat, dass er einem derart heiratswürdigen Mann die Tür gewiesen hat!«

Simon schmunzelte. »Ich bin so froh, dass ich die Gelegenheit bekommen habe, dich ein bisschen kennenzulernen. So wie ich die Sache sehe, wirst du Hugo sehr glücklich machen. Und ich werde dafür sorgen, dass es umgekehrt genauso ist.«

Lizzie lachte.

»Warum schließt du nicht die Augen und ruhst dich noch ein bisschen aus?«, schlug Simon vor.

Das war eine gute Idee. Lizzie nahm den Rat gern an.

Simon bremste mit einem leichten Schleudern vor Patsys und Tims Haus. Es war Viertel vor zwölf. Bevor Lizzie auch nur ansatzweise daran denken konnte, aus dem Wagen zu steigen, öffnete sich die Haustür, und Menschen und Hunde strömten heraus.

Da war ihre Mutter, deren Frisur verriet, dass ihr Haar noch nicht genug Zeit gehabt hatte, um sich von der Dauerwelle zu erholen – die Locken waren noch zu dicht. Sie hatte ihren Morgenmantel über die festliche Kleidung gezogen. Hinter ihr erschien Gina mit einem Glas Wasser in der Hand. Sie trug eine verwegene Kopfbedeckung mit einem kleinen Schleier und wirkte erschöpft; offensichtlich hatte sie große Mühe gehabt, ihre Schwester zu beruhigen.

Patsy hatte ein elegantes, schmal geschnittenes Kleid mit einem passenden Jäckchen angezogen, momentan teilweise verborgen unter einer Schürze. Diane Baker, die Frau des Vikars, war angemessen gekleidet für eine Hochzeit, doch noch ohne Hut. Ihre Aufgabe war es, die Brautjungfern später zur Kirche zu bringen; ihr Wagen war groß genug.

Lizzies Mutter wirkte grenzenlos erleichtert, sie zu sehen. »Elizabeth! Liebes! Wo bist du nur gewesen? Komm schnell mit nach oben, du musst dich sofort umziehen!«

Lizzie stieg aus. Sie fühlte sich vollkommen ruhig. Es würde allenfalls eine Stunde dauern, um alle Vorbereitungen abzuschließen – auf keinen Fall würde sie die eingeplante Zeit benötigen. Alles würde gut werden. Die perfekte Hochzeit auf dem Land.

Schließlich war es an der Zeit, zur Kirche zu fahren. Lizzie, die schon seit einer gefühlten Ewigkeit fertig war, hatte das Schlafzimmer inzwischen verlassen. Von der Tür des Salons aus sah Lizzie zu, wie die Gäste aufbrachen.

Als Erstes fuhren Hugos Eltern los. Seine Mutter sah müde aus, wirkte jedoch mit ihrem wundervollen Hut mit der langen Feder, die mit einer Diamantbrosche befestigt war, ausgesprochen elegant.

Sein Vater trug einen Cut, den Zylinder unter den Arm geklemmt, und sah sehr vornehm aus. Auf dem Weg zur Haustür entdeckte er Lizzie und drehte sich zu ihr um. Kritisch musterte er sie von Kopf bis Fuß. »Hm, sehr schlicht, aber sehr hübsch – und deine Knie sind bedeckt.« Er zwinkerte ihr zu, bevor er seine Frau hinaus zu dem wartenden Wagen führte.

Lizzie wäre vor Schock beinahe in Ohnmacht gefallen.

Der alte Bentley, den Tim und Patsy zur Verfügung gestellt hatten, wurde von einem Mann aus dem Ort in der Uniform eines Chauffeurs gefahren. Nach Hugos Eltern würde er Patsy, Tim und Lizzies Mutter zur Kirche bringen. Lizzie war froh, dass ihre Mum nicht allein fahren musste, fand jedoch, ihre Mutter sah mit dem kleinen Hut mit den Blumen und dem kleinen Schleier entzückend aus.

Patsy wirkte ebenfalls sehr elegant. Sie trug nun Schuhe mit hohen Absätzen und einen winzigen Spitzenschleier, der mit einer großen Zierschleife am Kopf befestigt war. Tim in seinem Frack sah wie Sir Jasper zeitlos elegant aus. Formvollendet bot er der Mutter der Braut den Arm.

Nachdem alle anderen aufgebrochen waren, blieben nur

noch Lizzie und ihr Vater zurück und warteten auf die Rückkehr des Wagens.

»Es ist noch nicht zu spät, deine Meinung zu ändern«, meinte er verdrießlich. »Na ja, natürlich ist es zu spät, doch man erwartet von mir, dass ich das sage.«

»Ich werde meine Meinung ganz bestimmt nicht ändern, aber danke, dass du gefragt hast!«

»Ach, da ist der Wagen«, sagte ihr Vater erleichtert. Nun bestand keine Gefahr mehr, dass es zu einem Gefühlsausbruch kommen könnte. Gefühle waren immer schon in den Zuständigkeitsbereich seiner Frau gefallen.

Wenige Minuten später blickte Lizzie zu ihrem Vater auf und sah, dass er zitterte. Er war nervöser als sie. Beruhigend streichelte sie seinen Arm. Einen Moment später versammelten sich die Brautjungfern hinter ihr, und nach einigem Getuschel und geflüstertem »Viel Glück« waren sie bereit. Der Vikar gab ein Zeichen, und die in der Kirche Anwesenden erhoben sich.

Lizzie schaute den Gang entlang und sah Hugo am Altar auf sie warten. Er hatte die Arme halb ausgestreckt, um sie willkommen zu heißen.

Als die Musik einsetzte, *Trumpet Tune* von Henry Purcell, setzten Lizzie und ihr Vater sich langsam in Bewegung.

Wenige Augenblicke später hielt Hugo ihre Hand. »Ich liebe dich«, sagte er so laut, dass es auch die Hochzeitsgäste in den ersten Kirchenbänken hören konnten. Lizzie seufzte vor Glück tief auf.

Alles würde gut werden.

Dank

Mein Dank geht an Bill Hamilton und alle Mitarbeiter von A M Heath.

An Richenda Todd, die so viel mehr ist als die beste Lektorin aller Zeiten.

An meine Schwägerin, Susan Makin, die mich so sehr bei meinen Recherchen unterstützt hat.

An meine Schriftstellerkollegin Sarah Steele, die mich mit ihrem enormen Wissen über die Kleidung in den 1960er-Jahren unterstützt hat.

An meine Kinder und Schwiegerkinder, Guy, Frank und Briony, außerdem an Nastya, Heidi und Steve Wilson-Fforde für die Unmenge an Zeit, die sie in die Lösung der technischen Probleme mit meinem Computer investiert haben. Und darin, mich danach wieder aufzubauen.

An Elizabeth Lindsay für ihre Unterstützung.

An Selina Walker und Ajebowale Roberts, mein wunderbares Redaktionsteam, ohne das ich verloren wäre.

An Joanna Taylor, die mich so sehr unterstützt hat, als die Technik völlig zusammenbrach.

An die unbesungenen Helden, die meine Bücher so wunderbar gestalten und in die Regale bringen, damit die Leser sie kaufen können – danke! Rachel Campbell, Mat Watterson, Claire Simmonds, Sarah Ridley, Ceara Elliot, Jacqueline Bisset, Linda Hodgson, Helen Wynn-Smith, Sophie Whitehead, Klara Zak, Charlotte Bush.

Ihr seid mein Team, und ich liebe und schätze euch sehr!